IMODÉSTIA
CAPRICHO
INCLINAÇÕES

IMODÉSTIA
CAPRICHO
INCLINAÇÕES

RONALD FIRBANK

Tradução
Fal Azevedo

Com textos de
Edmund Wilson e W. H. Auden

Posfácio
Bruno Gambarotto

CARAMBAIA

NOVELAS

IMODÉSTIA 009

CAPRICHO 227

INCLINAÇÕES 333

Índice remissivo 475

TEXTOS COMPLEMENTARES

Firbank revisitado 489
por W. H. Auden

Uma nova apresentação de Firbank 493
por Edmund Wilson

Anjos sobre as nuvens da guerra 511
por Bruno Gambarotto

NOTA DO EDITOR: Uma característica da escrita de Firbank é entremear personagens da ficção a artistas e personalidades de sua época, assim como a vasta citação a obras de arte, músicas, peças, livros. Para evitar uma grande quantidade de notas ao longo do texto, listamos, ao fim do volume, os nomes completos e área de atuação desses artistas e obras de arte — não ficcionais — citados nas novelas. Foram mantidos os itálicos e termos em línguas estrangeiras do original.

IMODÉSTIA

"E, ENTÃO... AH SIM! ATALANTA ESTÁ FICANDO MUITO EM EVIDÊNCIA." Ela falou sem tom de queixa, afundando-se ainda mais na poltrona. Assim pontuava uma avaliação relativamente alegre.

Como era difícil carregar uma cruz numa tarde tão apática! Que prazer deitá-la um pouco — apoiá-la, por um instante que fosse, contra outra pessoa... Sua interlocutora balançou o lenço com expressividade. Ela sentiu naquele instante que era mais seguro não falar. Com muito jeito, levantou-se.

Sobre uma lona escura agrupavam-se algumas delicadas miniaturas persas.

Curvou-se em sua direção:

"Oh, que preciosidades!"

Mas *lady* Georgia não a deixava ir embora.

"O papel de uma mãe", disse, "tende a tornar-se um fardo".

A sra. Henedge virou-se em sua direção:

"Ora, o que se pode fazer, querida?", perguntou e, com um suspiro, desviou o olhar triste para o espaço da praça, aberto a comparações.

Lady Georgia Blueharnis era a proprietária daquela casa nas imediações da Hill Street em cujas curvilíneas sacadas de ferro teria parecido apropriado para senhoras em sóbrias sedas reclinarem-se melodiosamente a certas horas do dia. Nos idos greco-walpolianos, a casa servira de cenário a uma embaixada; desde então, renascera inesperadamente como fundo aprazível e adequado para abrigar a mais frugal domesticidade — ou até mais.

Não que se pudesse considerar *lady* Georgia uma figura doméstica... Seus interesses na vida eram demasiadamente dispersos. Conhecida como a Isabella d'Este de seus dias, suas investigações no campo da arte a levaram, sobretudo, para longe do seio da família.

"É melhor", disse a sra. Henedge, ao admirar a espessa folhagem na praça, suspirando mais uma ou duas vezes, "é melhor estar em evidência do que parecer apenas um saco de ossos. E, graças a Deus, Atalanta não é excêntrica! Pense no pobre sr. Rienzi-Smith, que vive sob o constante terror de que um dia sua esposa faça alguma coisa de fato estranha — talvez correr por Piccadilly sem chapéu... Na vida, querida, é melhor olhar para o que está imediatamente à frente. Não mire tão longe!".

"Eu estava apenas pensando na segunda-feira."

"Haverá onze madrinhas além de At'y!"

"Ainda não sei o que devo vestir", confessou *lady* Georgia. "Mas será algo muito simples."

"Ele tem 23 anos... e sobrancelhas adoráveis", comentou a sra. Henedge, começando a ronronar.

"Você sabe onde passarão a lua de mel?"

"Creio que começarão por Bruxelas..."

"É difícil imaginar", observou *lady* Georgia, "que alguém viaje deliberadamente a Bruxelas".

"Suponho que pareça excêntrico", murmurou a sra. Henedge, olhando misteriosamente ao redor.

A sala onde se encontrava era, digamos, *difícil*. O madeiramento, obra de Pajou, fora pintado num cinza sem vida ou esplendor, enquanto as cortinas e o estofamento das cadeiras eram de uma seda suave, amarelo-canário, com listras azuis. Aqui e ali se distribuíam arranjos de azaleia rosa e escarlate em vasos de madeira — uma magnífica audácia. Sobre a lareira, pendia um encantador retrato de *lady* Georgia, feito por Renoir. Ninguém jamais aquecia ali as mãos ou postava-se diante do verão selvagem de suas flores sem se maravilhar

— "Estupendo!". No retrato, a anfitriã caminha lentamente por uma paisagem econômica, composta de uma só árvore esguia, sustentando sobre a cabeça, com leveza, galhos firmes cuja folhagem sucinta a protegia do sol. No lado oposto da sala via-se um segundo retrato dela com o marido e os filhos — uma adorável *Sagrada família* à moda veneziana e, entre os dois, ocupando as paredes da sala em diferentes alturas, em explosões de rosa e azul-celeste, acompanhava-se uma suntuosa *Via Crucis* de Tiepolo. No teto, caso houvesse quem se interessasse em olhar tão alto, divisavam-se alguns dos últimos vestígios da embaixada — aljavas, archotes, rosas e toda a parafernália de Eros... Mas os olhos, viajando por todos esses obstáculos, invariavelmente retornavam ao retrato veneziano, chamado por todos, via de regra com ofegante admiração, de *Madonna no Osprey*.

Comparando-a com sua anfitriã, a sra. Henedge era incapaz de identificar a menor semelhança entre pintura e modelo. Ela ainda esperava encontrá-la... Exceto, considerou, pelo querido *sir* Victor Blueharnis, um belo e intrépido São José de olhos azuis levemente injetados, as graciosas crianças e o adorável pequinês, o quadro era, decididamente, um *Madeleine lisant*. Impressionante, visto que absolutamente inquestionável, era como aquele não era um retrato satisfatório da própria *lady* Georgia. Mas, com o perdão da pergunta, como poderia ser? Como seria possível para um pintor fixar sobre a tela alguém tão fugaz? — ele certamente teve de interpretar. Teve de pintar sua alma, tomando cuidado para não deixá-la parecer, como *poderia* ter feito um artista inferior, um pecado capital exageradamente vestido.

O rosto de *lady* Georgia, de fato, era tão sensível quanto um mar calmo para as nuvens que passam. Ela tinha variedade. Frequentemente, conseguia se fazer bonita de verdade e, mesmo em seus momentos de maior simplicidade, sempre se mostrava interessante. Sua natureza, também, era tão errática quanto seu rosto. À primeira vista, talvez fosse singular demais para transmitir uma impressão definitiva... Naquela tarde, bastou uma única flor cor-de-rosa em seu vestido preto para ganhar um ar, por assim dizer, muito distante.

Para quem ela estava fazendo aquela sondagem, refletiu a sra. Henedge, e para quem At'y ganhava tanta evidência? Seria para o pobre lorde Susan, que, segundo se dizia, andava cansado do mundo aos 23 anos?

Envolvida em tais pensamentos, ela acariciava, com um dedo coberto por uma luva marfim, um pequeno pássaro de bronze com uma asa quebrada.

A sra. Henedge, viúva de um homem insensato, o bispo de Ashringford, era considerada, por aqueles que a conheciam, a simpatia em pessoa. O bispo, segundo boatos, apaixonara-se por ela à primeira vista, certa manhã, enquanto oficiava a missa na catedral de um amigo. Ela o fizera lembrar-se de um cervo assustado — embora, como explicou posteriormente, estivesse apenas tomando posse de um hinário. O casamento deles foi considerado um verdadeiro romance. Já perto do fim, contudo, o bispo tornara-se o próprio gigante Fi-feu-fo-fum de *João e o pé de feijão*. Ela passara por maus bocados; ainda assim, era sempre capaz de referir-se ao marido como "*pobre Leslie querido*", agora que tinha morrido. Hoje, talvez, fosse possível dizer que ela abandonara nosso século, pois nem sequer sabia em qual estava. Enrolada no que parecia ser um pedaço de tapeçaria de Beauvais, sua figura sugeria o rouco sacolejar de carruagens, um saque a Troia. Como *lady* Georgia observara com bastante argúcia, ela era uma horda às portas de... Roma.

Mas os pensamentos puseram-se em fuga quando alguns dos anjos da conhecida *Madonna* e vários pequineses entraram atabalhoadamente na sala.

"Ela fugiu na Berkeley Square."

"Estava tomando sorvete."

"Estava usando duas penas verdes imensas na cabeça."

"O policial foi embora com a sombrinha dela."

"Ela estava vindo nos ver."

As crianças estavam muito excitadas. "Silêncio, queridos!", exclamou *lady* Georgia. "E quando estiverem mais calmos, expliquem quem fugiu na Berkeley Square."

"A vovó fugiu!"

"Quem diria", disse *Fräulein* entrando em seguida, "que uma carruagem de um só cavalo pudesse fazer *tanto mal!*".

Eles voltavam do imenso coração de Bloomsbury, aonde as crianças eram frequentemente levadas para aprender postura e bons modos a partir das tânagras do British Museum. Depois de posarem à maneira e ao estilo dos coríntios ou praticarem mergulho sentados em banquinhos como faziam os atenienses, retornavam para casa quase sempre ensandecidos.

"Hoje estão incontroláveis!", murmurou *Fräulein*, tentando rapidamente contê-los e levá-los embora. Mas a sra. Henedge, segurando uma criança, já começava a discorrer.

"O aspecto dela", observou a mulher, "continua belo como sempre; mas ela *começa a parecer mais velha!*".

Embora estrangeira, *Fräulein* era capaz de saborear plenamente o comentário. Era recente sua chegada, em substituição a *mademoiselle* Saligny, dispensada por batizar uma boneca de Maria Antonieta. Infelizmente, como *lady* Georgia descobrira desde então, seu ceticismo teutônico praticamente desconhecia variação, aplicando-se da mesma forma ao Todo-Poderoso ou a um balde de água quente; mas isso era, segundo pensava, mais perdoável que batizar uma boneca de Maria Antonieta. Quão notáveis ou inofensivas eram suas dúvidas!

"Isso, sim, é uma fuga!", murmurou *lady* Georgia, assim que saíram; "a tirania de minha sogra está cada vez mais difícil e, nesse calor, com certeza fica completamente fora de controle".

Ela estendeu a mão com indiferença para uma colossal rosa vermelha. Tantos talismãs para felicidade agrilhoavam-lhe os braços! Mal os conseguia mover sem que o tilintar de bolas de cristal ou a influência de algum porco de malaquita a lembrassem de sua infelicidade. "Não posso suportar que James organize as flores: ele as *enfia* nos vasos", disse. Agarrou e soltou algumas, murmurando: "E, quando Charles faz os arranjos, elas invariavelmente caem para todos os lados! Veja tudo o que eu fiz; nosso arrendamento não vence antes do ano 2001. Então, vale a pena fazer algumas pequenas melhorias!".

Mas a sra. Henedge parecia pouco inclinada a se comover. Sentada em um sofá totalmente sem molas, que provavelmente um dia tinha sido o esquife de Julieta Capuleto, ela parecia ter alguma coisa a confidenciar. Algo a incomodava para além de "*a pobre Guarda, debaixo desse sol todo!*".

"Minha querida Georgia", disse ela, "agora que você me contou suas novidades, quero lhe contar a descoberta mais surpreendente".

Lady Georgia arregalou os olhos. "É alguma coisa nova sobre a sra. Hanover?", arriscou.

A sra. Henedge a encarou.

"Isso ainda é um segredo", disse, "e embora, em muitos aspectos, eu tivesse adorado contar a Ada, é muito provável que ela contaria imediatamente a Robert, e ele, em confiança, é claro, contaria a Jack, e Jack contaria a *todo mundo*, e então...".

"Melhor não contar para Ada!"

A sra. Henedge suspirou.

"Você se lembra do professor Inglepin?", perguntou. "Sua mãe era Chancellor de nascimento... Fanny, o nome dela.

Bem, ultimamente, durante sua estada no Egito, o professor (ele me aterroriza! É tão magro, tão feroz!) encontrou um fragmento original de Safo e, por isso, com a ajuda dele, darei uma pequena festa em minha casa, no domingo, para tornar o verso público."

Lady Georgia animou-se imediatamente. A Isabella d'Este despertava em seu interior.

"Minha querida, que coisa adorável!", exclamou.

"Pessoas excepcionais comparecerão", sugeriu nervosa a sra. Henedge.

"Oh, sim?"

"A sra. Asp, a srta. Compostella, os Calvallys!"

"Será delicioso!"

"Bem, querida, creio que você não me culpará, caso se sinta entediada?"

Lady Georgia fechou os olhos.

"Safo!", exclamou. "Estou pensando no que vou vestir. O instinto, creio eu, me diria para usar uma crinolina, com um xale de caxemira amarelo e uma touca turquesa."

A sra. Henedge assustou-se. "Espero que sejamos tão *Ingres* quanto possível", disse ela, "já que não há tempo para sermos gregos. E, agora que lhe contei, devo voar! Não, querida, não posso nem mesmo ficar para ver as melhorias; já que a casa será sua por tanto tempo, poderei vê-las talvez outra hora. Esta noite, irei com os Fitzlittles aos bailarinos russos". E completou, melodiosamente, da escada: "Amo *tanto* Nijinsky em *Le spectre de la rose*!".

||

A sra. Henedge vivia numa pequena casa de escadas assassinas próxima à Chesham Place.

"Se morresse aqui", dissera muitas vezes, "seria impossível fazer o caixão passar pela porta; teriam de me cremar na sala". Para um chalé como aquele, porém, as salas de estar eram surpreendentemente amplas. A sala de visitas, por exemplo, era uma surpresa completa, não obstante suas dimensões fossem visivelmente reduzidas por um brocado irritante que ostentava cachos de orquídeas lilases sobre um fundo amarelo. Naquele dia, contudo, para liberar o máximo de espaço possível para seus convidados, todas as relíquias domésticas — uma fotografia desbotada do papa, um busto do *pobre Leslie querido*, algumas almofadas de ar asiático e uma variedade de bibelôs — foram levadas para o sótão da casa. Nunca antes ela vira sua sala tão vazia, ou tão austera.

Como exclamara sua criada — "Parecia uma igreja!". Fosse a descoberta de uma ode inteira de Safo, em vez de um único verso, ela não poderia ter feito mais.

No centro da sala, um bom número de frágeis cadeiras douradas esperava pacientemente desde o começo do dia para serem postas em seus lugares, felizmente indiferentes às lamentações de Thérèse, que, enquanto rolava os olhos, chiava a cada oportunidade: "Que rebanho selvagem de cadeiras; que rebanho de cadeiras selvagens!".

Em seus preparativos, a sra. Henedge desobedecera ao professor em tudo.

O professor Inglepin aparecera durante a semana para afirmar que a severidade deveria ser a chave do evento. "Sem flores", implorara, "ou, no máximo, arrumadas ao lado do fragmento (que trarei), um buquê, talvez, de...".

"Claro", respondera a sra. Henedge, "pode contar comigo". E agora o ar estava saturado com o olor de vários arranjos de malvas brancas e escuras.

Como um altar em seu santuário particular, também um bufê fora arrumado como um pedido de desculpas àqueles que não poderia alimentar; tampouco fora em vão que, para provocar os mais curiosos, ela saíra à procura de um livro de culinária pagã...

Numa rápida passada de olhos pela lista do jantar, enquanto se vestia, pareceu-lhe que os nomes de seus convidados, num esmerado revezamento, lembravam o elenco de uma peça. "Uma comédia, com possíveis reviravoltas!", murmurou ao descer a escada.

Com uma tiara um pouco acima do nariz, e usando cetim nacarado e pérolas, desejou que Safo pudesse vê-la... Ao adentrar a sala de estar, descobriu que a linda sra. Shamefoot, bem como a radiante *lady* Castleyard (pronuncia-se *Castleyud*), já haviam chegado e divertiam preguiçosamente o monsenhor Parr.

"As madonas de Cima são maçantes, maçantes, maçantes", dizia a sra. Shamefoot, enquanto fitava, por cima do ombro do monsenhor, o próprio reflexo no espelho.

A sra. Shamefoot — amplamente conhecida como "Birdie" e rotulada como uma pessoa dada à política — quase se obriga a derramar uma lágrima. Ofuscada por um marido inteligente e uma sogra mais do que brilhante, tudo o que se esperava dela era que fizesse arranjos de longos ramos de mimosas e folhas de eucalipto, como se estivesse em eternas reuniões imaginárias, e que fosse pitoresca, tranquila e calada. Como se poderia prever, tornara-se uma daquelas pessoas decorativas e auto-hipnotizantes, tão estimadas por anfitriões em jantares como uma espécie de poste ideal. Suficientemente autocentrada, ela poderia ser invocada para pontuar um comentário ou separar, com graça, quaisquer desconfortáveis divergências de pensamento. Seu capricho de momento era construir com *lady* Castleyard, a quem era devotada, um vitral em alguma catedral em memória das duas — uma maravilha em vidro violeta, com desenho de Lanzini Niccolo.

Era, portanto, natural que *lady* Castleyard (cujo passatempo era ver os raios de sol através de vitrais) tivesse o interesse mais vivo no plano — e, pela mediação da sra. Henedge, esperava fazer surgir uma janela em algum lugar e logo.

Bonita, de cabeça pequena e ombros magnificamente ousados, ela se maquilara, como sempre, com bastante audácia. Era corajoso de sua parte, pensou sua anfitriã, ostentar faces tão rosadas. Somente em Reynolds ou em Romney esperava-se ver *tal pincelada.*

"Conte-me! Conte-me!", exclamou alegremente, monopolizando a sra. Henedge. "Sinto que devo ouvir o verso antes de todo mundo."

A sra. Henedge, que não o conhecia, levou o leque aos lábios.

"Tenha paciência!", murmurou com seu sorriso mais esquivo.

O monsenhor Parr tinha nela fitos os olhos pesados e opacos.

Algo entre a borboleta e o misantropo, era rabugento, quando de outro modo não estivesse... ocupado.

"Devo confessar", observou, "que os casos amorosos de Safo jamais me tocaram".

"Ah, mas que vergonha!", censurou-o a sra. Henedge, ao mesmo tempo que dele se afastava para dar boas-vindas a um jovem meticulosamente vestido, que, de maneira desconcertantemente própria, parecia considerar encantadores o estilo e os modos de 1860.

"Drecoll?", perguntou ela.

"Viena", respondeu o jovem, balançando a cabeça.

"Este é o sr. Harvester", disse ela. Quase disse "o pobre sr. Harvester", pois não suportava sua mulher.

Claud Harvester era geralmente visto como um homem encantador. Flanara aqui e ali, colorindo sua personalidade à moda de um cristal de Murano. Era certo que vagara pelo mundo... Estivera até mesmo na Arcádia, lugar raramente visitado por pessoas de temperamento afetado — cujos caminhos talvez jamais levassem para além de uma *matinée* de *Conto de inverno*. De fato, muitos o consideravam interessante. Primeiro buscara seu destino às cegas... por fim, passou a suspeitar que o teatro era o que sempre procurara. Descobrira a verdade enquanto escrevia peças. Em termos de estilo, não raro era chamado de obscuro, embora, na realidade, fosse tão atraente quanto a copa de uma macieira sobre um muro. Como novelista, era quase bem-sucedido. Seus livros eram aguardados... mas sem ansiedade.

"Cleópatra ficou tão desapontada por não poder vir!", disse.

"Pensei ter visto um chapéu de palha..."

"Srta. Compostella!", anunciou o serviçal, melodiosamente.

"Ah, Julia!"

Uma senhora de rosto gasto e seco pelas paixões, trajando um vestido negro de gaze que a envolvia tal qual uma personagem da *Alegoria da primavera*, adentrou a sala sob a forma de uma nuvem.

Ninguém teria adivinhado que a srta. Compostella era uma atriz; parecia tão reservada... Excessivamente pálida e sem nenhuma simetria de feições, seu rosto se fazia vivo unicamente pelos longos lábios vermelhos; mais assombrosos que os de Cecilia Zen Tron, *cette adorable Aspasie de la décadence Venetienne*[1]. Mas, de alguma forma, sentia-se que toda

---

1 "Essa adorável Aspásia da decadência veneziana".

a alma da srta. Compostella se concentrava em seu nariz. Ele resumia sua única marca de delicadeza: ele aspirava.

"Como eu estava?", murmurou enquanto cumprimentava os demais. "*Estava muito nervosa para falar!*"

"Você foi absolutamente esplêndida."

"Minha querida, quão belamente você morreu!"

À época, a srta. Compostella estava experimentando, em seu próprio teatro, alguns quadros inspirados na *Dança da morte*, de Holbein.

"Apenas duas pessoas estiveram presentes à minha *matinée*", disse ela. "Pobres coitadas! Pedi que voltassem para o chá... Uma delas virá aqui hoje à noite."

"Mesmo? Quem pode ser?"

"Ele toca piano", explicou ela. "Compõe — e tem um cabelo encantador. Seu nome é Winsome Brookes."

A sra. Shamefoot deu uma risadinha nervosa.

"Oh, Winsome é maravilhoso!", exclamou a sra. Henedge. "Aprecio muito sua música. Há uma inquietação nela de que gosto. Algumas vezes, alcança uma intensidade viva..."

"Sua euforia cansada é decididamente inquietante", reconheceu Claud Harvester.

A srta. Compostella encarou-o. Admirava terrivelmente seu atraente olharzinho lascivo; era como uma rachadura que atravessa o rosto de um ídolo, pensou. Por outro lado, era da opinião de que seus traços eram bem definidos demais para produzirem qualquer apelo muito duradouro...

No entanto, para sua paz de espírito, teria de bom grado desejado que aquele encontro se desse no ano seguinte.

A cada dia, sentia que a situação entre ambos se tornava mais tensa e absurda. Acompanhara Claud Harvester bem de perto em seu trabalho, até que por fim ela se viu num pináculo ao seu lado, a alguma distância do chão. E ali estavam eles! E ela estava ficando entediada. De qualquer forma, ser obrigada a descer, como quem tivesse caminhado para nada, era-lhe aviltante.

Com um sorriso que, talvez, pudesse ser chamado de patético, virou-se para sua anfitriã, que, com um olhar profundamente religioso voltado ao monsenhor Parr, defendia seu protegido, Winsome Brookes, das insinuações da sra. Shamefoot.

"Mas por quê, por quê, *por quê*", perguntava ela, "você o julga terrível?".

"Porque o considero um sujeito odioso", respondia.

"Crianças a irritam, querida, eu sei, mas ele ainda fará grandes coisas!"

"Alguém pode afirmar isso?"

"A coisa mais inesperada da minha vida", interrompeu o monsenhor Parr gentilmente, "foi quando certo cavalo de coche de Euston fugiu!".

"Obrigada por sua crença em nós", agradeceu a sra. Henedge, levantando-se para saudar uma senhora de aparência indolente que, por assim dizer, trazia consigo para o interior da sala a tranquilidade dos jardins.

A sra. Calvally, esposa daquele estupendo pintor, era o que sua anfitriã chamava de mulher completa. Era bela, com olhos escuros de cigana húngara que, dilatados, pareciam levemente surpresos. Como algumas das mulheres pintadas por Rubens, logo se notava sua afinidade com pérolas. De sua figura desimpedida irradiava compostura. Jamais se alarmava, como seus amigos bem o sabiam, mesmo quando seu marido lhe falava sobre "afastar-se" e "deixá-la" para viver sozinho em alguma pequena e requintada capital.

Ela apenas sorria para o marido, com bom senso, fingindo não ouvir... No íntimo, talvez, tivesse interesse pela descrição que fazia dos lugares. Teria sentido falta de ouvir sobre White Villa e seu cipreste entre a ópera e a catedral, e o deixou falar sobre aquilo como uma criança. Não se importou quando a cidade escolhida foi Atenas, próxima a Malta, onde tinha um primo, mas Bucareste lhe causou horror.

Ao oboé, George Christian Calvally acompanhava, talvez infeliz, o violino da esposa, mesmo que por poucas horas. O rosto dele era delicado e sonhador. Era a perfeita *expressão de tristeza*.

"Minha querida Mary!", exclamou a sra. Henedge carinhosamente, levando a simpática mulher para o lugar mais silvestre que conseguira encontrar — uma pequena poltrona forrada de chita, onde se viam todas as maçãs de Eva e uma maravilhosa e sinuosa serpente. "Teve de lançar mão de muitos subterfúgios?"

"Oh, de modo algum", respondeu a sra. Calvally; "mas o que você acha que nos seguiu até dentro da casa?".

A sra. Henedge fitou-a assustada.

"Oh, nada terrível... Apenas uma borboleta!"

A sra. Shamefoot, que escutava a conversa, sentiu-se completamente arrebatada.

Que maravilha seria escapar, mesmo que por um segundo, da aborrecida política da qual estava tão farta. Não que sempre compreendesse tudo o que se dizia, agora que usava seu cabelo imitando o penteado de uma estátua do século v...

Mas a inclusão naquela noite de Winsome Brookes era algo como uma provação. Sem nenhuma razão efetiva para não gostar dele, considerava seu temperamento talvez parecido demais com o dela para sentir-se completamente à vontade.

Ele entrou na sala alguns minutos mais tarde com seu jeito habitualmente sonhador, como alguém a passeio pelas belezas de Gales — um retrato agradável de riqueza e... inexperiência. Seus trajes excessivamente elaborados sugeriam, por vezes, como naquela noite, um São Sebastião crivado de muitas flechas.

Um suave zumbido de vozes enchia a sala.

A sra. Henedge, naquele momento admirável, orquestrava destemidamente seus convidados.

O sr. Sophax, um crítico que recentemente perdera a mulher e parecia adequadamente controlado, elogiava, apenas o bastante, uma senhora de rosto amarelado e doces olhos cansados. Era a sra. Steeple.

Em uma tarde quente de julho, com o termômetro marcando 32 graus, a ridícula mulher encenara *Rosmersholm* em Camberwell. Ninguém fora vê-la, mas era possível que tivesse se saído muito bem.

"Conte-me", pediu ela ao sr. Sophax, "quem é o homem vitoriano que está conversando com aquela criatura maravilhosa — aquela de saia longa dourada?".

"Você se refere a Claud Harvester. Sua peça há algumas noites foi um desastre. A senhora assistiu?"

"Foi deliciosamente superficial, creio eu."

"Um desastre!"

"De alguma forma, gosto de seu trabalho, é conduzido com tanta leveza!"

"Não importa, sr. Harvester", dizia *lady* Georgia a ele, "tenho certeza de que sua peça era sofisticada; não fosse assim, teria conhecido uma temporada mais longa".

Ele sorriu:

"Como a senhora é sardônica!"

Ela parecia cansada, nem um pouco maravilhosa — sem dúvida, era uma de suas piores noites.

"Gostaria que ela desse um descanso para suas pobres esmeraldas", comentava uma senhora, franzina como um camelo magro, com o monsenhor Parr.

Um silêncio lisonjeiro saudou o professor.

"Receio que o senhor esteja exausto por seu dia de comemorações no British Museum", disse-lhe a sra. Henedge, meio histericamente, enquanto desciam a escada.

O sucesso na mesa de jantar, entretanto, restaurou os nervos da anfitriã. Para criar uma atmosfera leve, inspecionara mais cedo a disposição da louça, espalhando aleatoriamente violetas nos copos e sobre os pratos.

Por um momento, seus convidados esqueceram-se de conversar sobre si mesmos e lembraram-se de Safo.

O vinho de Lesbos (de Samos. Obtido, talvez, em Pall Mall) gerou certa calma.

Claud Harvester lembrou-se, então, de que passara um fim de semana em Mitilene, num "pequeno e divertido hotelzinho falido à beira-mar".

Fora na primavera, disse ele.

"Na primavera, as violetas em Atenas são maravilhosas, não são?", perguntou a sra. Calvally.

"De fato, são, sim."

Ela falou-lhe sobre a Grécia, mas tudo de que ele conseguiu lembrar-se de Corinto, por exemplo, foi das muitas ovelhas afogadas que viu abandonadas na praia.

"*Ah! Não me fale de Corinto!*"

"Que pena — e em Tânagra, conte-me, o que o senhor viu?"

"Em Tânagra...?", disse ele, "havia um gatinho tomando sol no museu, ao lado de uma pilha de utensílios de barro quebrados — alças de ânfora, braços e pernas de estatuetas, e um velho sentado na soleira de uma porta colando um jarro".

"Que extraordinário!", maravilhou-se a mulher, removendo com extremo cuidado um átomo de rolha que caíra em sua taça. "Sério? É isso mesmo?"

"Realmente é isso", murmurou o homem em resposta, voltando-se com súbito interesse à srta. Compostella, cujo rosto, *vis-à-vis*, pensou, ainda conservava vestígios de sua comédia.

Só então foi capaz de apreciar plenamente sua máscara sutil — agora que ela o recordara de sua peça. Como ela era agradável!

"Com certeza", pensou ele, "seu cabelo deve ser enredado".

Provavelmente, como sua mulher sugerira certa feita, o segredo dela estava tão somente em seu desalinho. Disso, ela fizera objeto de estudo. Com ela, o desalinho tornara-se uma sofisticada arte. Uma mecha de cabelo solto... o ângulo descuidado do chapéu... E então, para acrescentar ênfase ao conjunto, sempre havia pequenos botões postos em lugares absurdos — que, espalhados em grande quantidade por seus vestidos, choravam alto ou gritavam ou oravam baixinho para serem pregados e, de certa forma, davam-lhe um ar de irresponsabilidade que para pessoas simplórias era talvez deveras fascinante.

"É uma mulher tão desleixada!", dissera Cleópatra. "E, meu querido... tão anormal! Não creio que você escreva peças para ela. Se eu fosse um homem, quereria apenas..."

E ela nomeara o Impossível.

"Sinto que quero ir a algum lugar e ser calmamente feia por uma semana", confidenciava a srta. Compostella a George Calvally enquanto destrinchava um pequenino pato selvagem com as mãos luminosas. "O esforço de ter de parecer mais ou menos com própria fotografia está se tornando muito maçante."

Ele simpatizava com ela. "Mas suponho", refletiu, "que você esteja terrivelmente atarefada".

"Sim; mas o senhor sabe, eu adoro! No próximo mês, espero conseguir a Eysoldt para contracenar comigo no Maeterlinck... Não há nada fechado, ainda resta alguma dúvida, mas é quase certo!"

"A Joyzelle dela!", pôs-se ele a devanear.

"E minha Selysette![2]", lembrou-se ela.

"Agora que Maeterlinck está ficando parecido com Claud Harvester", disse o professor sem nenhum tato, "não o leio

---

2 Personagens de duas peças de Maeterlinck: *Aglavaine e Sélysette* e *Joyzelle*.

mais. Em todo caso", completou, graciosamente, "espero que o torne um sucesso".

"Um sucesso! Oh, jamais fiz algo tão terrível", respondeu ela, voltando a atenção para sua anfitriã, que, sob a tiara bem inclinada, comparava a prosa de um competente santo a um beco sem saída.

"Mas e daí", perguntou *lady* Georgia, inclinando-se em sua direção, "se ele tem um estilo encantador?".

Na discussão vivaz que se seguiu, a sra. Steeple, talvez de maneira imprudente, revelou a Winsome Brookes sua opinião sobre a srta. Compostella.

"Oh, Julia é tão travada!", disse ela. "Ela se contém, mesmo nas peças mais intensas, como se fosse Agripina com as cinzas de Germânico; já representando a agonia, decerto se apoia demais na cor do vestido. O Hamlet dela", e ela começou a rir, "o Hamlet dela era irresistível!".

E a sra. Steeple pôs-se a gargalhar.

Sua gargalhada foi, de fato, de tal hilaridade que Winsome se sentiu constrangido.

"O H-H-Hamlet dela era irresistível!", repetiu.

"Vai nos contar o que é tão divertido?", perguntou a srta. Compostella.

Mas a sra. Steeple parecia estar extremamente agitada.

"O que Winsome dizia?", quis saber sua anfitriã.

Em nenhum desses eventos perturbadores a sra. Shamefoot quis tomar parte. Mentalmente, talvez, ela já estivesse em três quartos da taça. Tão intenso era seu desejo de ter para si um vitral comemorativo que, quando fosse erigido, acreditava que depois de morta deveria permanecer nele para sempre, como um pequenino fantasma. E, sendo assim, com que alegria seria trespassada pela luz todas as manhãs; e seu corpo, inundado pelo sol, ou ao entardecer, brilharia com uma colheita de cores sombrias que, com a noite, se adensariam em impronunciável tristeza... Que êxtase! Era como um egípcio que ansiasse por sua pirâmide, é claro.

Como se temia, ela apareceu essa noite em sua auto-hipnose completa. Na verdade, tudo o que partilhou com seu vizinho, o sr. Sophax, durante o jantar, foi que o rei havia sido "perfeito para com ela" certa feita na Escócia, e que apreciava a poesia de Yeats.

"Quando não se consegue dormir", disse a ele, "basta repetir para si mesmo várias vezes *Innisfree*. Talvez o senhor fique feliz em lembrar...".

Como a sra. Henedge explicara, era apenas um jantarzinho leve. Teve de voltar à sala de visitas assim que foi possível para receber seus últimos convidados. Ocorreu-lhe, enquanto se afastava com as senhoras, que, depois do posfácio sáfico do professor, talvez fosse adequado obter um pouco de música. Isso traria um desenlace harmonioso para aquela noite.

Havia Winsome, com quem felizmente se poderia contar, e a sra. Shamefoot, que cantava a canção de Thaïs para seu espelho muito lindamente; depois, assim esperava, teriam a sra. Rienzi-Smith, que compunha coisinhas que eram só sensibilidade... além de ela própria ser muito agradável...

Na sala de visitas, ficou feliz em encontrar aquela mulher maravilhosa, a sra. Asp, a autora de *A vida doméstica de Lucrécia Borgia*, servindo-se de café e biscoitos enquanto conversava sobre *criadagem* com a sra. Thumbler, a esposa do arquiteto e restaurador da catedral de Ashringford.

"Ela ficou quatro anos com *lady* Appledore", dizia a sra. Asp, dando uma mordida em seu biscoito, "e *dois* na embaixada italiana, e, embora fosse possível para qualquer um, talvez, não ser dessa opinião, devo dizer que ela sempre foi escrupulosamente limpa".

"Minha querida Rose", disse a sra. Henedge, vogando em sua direção, "espero que não tenha esperado muito". Ela parecia preocupada.

"E-e-eu? Oh, não!", ronronou a sra. Asp com sua voz confortável, usando das mesmas inflexões que de forma tão ofensiva tinham surpreendido a duquesa de York quando, por telefone, ela admitira: "Sim... Eu sou a sra. Asp... Estamos montando um pequeno bazar e esperamos que vocês da realeza ajudem!".

"E essa, creio eu, é Mira?", perguntou a sra. Henedge, virando-se para uma jovem que, sentada a um canto, parecia contar as veias dos braços.

"Admirei seu modo de valsar, na outra noite, nos Invergordons", disse a senhora à jovem. "Acredito ser muito corajoso de sua parte gostar mais de dançar sozinha."

Mira Thumbler era uma coisinha de aparência medieval e modos peculiares e lânguidos, tal qual uma criatura que tivesse escapado da moldura de violetas e morangos selvagens de uma tapeçaria.

Via de regra, ninguém jamais a notava (a despeito de umas poucas excentricidades, como dançar sozinha em festas etc., suficientemente manifestas, era bem possível, para chamar atenção). Estava à espera de ser descoberta. Algum dia, talvez, um poeta ou pintor apareceria e a levantaria, bem alto, na direção do sol, como uma bela estatueta, e ela ficaria na moda por um tempo... algo como a Nova Beleza.

"Esses icebergs aparentes", pensou a sra. Henedge, quando tocou a mão encantadora e sensível de Mira, "há quem saiba o que são!".

"Minha querida, que vestido radiante!", exclamou *lady* Georgia, tocando a roupa.

"Os cupidos", explicou Mira, mostrando o material encorpado italiano nos tons rubi e azul, "imitam o friso de uma igreja".

"Poucas vezes vi algo tão esplendidamente intrincado!", admirou-se *lady* Castleyard — "Você é como um anjo numa paisagem de verão, repousando ao lado de um poço!". E, afundando em uma pequena poltrona circular, ela examinou a sala com entediada magnificência.

"Não há enredo", confidenciava a sra. Asp, que parecia totalmente incapaz de continuidade, a uma pequena e encantada audiência. "Não tem exatamente um enredo. É sobre duas mulheres que vivem sozinhas."

"Você quer dizer que elas vivem completamente sozinhas?"

A sra. Thumbler era incapaz de imaginar um romance sem enredo e duas mulheres que vivessem tão tranquilamente!... Tinha a impressão de que a pobre Rose querida estava se tornando maçante.

"Imagino que você não colabore!", disse ela.

"Ah, não... A menos que eu estivesse apaixonada por um homem, e *apenas como um pretexto*, jamais aventaria a possibilidade de colaborar com qualquer pessoa."

"Talvez você precisasse de uma espécie de Beatrice[3] masculina, não?"

"Como seria divertido colaborar com o sr. Harvester", murmurou a sra. Steeple enquanto se voltava à srta. Compostella, que então parecia completamente lisonjeada, fechando os olhos, sorrindo e levantando suavemente a mão.

"Sem dúvida, tenho paixão pelo trabalho dele", declarou a sra. Asp. "Ele se lança sobre aquelas coisas meio misteriosas... E algumas vezes as esclarece!"

"Você conhece o sr. Harvester?", perguntou Mira.

"Claro que conheço o sr. Harvester... Ele vasculhou o Cairo, há alguns anos, para encontrar uma flor de lótus para mim. Por quê?"

3 Personagem de *A divina comédia*, de Dante Alighieri.

"Eu gostaria muito de conhecê-lo."

"Que extraordinário capricho, minha querida!", exclamou a sra. Henedge, afastando-se para receber uma viúva de provável importância que, apesar do crucifixo e dos brocados celestiais, dispunha de poesia própria, à maneira, por exemplo, de uma bacante evanescente. Não era preciso imaginação para vê-la saindo à noite de sua caverna no monte Parnaso para admirar as estrelas ou, para seu maior conforto, talvez, desfilando como o mais perfeito pavão, diante de alguma casa de campo, sobre o cascalho rosa-pálido — tão charmoso quanto as *pedrinhas* no primeiro plano do Parnaso de Mantegna.

Lady Listless, ou Atossa, como suas amigas respeitosamente a chamavam, tinha a aparência de uma pessoa que descobrira alguma coisa que não podia saber. Isso provavelmente acontecia por ela conhecer os conflitos familiares da maioria das pessoas, ou simplesmente por somar dois mais dois. A cada ano, seus enganos chegaram a centenas, mas ela nunca parecia se importar.

"Acabei de jantar com os Barrows", explicou ela, solene, à sra. Henedge, segurando-lhe a mão. "Coitadinha da sra. Barrow, escutou o Corvo... chegou toda esbaforida do campo, na noite passada, e se refugiou no Hotel Ritz."

"É um tanto difícil acompanhá-la, não?", perguntou a sra. Henedge, com leve ansiedade.

"Não sei, acredito que sim. O hotel, ao que parece, já está particularmente cheio... Você se lembra? Da última vez que o ouviram grasnar, foi pelo velho *sir* Philidor." E, parecendo excessivamente pomposa, afastou-se para repetir as notícias à sra. Shamefoot: "Violet ouviu o Corvo!".

"Ser retratada uma vez e para sempre pelo meu marido é muito melhor do que ser sempre fotografada!", dizia a sra. Calvally para uma deusa, enquanto o professor entrava.

"Eu sei", respondeu a deusa; "alguns de seus retratos são verdadeiramente *três Velázquez*, e nunca nos fazem lembrar de Whistler".

"Oh, cuidado com o sr. Calvally!", murmurou a sra. Asp, passando esvoaçante para pegar uma cadeira. "Ele transformou a pobre *lady* Georgia num galgo e o velho general Montgomery num carneiro — os cabelos estão torcidos como se fossem chifres."

Uma corrida injustificável para os assentos anunciava, entretanto, que o momento crítico chegara.

"Ora, minha querida", explicou a sra. Thumbler, triunfante, à filha, desculpando-se por uma pequena batalha com o monsenhor Parr, "eu estava perto de conseguir botá-lo no meu colo!". E, emocionada, agitou o leque um tanto freneticamente.

"Acho o seu *jovem músico* tão bonito", sussurrou a sra. Asp à sra. Henedge, ajeitando com toques hábeis a tiara e os audaciosos brincos de cristal violeta. "Com um pouco de esforço, realmente, ele poderia se passar por um grego."

"Seu folhetim no *The Star*, minha querida Rose, vai algum dia ser interrompido?", o sr. Sophax, que estava logo atrás dela, abaixou-se ao fazer a pergunta.

"Não me faça perguntas", respondeu ela sem se virar. "Tenho uma regra de nunca dar entrevistas à noite."

Ao seu lado *lady* Listless, empoleirada desconfortavelmente sobre os *Novos poemas* de Claud Harvester, encarava o professor com seu sorriso mais complacente. Sabia quase nada sobre Safo, exceto que seu irmão, acreditava ela, fora um comerciante de vinho — o quê, naqueles tempos, era provavelmente melhor do que ser fabricante de cerveja.

"Mas se tinham a intenção de me matar", murmurava misteriosamente a mulher-camelo para o monsenhor Parr, "eles não teriam colocado chocolate na cesta do almoço; minha coragem voltou com ele!", quando um silvo maravilhoso da sra. Asp estimulou a srta. Compostella a se soltar.

"Minha cara, *quando um anjo* como Sabine Watson...", ouviram-na exclamar vagamente por sobre todas as outras vozes.

Julia, naquele momento, estava de excelente humor. George Calvally prometera desenhar-lhe um belo cartaz, com ciprestes e punhados de estrelas, quando a Eysoldt chegasse...

Mas o professor estava ficando impaciente.

Seria totalmente desagradável, refletiu a sra. Henedge, se ele se desesperasse e fosse embora. Era *demais* Julia dissertar em um momento como aquele sobre a sublimidade de Sabine Watson, que era apenas *uma*, ao que parecia, de uma maravilhosa tropa de anjos.

Para esconder seus receios, ela abanou-se com um sensualíssimo leque amarelo. Havia nele uma floresta de Arden pintada em tons de índigo, violeta, safira, turquesa e azul comum. O leque, de Conder, era maldosamente conhecido como As *florestas cor-de-rosa*.

"Vou fazer-lhes uma apresentação", disse o professor, quebrando como um flautim a harpa da srta. Compostella.

"Ouçam, ouçam!", exclamou o sr. Sophax.

"Vocês ouviram, é claro, como, ao examinar as ruínas de Crocodileopolis Arsinoë, meu burro, tendo..."

E então, depois do que talvez tivesse se tornado um angustiante *obbligato*, o professor declamou de forma impressionante o imperecível verso.

"Oh, delicioso!", exclamou *lady* Listless, parecendo um tanto perplexa. "De fato, muito encantador."

"Alguém pode me dizer o que significa?", perguntou a sra. Thumbler. "Em inglês, é claro. Infelizmente, meu grego..."

"Em inglês", retorquiu o professor com alguma relutância, "isso significa: 'Não seria possível', (sacudiu um dedo), 'não seria possível, para a fúria de seus pés!'".

"Quer dizer que ela fugiu?"

"Parece que sim!"

"Oh!", a sra. Thumbler parecia prestes a desmaiar.

O professor encarou-a com seus olhos castanhos e curiosos.

"Não poderia...", murmurou ela, desconsolada, apoiando-se em um bastão de alpinista, incerta quanto ao seu equilíbrio. Abaixo dela havia, por assim dizer, telhados, potes e panelas: Chamonix brilhando na neve.

"Mas há, sem dúvida, um *sous-entendu*[4]?", perguntou o monsenhor Parr, desconfiado.

"De fato, não!", respondeu o professor. "É provável, na verdade, que Safo nem ao menos tenha pretendido ser cáustica! Aqui está um verso corajoso, separado (infelizmente!) do contexto como um todo. Decorativo, inútil, como queiram — uma aquarela sobre seda!"

"Apenas um fragmento de Safo", observou a sra. Asp, com autoridade, "apenas um fragmento de Safo, como em *Deitarei meus membros sobre macias almofadas* ou Γελλω παιδοφιλωτερα, ou, novamente, em *Ah, mas não cantes de orgulho por um anel apenas*".

"Não sei por que isso me emociona, mas me emociona!", confessou *lady* Georgia.

"Você acha que ela se refere a..."

"Nada disso!", interrompeu o professor. "Como explica a sra. Asp, temos, no máximo, um fragmento, uma frase rara... como as que são características da poeta, como *Com tornozelos dourados* ou, por exemplo, *Videiras amarradas a suportes*, ou *Com água pingava o guardanapo*, ou *Madeira cítia*... ou ainda (temo, espúria) *Carregando longas varas encimadas por papoulas em flor*."

"E não há um pequeno, minúsculo fragmento dela que diz: *O casco de uma tartaruga?*", murmurou a sra. Calvally, dedilhando a enorme presilha alada na parte de trás do cabelo.

4 Subentendido.

"Eu diria que os poderes de Safo estavam, decididamente, em declínio quando ela escreveu a 'aquarela' do professor", disse a sra. Steeple de forma depreciativa.

"Eu não vejo por quê!"

"Você se lembra do divino *Hino a Afrodite*?", perguntou ela e, rapidamente, misteriosa, arcaica, antes que alguém pudesse impedi-la, começou a declamá-la:

De flóreo manto furta-cor, ó imortal Afrodite,
filha de Zeus, tecelã de ardis, suplico-te:
não me domes com angústias e náuseas,
                              veneranda, o coração,

mas para cá vem, se já outrora —
a minha voz ouvindo de longe —
me atendeste, e de teu pai deixando a casa
                              áurea a carruagem

atrelando vieste. E belos te conduziram
velozes pardais em torno da terra negra —
rápidas asas turbilhonando, céu abaixo
                              e pelo meio do éter.

De pronto chegaram. E tu, ó venturosa,
sorrindo em tua imortal face,
indagaste por que de novo sofro e por que
                              de novo te invoco

e o que mais quero que me aconteça em meu
desvairado coração. "Quem de novo devo persuadir
(?) ao teu amor? Quem, ó
Safo, te maltrata?

Pois se ela foge, logo perseguirá;
e se presentes não aceita, em troca os dará;
e se não ama, logo amará,
mesmo que não queira".

Vem até mim também agora, e liberta-me dos
duros pesares, e tudo o que cumprir meu
coração deseja, cumpre; e, tu mesma
sê minha aliada de lutas.[5]

"Um deslumbre, querida; obrigada."

"O cristianismo, sem dúvida, inventou muitas coisas admiráveis, mas destruiu mais do que criou!", observou o professor, não sem certa ferocidade, ao monsenhor Parr. Despertara o velho pagão que existia dentro de si.

"A senhora está mexendo com as nossas memórias pré--natais, sra. Steeple", disse Claud Harvester.

"Estou?", e ela riu.

"O sr. Brookes prometeu tocar para nós", disse a sra. Henedge às pressas, com suficiente presença de espírito.

"Ele consegue tocar *Après-midi sous les pins*?", perguntou a mulher-camelo.

"Certamente", disparou Winsome, erguendo do piano uma fotografia de dois garotinhos de expressão aterroriza-da, de alguma forma esquecida. "Quando tenho a partitura, consigo tocar qualquer coisa!"

"Pobre sr. Calvally... sempre parece atrozmente infeliz!", murmurou *lady* Listless, olhando ao redor.

"É lamentável", disse a sra. Rienzi-Smith, "que o profes-sor pareça tão descontente".

---

5 Poema traduzido do grego por Giuliana Ragusa e publicado em RAGUSA, Giuliana (org., trad.). *Lira grega: antologia de poesia arcaica*. São Paulo: Hedra, 2013.

"Bem, o que mais ele poderia querer? Estávamos todos em banquetas diante dele."

"O que devo tocar para a senhora?", perguntou Winsome à sra. Henedge. "Uma fanfarra? Um réquiem?"

"Oh, toque para nós alguma coisa de sua autoria. Toque 'Bugalhos', da *Suíte em verde*."

No entanto, "para quebrar o gelo", como ele próprio disse, preferiu o excitante *Capriccio espagnol* de Rimsky-Korsakov a qualquer coisa de sua autoria.

"Mas você não detesta esperar que Otelo a sufoque com a almofada?", perguntava *lady* Castleyard à srta. Compostella. "Eu teria me levantado e gritado ou tocado a campainha, tenho certeza!"

"Sério? Acho que é praticamente o único momento da peça que dá a uma atriz a oportunidade de ver onde estão seus amigos", replicou Julia.

"Exatamente como eu disse", murmurou Mira Thumbler, maliciosamente, para Claud Harvester, "que uma pessoa que começa com um prelúdio de Rachmaninoff raramente toca qualquer outra coisa...".

"Oh, não!", ele retrucou. "Quando Winsome toca assim, quero viver em um lugar onde o verão seja eterno."

Mira pareceu encantada.

"Todos os lugares, na verdade", disse ela, "têm glamour apenas em essência — você não sabia? —, como uma gota de perfume!".

Ela interrompeu-se um instante para ouvir sua vizinha de assento.

"Tão pavorosamente malconservado", falava a deusa, descrevendo o Valhalla. "Na sala do trono, por exemplo, as velas estão inclinadas em todas as direções... e todo o resto nas mesmas condições!"

"Diga-me", pediu Mira, virando-se para Claud Harvester

abruptamente e falando com repentina paixão, "por que o senhor é tão *adorável* com todos? Por quê? É... uma pena!".

"Ora", exclamou ele, espantado, "e qual é o problema disso?".

Mas ela já havia se afastado.

"Não, alguma coisa de sua autoria!", implorava a sra. Asp a Winsome um tanto imprudentemente.

"Tocarei o primeiro ato de meu *Justiniano*, se a senhora julgar que não é muito longo."

"Alguns dos temas principais, talvez", sugeriu a sra. Henedge.

"Muito bem, começarei com a canção folclórica dos Paralíticos."

"Isso será maravilhoso."

"A senhora deve imaginá-los", explicou Winsome a *lady* Listless, sentada próxima ao piano, "agrupados inutilmente perto dos portões de Santa Sofia. As rubricas do libreto dirão que se trata de uma noite quente de junho, com uma grande lua violeta no céu".

Enquanto ouvia a música, *lady* Listless permitia que suas aspirações passassem desenfreadamente por seu rosto. Agora, ali estavam elas, como pássaros em revoada.

"E aqui", murmurou Winsome alegremente, sem cessar e tocando com uma deliciosa nitidez de movimentos, "é o *pas* das Freiras Descalças".

Lady Listless ficou rapsódica. "É quase tão delicioso", disse, com a respiração entrecortada, "quanto a Dança das Fadas de Açúcar de *O quebra-nozes*".

Com um meneio, a sra. Asp aprovou o comentário.

"O final é particularmente curioso", completou; "soa como a queda de uma bandeja de prata!".

"E agora", explicou Winsome, cruzando os braços e inclinando-se tímido para trás, "é o tema de Theodora".

"Mas, meu jovem", contestou *lady* Listless, "eu não escuto nada... Nada mesmo".

"A orquestra silencia. Resta apenas o movimento de seu vestido..."

E, com súbita irresponsabilidade, ele começou a tocar *Palácio de Verão — Chá em Therapia*, que pareceu desembocar sem nenhum esforço numa excitante *Czarda* de Liszt.

"Que encantador!"

A sra. Henedge, agora ligeiramente ansiosa, julgara ter chegado o momento de pedir à sra. Shamefoot que cantasse. Winsome raramente ficava sério. Talvez fosse uma pena, refletiu ela, não obstante inevitável, que sua querida sra. Shamefoot gostasse apenas da excessiva exaltação da escola francesa moderna. Naquele exato momento, sentia ela, *uma dose de Brahms* faria a todos um bem maior, mas, sem dúvida, seria possível confiar à sra. Rienzi um encerramento de noite mais tranquilo com uma das suas danças ciganas sonolentas.

"E quando ela morreu, deixou tudo para os capuchinhos", dizia a sra. Shamefoot ao monsenhor Parr, quando a sra. Henedge a abordou.

"Cante, querida...", pediu ela.

"Oh, realmente não sei se posso... A sala está tão quente. E há tantas rosas! Não sei quem está mais vermelho, se nós mesmos ou as rosas. E conversei a noite toda. Minha voz está, no mínimo, um pouco cansada. Mas, se você insiste, e Dirce fizer o acompanhamento, e se..."

E, finalmente, como era de esperar, ela levantou-se e percorreu os muitos tapetes de oração rumo ao piano.

Era raro encontrar criatura tão cativante, George Calvally pensou, enquanto a observava.

"Você a julga tão graciosa quanto quer parecer?", conseguiu ouvir Winsome Brookes perguntar.

"Graciosa?", retorquiu a mulher-camelo. "Não mesmo! Ela é como um saco de carvão."

"*Ah! je suis fatiguée à mourir!*", cantou a sra. Shamefoot. "*Tous ces hommes ne sont qu'indifférence et brutalité. Les femmes sont méchantes et les heures pesantes! J'ai l'âme vide... Où trouver le repos?... Et comment fixer le bonheur! O mon miroir fidèle, rassure-moi; dis-moi que je suis toujours belle, que je serai belle éternellement; que rien ne flétrira les roses de mes lèvres, que rien ne ternira l'or pur de mes cheveux; dis-moi que je suis belle, et que je serai belle éternellement! éternellement!*[6]

"*Ah! tais-toi, voix impitoyable! voix qui me dis: 'Thaïs ne serai plus Thaïs!'... Non, je n'y puis croire; et s'il n'est point pour garder la beauté de secrets souverains, de pratiques magiques, toi, Vénus, réponds-moi de son éternité! Vénus, invisible et présente!... Vénus, enchantement de l'ombre! réponds-moi! Dis-moi que je suis belle, et que je serai belle éternellement! Que rien ne flétrira les roses de mes lèvres, que rien ne ternira l'or pur de mes cheveux; dis-moi que je suis belle et que je serai belle éternellement! éternellement! éternellement!*"[7]

"Um deslumbre, querida; obrigada!"

"Oh, ela é celestial!"

"Edwina jamais cantou assim!"

"Se ela voltar a parecer invocativa", sussurrou a sra. Asp, cujo aplauso se resumira a bater o dedo no leque, "vou tirar meu cochilo... como Brunnhilde".

---

6 "Ah, estou morta de cansaço! Todos esses homens que são somente indiferença e brutalidade. As mulheres são más e as horas, morosas! Tenho a alma vazia... Onde encontrar descanso?... E como eternizar a felicidade! Oh, meu fiel espelho, conforta-me; diz-me que ainda sou bela, que serei eternamente bela; que nada tirará o frescor de rosas dos meus lábios, que nada turvará o ouro puro dos meus cabelos; diz-me que sou bela e que serei eternamente bela! Eternamente!"

7 "Ah! cale-se, voz impiedosa! voz que me diz: 'Thaís não será mais Thaís!'... Não, eu não posso acreditar; e se não é para conservar a beleza dos segredos soberanos, das práticas mágicas, tu, Vênus, responde-me de tua eternidade! Vênus, invisível e presente! Vênus, encantamento da sombra! Responde-me! Diga-me que sou bela e que serei eternamente bela! Que nada tirará o frescor de rosas dos meus lábios, que nada turvará o ouro puro dos meus cabelos; diga-me que sou bela e que serei eternamente bela! Eternamente! Eternamente! Eternamente!"

"Você ficaria mais do que desconfortável", observou o sr. Sophax; "além do mais, quem terminaria seu folhetim no *The Star*... Ninguém poderia fazê-lo."

Isso era verdade... Mais ninguém era capaz de retratar um autêntico vilão com tanta minúcia quanto a sra. Asp. Com que precisão dava contornos a seus sentimentos para, em seguida, desmascará-lo com gosto; sua alegria durante o processo não passava despercebida aos amigos.

Mas, ao que parecia, haveria ainda outra canção, pois, com seu retorno à sala, enquanto a luz brilhante delineava-lhe de forma esplêndida os ombros, era improvável que *lady* Castleyard cedesse de pronto sua cadeira à sra. Rienzi. A leve inclinação de seu pescoço permitia que se admirasse a dobra perfeita de sua nuca e a belíssima sinuosidade das mechas prateadas parcialmente soltas sobre sua cabeça, da qual um *aigrette* se erguia como uma nuvem de vapor.

"Um *aigrette*", calculou a sra. Asp, "de pelo menos 40 centímetros de altura!". Não; haveria pelo menos mais duas canções, tinha certeza.

"Fui informada", disse ela ao sr. Sophax, balançando os longos e lacrimosos brincos, "de que o concerto na Jarlington House, outra noite, foi um completo sucesso, e que *lady* Castleyard tocou tão bem que alguém da plateia esmagou um bom número de pobres dedões e tentou beijar as mãos dela... Atossa diz que a pessoa recebeu um cheque bem polpudo para fazer isso!".

Mas uma valsa incômoda, que ardia e ardia e piscava e ardia até irromper em chamas antes de transformar-se em outra coisa — e que talvez fosse o modo francês de dizer que "águas calmas guardam agitadas profundezas", lançou por um instante seu feitiço e, quando terminou, a sra. Henedge decidiu que pediria a Mira Thumbler que dançasse.

Não era de todo absurdo que aquilo significasse dar à solteirona sua oportunidade. De fato, aos 17 anos, a maliciosa criaturinha era muito retraída. Ninguém a notava. Muitas pessoas assim o diziam! E sua pobre mãe, que dera à luz unicamente filhas; sua menor, uma garota...

Ela encontrou Mira sentada com desleixo sob uma potente luminária, parecendo inexpressivamente entediada. Sua anfitriã notou por sua silhueta que seu desejo de furar com o dedo o velino de uma tela chinesa pintada de nenúfares e mergulhões fantásticos era quase *maior* do que podia suportar.

"Minha querida, você não vai dançar para nós?", perguntou ela.

Mira ergueu os olhos.

"Oh, perdoe-me, por favor", exclamou, "mas eu precisaria me sentir muito como... *você sabe!*".

Ela ergueu os braços brancos, protetores.

"A filha de Herodíade?", perguntou a sra. Henedge. "Bobagem! Não seja tímida."

"Qualquer coisa que queira pedir...", murmurou gentilmente George Calvally, que estava por perto.

"Você fala sério?"

"Claro que falo sério!"

Ela levou sua oferta em conta.

"Então", disse ela, "eu me sentarei diante de você para que faça meu retrato. Oh, isso é estúpido e sem graça da minha parte, acho, ter tão poucos atributos — apenas um nariz comum, dois olhos, uma boca... estática!".

Ergueu a mão para o ar para ser admirada. Sorriu. Parecia muito bonita.

"Ficarei imensamente lisonjeado", disse o pintor.

E assim — depois do que pareceram preliminares infindáveis — Mira dançou.

No caminho para casa, ele falou sobre os adoráveis pés bizantinos dela.

A sra. Calvally bocejou. "É extraordinário que uma coisinha pequena e sem recursos como a srta. Thumbler possa fascinar você!", exclamou ela.

Logo no começo da Sloane Street, sob o nome de Monna Vanna, ficava a loja da sra. Shamefoot.

A maneira feliz que achara de enxotar delicadamente a monotonia era vender flores.

Oh, o alívio de fugir vez por outra de seu marido arguto ou do cansativo brilhantismo de sua sogra para sentar-se no mistério da própria sala, nos fundos da loja, com a interessante Dina ou o filho desta, Jordan!

Ademais, ela encontrara nessa vida secundária um modo de expressão pelo qual sua natureza ansiava. Divertia-se fazendo maravilhosos ramalhetes de flores para que perecessem à janela sob os olhares do público impassível; e a falta de harmonia de algumas de suas combinações de cores era de fato curiosa. Frequentemente, mandava recados para seus amigos usando as flores, e quando, por alguma razão, no último aniversário o sr. Shamefoot fora minuciosamente ignorado, num surto de capricho ela decorou a vitrine toda com íris negras.

Mas, apesar da política, era de conhecimento geral que, em toda a Inglaterra, ninguém era capaz de inserir violetas napolitanas nos arranjos tão habilmente quanto ela.

Era seu júbilo.

No mais simples e despretensioso buquê, ela talvez permitisse a presença de uma única violeta para que esta flutuasse sobre o resto — que leveza!

Suas paredes eram cobertas com charmosos estudos de flores de Vincent van Gogh e de Nicholson, aos quais se misturavam rascunhos graciosos da própria autoria — em sua maioria, esboços de rosas, nas quais era possível notar sua grande ênfase nos espinhos. E, quando não havia muita gente na cidade, essa era a decoração da loja.

Naquela manhã, entretanto, a sra. Shamefoot sentou-se para fazer uma coroa de flores — ela não sabia a quem se destinava tal arranjo; mas, como ainda era segunda-feira, teve o pressentimento de que talvez uma se fizesse necessária...

Com os olhos escuros cheios de alma, pediu a Dina que lhe buscasse o material. Passou-lhe pela cabeça preparar uma lira, com algumas orquídeas, lírios cor-de-rosa e um sem-número de fitas; alguma coisa apropriada a uma *débutante* triste, e mal começara o trabalho quando a sra. Henedge entrou.

"Minha querida Birdie, quem esperaria encontrá-la!", exclamou. "Pensei que desse uma ou outra passadinha para ver como vão as coisas..."

Ela pareceu constrangida.

A sra. Henedge visitara a loja apenas para implorar a Dina que convencesse sua chefe a aceitar de volta algumas das palmas usadas na festa da noite anterior, mas, agora, como disse — elas estavam cara a cara —, faltava-lhe *presença de espírito*.

"Quanto custam os amentos?", perguntou ela, apontando, em sua agitação, para alguma coisa de fato fabulosa ao extremo.

Ela poderia mandá-los, refletiu, para Winsome Brookes. Com frequência, ela lhe agradecia a música com um bolo ou um vaso de planta, e naquele dia o Rumpelmayer estava fora de mão.

A sra. Shamefoot agitou-se levemente.

"Não sei, querida", respondeu. "Quando tento fazer cálculos, nuvens descem sobre mim como no *Tannhäuser*."

Com uma arfada, Dina cruzou o aposento para pegar um livro — parecia ainda sofrer de falta de ar. A linda criatura vivia em uma comunidade, William Morris, uma espécie de paraíso nos confins do metrô, do qual ela surgia sem fôlego todas as manhãs e assim permanecia, em geral até que os guardas passassem pela loja. Quando isso acontecia, ela podia começar seu serviço, correndo à janela para espargir a água de uma lata de Dresden sobre as flores agradecidas, admirando, entrementes, os encantos do desfile de cavalos e carruagens impresso na alça de alguma das cestas psicológicas da sra. Shamefoot ou qualquer outra coisa à venda.

Depois disso, ela ficava mais calma pelo resto do dia. Mas, infelizmente, ainda assim, Dina carecia de noção. Mesmo à tarde, ela dizia: "As rosas esta manhã custam 2 xelins cada uma".

"Eu me diverti muito na noite passada", disse a sra. Shamefoot à sra. Henedge, "embora, tão logo retornei, sem nenhum motivo... Soco brigou feio comigo; mas eu estava absolutamente calma. Não disse nada, apenas o *encarei*".

"Pobrezinha", disse a sra. Henedge, compadecida. "Que vida infeliz!"

Em silêncio, a sra. Shamefoot prendeu um lírio em sua lira.

"Às vezes", comentou, "é bastante desagradável...". De repente, pôs-se a chorar.

"Mas não são amentos, de jeito nenhum", pontuou Dina, aparentemente surpresa. "São orquídeas."

A sra. Henedge, contudo, ignorou-a. Estava firmemente determinada a não se envolver com nenhuma das duas.

"Ali!", exclamou. "Lá vai a pobre da pequenina Scantilla à espreita. Você a viu? Estava com um casaco preto e uma saia carmim", observou.

"Um luto aliviado."

"Exatamente."

"Ouso dizer que ela está a caminho do casamento", disse a sra. Shamefoot. "*Lady* Georgia e At'y também, creio eu. A cerimônia será na Santíssima Trindade."

A sra. Henedge olhava através das flores para o fluxo das carruagens. Os rostos raramente vulgares ou profanos da multidão que passava... parcialmente ocultos por flores de ameixeira, pensou ela, pareciam saídas de um bordado chinês.

"Não consigo perdoar Nils por se casar", murmurou a sra. Shamefoot, girando no ar uma rosa pálida, de folhas quase vermelhas. "Costumávamos conversar sobre bobagens. Ele falava bobagens aprazíveis melhor do que qualquer pessoa que tenha conhecido."

"Estou mais preocupada com Isolde", ponderou a sra. Henedge. "Tenho pena dela, pobre criança, casada com um homenzinho inconstante, tão atraente quanto vaidoso!"

"Oh, o que isso importa?", perguntou a sra. Shamefoot. "Quando escolhi Soco, casei-me com ele por certas qualidades que agora, infelizmente, vejo que ele jamais possuiu."

"Mas é isso que é tão ruim! Quero dizer, creio que você, no fim das contas, tenha cometido o erro usual."

A sra. Shamefoot ficou desconcertada.

"Ora, bem" exclamou ela, "quando fiquei noiva sabia pouco ou quase nada. Um dia, eu me lembro bem, caí semiadormecida de uma cadeira de ferro no parque; no outro, ele tornou público o noivado; e nenhum de nós tinha condições de empenhar 1 guinéu[8] para desmenti-lo...".

"Você enviou para Isolde o...?"

"Não", admitiu a sra. Shamefoot.

Para nove entre dez noivas ela dava o mesmo presente — uma pequena peça de gaze italiana.

Quando a destinatária, segurando a peça contra a luz, tivesse um vislumbre de seu noivo através dela, então ela começaria a entender um pouco de seu significado.

"O que você mandou?", perguntou a sra. Henedge.

8 Antiga moeda inglesa.

A uma décima noiva invariavelmente reservava surpresas.

"Um crucifixo flamengo, com cravos escarlates nas mãos e nos pés...", respondeu a sra. Shamefoot.

"Querida Biddy... Enviei apenas um baralho que, supostamente, teria pertencido a Deirdre. Encontrei-o em Chelsea."

Dina, ao telefone, mostrava-se cada vez mais irritada.

"Olá! Sim! Não! Com quem estou falando?"

O "Com quem estou falando?" caracterizava, em geral, seu estilo.

"Um pedido", disse ela, "de uma chuva de pétalas de caliandra para a sra. Hanover, a ser entregue na Curzon Street amanhã de manhã, às nove horas. Se as flores não chegarem até esse horário, ela as estará esperando nos Tribunais[9]", explicou Dina.

"Coitada!", murmurou a sra. Shamefoot. "Envie para ela uma adorável cesta e diga ao Jordan que esteja lá às oito."

Jordan fora recentemente trazido do interior apenas para exclamar, na primeira vez que choveu: "Está-muito--molhado-para-ir-longe!".

Aquilo tinha sido muito desanimador.

A sra. Shamefoot examinou a lira que fazia; a seu modo, ela seria tão maravilhosa quanto a âncora de peônias que preparara para o falecido lorde-prefeito.

"Você se lembra disso, querida?", disse ela, começando a rir. "Era tão *grande*, tão perfeitamente grande, que foi preciso incliná-la para tirá-la da loja."

Mas a sra. Henedge estava prestando atenção em uma *landaulette*[10] surpreendentemente elegante; uma *landaulette* que de fato lhe parecia, ao rodar, assobiar com distinção.

---

9 Edifício em Londres que abriga o Supremo Tribunal e o Tribunal de Recursos da Inglaterra e do País de Gales.

10 Carruagem para dois passageiros.

"Aí vem *lady* Georgia", exclamou, "e a sra. Mountjulian — 'Emily' — está com ela...".

"Oh, ela está ficando sinistra e *passée*[11]."

"Talvez; mas apenas de vez em quando. Não faz tanto tempo assim que ela tingia seus dedões com amoras para ser uma ninfa! Você jamais acreditaria, minha querida, mas tivemos a mesma idade um dia!"

"Vou me esconder atrás do balcão", disse a sra. Shamefoot, "se ela entrar".

"Pelo amor de Deus, ocupe-se da sua lira!", gritou a sra. Henedge no instante em que a sra. Mountjulian entrava.

A sra. Mountjulian era alta e magra como um vaso Imari e dona de modos deveras persistentes, que muitos achavam cansativos.

Na figura da srta. Emma Harris, o mundo a encontrara marcadamente arredia; já como a duquesa de Overcares, ela se mostrara de fato muito simples — apresentara, talvez, uma nova forma de orgulho. E agora, sob a rubrica de sra. Mountjulian, tornava-se mais uma vez "arredia". Para adicionar uma pitada pitoresca em sua carreira, seu marido, pelo que se dizia, estava fazendo o possível para se livrar dela e, embora ela tivesse se envolvido em um desastre de avião, uma apresentação de gala quase fatal, dois acidentes de trem e um naufrágio, ela sempre voltava — sorrindo.

"Viemos roubar algumas de suas maravilhosas flores", disse a sra. Mountjulian.

"Oh, não preciso de nada", explicou Atalanta. "Apenas ajeitar meu cabelo."

Trajando um vestido de musselina, com uma faixa azul larga e um buquê de dama de honra de madressilva e ulmária, ela parecia sedutoramente em evidência. De fato, só

11 Passada.

precisava de um esfregão e de um balde para se tornar completamente encantadora.

"Ela não está *voyou*[12]?", perguntou *lady* Georgia, nervosa. "Estou realmente com medo de ser vista com ela."

"Minha querida, você parece um passarinho!", murmurou a sra. Henedge.

"Quando bem-arranjado, nada fica em discordância", garantiu a sra. Mountjulian a Dina, arrancando para si uma folha selvagem, multicolorida.

Mas *lady* Georgia parecia paralisada.

"Para quem", perguntou, "é esta lira celeste?".

"Pois o tempo não dorme e como o vento sempre passa...", respondeu a sra. Shamefoot vagamente.

"Santa Catarina!"

"Para a rainha de... Nápoles."

Elas sorriram.

"Oh, escolha", pediu Atalanta, prendendo seu cabelo perto da nuca de forma inventiva, com um perfeito senso de estilo.

"Não tenho dúvida de que haverá uma disputa na igreja. E Isolde terá uma *crise des nerfs* ou coisa que o valha se não formos logo. Além disso, Viola está ficando impaciente — posso ver uma de suas longas pernas surgindo suspensa de dentro da carruagem, no meio da rua."

"Foi definitivamente muito ruim da parte da sra. Fox impingi-la a nós", disse *lady* Georgia. "Não a deixe sair, por favor."

Ela mostrava-se talvez irritada em seu verde-arsênico com um chapéu de flores brancas abatidas.

"Victor faz questão de que você nos acompanhe nas corridas de Ashringford", disse à sra. Shamefoot, enquanto se despedia, "e fique em Stockingham por quanto tempo puder".

---

12 [Com jeito de] bandida, meliante.

"Quanta gentileza! Ainda que só para deitar-me no jardim, eu irei."

"No momento, estou erguendo um Jardim Trágico", contou-lhe *lady* Georgia, "com ciprestes e lances de escadas".

"Estou aqui observando seus quadros", interrompeu sem propósito a sra. Mountjulian. "Essas nuvens, tão estáticas... tem certeza de que é um Cézanne? E o Monticelli...! E esse fascinante Nicholson... Ainda ontem à noite estava conversando com *sir* Valerian Hanway; você sabe de quem estou falando. E ele disse: 'É uma preocupação para um pobre homem ter coisas bonitas. Onde está o prazer de se ter um Velázquez e precisar segurar um lenço todo o tempo para aparar as goteiras quando chove?'."

"Se ela pensou que iria me constranger", disse a sra. Shamefoot, assim que elas saíram, "receio que tenha falhado".

"Pobre mulher!", a sra. Henedge julgou diplomático dizer. "Ou está ficando velha, ou sua criada, relapsa..."

"Eu diria que as duas coisas", observou a sra. Shamefoot, voltando-se para sua lira.

"De qualquer maneira, estou feliz", comentou a sra. Henedge, levantando-se, "porque nós teremos um pouco da companhia uma da outra em Ashringford, quando tramaremos para vencer todas as adversidades até conseguirmos a posse de uma janela".

"Caso contrário", disse a sra. Shamefoot, "procurarei Overcares!".

"O que não é tão *óbvio*, lógico!"

"E o bispo, eu sei, não tem uma inclinação desfavorável... Mas, de alguma forma, querida, uma cidade fabril *não* é a mesma coisa!"

"De fato, não é!"

"Além disso, eram tantas as condições desagradáveis..."

"O bispo de Overcares é o homem mais paralisante que conheço", afirmou a sra. Henedge, "e ela... a sra. Whooper...".

"Um horror!"

"E *seria possível* deixar um ramalhete para o sr. Brookes? Ele gosta de lírios... Apenas cinco ou seis; estou indo na direção oposta e não posso desviar-me — caso contrário, deixaria eu mesma na porta dele."

A sra. Shamefoot parou um momento, pensativa, observando Dina cortar as anteras escuras, que manchavam, dos lírios de Winsome antes de continuar sua coroa de flores.

Ao terminar, receou ser um arranjo muito extravagante para um jovem sem um tostão, para o qual sua *débutante* morrera. Ele nunca poderia pagar por aquilo.

O que poderia ser feito?

Tirar algumas orquídeas? Não!

Dá-la ao pai? Certamente não.

Morrer e usar ela mesma o arranjo? Soco era tão lento em seus propósitos...

Continuou sonhando.

"Você faria a gentileza", chamou Dina rapidamente, "de pegar uma tesoura?".

E, balançando a cabeça com tristeza sob o pesado chapéu, ela cortou uma corda para a lira.

IV

O número 13 da Silvery Place era o endereço do último gênio da sra. Henedge.

"Um menino", como era seu costume descrevê-lo.

Com algumas simples e poucas palavras ela geralmente era capaz de criar interesse.

O menino, gentil leitor, era Winsome Brookes.

Parado em sua janela com a escova de cabelo na mão, nós o encontramos cantarolando alguns compassos de Cimarosa, enquanto ao longe admirava um monte Fuji de nuvens. A postura e os gestos eram-lhe próprios. Quando não estava exercitando seus talentos, Winsome Brookes passava horas inteiras arrumando intermitentemente o cabelo.

"Não me importo", dizia-lhe com frequência sua graciosa senhora, "se você se preocupa em assentar o cabelo. Sei que, *no seu caso*, isso toma o lugar de um cigarro". Na Chesham Place, vez por outra ela fornecia-lhe o arsenal necessário.

Nesse momento, contudo, com dois convites para a mesma tarde, ele parecia incomodado...

"Você não fará aquele ruído medonho, Andrew", murmurou com o pensamento distante, sem se virar. "Faz-me estremecer."

"É extraordinário", disse Andrew suavemente, balançando uma lixa de unha enquanto falava, "mas, desde aquele baile árabe, a tinta se prende às pontas dos meus dedos como se fosse a cornija de um templo!".

Winsome mirou-o de soslaio.

"Bem, você precisa apontar para mim como um poste de sinalização?", perguntou, irritado.

"Considero seu amigo meio assecla, meio intelectual", dissera certa feita sra. Henedge a Winsome Brookes. Ela sempre tivera Andrew em péssima conta. "Aquele cachecol violeta e a falta de colarinho..." era a razão oficial; na realidade, porém, fora o esboço indiscreto de um retrato — ela, apoiada sobre o braço de um arcebispo de Canterbury, enquanto sorria e olhava de esguelha o monsenhor Parr — o responsável por sua antipatia. Ela se deparara com tal insignificância na Galeria Grafton e, a princípio, julgou que fosse um Forain.

"Queria que seu café da manhã viesse", disse Andrew com desinteresse, enquanto se esticava no chão — uma *nature morte*.

"Eu também", reclamou Winsome. "Mas o que se pode fazer? Pedi um ovo, espero há uma hora por ele, e provavelmente vão me trazer, no fim, alguma coisa terrível, que mais vai parecer o de um arau."

"De uma arara?"

"Oh, meu querido amigo... De um arau. Um arau-gigante!" Os olhos de Winsome rolaram, enfadados.

Sigamos, agora, esses adornos brilhantes.

Os quartos dos moradores são, por vezes, interessantes.

Levando-se em conta a mobília grande e desajeitada, o carpete tristonho, as cortinas melancólicas, o papel de parede marrom e o friso, no qual o castelo de Windsor aparecia uma vez, e outra, e outra vez mais, e que uma senhoria patriótica (uma mulher parecida com um Giotto desbotado) não autorizava esconder, pois faria supor deslealdade, limitemos nossas considerações ao livro, ao candelabro, à ampulheta ou ao crânio.

Em um nicho sobre a lareira, podiam ser vistos alguns acessórios para concerto, um esboço do *barman* Charlie Campfire (da Lower Bottom Street, Park Lane), uma fotografia antiga de Andrew em uma sobrepeliz, uma caricatura de Bronx White, o Negro campeão, uma impressão de Lionel

Maymauve cantando "*Women, those deceiving Cats*[13]", enquanto imediatamente acima, quase sempre um pouco torta, estava pendurada uma gravura forte, passional, de duas figuras muito magras caminhando diante de um mar em recuo. Para o divertimento de Andrew, Winsome de fato importava-se apenas com paisagens de artistas independentes em cores perturbadoras. Encontrava beleza naquelas estradas longas e retas, margeadas por postes de telégrafos, entre os quais alguma carroça de feira rodava na palidez do meio-dia.

Sobre o piano, enrolada em um xale cintilante, erguia-se uma estatueta moderna com um gesto cansado — figura que, depois de uma análise, não era isenta de sinais de que o modelo original, com quase certeza, possuía o proverbial coração bondoso de uma ovelha negra. Do lado, encostado numa pilha de música, estava uma máscara de Beethoven imitando bronze, que, durante os esforços mais extenuantes do pianista, invariavelmente escorregava, dando, não raro, a deixa para os aplausos, enquanto a um canto (pois o cômodo reunia muitas maravilhas), verdadeiro mistério para os olhos, repousavam algumas tábuas — pranchas amarelas e polidas, as pranchas do caixão de Winsome. No caso de uma festa, eram usadas como extensão da mesa de jantar. "Se receber dez pessoas para o jantar hoje à noite", dizia sua senhoria, "você vai precisar das tábuas de seu caixão para aumentar a mesa".

Mas, sempre que possível, Winsome saía para jantar.

No que se referia à cozinha, sua senhoria raramente se mostrava cuidadosa diante de sua figura... tão proeminente, é claro, nos concertos. E, naquele momento, a questão dos concertos ocupava quase integralmente seus pensamentos.

Estes sempre revolviam as vantagens da mudança de seu nome para Rose de Tivoli. Para fins musicais, soava muito

---

13 "Mulheres, esses felinos enganadores".

mais promissor, assim o pensava, do que Winsome Brookes... Duas pessoas ouviriam Rose, enquanto apenas uma, ou talvez nem mesmo uma...

Se Winsome Brookes tinha talento, Rose de Tivoli tinha gênio!

Seria ele capaz de ser Rose?

A sra. Henedge estava inclinada a pensar que sim. Ela era, de fato, a mais esperançosa.

"Reservarei uma tarde no Aeolian Hall", dissera ela, "e você poderá dar o concerto...".

Ser... ou não ser Rose! Essa era uma das coisas que mais o preocupavam.

"Ah! Aí vem o café da manhã", observou Andrew, enquanto o regalo floral da sra. Henedge era trazido sobre uma bandeja.

Ofereço-vos estas violetas,
Os lírios e folhagens menores,
Estas rosas aqui em desalinho...
Rosas vermelhas, flores luminosas,
Botões que no dia de hoje se abrem,
E estas *lindas orquídeas* também.[14]

"E estes cravos abertos também", emendou Winsome. E, retornando impassível para a janela, inclinou-se para fora.

Em todos os lugares entre as casas (aquelas casas velhas e encardidas, cujas janelas deixavam entrar a luz do amanhecer com um esplendor incalculável), pequenos pedaços de jardim ficavam à mostra como trechos de canção. Às vezes,

---

14 Versos de *A Winnower of Corn to the Winds*, versão de T. Sturge Moore em inglês para o poema *D'un vanneur de blé aux vents*, de Joachim du Bellay: "*I offer ye these violets, / Lilies and lesser pets, / These roses here pell-mell/ These red and splendid roses / Buds which to-day uncloses/ These orchids dear as well*". No original de Moore, o verso é: "*These opening pinks as well*" [Estes cravos abertos também].

quando debruçado em sua janela nas manhãs de verão, não ficaria espantado de surpreender Simonetta de Boccaccio em algum recanto umbroso, saltando graciosamente entre as árvores com os braços erguidos, perseguida por Guido de gli Anastagi[15] e sua matilha de cães... Nem tudo eram visões. Do outro lado da rua, o Artistic Theatre, um espaço de ar asiático e afrescos brilhantemente pintados, aspirava publicamente a seu lugar no céu todos os dias. Constituía a atração e o escândalo do lugar. Agora já era muito tarde para protestar contra os afrescos; eles já estavam lá!

Winsome suspirou. Naquele momento, a cortesia de sua protetora aborrecia-o profundamente.

Pois, assim como a abelha tem natureza superior à da vespa, Andrew estava em vantagem sobre Winsome Brookes.

Por natureza mercenária e, talvez, não mais que ninharia, um punhado de flores não lhe sugeria nada exatamente...

> O relógio do tribunal bateu sete horas
> Da primeira vez que vim; mas às onze horas
> Golpeou meus ouvidos, ao sentar-me silenciosamente,
> Pareceu como a sentença do Destino.

Winsome virou-se.

Nada divertia tanto Andrew como investigar os livros de Winsome.

Com um *A Bela e a Fera*, ele estava quase feliz.

A chegada do café da manhã pôs, felizmente, um fim à recitação.

Enquanto Winsome tomava seu desjejum, Andrew dava vazão à sua indignação sobre o cartaz da srta. Compostella para o *Dança da morte* no teatro do outro lado da rua.

15 Personagens de *Decameron*, de Giovanni Boccaccio.

"É o bastante me fazer trazer Madalena de volta para casa!", exclamou.

"Talvez um dia", disse Winsome, "por curiosidade, eu vá a Nova York, mas até lá...!".

Pois Andrew não raro modelava figuras estranhas e incomuns que dariam ostensivas peças de igreja caso fossem mais sutis... Sua Maria Madalena, por exemplo, podia ser vista no vestíbulo do Artistic Theatre, onde, *mesmo lá*, era geralmente maltratada...

"O Eros parece um sexagenário, no mínimo!", observou, criticando o cartaz. "E a Morte com esse barretezinho é um absurdo — a Morte precisaria de um vestido maravilhoso, um Lewis, ou de uma armação *à la* Romney para esconder a foice."

"Mas a Morte não é uma mulher!", retorquiu Winsome, quebrando a casca de seu ovo.

"Sério? A Morte é, com frequência, uma chateação."

"Apenas para Adônis", murmurou Winsome vagamente.

"... Eu perturbo você?" A porta foi aberta com delicadeza e, em seguida, uma cabeça linda, não obstante cansada, surgiu.

"Não, nem um pouco! Entre."

"Pensei que você fosse ao Slade!", disse Andrew friamente para o intruso.

"Com certeza, mas não hoje! Muito provavelmente sairei mais tarde para um almoço no British Museum..."

"Que fascinante!"

"Quero que você suba", disse o jovem com ar melancólico para Winsome, "e me conte o que Ticiano teria feito...".

"Eu?", inquiriu Winsome.

"Sim, venha."

"Conhecendo você", disse Andrew, "devo dizer que ele teria dado a ela um fundo mais rico e uma seda mais cara".

"O que faço", perguntou o jovem, enquanto se afastava, "quando o modelo tem apenas uma luva?".

"Por que você vai assustá-lo?", perguntou Winsome. "Ele tem a alma de um pastor."

"Impossível."

"O que você está dizendo?"

"Nada; mas quando olho para o friso de sua senhoria", disse vagamente, "tenho como que um pensamento dickensiano. Fico deprimido, eu...".

Winsome engoliu seu café.

"Então, vamos."

"*Il tend à leurs baisers la paume de sa main*"[16], começou Andrew a gorjear sem nenhuma razão enquanto escapava escada abaixo.

---

16 "Ele estende a seus beijos a palma de sua mão", verso do poema *Bathyle*, de Jean Lorrain

V

"Pergunto-me se não se sente constrangida, Sumph", disse a srta. Compostella para sua criada, "de levantar a persiana todas as manhãs com um céu tão nublado".

"Devo abaixá-la de novo, senhorita?"

"Sim, por favor, faça isso. Não, por favor, não faça. Volte quando eu tocar a sineta."

"E o xampu?"

Passada a representação de qualquer peça, era da criada o protagonismo na função de limpar da mente o papel desempenhado.

"Purgar Desdêmona", disse Sumph, estabelecendo um marco temporal para a cerimônia.

"É quase desnecessário", respondeu Julia, "depois de um papel tão leve. E, francamente, não concordo muito com essa exaltação-ao-amor apressada. Por cinco semanas inteiras, agora pertenço a mim mesma".

"Que o Senhor assim permita", rogou a criada, descendo um centímetro a persiana.

No que toca a rogar por Deus ao pé da cama, provavelmente poucas criaturas mostravam-se mais atoleimadas que Sumph.

"Um papel leve", prosseguiu ela, "torna-se um fardo durante a febre. E nenhuma de nós é tão forte quanto minha pobre...".

"Mas depois de Hermione[17]", protestou Julia, "fiquei uma semana...".

"Depois de Hermione", retorquiu a mulher, "a senhorita poderia ter viajado dez dias. Depois de Hermione", repetiu altiva, "a senhorita poderia fazer o que bem entendesse".

---

17 Personagem de *Conto de inverno*, de Shakespeare.

Sumph, de fato, tinha adoração por Shakespeare... Stratford[18] era como seu "antigo lar". Consequentemente, ela não suportava que a patroa desempenhasse aqueles papéis — peças publicadas em panfletos ou de perseguição doméstica — nos quais tudo o que podia fazer era, com seu temperamento, soprar pequenos jatos de ar rarefeito, de vez em quando, do outro lado da ribalta.

E, no entanto, é preciso dizer que Sumph não era uma boa crítica. Era justamente naqueles papéis que sua patroa mais se destacava.

Julia sentou-se e sorriu.

Rodeando a cama, na qual a surpreendemos, pendia o dossel de um azul profundo, suspenso por anéis ovalados de madeira. Acima dele, voando preso a um arame, um anjo de porcelana completava o quadro.

A visão de sua patroa cansada, recostada aos travesseiros, quase levou a devotada mulher às lágrimas.

"Oh, acalme-se", exclamou Julia. "Sei o que foi... eu a faço se lembrar da sra. Não-sei-quem em alguma cena de morte..."

Sumph endireitou a touca, artefato volumoso que se estruturava à frente num laço desconcertante.

"Lembra-me, senhorita", disse ela. "Da sra. Paraguay, ou La Taxeira, como ficou conhecida. Ela tornou-se famosa em *Agripina em Baias*, numa única noite. Nunca vou me esquecer de seu rosto pálido ou de sua crinolina branca. Ela estava maravilhosa. Foi esse primeiro sucesso que, talvez, a tenha levado a fazer apenas papéis de inválidos. Ah, senhorita, quão adorável ela parecia com os tesouros de metade das Índias em seu cabelo..."

"É mesmo?", observou Julia. "Você está machucando meus pés."

---

18 Stratford-upon-Avon, cidade natal de Shakespeare.

A mulher afastou-se, como se estivesse diante de algo extremamente frágil.

"Diga-me honestamente", pediu Julia, "como estou?".

"Lindamente cansada, senhorita."

A srta. Compostella afundou mais uma vez nos travesseiros.

Qual uma Europa indignada, via a si mesma levada pelos anos.

"Sumph", chamou debilmente, "o que você acha do sr. Harvester?".

"Como poeta, senhorita, ou como homem?"

"... Como poeta."

"Seus poemas são muito frios e meticulosos, senhorita; exatamente como se deve."

Julia virou o rosto para a parede.

Desde a morte de sua mãe, sem dúvida causada por um tranco numa excursão a Florença (a sra. Compostella sucumbira quase imediatamente no trem), Julia fixara residência numa casa encantadora em Sacred Gardens. Esperava que o endereço por si só fosse proteção suficiente, o que a pouparia do aborrecimento de um acompanhante. E ali, um tanto excentricamente, vivia com sua inestimável Sumph, a quem maltratava e de quem, a seu modo, gostava.

"O sr. Harvester apareceu ontem à noite logo depois que a senhorita saiu", disse Sumph; "e confesso que voei no pescoço dele. O totalmente inesperado, como dizem, fala por si mesmo."

"De fato, não era o correto."

"Cercadas como estamos", disse Sumph, "é melhor sermos discretas".

"Temo que você tenha sido rude demais com ele!"

"Oh, senhorita, por que desperdiçar palavras com um homem casado? Antes poupar meu fôlego e ganhar um dia a mais."

"Você *gosta* assim de viver?", perguntou a srta. Compostella, sentida, com o rosto ainda virado para a parede.

"Também veio um senhor de idade, com um olhar bem asqueroso. Ele perguntou se a senhorita estava em casa."

"Ele não deixou o nome?"

"Não deixou nenhum cartão, mas disse que era um santo", respondeu Sumph com malícia.

A sátira política do sr. Garsaint, *A perna da galinha*, a ser encenada em trajes bizantinos, deveria ser apresentada no Artistic Theatre no outono; a menos, é claro, que a srta. Compostella mudasse seus planos e produzisse, em seu lugar, *Tito Andronico*, *Marino Faliero* ou uma versão impetuosa de *Impertinente curioso*. Pois, se havia uma coisa que ela preferia a um completo sucesso, era um verdadeiro fiasco. E a comédia do sr. Garsaint provavelmente seria um sucesso! Que público britânico estaria em condições de resistir ao ato intermediário, no qual, em um par de *chaises-longues* (perfiladas como carruagens, demarcando a ribalta), a imperatriz Irene Doukas (um estudo maravilhoso da sra. A.) e Anna Comnena descansam e fumam enquanto discutem à vontade? E mesmo que a prosa delicada e exigente do sr. Garsaint passasse sem ser admirada, o mundo deveria se curvar aos costumes prefigurados, aos modos do próximo século.

"Que desencontro infeliz!", lamentou-se a srta. Compostella, sentando-se e piscando por causa da luz.

Da janela pendiam as formas indefinidas de uma gaiola de vime, na qual estava um canário empalhado. No passado, o pássaro cantava com mais doçura que Chenal... E lá estava ele! Coitadinho.

"Anjinho! Meu amor! Meu bichinho!", às vezes Julia dizia ao pássaro por engano.

Através das grades vigilantes da gaiola, ela era capaz de admirar o panorama distante de uma igreja de pedra fria, de Vanbrugh. A torre austera e pesada, no entanto, não a deprimia. Pelo contrário, ela aprovava sua solidez. Enrubescida pelo entardecer, ela lhe sugeria, ainda contra sua vontade, um solteirão de meia-idade com riqueza aplicada no Coutts. Às vezes ela quase conseguia pensar nisso como *James*...

"E há várias centenas de cartas esperando pela senhorita no quarto ao lado", disse Sumph.

Em resposta à procura de Julia por um homem louco por direção de palco, ela recebera milhares de currículos.

"Vá até o quarto ao lado", ordenou a srta. Compostella, "e de olhos fechados escolha duas para mim".

Era no "quarto ao lado" que a srta. Compostella às vezes estudava seus papéis; embora para as personagens de comédia moderna ela geralmente "subisse as escadas".

Ela afundou na cama novamente e esperou.

Com cinco semanas à sua disposição, com exceção de uma visita de cortesia a Stockingham para um páreo, era sua intenção permanecer absolutamente imóvel, de preferência a uma curta distância de Londres, e explorar seu coração.

Porque, na verdade, o que mais assustava a srta. Compostella era o fato de que ela não tinha um coração. A não ser que aquela emoção triste, suave, vaga, doída, que se desmanchava e subia pelo peito como uma arraia, fosse um coração.

Era?

Da lareira, veio o repentino "zumbido" de uma despreocupada pastora Sèvres, um silêncio coquete, seguido por um repique florido do relógio.

Meio-dia, ou quase isso — pois, como um objeto que se submete docilmente a seu entorno, o relógio de Julia, invariavelmente, estava um pouco adiantado.

Ela estendeu os braços longos, sem rumo.

Já era meio-dia! Um meio-dia abafado — em algum lugar do mundo. Em Sintra agora...

Ela voltou a deitar-se, impassível, ao som dos passos olímpicos de Sumph.

Um gesto era capaz de reviver um fantasma.

Era irritante descobrir que alguém se lembrava de Polly Whatmore em *A vingança do vigário*, ou da sra. Giltspur em *A dama do lago*.

A mulher indispensável, segurando os currículos dos loucos por direção de palco, aproximou-se da cama.

"E o sr. Harvester está aqui, senhorita", disse ela calmamente, levantando o olhar em direção ao anjo trêmulo. "Devo levá-lo para o quarto ao lado ou pedir para que *suba*?"

Julia refletiu.

"Não", murmurou; "ponha-o na sala de jantar e feche a porta."

"Sim, senhorita."

"E, Sumph... Ofereça a ele um licor e alguma coisa para ler — dele mesmo."

"Sim, senhorita."

"E Sumph... Devo me levantar em meia hora."

Ela esperou — e mexeu os braços expressivamente.

"Claud...?"

Mas o pior disso, refletiu, era que, com uma cadeira sobre o monte Parnaso (a meio caminho do topo), ele estava um tanto inclinado a *comandar*...

VI

De Euston a Ashringford é uma viagem e tanto, sem dúvida. O inconveniente trem matutino ou o evanescente expresso noturno — descrito na tabela de horários como o... Expresso Catedral — são sempre um desafio à concentração. Pessoas normais e diurnas que não gostam desses extremos devem descer em Totterdown e aguardar.

Enquanto estímulo à introspecção, a espera não pode ser ignorada.

Em sua autobiografia, o cardeal Pringle confessa que a hora passada na plataforma de Totterdown, sentado em profundo desânimo sobre seu baú de viagem, representou um ponto de inflexão em sua carreira.

A introspecção, porém, não deve ser imposta.

"Beber uma garrafinha de champanhe não vai nos manter ocupadas até às cinco horas, Violet. Não há nada especial para ver?", perguntou a sra. Shamefoot à sua antiga comadre, a sra. Barrow de Dawn. Ela atrapalhava-se com uma cesta enquanto falava.

Ela lançou um olhar misterioso ao mundo, como que através de um véu de trama tão larga quanto a de uma rede de pesca.

Onde estavam os segadores tostados pelo sol, de agosto lassos? Os chapéus de palha de centeio[19]? Certamente, não muito distantes dali.

A sra. Barrow abriu sua sombrinha.

"Oh, sim", disse ela, "uma prima de Oliver Cromwell está enterrada não muito longe daqui; e no mesmo cemitério

---

19 Citações de *A tempestade*, de Shakespeare.

está também o jazigo de um ministro do Gabinete, que morreu outro dia".

A sra. Shamefoot trouxe à baila, em perfeita conexão com a outra, um microscópico tema.

"Neste calor", observou ela, "champanhe é muito mais refrescante do que chá".

A sra. Barrow concordou, agradecida.

Recordando alguns comentários mais agudos de *lady* Listless, poder-se-ia dizer que ela recentemente havia "escutado o Corvo". Dizia-se sobre Dawn, contudo, que sempre que queria escapar para a cidade a fim de ir a um teatro ou a uma loja, dava um jeito de ouvir o crocitar da ave.

"Espero", exclamou ela, "que Sartorious não esteja em Ashringford para me encontrar; é perfeitamente possível que esteja".

"Não há nenhum bem em cantar uma canção triste sobre o que não se pode remediar; a ligação acabou."

"Como são insensíveis os trens!"

A sra. Shamefoot balançou um arranjo de penas.

"O que é aquela curiosa torre de observação entre as árvores?", perguntou, diplomática.

A sra. Barrow começava a relaxar.

A vida, afinal, parecia menos dura depois de uma taça de champanhe.

"Não sei, querida", respondeu, "mas acho o cenário absolutamente francês!".

"Não há um hospital aqui perto... para corações feridos, onde pessoas doentes de amor possam ficar juntas em quarentena para desfrutarem de seu desespero e ajudarem umas às outras a esquecer?"

"Não sei, querida", respondeu mais uma vez a sra. Barrow, "mas acredito que há um sanatório para doentes dos nervos... Toda a região ao redor de Totterdown pertence a lorde Brassknocker".

"Oh, ele é terrível!"

"E ela, muito ardilosa."

"E *pobre* lorde Susan!"

"Pobre, pobre lorde Susan!"

"Quase consigo sentir a catedral de Ashringford daqui", observou a sra. Shamefoot. "As sebes não são como as cortininhas baixas de um coro alto?"

"Exatamente!"

"E não é o..."

"Minha querida, que quantidade detestável de *et ceteras* você está trazendo à nossa conversa", interrompeu a sra. Barrow, um tanto seca.

A bagagem principal da sra. Shamefoot, um *portemanteau* rosado que, com várias etiquetas estrangeiras, exalava uma atmosfera de absoluto escândalo. Nenhuma criada decente pararia ao lado daquilo.

Ao seu redor, uma quantidade não desprezível de engenhosas e pequeninas maletas amontoava-se formando ruas frenéticas e praças ensolaradas, algo como uma pequena cidade que se aglomerasse em torno dos muros de um templo anárquico.

A sra. Barrow estava estarrecida com tanta bagagem. Dizia-se que ela fora aos confins da Terra com uma única cesta.

A sra. Shamefoot serviu-se novamente de Clicquot.

Naquele dia parecia incomparavelmente bem, envolta em uma espécie de lençol à la Puvis de Chavannes, com um imenso chapéu solitário que sugeria *Der Wanderer*.

"O alívio de ir a um lugar onde as roupas não importam!", exclamou ela.

"Mas, para conseguir um vitral na catedral, elas decerto terão. Precisará de um bom e velho Ascot para a visita ao bispo, não?"

"Violet, estou chocada! Ninharias desse tipo contam?"

"Bem, querida, no mínimo ajudam a convencer."

"O bispo Pantry é bem diferente do bispo Henedge, não?"

"Oh, bem diferente! O homem de agora é um erudito! Tem os ombros abaulados. Decerto morrerá em sua biblioteca, tropeçando no último degrau de sua escada portátil."

"Que não seja agora!"

"Você leu seu *Jardim interior*?"

"Oh, sim... E *Crepúsculo*, e *Pensamentos noturnos*, e a sequência, *Miudezas*. Mas são tão difíceis. Embora talvez não seja ruim para a coluna, como pode ser bom para alguém dormir no chão?"

"Além disso, trilhar o caminho espiral geralmente significa um incômodo...", observou a sra. Barrow. "Existem os criados! E conseguir uma garota para ficar em Ashringford..."

A sra. Shamefoot fixou o olhar melancólico numa placa de propaganda que persuadia o público a purgar-se à vontade com o xarope Syros.

"E ele é um homem simples?", ela perguntou.

"Jamais diria uma coisa dessas. A cabeça dele lembra a de Nero."

"*Lady* Anne é encantadora, não é?"

A sra. Barrow hesitou.

"Sartorious acha que ela é astuta", respondeu.

"Mas ela é encantadora?"

"Ora", respondeu a sra. Barrow, evasiva, "talvez não brilhe no palácio como a querida sra. Henedge. Imagino que não vamos substituí-la de novo! Felizmente, entretanto, ela é dedicada a Ashringford e vai para lá quase todo verão. Desde que ocupou a Closed House já construiu quatorze *bow-windows*[20]".

A sra. Shamefoot bateu na tampa de sua cesta.

20 Tipo de janela saliente e curva.

"Quem são esses *condottieri*?", perguntou, quando um grupo imperioso apareceu fazendo um barulho considerável.

A sra. Barrow virou-se.

"Não olhe mais do que o inevitável, querida", exclamou, num tom de voz que teria provocado uma personagem mais forte do que a sra. Lott; "são os Pontypools."

"Gente de Ashringford?"

"Teoricamente."

A sra. Shamefoot sorriu.

"Sartorious...", começou a sra. Barrow.

"O que pensa deles?"

"Absolutamente desagradáveis. Provavelmente estão fazendo o reconhecimento de campo. A sra. Pontypool está quase sempre enredando alguém."

"A viúva, além de rica, é muito bonita", disse a sra. Shamefoot, "de um jeito um tanto inconsequente, a menina é uma fada!".

"Ora, não blasfeme! Não blasfeme!", a sra. Pontypool admoestava com brio um membro de sua família, esbarrando, justo quando falava, nos braços da sra. Barrow.

"É verdade mesmo", perguntou ela, cumprimentando-a, "que a conexão já partiu?".

"Faz tempo!"

A sra. Pontypool sentou-se.

"No campo, é preciso de heroísmo para manter alguém à vista."

"Certamente. Numa cruzada e sem um carro..."

"Numa cruzada, cara sra. Barrow! Como faziam nossos ancestrais, não?"

"Eu não sei", respondeu a sra. Barrow. "Mas hoje em dia é tão raro encontrar alguém que tenha uma avó, não é?"

"Nos tempos, quero dizer," explicou a sra. Pontypool, impávida, "em que as mulheres iam por quilômetros sentadas em cadeirinhas de arruar e cruzavam continentes em seus tílburis, em suas *britzkas*[21] e cabriolés!".

"Heroico!"

"Menos heroico, com certeza, do que essas mulheres que às vezes amarram sua *bathchair*[22] às bicicletas de seus amantes."

"E por onde você andou — se a pergunta não for indiscreta...?"

"Passei algumas horas no castelo Barbarous."

"Ouvi dizer que lorde Brassknocker abrirá suas pinturas ao público", comentou a sra. Shamefoot. "Ele tem, é claro, um belo Ruisdael, um atraente Sisley e um Crome encantador, mas, a bem da verdade, o restante da coleção é adequado apenas a um cenário de sacristia em *Manon*."

"A Última Ceia em *duas mesas*", confidenciou a sra. Pontypool, "impressiona — muito negativamente".

"Não se fosse um Veronese."

"Era um Rubens."

"Com certeza Rubens foi o homem mais ocupado que já viveu!!"

"Era um grupo?", perguntou a sra. Barrow, menos por curiosidade e mais porque se sentiria feliz de ter alguma coisa para dizer a Sartorious durante o jantar.

Oh, a provação daqueles jantares enfadonhos em Dawn... Que maravilha era ver a sra. Barrow ficar por vezes mal-humorada ou inventar inverdades ou, em seu extremo, escutar o crocitar do Corvo! Tivesse ela sido neurastênica, provavelmente teria às vezes gritado ao ver seu lorde degustar uma alcachofra lentamente, folha por folha.

"Era um grupo?", perguntou a sra. Barrow novamente.

---

21 Carruagem comprida de quatro rodas inventada na Áustria no século XIX.

22 Cadeira de três rodas, desenvolvida em Bath, na Inglaterra, para transportar pessoas com dificuldades de locomoção para as termas.

"Apenas o velho sr. *James* e a pequena sra. Kilmurry", respondeu a sra. Pontypool. "Um velho estranho, que esteve certa vez com os Tennisons caminhando pelo Cascine, em Florença."

Houve uma pausa — longa o bastante para um anjo passar voando lentamente.

"Lorde Susan estava lá?", perguntou a sra. Barrow.

"Raramente está", respondeu a srta. Pontypool.

"Um jovem desafortunado", exclamou a sra. Pontypool, brincando com as caudas de sua estola; "perpetuamente à beira de... E, embora me tenham dito que ele sofre dos nervos, na minha opinião... E eu, de bom grado, teria enviado uma coroa de flores... Mas onde mesmo existe o costume de mandar uma um dia depois?"

"Mas você não ouviu mais nada?"

"Não... Obviamente, os Brassknockers não se importam em conversar sobre isso antes de serem obrigados; mas *lady* Brassknocker me pareceu extraordinariamente distraída. Não acha, Queenie?"

"Realmente não percebi", respondeu a srta. Pontypool. "Onde está Goosey?"

"Claro! Pensei que, se lorde Brassknocker ao menos visse o garoto, talvez pudesse gostar dele", disse a sra. Pontypool.

"Mesmo? Em que sentido?", perguntou a sra. Barrow.

"Quem pode dizer? Lorde Brassknocker é um homem muito importante."

"Ele é muito rico."

"Pobre criança! O que fazer com ele? Em qualquer outra idade, é claro, ele poderia ter seguido na comitiva de uma grande senhora.

"Oh, ser grato", a sra. Barrow começou.

"Na atual situação, com alguma influência, sua esperança é trabalhar em alguma loja automobilística."

"Pobre jovem", disse a sra. Shamefoot, com compaixão, "que vida cheia de reviravoltas!".

Quando o trem chegou a Totterdown, a sra. Barrow deu graças aos céus, pois estava completamente imune a engasgos com alcachofras por quase uma semana inteira.

No vagão, a sra. Shamefoot teve sorte o bastante para garantir o lugar à sua frente para uma magnífica imagem do deus Ptah.

A imobilidade fantástica das coisas egípcias a encantava, especialmente em aventuras daquele tipo.

Muitas vezes, o deus despertara seus mais amistosos sentimentos, salvando-a do esforço de responder a perguntas, expressar esperanças ou adivinhar se a carruagem estaria lá para encontrá-los ou não ou ainda do incômodo alternativo da enxaqueca provocada por fingir ler, pois, como a sra. Shamefoot bem sabia, ela poderia ser instada a remover uma frasqueira, mas poucas vezes passaria pela cabeça de qualquer pessoa a destituição de um deus.

Mas a sra. Pontypool não seria silenciada.

"Certa vez, encontrei a sra. Asp", disse. "Ela estava escrevendo a vida de Hatchepsut, esposa e irmã de Tutmés II que, ao se tornar uma viúva, inventou um método de lavar os cabelos e vestiu-se como um homem."

O dia lindo de verão desintegrara-se no anoitecer, quando as torres gêmeas da catedral e o pináculo curto (talvez, uma infelicidade) surgiram à vista.

Quão sem vida parecia ela, através dos campos de pálidos trevos brancos, agora que o sol se fora! A basílica de São Apolinário *em Classe* nunca parecera tão vazia.

"Ashringford é um lugar bem saudável, não é?", perguntou a sra. Shamefoot, ansiosa, virando-se para a sra. Barrow.

A sra. Barrow abriu os olhos.

"Ninguém se preocuparia em dizer isso", respondeu ela; "há, geralmente, um bocado de doença — *de um tipo*".

"Considero-a uma cidade que o médico visita!", exclamou a sra. Pontypool; "os cavalos da funerária estão sempre em movimento".

A srta. Pontypool pareceu humana.

"Pobres animais!", exclamou.

"Veja, as casas de Ashringford são tão antigas", explicou Goosey, "e tão cheias, e as janelas são tão pequenas. É como se as pessoas de Ashringford as tivessem feito por si mesmas furando portas e janelas no tijolo com um dedo".

"O que nos faz todos delicados, é claro, e o clima duplamente traiçoeiro", disse a sra. Pontypool. "Embora, em alguma época, imagino que não costumasse ser tão ruim. Imputo a mudança à presença do bispo Henedge. Ele é tão alto clero! Suas ideias são tão extremamente elevadas! Talvez, completamente sem querer, ele tenha atraído para nós o clima imprevisível de Roma. Aconselharia qualquer pessoa que visitasse Ashringford pela primeira vez a fazer exatamente o que fazem por lá."

"E o que fazem?", inquiriu a sra. Shamefoot, cheia de dúvidas.

"Vestem uma anágua de flanela extra."

Para grande decepção da sra. Barrow, Sartorious não estava lá para encontrá-las na estação; apenas um criado — o *chauffeur* de *lady* Georgia assistiu a sra. Shamefoot e sua criada.

"Surpreende-me que ela o conserve", observou a sra. Barrow enquanto subia em sua carruagem. "Pelas marcas em seu rosto, parece ter rompido mais do que um relacionamento."

"Minhas saudações a *lady* Georgia", repetiu Goosey, depois de a sra. Shamefoot tê-lo dito.

"Meu querido, é possível aos 19 anos emitir algum tipo de saudação?", perguntou a sra. Pontypool. "Menino parvo e afetado!"

A sra. Shamefoot estava contente em ficar sozinha. Como era maravilhoso respirar o ar da noite. Conforme acelerava em direção a Stockingham por uma planície umbrosa pontuada de pesados jacintos, ela quase conseguia sentir o perfume tão próprio da catedral.

"Indefinível como a devoção!", ela exclamou, tirando a luva.

VII

Lady Anne Pantry estava na sala do guarda-louça, um cômodo repleto de longas prateleiras de vidro no qual os lendários bonequinhos de louça de Dresden — macacos músicos e esfinges — formavam blocos perfeitos de cor contra os entalhes dourados das paredes.

Sem se importar com a presença da cunhada, ela lia suas cartas matinais enquanto massageava o nariz.

"Que postagem maçante, Anne!", exclamou a referida pessoa, desviando do exame cuidadoso de uma circular um rosto único, choroso, espiritual e intelectual.

"Minha não é", disse *lady* Anne.

"Tem certeza?"

Lady Anne farfalhou sua saia.

"... a sra. Henedge", prosseguiu, "ao que parece, está perto de partir a Roma".

"Mas é coisa certa?"

"Desde que resolveu erguer, em nosso meio, uma igreja toda delicadinha para o monsenhor Parr... Aquele cenário, penso eu, estará lá."

"Decerto. Se for o caso de ser outra imitação gótica."

"E *lady* Georgia pergunta se pode vir almoçar aqui amanhã e trazer consigo a sra. Shamefoot. Mistérios envolvendo o bispo. E quase houve um assassinato na casa de correção novamente."

"Que vergonhoso."

"E os Twyfords estão vindo — pelo menos alguns deles. Menos cansativo, talvez, do que se viessem todos de uma vez."

"Adoro os pós-escritos dela..."

"Hoje não há nenhum. E lembra-se daquele brocado de que gostei? Está 70 xelins a jarda."

"Muito caro."

"E eu disse um *ponto*, Aurelia; não uma *roda de carro...*", murmurou *lady* Anne, levantando-se para colocar em destaque suas louças.

Lady Anne transformara todos os seus problemas em beleza e aos 45 anos tinha um rosto interessante. Era baixa e robusta, de traços calmos e fortes; à noite, algumas vezes lembrava Fedra. Sua voz era encantadora, calorosa e cheia de cor; embora não cantasse, poder-se-ia dizer que soava como um soprano abafado.

Aurelia Pantry estendeu a mão num gesto de desolação e urgência.

"Não são tolos?", perguntou, espalhando os materiais diante de si.

Habitualmente, ela falava com certa despreocupação, como quem ajeitasse o último tijolo de algum lindo castelo no ar.

Era costume no palácio que as onze irmãs do bispo se revezassem em estadas de um mês cada uma ao longo do ano.

Pelas regras, Aurelia, a mais popular (embora a menos majestosa, pelo menos comparada a Eleanor), correspondia aos períodos de agosto e setembro.

Das irmãs do bispo, ela era, de fato, a única que *lady* Anne conseguia suportar.

Eleanor, Ambrosia, Hypolita, Virginia, Prudence, Lettuice, Chrissy, Patsy, Gussy e Grace eram todas assustadoras, incorrigíveis e terríveis, segundo *lady* Anne.

Mas Aurelia, que tinha um pouquinho de mística, trazia um complemento, um toque de distinção ao palácio; vestida de musselina, em especial, como algum espírito sinuoso, ela parecia etérea, quase uma chama.

"Penso, é claro, que é perfeita", disse a srta. Pantry, colocando a própria cabeça inclinada *como fumaça ao vento* enquanto ponderava sobre a porcelana, "mas a forma a limita".

"Creio que, eu mesma, jamais a diria modesta."

"Sempre existe algo de descontinuidade num ponto, não?"

"Mas um ponto, Aurelia — em teoria, o que *poderia* ser mais tranquilo?"

"Nada, querida", respondeu a srta. Pantry.

"E ainda assim", murmurou *lady* Anne, "quando se procura concentrar os pensamentos nas próprias orações, é preciso alguma coisinha".

"Não consigo ver por que seria mais fácil adentrar pensamentos profundos fitando um borrão."

"Quase sempre penso que ajuda."

"Claro que você deve estar certa."

"Será que devemos levá-lo para a catedral, Anne, e tentar?"

"Esta manhã tenho muitas coisas para fazer. Sempre existe um pequeno quinhão de maldade em ação."

"Jamais participaria desses tumultos paroquianos, se os pudesse evitar."

"Tenho a impressão de que não posso ser tão impessoal."

"Mas decerto um pouco de atenção neutra..."

"Dar atenção sem interesse pela situação é muito maçante."

"Você nunca se sente cansada?"

"Oh, sim, às vezes."

"Tenho paixão pelo campo", disse Aurelia, "mas morreria de tédio se ficasse aqui por muito tempo".

"Não, eu realmente gosto de Ashringford. Eu abuso do lugar, é claro, assim como faço com Walter ou qualquer pessoa que encontre todos os dias... mas o lugar realmente me agrada."

"O que é bastante compreensível."

"E se algumas vezes me sinto liquidada", explicou *lady* Anne, "espero ansiosamente pelo verão em Saint Martin".

"Mas Canterbury é tão horroroso. É um fim de mundo."

"A proximidade de nosso Canal Inglês pode ser um prazer."

"Só raramente você consegue sentir uma brisa do mar."

Os olhos de *lady* Anne deslizaram pelo gramado.

Um ou dois pássaros sem nenhum interesse — um tordo tedioso, um corvo de penas brilhantes — curvavam-se à procura de vermes; o que mais ela, ou qualquer pessoa, tinha o direito de esperar? Sol, vento e folhas trêmulas formavam um tapete de sombras em movimento.

"É com Stockingham", disse ela, "que neste momento tenho um desentendimento. Repreenderei *lady* Georgia quando ela chegar. Dizer a um cura que seu perfil se assemelha ao de Savonarola é tão ela! Mas é realmente um erro. Isso transforma um homem num agitador mesmo quando não é. Ele se torna rude, faz colocações ferinas e ofende todos. E tenho de me sentar com ele em casa e conversar".

Aurelia parecia interessada.

"Provavelmente, uma criatura com uma família horrível", sugeriu, sem querer ser direta.

"Infelizmente ele acabou de sair de Oxford."

"Ah, bonito, então, espero."

"Pelo contrário. É como um daqueles querubins que se vê em fontes do século XVIII com a boca cheia de bolo."

"Sério?"

"*E ele usa óculos.*"

"Mas os tira de vez em quando...?"

"É só o que não sei dizer."

"Então, como dificilmente você vai precisar de mim", disse Aurélia, "vou para o Cresswell Arms, para ver Chloe. Pobrezinha, é muito entediante para ela, sozinha".

"Como a srta. Valley está passando?"

"Muito bem! Quer saber se pode vir uma tarde para examinar as tapeçarias quando Walter estiver fora."

"Claro, mas as tapeçarias são maravilhosas demais, imagino, para terem qualquer serventia para ela. Historicamente, elas são bastante... indignas de confiança."

"Será que importa? Além disso, o arcediago acredita que a sra. Cresswell era uma anacoreta de Ely, não uma anacoreta de Ashringford."

"Isso é um absurdo!", exclamou *lady* Anne. "Ela pertence a nós."

"Não sei por que você está tão interessada nela!", ronronou a srta. Pantry. "É claro que ela *pode* ter sido uma santa, mas, de acordo com algumas das coisinhas que andei escutando, imagino que você precise revirar o céu para encontrá-la..."

"Não quero escutar nada contra a sra. Cresswell. Sua carreira aqui foi um belíssimo exemplo para todos nós."

"Bem, com certeza é o que espero, querida."

"E, Aurelia", disse *lady* Anne com gentileza, "caso esteja indo para o Cresswell Arms, talvez possa passar pelo abrigo dos pobres e descobrir o que de fato aconteceu. Não lhe pedirei que pare na Priest Street com um pudim... Ah, e caso encontre a srta. Hospice no jardim, você poderia mandá-la para cá?".

Durante algum tempo, depois que Aurelia saiu, *lady* Anne ficou junto à janela observando a catedral. Geralmente, nela podiam-se notar alguns andaimes aqui e ali... Se ela pudesse opinar sobre o assunto, jamais teria autorizado sua remoção. Seu espírito encolheu diante da peculiar opressão própria à ideia de perfeição. E a catedral era deveras perfeita, de fato. Mesmo parcialmente ocultas pelo cortinado das árvores, quão admiráveis eram as grandes janelas de vidro, que brilhavam como diamantes negros ao sol. De fato, o vidro em Ashringford era tão maravilhoso que bengalas e sombrinhas eram deixados (por ordem) na porta...

Lady Anne olhou para as grandes torres satisfeitas e deu um suspiro.

Eram simplesmente adoráveis.

Sem cegá-la, estavam tão perto da perfeição quanto *lady* Anne era capaz de convenientemente suportar. Erguidas ao fim do gramado reservado ao tênis, tinham lhe poupado muitas corridas.

A srta. Missingham, em seu *Sacerdotismo e satanismo*, julgara o conjunto pesado. *"Realmente muito opressivo"*, embora estivesse disposta a admitir que, ao crepúsculo, as torres, com seus vários pináculos, se tornavam absolutamente fantásticas, *como os elmos de eunucos em tempo de carnaval*. Mas, então, se não havia ali espontaneidade no todo, é porque muito tempo fora gasto em sua construção. Torres de pedra não podem ser erigidas às pressas, como a *Inspiração*, de Fragonard.

Igualmente sólido era o vasto palácio. Ocupando dois lados de um terreno quadrangular, era, segundo o gosto local, uma coisa feia, lastimável, notável principalmente por sua imponente varanda Tudor.

Era ali, deitada numa cadeira de descanso, amparada por pilhas de magníficas almofadas, que a sra. Henedge, à sua época, preferia tomar o chá da tarde, cercada pelos mais notáveis dignitários da Igreja que pudesse encontrar.

Fora dito que, numa dessas ocasiões, ela tivera mais de três bispos servindo-lhe torradas ao mesmo tempo.

Quão maravilhoso seria se as pessoas permanecessem deliciosamente embasbacadas diante dos portões de ferro até que ali se juntasse uma multidão substancial?

Carruagens se aproximariam, condutores parariam, pedestres se sentariam.

Lady Anne, no entanto, preferia manter suas recepções discretas.

Para muitos, sem dúvida, esse fora um golpe.

Quando não estava dentro de casa, ela preferia o gramado de tênis, com suas sebes altas, por trás das quais a catedral erguia-se inescrutável, coluna de um cinza suave que se projetava acima das árvores a uma altura de onde precipitava, intermitente, o santo grasnar das gralhas.

Lady Anne desviou os olhos das sábias torres antigas.

Emoldurado pelas expirantes janelas da sala de porcelanas, o vislumbre de Ashringford era deveras fascinante. Podia-se distinguir, no meio do campo, batalhador, o prateado rio largo que serpenteava por Crawbery, quase sempre acompanhado de algum entusiasta de vara em punho à margem, esperando em silêncio. Mais perto, aqui e acolá, surgiam os sonolentos pináculos de algumas igrejas, muito sensatas para competir com a catedral mas, possivelmente, mais íntimas — como as personagens menores no repertório, coadjuvantes da *estrela*.

Ela virou-se no momento em que sua secretária, a srta. Hospice, entrou.

Com um amarelo bastante cruel no pescoço, na cintura e nos pés e um poema de cinquenta páginas sobre *Verlaine em Bournemouth* nas costas. O que mais resta a dizer...

Lady Anne gostava de sua secretária por causa de sua natureza e de sua bela caligrafia, que parecia voar, e também porque ela realmente gostava de afrontar as irmãs do bispo. E outros, também, gostavam dela. Perpetuamente, ela costumava fazer pequenas observações que caíam aos ouvidos como mimos agradáveis, tais como, em uma abafada noite de agosto: "Brrr! Está frio o bastante para acender a lareira!". Agora que Aurelia estava no palácio, ela deveria estar de férias, mas, de alguma forma, naquele ano, ainda estava trabalhando.

Lady Anne, de fato, descobrira a srta. Hospice havia alguns anos, perdida nos anúncios da *The Spectator* e à procura (como explicara) do posto de anjo da guarda de algum senhor de idade de hábitos literários. Inteligente e simpática, a natureza parecia indicar-lhe o caminho. O cabelo curto, o nariz adunco *à la* Luca Signorelli, que mal se mostrava capaz de sustentar os pesados óculos dourados, a figura, tão plana quanto o Baixo Egito, e os olhos, deslumbrantes como os da sra. Aphra Behn — para uma posição tão delicada, tudo estava a contento. Com total clarividência, *lady* Anne garantira para si aquele tesouro, cujo uso, para fins de secretariado, já alcançara seu apogeu. A srta. Madge Hospice era o arame farpado em torno de *lady* Anne.

"Estava me perguntando o que lhe teria acontecido", disse *lady* Anne à secretária, quando ela entrou. "Onde diabos você estava?"

"... passeando pelos campos de ervilhaca-roxa. Está tão delicioso lá fora."

"Esqueceu-se de hoje?"

"Não creio — já mandei novamente Gripper limpar as macas, mas ele é tão preguiçoso! A senhora sabe que ele nunca o fará."

As aulas bissemanais de socorro médico no palácio (tão populares socialmente) aconteciam ao mesmo tempo, isso se devia admitir, que as de fabricação de manteiga no Trianon.

"Isso é preocupante", disse *lady* Anne. "E são tantas cartas por responder que não sei nem por onde começar."

Quando, alguns minutos depois, o reverendo Peter Pet foi anunciado, elas estavam inteiramente absortas.

"Savonarola!", exclamou *lady* Anne. Judiciosa, a srta. Hospice continuou a escrever.

"Será possível que ninguém dê a mínima para o que ele diz?", perguntou ela.

"Um cura deve ser discreto; essa é a primeira regra."

"Mas falta de tato é uma queixa tão comum!"

"Ele se referiu ao bispo como um *Fauno coroado de rosas*, explicou *lady* Anne com severidade.

"*Disseram-me* que ele o chamou de *Sátiro*."

"E seu encontro com a srta. Wookie... Bem, desde a eleição não ouvi nada tão vulgar."

"E ele é mesmo absolutamente encantador?"

Lady Anne deu ordem a suas descrições; quando a apresentação de alguém vinha à tona, sempre havia alguma confusão.

"Ele é claro", respondeu, "com olhos esverdeados e brilhantes. E dentes vistosos e atraentes".

"A senhora me deixou curiosa em vê-lo."

"Eu deveria odiar abalar a fé dele em sua vocação", murmurou *lady* Anne, "mas...".

"A senhora deixou alguma coisa à mostra?"

"Apenas minha pequena porção de renda..."

E, embora *lady* Anne fosse talvez a mais sensata das mulheres vivas, dificilmente teria cedido ao apelo de não passar antes em frente ao espelho e...

Mas, oh, Vaidade!, há necessidade de explicação?

VIII

"Como sou apaixonado por este lugar mágico e pacífico!"

"Na cidade", disse a sra. Shamefoot, "as árvores frequentemente esquecem de si mesmas em sombras expressivas".

"Bem... Você ainda não respondeu à minha pergunta."

"Porque eu não sei como!"

Sir Victor Blueharnis parecia aborrecido.

"É cinza?", perguntou *lady* Castleyard, entrando na conversa. "Ou branco? Ou seria azul?"

Ela recostou-se preguiçosamente como se fosse ficar ali, naquela posição, para sempre.

"Aquele seu estilo Sacharissa[23] de enrolar o cabelo", observou Atalanta, inclinando-se para a frente, "é tão escravizante!".

"Queria que você *não* olhasse para o meu decote como um arqueiro de Carpaccio."

"Diga-me o que está pensando."

"Na cor do ovo do cuco..."

"Se bem me lembro, é um apanhado místico de malvas."

A sra. Shamefoot começou a erguer-se. "Vamos acabar com apendicite", exclamou, "se ficarmos muito tempo sentados aqui".

Sir Victor impediu-a.

"Que mãos encantadoras... Não se mova."

"Se você as admira agora", disse a sra. Shamefoot, sentando-se novamente, "iria adorá-las quando estou deveras esgotada. Minhas mãos nunca parecem tão maravilhosas como quando estou cansada".

23 Nome pelo qual o poeta Edmund Waller se referia a Dorothy Spencer.

"Mas... descansada como você está; não seria eu capaz de reconhecer-lhes o encanto?"

"Você é absolutamente idiota."

"Durante anos", a voz de *lady* Georgia surgia como se acompanhasse o crepúsculo que caía sobre todos, "ela não pôde livrar-se dele. No fim, bastante desesperada e simplesmente prostrada, ela substituiu-o por um colar de pérolas".

"É possível saber o quê?", perguntou *sir* Victor, virando-se ligeiramente.

"Número 39... Sua casa grande e desconfortável."

"Querida Georgia! Por que ela sempre se retira para o assento dos gladiadores?"

"Longe, também, e totalmente ao relento."

"Com ela, naqueles espaços, estava a absoluta paz de luz e silêncio."

"Querida, como parecem fascinantes as pontas *cabochon*[24] de seus dedos contra a noite."

"Coisinhas horrendas, quais as de uma coruja — pergunto-me como você é capaz de vê-las."

"É incrível como a acústica funciona aqui."

"Estas fileiras de mármore são muito frias."

"Não acho que os gregos vestissem mais tecido do que nós."

"Embora possivelmente não vestissem menos."

"Você não descerá para recitar?"

"Oh, não, quando a srta. Compostella chegar, vamos deixar que ela o faça em nosso lugar."

"Subirei para buscá-la", disse a sra. Shamefoot, "se o sr. Aston ajudar-me".

E, prestes a subir o tablado com a indiferença de madame Valpy, ela levantou-se.

---

24 Cabuchão, tipo de lapidação de pedras em formato geralmente cônico.

Trajava um engenhoso vestido unicamente branco que a fazia parecer uma estátua quebrada.

"Adeus, Dirce", murmurou ela, com uma voz evocativa da mesma era de seus saltos — Luís XV.

"Tenha cuidado. Ouvi *A morte de Aase* na minha cabeça o dia inteiro..."

E, naquele instante, abaixo dela estava o teatro grego como um leque aberto. Por toda a volta dos brilhantes níveis em curva, olmos carrancudos davam um provocante toque inglês.

"Absolutamente encantador!", exclamou ela, caindo sem fôlego no topo.

Como um arcanjo esguio, *lady* Georgia parou para ajudá-la a se levantar.

"Tenho paixão pelo fim do verão", disse ela, "quando novos montes de feno aparecem em cada colina".

Para além do proscênio escuro e do conjunto de chaminés da casa estendiam-se os campos, distantes a perder de vista. Sem picos elevados como Himalaias, mas modestas e tranquilas colinas, um modelo de comedimento.

"Isso não é tranquilizador?", disse a sra. Shamefoot.

"Penso que sim; mas me faz chorar pensar em você presa a Ashringford, de pescoço rígido, até o dia do juízo final."

"Eu sempre respondo ao sol", retorquiu a sra. Shamefoot.

Lady Georgia arregalou os olhos grandes e límpidos. "Creio que jamais me atreverei a vir e olhar para você", comentou.

"Mas eu ficaria totalmente envaidecida, querida, por você."

"Ficaria? Muitas pessoas são tão descuidadas de seu brilho."

A sra. Shamefoot passou um braço ao redor do pescoço de uma estátua.

"Você não concorda", perguntou ela, "que há algo irresistível em vitrais encerrados na brutalidade da pedra?".

Lady Georgia endureceu em seu assento. "Encerrado!", exclamou. "Quando morrer, vou preferir deixar rastro nenhum."

"Mas você sabe o que quero dizer, não é, querida?"

"Para qualquer pessoa que precisa de um refúgio permanente", respondeu *lady* Georgia, "diria que Ashringford seria o lugar ideal. O coro é bom. Vozes de tanta paz... E não há nada de proibitivo na catedral! Realmente não se poderia desejar coisa *melhor*. O finado bispo costumava dizer que ela o lembrava *Siena*, sem o cheiro nauseante do couro".

A sra. Shamefoot ficou extasiada.

"Devemos fazer o dr. Pantry prometer uma janela em dois níveis", disse ela, "e Dirce pode ficar com a parte de cima".

"Dividir uma janela", replicou *lady* Georgia, "na minha opinião, é um erro. Alguém pode muito bem erigir um vitral com a Árvore de Jessé e convidar para ele uma multidão inteira. Isso pode ser egoísmo, mas, se eu fosse mesmo fazer a travessia dos séculos, quereria fazer isso sozinha".

"Infelizmente", murmurou a sra. Shamefoot, "é muito tarde para alterar as coisas sem se comportar de forma terrível...".

"Isso pode ser acertado. Hoje não existe mais a mesma pressa para monumentos, como era costume."

"Só que, no momento, parece que há quase uma retomada... São tantas as escolas de arte por aí, não? Todo mundo que se encontra parece celebrar a si mesmo, de um jeito ou de outro. Isso se tornou uma loucura. Outro dia mesmo minha sogra esboçou para Soco um pequeno tríptico de si mesma como um tipo de *Madonna*, com um lenço bordado cobrindo-lhe os olhos."

"Sério?"

"Claro que é apenas um guarda-fogo; *é certo* que acabará chamuscado."

"Mas ainda assim..."

"E com alguns restos de antigo vidro flamengo, *lady* Faningay criou um vitral em padrão de casco de tartaruga para um amigo; tão bonito... Devia ter guardado para si."

"Oh, aquele horroroso *réchauffé* de cacos; já o vi."

"Mas você entende, não é, querida, que no meu caso trata-se de algo mais refinado..."

"Certo seria eu estar desapontada", comentou *lady* Georgia, "se você não se tornasse, com a sra. Cresswell, a glória da cidade". E com um melancólico sorriso de lado, ela voltou-se na direção de Ashringford, admirável sob o brilho alegre das luzes.

Evanescida como carvão esfumaçado onde ela tocava o céu, avultava a catedral, muito sábia e antiga, muito vigilante e reservada — como um diplomata em desgraça — contra o entardecer alaranjado, agigantando-se consideravelmente em direção à base, inflada, como diziam os livros-guias, pela doce música de Palestrina. Entre elas, um espécime requintado exemplo de ironia, erguia-se o curto pináculo, como talvez uma infelicidade que crescesse, carente e lamentosa, por toda a noite.

"Desde que você subiu até agora", disse *lady* Georgia, "devo repetir-lhe uma cançãozinha um tanto saturnina da sra. Cresswell".

E, abrindo seu leque, ela recitou:

O Amor me enoja.
Creio ser ele extremamente decepcionante,
O meu é de uma natureza que chora por coisas mais etéreas,
Paixões banais não me servem, não me atiçam.
O Amor me enoja.

"Quão celestial ela é!"

"Que ritmo agradável..."

"Aprecio muito os atalhos", disse a sra. Shamefoot. "Há mais alguma coisa?"

"Não. Acredito que isso seja tudo."

"Claro que as palavras dela a condenam."

"Mas, mesmo assim, que ela possa ter chegado a um estado de repugnância, possivelmente, é alguma coisa."

"Não é indelicado", interrompeu *lady* Castleyard, avançando na direção delas, "recitar aqui sozinha?".

"Querida Dirce, como você ficou silenciosa!"

"Como um cozinheiro que tivemos no Nilo", observou *lady* Georgia, "que certa feita me assustou mais do que possa dizer surgindo de repente sob a névoa enluarada, tão silencioso que parecia estar pisando numa nuvem".

"Bem, você não vai descer? Um palco e ninguém nele é uma coisa surpreendente de tão maçante."

"Esta noite eu realmente não me sinto digna de Eurípides", murmurou *lady* Georgia, "embora possa dar conta do *Cão*".

"*O cão de caça do céu?* Minha querida, o que poderia ser mais maravilhoso?"

A sra. Shamefoot desviou o olhar.

Estrela além de estrela, o céu estava coberto. As nuvens, ela observou, pareciam também preparar uma Assunção.

IX

Assim que Aurelia deixou *lady* Anne, pôs um chapéu de palha sem causar danos à cabeça, empoou o pescoço olhando-se num espelho manchado com parafusos de cristal, escolheu uma sombrinha violeta, profusamente enfeitada de babados, colocou dentro da bolsa um pequeno exemplar de *A filosofia iogue*, pegou, deixou de lado e finalmente se decidiu por levar o pudim de milho, lançou um último olhar lacrimoso a seu reflexo, mostrou para si mesma a língua sem nenhuma razão aparente e ganhou a rua.

Oh, aquelas pequenas expedições pela cidade...!

Hypolita, por costume, realizava-as a cavalo, quando, num ímpeto desconcertante, digno de amazona, cavalgava como uma valquíria atrasada para o sabá.

"Só podemos esperar que o céu lave", murmurou Aurelia, resignada, enquanto se preparava para seguir em marcha. Tal otimismo, não obstante o perfeito silêncio do dia, varreu-a de lado como uma folha.

Foi vergonhosa a forma como sua roupa voltou para casa — em pedaços.

"Pedaços, pedaços, pedaços", disse num murmúrio, girando a sombrinha com rodopios curtos que sugeriam o clique de um revólver.

Para chegar à lavanderia, porém, ela era obrigada a passar pelo Asz — o rio não raro chamado pelo vulgo de *Ass*.

Entre diques solenes de pedra e uma série de pontes espaçadas com efígies de deidades fluviais, um rio triste e seco serpenteava sem vontade pela cidade. Cidadãos mais suscetíveis ressentiam-se imensamente da escassez de água, que, para muitos, beirava a desgraça. Diante da catedral, justamente onde o paisagismo a fazia mais necessária, mal havia uma gota.

Como sempre, Aurelia estava demasiado ocupada com as próprias sensações para dar atenção ao entorno, mas, por instinto, quando seu pé tocou a ponte, ela vestiu o sorriso de enfado e arrogância de uma visitante.

Naquela manhã, entretanto, ela parou para apoiar um dos braços na balaustrada e assim aliviar o peso do pudim que levava.

Não havia sido a sra. Cresswell (em transe) que descrevera o céu como *outra* realidade sinistra? Aurelia endireitou-se e tamborilou uma melodia.

"Oh, eu seria capaz de dançar para sempre a valsa de *Love Fifteen*!", exclamou, e estendeu-se, à guisa de algo mais, cantarolando a ária de Priscilla em *Th' Erechtheum Miss*. Como era vertiginoso! Que liberdade! Feliz Priscilla, uma coisinha perseverante; como dizia seu dueto com Bill, o amor era por vezes absolutamente simples e satisfatório.

Aurelia olhou para baixo.

O rangido dos remos ascendia a seus ouvidos em sussurros de feitiçaria.

Amiúde havia uma barca a ser rebocada. Ali vinha uma, suspensa sobre a água lavada de sol, com um mastro longo e levemente inclinado, como a pena de um avestruz. Os chorões eriçados, que da margem refletiam suas nebulosas sombras, soluçavam patéticos, embora fossem educados demais para chorar.

"Está cada vez mais seco", ponderou. "Imagino que as ervas daninhas absorvam a água!"

"Oh, cuidado com as sardas!"

Aurelia virou-se:

"Quem teria condições de prever", perguntou, "que as nossas preces por tempo bom produziriam todo esse calor?".

"Se duas das igrejas, no futuro, se esforçassem, creio que seria mais do que suficiente." E a sra. Henedge, inclinando-se à vontade sobre o braço de Winsome Brookes e dividindo o peso de metade de uma misteriosa cesta com o monsenhor Parr, assentiu e partiu.

Com seus cordões e véus esvoaçantes, ela sugeria, vista por trás, a deusa Hator sob a forma de uma vaca sagrada.

"Prefiro sair nua a vestir alguma das coisas que ela usa", murmurou Aurelia em tom crítico, enquanto assistia à outra sumir de vista.

Mas um marulhar de risadas de algumas pessoas no pedágio fez srta. Pantry mirar, perseverante, o vazio à sua frente.

O ressoar das gargalhadas das srtas. Chalfont fazia parte de Ashringford tanto quanto o dobrar dos sinos da catedral. Eram moças que riam constantemente. E ninguém sabia o motivo. O trio entrelaçado era visto com frequência na sinuosa High Street, quase mudas de alegria, espiando vitrines das lojas ou parando diante de anúncios da Casa de Ópera Lilliputiana — onde jamais houve o que fosse mais extraordinariamente emocionante do que Moody-Manners ou a sra. D'Oyley Carte. Turistas evitavam esbarrar nelas. E mesmo o policial de aparência delicada, ao perceber de seu posto na praça do mercado a aproximação delas, invariavelmente desaparecia.

Rossetti havia muito tempo as pintara, muito pálidas, em vestidos pregueados, brincando de cama de gato num cinzento deserto primordial. E a reação ao quadro, discretamente se supunha, revirou-lhes completamente a cabeça.

"Elas morrerão de tanto rir", murmurou Aurelia enquanto seguia adiante.

O perfume dos arbustos de rosas amarelas de inúmeros jardins seguiu-a ao longo da esplanada sentimental voltada para o Asz até os portões da escola para meninos com dificuldade de aprendizagem da srta. Chimney. Ali, para a admiração coletiva, começava a Vane Street, com seu abrigo modelo. Dívida e desastre sugeriam poucos horrores enquanto se mirava aquele palácio de inverno... Com um pavimento quadriculado sob os pés e um toldo acima da cabeça, um homem (confiando na filantropia) poderia, de forma bastante razoável, aspirar a gastar o que lhe restasse de vida tragando o mais suave dos cigarros.

Adiando até a volta a incumbência que tinha por lá, Aurelia subiu a Looking Glass Street rumo à lavanderia. Com suas casas que pareciam ter sido espremidas de tubos de tinta multicoloridos, não diferia, muitas vezes ouvira, de uma rua das peças de Goldoni.

Escolhendo o seu caminho pela rua, percebeu, adiante, uma senhora com um par de tesouras, que, abstraída na tarefa, ensinava boas maneiras a um teixo em forma de pavão.

"Bom dia!", gritou a mulher com a tesoura. "Estou tão contente... Estava prestes a ir ao seu encontro para perguntar."

A srta. Wookie estava sempre *prestes a ir* a algum lugar. A qualquer hora era possível encontrá-la usando um chapéu.

"Para perguntar?", inquiriu Aurelia.

A senhora inclinou-se contra sua ave numa postura clássica. Em seu desmazelo, mais se assemelhava a um cisne degradado.

"As pessoas estão espalhando histórias horríveis", respondeu.

"De fato!"

"Histórias assustadoras. Pobre mamãe! Esta manhã, ela parecia um tanto deprimida."

"Alguma nova preocupação, sem dúvida."

"Ela me mandou sair para arrumar isso. Como se eu estivesse em condições de praticar jardinagem!"

"Cumprir um ritual, se a pessoa está um tanto fora de si, geralmente só faz mal."

A srta. Wookie analisou seu trabalho. "Eu podei a coisa nos lugares errados...", concluiu. "De perfil, quase se parece com um peru. Tão artificial!"

"O que quer que aconteça, sempre pode ser um pássaro azul."

"Ouvimos dizer que você vai botar abaixo metade da catedral", comentou a srta. Wookie em tom trágico, "e colocar no lugar uma indelicada janela moderna. Isso é *verdade*?".

Aurelia pareceu espantada.

"É a primeira vez que escuto isso!", exclamou.

"O palácio, obviamente, é sempre o último a ouvir qualquer coisa", disse a srta. Wookie, "mas eu lhe asseguro que toda Ashringford está falando disso. E, *oh, srta. Pantry*, o sr. Pet tem falado as coisas mais terríveis sobre nós. Sobre mim e sobre mamãe".

"Ele é um horroroso, convencido", Aurelia reconfortou-a.

"A senhorita poderia entrar? Gostaria que ouvisse a verdade."

Aurelia piscou. "É muita gentileza", respondeu, "mas esse prato desagradável e pegajoso...".

"Não se preocupe com o prato", murmurou a srta. Wookie, abrindo o portão.

"Sycamores", a residência da sra. Wookie, viúva do brigadeiro Percy Wookie do Corpo de Voluntários de Ashringford, era um soturno chalé de tijolos, com um "1839" rabiscado acima da porta. Uma trilha curta, de margens ocupadas por delicadas rainhas-das-flores recendendo a bafo de vaca, levava ao pórtico da entrada, onde uma árvore, como um cozinheiro corpulento à espera de ordens, fazia seu melhor para bloquear a vista.

"Pobre, pobre, pobre, *pobre* mamãe!", repetia a srta. Wookie insistentemente, enquanto liderava o caminho.

A sra. Wookie era, normalmente, encontrada deitada num sofá, agitando um frasco de remédio ou bordando imaginativos martírios numa estola. Interrompida, da maneira que fosse, ela ficava agitada como um canarinho ao introduzir-se a mão em sua gaiola.

Naquele dia, contudo, por não se sentir bem, sua filha, para distraí-la, dera-lhe um vestido de festa para que o desmanchasse, e agora a inválida ampliava significativamente o decote do vestido para um traje de noite numa postura um pouco mais à vontade do que a da *Mãe de Whistler*.

A sala de estar de Sycamores, com seus ares vitorianos e estilo sarraceno, teria muito provavelmente impressionado mais um visitante como um absoluto ato de fé. Sobre a lareira, entretanto, entre muito do que puramente imigrara, estavam duas estranhas garrafas.

Presente à Cidade-dos-Beijos-Aleatórios para receber uma herança e, mediante representante (uma pena), uma bênção, e surpreendida por uma pancada de chuva talvez programada, a srta. Wookie e seus anjos da guarda — belas criaturas do campo — tinham procurado abrigo sob o arco mais próximo.

Era meio-dia. Os três estavam completamente molhados.

"A Christie..." A srta. Wookie atentou ao nome, enquanto os anjos secavam a água de seus cabelos e agitavam a umidade cintilante das asas. E, reconfortada por suas seis primeiras letras, fora para dentro.

Perguntando-se "do que mais?", poder-se-ia lembrar, preparada para o caso de um atendente atacá-la saltando do topo da escada.

E então, em vez da prosaica altercação, como explicou posteriormente, e do copo de limonada, do descanso tranquilo e da reflexão sobre o inesperado comportamento da pobre tia Nettie... a srta. Wookie vira-se, numa espécie de sonho, lançando ofertas pelos vasos até que, por sua vida, fora impossível controlar-se. E quando, por fim, reapareceu em Ashringford, a herança toda dilapidada, jamais ocorreu à srta. Wookie desfazer-se da *famille rose*[25] novamente.

Tornaram-se-lhe, então, as garrafas "Família rosa" — e, assim, igualmente caras.

25 Tipo de porcelana chinesa do século XVIII.

"Vejo que esses corpetes estão ficando cada vez mais abusados, Kate", observou a sra. Wookie, quando a filha entrou, "por isso, minha querida, espero ter feito o que era certo".

A srta. Wookie permaneceu parada. "Oh, Tatty!", falou.

"Com os pedaços que tirei", anunciou a sra. Wookie, "farei, se tiver tempo, alguma coisa muito boa para o bazar da Liga dos Patriotas".

"Não sabia o quão egoísta a senhora poderia ser."

"Não diga absurdos, Kate. Pode ter certeza de que jamais permitiria que você aparecesse em público usando qualquer coisa imprópria. E se for sair hoje à noite, minha filha, não se esqueça, como da última vez, de pedir para si um *coche*."

"Fico tão feliz", murmurou Aurelia, aproximando-se, "por ver que a senhora é capaz de costurar".

Com sua agulha suspensa no ar, a sra. Wookie adejou, alvoroçada, e acomodou-se num poleiro de sua preferência.

"Eu acordei sentindo-me mal", disse ela. "Kate tentou me convencer a ir a um médico. Mas não podia deixá-la."

"Felizmente o ataque passou rapidamente."

A sra. Wookie começou a gorjear. "E um desses dias", observou, "eu vou enfrentar tudo isso. Mal tenho esperança de sobreviver a uma folha que caia; não entendo como consigo... Será que você algum dia vai se esquecer do ano passado, Kate? Ao redor de Ashringford há tantas árvores".

"É possível que tudo de que a senhora precisa seja uma mudança de cenário. Freeport, ou algum outro lugar..."

A sra. Wookie desceu ao chão. "Alguns minutos a mais ou a menos na Terra", disse ela, desanimada, "fazem alguma diferença? E fazer as malas me chateia. Além do mais, desejo morrer aqui, debaixo do meu próprio teto".

"Mas que prazer isso lhe daria?"

"Nenhum, srta. Pantry. Mas desejo morrer aqui."

"A senhora pode estar certa", concordou Aurelia; "a atmosfera fatigada de tuberosas e troncos de um retiro saudável no outono é não raro um pouco triste."

"E Ashringford no outono", comentou a srta. Wookie, "não é tão ruim. *Claro que as folhas caem.* O pior disso é que ninguém consegue uvas. Eu não consigo".

A sra. Wookie pareceu patética. "Se apenas pudesse ver Kate casada", reclamou. "Isso vem, é claro, do fato de viver em uma cidade onde há uma catedral. *Os curas não são nada sérios.*"

"Um casamento pequeno, sra. Wookie, não haveria de ser tão difícil. Considere, com cinco ou seis filhas para casar, o quanto seria mais cansativo!"

Diante de tal ideia, o nariz da sra. Wookie ficou quase comprido.

"Pelos idos de 1860", sussurrou, "estávamos sempre derrubando nossas coisas e desmaiávamos mais. Claro, no interior ainda há muitas formas. É possível mandar uma garota desenhar uma paisagem fora de casa... Isso sempre funciona... Alice, Grace, Pamela e Teresa, minhas sobrinhas, com todas aconteceu dessa forma".

"Oh, Tatty, Teresa casou-se com um inferior. Ela fugiu com um condutor."

"Que vergonha!", exclamou Aurelia.

"Suponho que foi. Particularmente por ele não ser o condutor da família."

"Cale-se, querida; vivemos perto demais da lavanderia."

"Além disso", disse a srta. Wookie, afinando a voz, "não pretendo me casar. Devia lamentar por deixar-me envolver por tantas coisas ruins... Um marido comum também me entediaria demais".

"Silêncio, Kate. São apenas esses pensamentos infantis que circulam e são distorcidos até que cheguem, Deus sabe como, aos ouvidos daquele sujeito horroroso, o sr. Pet."

"Sinto muito por ele lhe ser tão irritante", disse Aurelia.

A sra. Wookie inflamou-se. "Não sei como estou viva", exclamou, "pelos relatórios que me trazem. Não apenas sou afrontada, mas a catedral, ao que parece, ela mesma está em perigo, e o nome de nossa cidade também. Por um capricho, se não por pura loucura, o dr. Pantry, ao que parece, reque-reu ao arcebispo por meio de petição que a Sé de Ashringford seja abreviada como Ashringford. Deus piedoso, por que ele não pode deixar isso em paz?".

"Arrisco-me a dizer que, se deixássemos o caso ao critério do sr. Pet, ele nos reduziria a *Ash*", observou a srta. Wookie.

Sua mãe fechou os olhos.

"Se isso acontecesse", disse, "eu deixaria Ashringford".

Expulsa com sua Família Rosa, e seguida por seu criado Quirker e por Kate, viu a si mesma vestida de suas estolas tropeçando ao entardecer como as mulheres perseguidas. E a noite os encontraria (quem poderia saber) onde as centáu-reas atravessavam os campos como uma sólida barreira azul.

"Aquele sr. Pet é uma desgraça à sua classe", murmurou ela, recobrando-se. "De fato, preferia que tivéssemos o sr. Cunningham de volta. Ele não era um grande pregador, mas não era dado a conversinhas e sussurros e podia ser maravi-lhosamente loquaz quando lhe convinha."

"Oh, minha querida, mas ele era tão instável. Fazia aque-les truques americanos de mágica na sacristia diante dos me-ninos do coro... Um exemplo ruim."

"Ainda assim, é um mal menor... E a srta. Wardle e seu grupo parecem bem satisfeitos com seu sucessor."

"Ela deveria estar. Se você lhe perguntasse por seu hiná-rio, ela imaginaria que ele tinha sido emprestado com algum propósito criminoso."

Aurelia pareceu interessada. "Não vejo o que alguém pos-sa fazer com um hinário", exclamou.

O nariz da sra. Wookie cresceu de novo.

"Não vê?", perguntou. "Nem eu."

"Além disso, recém-chegado de uma paróquia da Cornualha, o que ele pode saber?", perguntou a srta. Wookie.

Aurelia corrigiu-a.

"De Oxford, imagino, não...?"

"O homem é um perfeito tormento, seja lá de onde for", declarou a srta. Wookie. "Nem meio ano atrás ele disparou por essa rua como um tornado. Eu estava com Quirker na porta. Você sabe que eu coleciono números de placas de carro, o que me obriga a correr frequentemente para a rua... Tenho uma coleção esplêndida. Espero não ser tão vulgar a ponto de bater uma porta, ainda assim, quando vi que ele estava vindo, confesso que o fiz."

A sra. Wookie tirou uma garrafa térmica de metal rosa de trás das costas.

"Ele deve ter descoberto sobre a sra. Henedge e o monsenhor Parr", disse ela. "Tão chocante, deveria haver uma briga."

"O que a faz pensar assim?"

"Eles passaram pelo local da nova igreja... O monsenhor Parr estava a manhã toda correndo de lá para cá, como São Benedito no monte Cassino. E seus empregados já se entrincheiravam na esquina da rua Me-bate-e-me-chicoteia, no velho Flagellites Club da sra. Cresswell."

Aurelia ergueu o olhar.

"É certo que numa casa tão antiga e aconchegante pareceria quase vulgar estar vivo!"

"Não sei", falou a sra. Wookie. "Não me importo com a sra. Cresswell. Ela me causa ojeriza."

"De qualquer modo, se acontecer alguma coisa, a sra. Henedge ficará bastante segura. Aquele pianista louro a acompanhava. A senhora se lembra dele, não é, mamãe?"

"Lembro-me dele perfeitamente. Ninguém no mundo atravessa um umbral como o sr. Brookes."

"Vê-la constantemente com aquele músico perverso, ou com aquele padre, é o bastante para fazer o pobre bispo Henedge revirar-se no caixão."

"Infelizmente, Ashringford não é mais o que costumava ser", reclamou a sra. Wookie. "O finado bispo talvez não fosse, em muitos assuntos, um homem muito prudente... mas tinha autoridade. E pernas mais bem torneadas, minhas caras, jamais tocaram a Terra. Talvez exista quem pense que ele obteve sua nomeação graças unicamente a elas. Ele tinha pernas compridas, bem compridas. Lindas pernas, longas, muito longas."

"E", murmurou a srta. Wookie, jogando sua flor fora, "um modo realmente reconfortante de assoar o nariz! Ouvi-lo fazer isso foi perceber imediatamente o significado exato de *condenação*".

"Mas...", Aurelia engoliu em seco. "No retrato oficial", argumentou, "ele parece ser um sopro de homem!"

A sra. Wookie tornou-se beligerante.

"Aquela coisa sem sentido na prefeitura! Eu gostava do meu marido, mas me recusaria a ser pintada num vestido de luto noturno apontando para uma miniatura morta. Era seu retrato, mesmo! Já a viúva deleitava-se em um sofá com o medalhão na mão."

"Aparentemente, a sra. Henedge admira o barroco."

"Bem, sua nova igreja será dedicada a isso", assegurou a srta. Wookie.

"Assim tão decorada?"

"O sr. Thumbler viajou à Itália para fazer os desenhos... O exterior será uma réplica perfeita da igreja de São Tomás em Cremona, com santos de pedra em poses expansivas de cada lado da entrada."

"E o interior, sem dúvida, será um sonho."

"Será inteiramente iluminada por lustres de cristal do século XVIII", disse a srta. Wookie, "e haverá um friso de

Pompeia, e uma boa quantidade de trabalho em couro, obra do esforço de um dos rapazes de *lady* Georgia, responsável por alguns dos painéis de Santa Anastácia, embora, é claro, ele seja um tanto *específico*".

"Arte em couro", disse Aurelia, "soa-me como um erro".

"Se tiver metade da delicadeza de Santa Anastácia, será realmente agradável."

"Vamos esperar que seja..."

"E haverá alguns retratos ótimos. De fato, os retratos serão um deleite. Madame *Gandarella*, a esposa do ministro, apresentou um *Santa Cecília ao órgão* e um Greuze mais teatral que de costume. E a baronesa Lützenschläger doará um Griego. Ninguém sabe bem o que ele representa — mulheres compridas e espirituais reunidas em torno de um berço. Os Chalfonts, também, estão oferecendo um Guardi para o batistério. Mas, como nunca houve menção a um, eles correram algum risco. E, por último, mas não menos importante, lorde Brassknocker será enviado a Paris para emoldurar um misterioso trabalho em pastel intitulado *Pálpebras cansadas sobre olhos cansados*, que, como a sra. Pontypool diz, é certamente a última coisa que ele parece."

"Kate escuta tudo o que dizem", disse a sra. Wookie; "passe a linha numa agulha para mim, Kate".

"E, quando tudo estiver completo, a grã-duquesa Ximina ficará em Stockingham para apresentar a arte em couro. E o cardeal Pringle aparecerá para espargir água benta nos retratos e abençoar tudo."

"Se a grã-duquesa ficar em Stockingham", disse a sra. Wookie, "suponho que lhe prepararão uma cama de Estado".

"Pobre mulher", murmurou Aurelia. "É dura como uma tábua."

"Elizabeth...", começou a srta. Wookie, mas Aurelia levantou-se.

"Como os jardins estão bonitos", comentou ela.

A srta. Wookie sorriu.

"O encanto", replicou, interrompida em sua pequena fábula, "está nas árvores".

"Ora, Kate! Tenho certeza de que, na primavera, quando as chuvas-de-ouro vicejam e os lilases se abrem em flor, o jardim se torna incomparável."

"Era sempre verão", disse Aurelia, ao se despedir, "quando vinha para cá".

Desceu o beco e passou por um arco que a levou direto para a Praça da Lavanderia.

Não obstante a eloquência preparada, foi com alívio que notou que sua lavadeira prendia docilmente algumas flores roxas na cerca enquanto, ali perto, na poeira, a srta. Valley se ajoelhara com uma criança nos braços.

Com sua aproximação, a biógrafa ergueu os olhos azuis um tanto infirmes em sua cabeça e um rosto digno de literatura.

"Terei de começar toda a minha vida novamente", disse. "Seis semanas perdidas! Esta criança — empregada de uma lavanderia aqui...", e começou a agitá-la, "esse carregador de roupa suja... é Reggie... Cresswell — um descendente do santo...".

E porque a srta. Valley parecia um tanto aflita e porque, afinal de contas, era uma amiga, Aurelia deixou cair seu prato e, olhando para um lado e para o outro para se certificar de que "nada estava vindo", correu pela estrada para postar-se ao lado dela.

"Mas você não consegue ver", murmurou com simpatia, segurando a srta. Valley pela mão, "que uma Apologia é exatamente do que as pessoas mais gostam?". E, puxando Reggie para si, exclamou: "Oh, garotinho querido!".

"E sua própria tumba, querido dr. Pantry, o que será ela?"

"Minha própria tumba", respondeu o bispo com modéstia, "será inteiramente feita com azulejos encáusticos vindos de Portugal — uma coisa muito simples".

A sra. Shamefoot deu um suspiro. "Isso soa", comentou, "quase perturbador".

"Ah, estas catedrais antigas, minha querida sra. Shamefoot, quantos casamentos e funerais testemunharam!"

"Creio que..."

"Ashringford pode não ter a aparência corajosa de Overcares, ou o ritmo de Perch, ou a aura etérea de Carnage, ou a supremacia de Sintrap; mas tem uma personalidade, um brilho próprio."

"Tem autoridade."

"Certamente. Você mal acreditaria que existe uma dívida sobre ela."

"Não; de fato, ninguém acreditaria."

Lady Anne entrou. "Há, com frequência", observou ela, "uma neblina. Embora não fosse capaz de suportar a catedral sem tábuas e arrimos — eu sentiria uma falta terrível deles —, é curioso como as restaurações atrasam, especialmente com o número de grandes casas que há por aí. A senhora não concorda comigo, sra. Roggers?".

"De fato", a mulher do arcediago exclamou, enumerando as pendências sobre uma luva. Ao revelar um incidente de considerável monta, ela omitiu Stockingham da lista.

Lady Anne parecia maravilhada diante daquele repente de tato.

"Se a sra. Shamefoot deseja explorar a catedral", disse o

bispo, "é melhor fazê-lo antes que o trem de excursão chegue de Perch".

"Então, é melhor o senhor guiá-la."

"Mas a senhora virá conosco."

"Devo ficar aqui, por *lady* Georgia. Caso a sra. Henedge esteja fora ou rezando o terço, ela voltará diretamente para cá."

"Muito bem, não vamos nos demorar."

"E tome cuidado", aconselhou *lady* Anne ao marido, com uma franqueza educada, "não se comprometa. Sem promessas precipitadas! Embora não pareça, a catedral está em seus vidros. Será como uma estufa até terminarmos".

"O que são essas maravilhosas rosas brancas?", perguntou a sra. Shamefoot ao bispo enquanto se afastava com ele.

Num *costume de cathédrale*, a um só tempo grande e elusivo, havia nostalgia em cada prega.

"Elas têm o mesmo nome da catedral", respondeu o bispo. "Santa Doroteia."

A sra. Shamefoot tocou a manga episcopal.

"E aquela portinha serena?", perguntou ela.

"É a entrada lateral."

"Diga-me, dr. Pantry, há um raio de esperança?"

"Sem parecer pouco caridoso, antipático ou desumano, como posso dizê-lo? Apertando um pouquinho, poderíamos enterrá-la no interior da catedral."

"Mas não quero que pisem em mim."

"Há situações piores do que estar sob uma placa de bronze."

"Com minha cabeça sobre uma almofada e meus pés sobre flores. Oh!"

"Ou numa agradável mortalha. Nada parece melhor. E bronze é bem simples de ser mantido limpo."

"Mas o bronze", replicou, "leva ao polimento. Sei muito bem! Pessoas de quatro eternamente curvadas sobre mim".

"Não consigo ver nenhuma objeção nisso."

"Não penso que meu marido aprecie a ideia."

"Naturalmente; se o sr. Shamefoot se importasse..."

"Importar-se?" Seu riso era contido. "Pobre Soco", disse, "pobre querido. Mas uma janela é mais respeitável. Embora prefira não reivindicar uma antiga."

E com esforço ela manobrou seu chapéu através da estreita porta monástica.

Escuridão e um cheiro de lírios frescos a saudaram como se fossem frias mãos invisíveis.

Ali muito provavelmente era o lugar em que ela habitaria até que o dia final a surpreendesse. E, como doze servos, as horas lhe trariam melancolia.

Impulsiva, desabou de joelhos. Uma janela, como uma imensa safira — uma suntuosa safira, subitamente tornando-se negra —, fê-la tremer levemente.

Uma cor *pode* mudar?

Aqui e ali, o vidro tornara-se um tanto incoerente e começara a balbuciar.

"Poderíamos olhar eternamente para essas lindas janelas!", murmurou ela, levantando-se.

O bispo pareceu tocado.

"Temos de tentar e encontrar-lhe um canto", disse ele, "em algum lugar".

Ela virou-se para encará-lo.

"Oh, o senhor me faz feliz!"

"Eu disse um canto", respondeu o bispo. "Talvez possamos encontrar para a senhora um arco."

"Um arco! Mas eu ficaria muito entalada, não? Acho que preciso de um pouco mais de espaço. Uma rosaceazinha ou coisa do gênero."

O tom de voz implicava o colossal.

"Um arco seria um espaço um tanto restrito, claro, mas o que isso importa?"

"Espere até ver os projetos..."

Com uma sensação de desconforto, dr. Pantry começou a rodar em torno da pia batismal.

"Na época de Cromwell", explicou, "ela foi usada como uma simples tina de lavar roupas".

"Oh, mas que vergonha!"

"E daqui", disse ele, "a senhora observa uma série curiosa e intrincada de arcos".

A circundar os pilares, havia guirlandas de pedras que, em algum momento, tinham sido coloridas; delas, umas poucas e surpreendentes bandeiras pendiam em testemunho de outro tempo — no qual teriam tremulado triunfantes sobre algum campo de desonra mais do que em qualquer outro lugar.

"Que farrapos!"

"Certamente, estão em muito mau estado."

Mas ela permaneceu à parte um momento, diante da tumba de uma donzela de Ashringford, encerrada em seu sono e deitada sobre uma pira de rosas, com anjos suplicantes à sua cabeça e a seus pés.

"Será que identifico romance?", sussurrou.

O bispo assentiu.

"Infelizmente", respondeu. "Todos os volumes da *Bibliothèque Rose*[26]."

"E que cheiro doce emana daqui."

"Muitas pessoas perceberam isso. Mesmo quando mal havia uma folha seca no interior."

"Por quê? O quê?..."

"Emana da capela Coronna, onde está a sra. Cresswell."

"Sempre?"

"Varia. Em alguns dias, é delicado como uma única prímula. Em outros, é forte como os lilases."

---

26 Coleção francesa de livros para jovens criada em 1856.

A sra. Shamefoot estudou as sombras.

"Mas a sra. Cresswell...", perguntou. "Quem era ela... exatamente?"

"Em primeiro lugar", respondeu o bispo, "foi uma preceptora. Que também acompanhou figuras excepcionais. Só por isso, ela já teria sido canonizada, não fosse uma observação infeliz. Está em *A rosa vermelha do martírio*: 'Se todos somos uma parte de Deus', diz ela, 'então Deus deve realmente ser horrível'.".

"Os nervos são responsáveis por muita coisa. É possível que seus alunos fossem cansativos... Ou fizesse um dia quente. Em sua *Autobiografia*, ela admite sensibilidade ao calor, não é?"

O dr. Pantry sorriu.

"Que livro encantador!"

"Eu também adorei. É um livro pelo qual tenho paixão."

"Tenho a edição de 1540."

"Ah, tem? Nossa, é muito rara!"

"De fato, é uma posse que estimo deveras."

"Eu diria o mesmo. Posso repetir, quase de cor, o capítulo que começa: 'O que pode ser mais melancólico do que Stonehenge ao entardecer?'. Seu grito de espanto ao contemplá-lo da janela da carruagem de lorde Ismore é a primeira crítica impressionista que tivemos. Ela estava dormindo — não estava? — quando foi despertada por um choque repentino. 'As pedras', disse ela à pequena srta. Ismore, que as estava guiando à corte, 'as pedras são como imensos sarcófagos suspensos no ar...'"

"Admirável!", exclamou o bispo.

"E a srta. Ismore, a seu modo, era também interessante. Noutro momento, ela casou-se com o príncipe Schara e recolheu-se à Rússia. Ela manteve um diário. Todas as noites, anotava os pensamentos e frases da vida da czarina com a intenção de, um dia, revelá-los num livro — como se ela já não fosse agitada o bastante! Antes de morrer envenenada, em Moscou, alguém atinou ao fato de que as influências da infância, embora muito provavelmente sufocadas, não tinham sido postas inteiramente para fora. E, na ópera, ela envergava sua tiara celestial como se fosse uma coroa de espinhos. De fato, a princesa foi uma das primeiras pessoas a contrair *russofobia*."

"*Russofobia*? O que é isso?"

"Usar rubis e esmeraldas ao mesmo tempo", respondeu a sra. Shamefoot com a voz tranquila.

O bispo acenou para uma sineta pendurada ao lado.

"Geralmente", explicou ele, "é cobrado um pequeno valor para se entrar na capela Coronna. Mas hoje a senhora está comigo!".

Ela ficou maravilhada.

"Como ela é sedutora; embora, de algum modo, deva dizer que era um tanto inclinada a ser demasiado rotunda para uma santa! Uma santa deve ser magra e flexível como um junco..."

"Efeito, sem dúvida, de sua ótima alegria! Sua exuberância era maravilhosa. Até o fim ela foi tão feliz e rosada quanto um jardim de papoulas."

"Suponho que, na época dela, houvesse poucos rostos vigorosos; a maioria das pessoas parecia espantosamente vulgar."

"Com frequência, comentava-se que ela era parecida com madame de Warens..."

A sra. Shamefoot mostrou-se arrependida.

"Ah... se Rembrandt tivesse pintado madame de Warens!", exclamou.

"A senhora ainda não esteve em nossa pequena galeria na cidade?"

"Não sabia que havia uma."

"Oh, mas a senhora precisa conhecê-la..."

"Irei, mas não antes de ter meus próprios assuntos resolvidos! Espere; o senhor disse um arco? Ou uma rosácea, ou uma janela ogival atrás do coro — ficarei confusa."

"Antes que eu possa fazer promessas definitivas", disse o bispo, "é certo que um mundo indigno exige algumas credenciais".

"Querido dr. Pantry, se eu me autoproclamasse uma santa, o senhor provavelmente não acreditaria nisso..."

"Asseguro-lhe que não tenho dúvidas quanto a isso."

"Não posso conceber, então, por que haveria algum problema."

"A senhora nunca teve a oportunidade de folhear nossa *Revista da Paróquia*?"

"Ouso dizer que, se ficasse aqui muito tempo, eu me tornaria desagradável, também."

"Não; creio que isso jamais aconteceria."

"Eu creio que sim!"

"Asseguro-lhe que, a cada novo número, pego-me desejoso de estar deitado na santidade do meu próprio sarcófago."

"Querido dr. Pantry, não diga coisas de tão mau gosto! Não o permitirei. Ademais, eu própria poderia escrever a nota."

"Na verdade, temo que a senhora tenha de fazê-lo."

"Atrás de uma máscara branca e uma capa escura. Bem ao modo de Longhi. Assim: 'A dama, que (pelas próximas semanas) prefere permanecer incógnita, deseja remover de Santa Doroteia uma dessas janelas brancas (tão prosaicas) e substituí-la por' etc. etc. etc. Ou tirar completamente a janela oeste..."

"Mas a janela oeste, o vitral de homenagem à guerra..."

"É uma nódoa para a catedral. Não consigo entender o que está escrito abaixo dele; mas não é para dizer que, no fim, o rei se casa com uma copeira e eles vivem felizes para sempre?"

"Tirar aquela janela", disse o bispo, "quando todos os que subscreveram a petição para que ela fosse erguida ainda estão vivos... Temo que seja impossível".

A sra. Shamefoot perscrutou o entorno. Ocorrera-lhe lembrar — apenas uma vez, há muito tempo, nos Pirineus, vivenciara semelhante desacordo.

"Talvez", disse, um tanto timidamente, "eu pudesse dividir a Coronna...".

"Dividir a Coronna!"

O dr. Pantry empalideceu ante tal heresia.

"Por que não? Dois triângulos, quando cortados, podem formar uma estrela..."

"Temo que seu Niccolo possa não ser compreendido em Ashringford."

"Afinal, o que é o vitral de Santa Doroteia senão uma maravilhosa explosão de cor?"

"A senhora já tentou a abadia?", perguntou o dr. Pantry.

"Qual, Westminster?"

"Com um marido no gabinete..."

"Mas eu não sou uma pessoa pública", respondeu. "Uma atriz. Embora, claro, eu venda flores."

"Com tal objetivo em vista, que os céus não permitam que senhora se torne uma."

A sra. Shamefoot fechou os olhos.

"Ser uma atriz", disse ela; "arruinar a sua vida diante de uma sala cheia de pessoas... Que divertido!"

"Todo bom pregador", ponderou o dr. Pantry, "tem uma pitada de comediante".

"O senhor vai muito ao teatro?"

"A última vez", respondeu o bispo, "fui para ver a sra. Kendall em *The Elder Miss Blossom*".

"Oh, ela é perfeita!"

"Apesar de *lady* Anne ter visto Yvette Guilbert apenas recentemente."

A sra. Shamefoot pareceu solidária.

"Não consigo imaginar nada mais sinistro", afirmou, "do que Yvette Guilbert cantando 'Onde você vai, minha linda criada'. Isso vai sempre me assombrar". E fez uma pausa meditativa para admirar uma efígie de pedra da primeira *lady* Blueharnis, estendida sobre um travesseiro qual um cisne morto.

"Como são completamente encantadores, os memoriais."

"Fico feliz de a senhora gostar deles."

"De algum modo, algumas pessoas são tão deste mundo", disse ela, "que não há como pensar nelas presentes em qualquer outro".

Mas um som de respiração, vindo de trás do monumento a Blueharnis, assustou-a.

"Pessoa macabra...! Demônio!", exclamou ela.

Winsome encarou-a, sonolento.

"Eu vim", explicou ele, "pegar alguns livros para a sra. Henedge".

A sra. Shamefoot piscou.

"Parece-me", comentou ela, "que não há alternativa".

"Não quero ser muito duro com ela", disse o bispo, "mas acho que ela deveria ter me contado antes".

"Não posso dizer", replicou Winsome. "No interior, sempre se é grato por encontrar o que se fazer."

"Há quanto tempo você está aqui?"

"Desde ontem. Já poderia uivar de cansaço."

A sra. Shamefoot olhou para o bispo.

"Muito provável", disse ela; "mas fugir no momento em que chega, só porque este é o lugar mais atraente da Terra... Eu o chamaria de decadente!"

E, de fato, depois de algumas horas perto da natureza, dava-se sempre o mesmo com ele. Uma *nostalgie du pavé*[27] começava a se instalar. Ele sentia falta do confidencial "As *coisa* vão muito mal, senhor" do menino vendedor de jornais na esquina; as luzes, os anúncios cintilantes do Artistic Theatre... O estampido do revólver tão audível naquelas noites em que a heroína se matava — o suspense, o silêncio repugnante que se seguia; enquanto o interesse, em noites mais suaves, mudava com o "Chame meu biplano", de *Indignação*, enquanto esta se afastava às pressas.

A sra. Shamefoot pegou um hinário vermelho, luxuoso.

"E então", disse, "a babosa, aparentemente, floresceu!".

"Não, ainda não. Mas não há nada como estar preparado."

"E quando você acha que isso acontecerá?"

"Não quero falar sobre isso. Embora, quando a mudança se der, eu tenha certeza de que será discreta."

"Em Ashringford", disse o bispo, "nada jamais se dá de forma discreta".

"Mas isso é uma tolice de Ashringford!", exclamou a sra. Shamefoot. "Quando minha irmã se converteu, asseguro-lhes, ninguém deu a menor atenção. Mas então, é claro, ela estava sempre indo e vindo... Fez incursões a três religiões diferentes. E sempre voltava insatisfeita e resmungando."

"O mundo é vergonhosamente administrado, mal se sabe a quem reclamar."

"Muitas pessoas", observou o bispo, "são facilmente influenciadas. Basta que olhem para a cauda de um pavão para que pensem em Brahma".

A sra. Shamefoot olhou para o fascinante vitral.

Quão misterioso ele era! Como os tapetes luminosos que encobrem um sonho.

27 Saudade do calçamento.

Ficou pensativa por um momento, perdida em medições mentais, parecendo infeliz e confusa em seu luto, como uma aquilégia murcha.

"Bem, já que está aqui, sr. Brookes", disse ela, "o senhor definitivamente precisa experimentar o órgão. E o dr. Pantry nunca me ouviu cantar".

Dentre uma seleção de várias almofadas de cores vívidas, ela escolheu a menos provável para apoiar a cabeça.

"Estou pronta!"

E com um sorriso cansado e desconfiado, desviou os olhos em direção a casa como se esta fosse um hospital.

A seus pés encolhia-se um animal que, por ora, assumia expressão tão apropriada — e, acreditava ela, tão interessante — quanto a do lobo de São Francisco. As mãos cheias de clêmatis, apertadas e coroadas...

"Haverá um funil, da fábrica de geleia, e algumas chaminés ao fundo", disse Winsome. "Você se importa?"

"Meu querido, o que posso fazer? No fim, essas horrendas formas invasoras vão me enlouquecer."

"Um, dois, três; sorria... menos. Preferiria trabalhar na roda-d'água de um moinho a ser fotógrafo."

A sra. Henedge relaxou.

"Gostaria", murmurou ela, "que você se decidisse a respeito de ser Rose".

"Decidirei. Mas, nesses confins, a própria noção de estreia me provoca arrepios."

"Meu querido sr. Brookes, quando o senhor der seu primeiro concerto, eu o levarei ao palco e ficarei ao seu lado o tempo todo!"

"Bem, estou vacilando. Só preciso de um empurrão."

"Oh, cuidado com o rabo."

E, de fato, um animal que mordera um poeta, preocupara um político, divertira uma atriz famosa e atormentara uma dançarina não era para ser ignorado.

Como era possível, podia-se perguntar, que alguma coisa

em Ashringford tivesse tocado e congregado tais celebridades? Que acidente fizera com que essas figuras ilustres cruzassem seu caminho? Santa Doroteia era parcialmente responsável por aquilo tudo.

E agora que a srta. Compostella era esperada em Stockingham, e com um Rose de Tivoli ao alcance, tornava-se mais que provável o aumento da lista — um poeta, um político, um pianista, *duas* atrizes famosas etc., todos aguardados —, ele os enumerava todos em suas mãos enormes enquanto inspecionava a paisagem recém-pintada; pois sua senhora gostava unicamente dos tipos mais etéreos de árvores, lariços, choupos-brancos, salgueiros, de modo que, na primavera, o jardim parecia extraordinariamente simplório e imaturo.

"Terei de aplicar-lhe clorofórmio", disse a sra. Henedge, "se ele fizer isso de novo".

"Ele pode ficar agradecido. Não se sabe."

"Por quê? Qual é o problema?"

"Tenho muitos humores. A senhora pode não gostar de todos... Nunca fui previsível!"

"Pobre sr. Vane! Não importa se o senhor está aborrecido. Relaxe! Recupere-se! O campo faz muito bem para o senhor."

"Isso é o que todo mundo diz. A sra. Shamefoot me disse a mesma coisa esta manhã."

"Oh, o senhor encontrou-a?"

"Na catedral. Se tivesse ficado muito tempo por lá, teria fundado uma colônia satânica na nave central, só para compartilhar a monotonia."

"Meu querido, já existe uma."

"Leve-me até..."

"Não; fique aqui e seja bonzinho. Tenho algo para lhe dizer que vai deixá-lo feliz."

"A mim?"

"Sim. A velha sra. Felix disse para minha criada: 'Acho o sr. Brookes tão bonito. Tem um rosto tão jovem, tão romântico!'."

"O que mais ela disse?"

"Mais nada."

"Viva!"

A sra. Henedge levantou um dedo.

"S-S-S-Sh! Ou você vai perturbar o monsenhor Parr. Ele está meio adormecido numa cadeira de balanço cultivando a alma."

"De acordo com o monsenhor Parr, o Paraíso será um concerto eterno. A senhora acredita que isso seja verdade?"

"Acredito que ele tenha sido *favorecido*... na verdade, no quartinho de beleza, antes de virar meu oratório, alguma coisa o pegou, dançou em volta dele..."

"Oh! Quando?"

"Há alguns dias. Meu querido, sim! E *duas* vezes no mês de Maria!"

"Vai — vai!"

"Leia para mim."

"O que devo ler?"

"O Lascelles Abercrombie ou o Francis Jammes..."

"'*La maison serait pleine de roses et de guêpes*'[28] — isso é adorável."

"Isso também dá sono."

"Vamos conversar sobre isso."

Ela deu um breve suspiro.

"Com tantos gatos cansativos por aí, este precisa de proteção."

"Ainda assim, com uma porta de bronze esverdeada à noite e uma cortina violeta durante o dia..."

---

28 "A casa estará cheia de rosas e vespas", primeiro verso do poema homônimo, de Francis Jammes.

"Eu sei!"

"E o que é para ser?"

"Suponho que devamos seguir o plano original, por fim, e chamá-lo de João Batista."

"Oh, não!"

"E por que não, posso saber?"

"Por falta de humor", respondeu Winsome, "não conheço nada no mundo que se compare à música do Profeta, em *Salomé*. É a quintessência da vida no subúrbio. Evocativo do Exército da Salvação e o general Booth. É..."

"Você não gosta?", perguntou ela, interrompendo-o.

"Não muito."

"Se você vai agir como criança, sugiro que saia para uma caminhada."

"Não há lugar interessante aonde ir."

"Meu querido, há as muralhas. Não são as romanas, mas são muito boas."

"Acho um tanto entediante, meramente pitoresco."

"Então, tenho certeza de que dificilmente conheço..."

"Tive uma irresistível inclinação a comparecer à *fête* da sra. Featherstonehaugh no Close — *entrada a 1 xelim*."

"Guarde seu dinheiro, meu menino querido, ou olhe através da cerca."

"Ah, Roma!..."

"Bem, vou entrar. Tenho cartas... Talvez você queira escrever para Andrew, também. Imagino que você sinta falta dele."

"Pobre Andrew! Ele segue tropeçando em direção a algum ideal; é difícil dizer qual."

"Mais um motivo para escrever a ele, então."

"Oh, fique; mais um minuto, por favor; e eu serei bonzinho..."

"Então arrume sua gravata, meu caro Rose... e *cuidado com o rabo de Baltasar!*"

XII

"Olá, anjo!"

"Querido!"

"Caríssima!"

"Pensei muito em você, querido, o dia inteiro."

"Bem, pensei em você também..."

George Calvally colidira com a srta. Thumbler, que portava "uma maravilhosa pechincha", uma partitura e uma sombrinha.

"Na esquina da Vigo Street", admitiu ela, "minha *orelha* começou a arder. Fiquei bastante preocupada".

"Você está indo para onde, querida?"

"Estava no ato", respondeu ela, trêmula e ganhando ares estranhamente espirituais, "de pagar uma pequena conta".

"Então..."

Ele olhou para cima. Sobre sua cabeça, o céu estava tão pálido que parecia ter sido empoado por completo com *poudre-de-riz*[29].

"O lugar apropriado", disse, "para sentir os primeiros anúncios do outono, sempre penso nisso, é a esquina da Regent Street, próxima ao Hotel Piccadilly".

"Isso soa tão maravilhosamente ermo, querido!"

Já era perceptível o toque do outono no ar.

Nas lojas, o crisântemo misturava-se às folhas douradas da faia. Cestas de peras verdes e duras jaziam sufocadas sob a urze azul.

"Você está adorável, menina!"

"Obrigada. Mudei desde ontem? O domingo na cidade deixa cicatrizes... Meu perfil continua o mesmo?

---

29 Pó de arroz.

"Sim. O mesmo!", assegurou ele.

Pois o pavor da vida da srta. Thumbler era de que algum dia seu perfil se modificasse.

"É incrível, caríssimo, como você gosta de mim! Mamãe me acha medonha vestindo *crêpe*; nas fantasias dela, é como se isso pudesse causar um terremoto em Cremona, derrubar um domo sobre o papa..."

"Você está maravilhosa. Nunca, nunca, nunca deveria usar qualquer outra coisa."

"E essa é apenas a segunda vez, desde que pedi uma musselina polvilhada com pequenos pontos multicoloridos. Era como se punhados de confete tivessem sido jogados sobre ela."

"Querida!"

"Caríssimo?"

Talvez Mira parecesse mais melodiosa agora que George Calvally a erguia ao sol.

Ela estava sempre amarrando coisas na testa, para o absoluto espanto de sua mãe, ou examinando cuidadosamente a vida de personagens românticas como Saskia, Hélène Fourment, a sra. Blake...

Às vezes, quando dominada pela melancolia, vagava por horas pelas ruas lentas e profundas da capital, envolta numa capa dura, de pregas longas e fora de moda. Noutros momentos, também era possível que encontrasse George Calvally, embrulhada como um ídolo, e eles seguissem juntos num táxi repleto de crepúsculo segurando a mão um do outro. Oh, a louca diversão de Piccadilly... O encanto indizível da Strand... a embriaguez do aterro do Tâmisa no caminho da catedral de São Paulo.

"Querida, o que você gostaria de fazer?"

"No Coliseu", respondeu ela, "estão encenando *Georges Dandin*. Trilha de Lully. Vamos?".

Ele riu.

"Numa tarde tão gloriosa, seria ingrato ficarmos num lugar fechado."

"Mas o professor Inglepin, querido, desenhou o figurino, e o seu senso de vestuário é simplesmente..."

"Angelical, ele está..."

"Como alguns bustos de Bernini, George!"

"Oh, meu Deus... Que cansaço!"

Segurando uma flor arroxeada junto ao nariz e de olhos fechados, a srta. Compostella passou por eles, imersa no que parecia ser um Hades particular, repleta de joias.

"Como estava magnífica!"

Mira virou-se, serpentina.

"Qual seria o primeiro sinal do outono, na sua opinião?"

"Escute, tenho uma coisa para lhe perguntar, menina."

Com a partitura enrolada, ela acariciou, com simpatia, seu braço.

"É sobre a igreja que o seu pai está criando."

"Caríssimo, ele disse que *é a última que ele pretende construir.*"

"A sra. Henedge pediu-me para assumir os afrescos."

"Que alegria!"

"Mas você precisa me ajudar."

"Quer dizer... dê-me tempo, meu bem, e verei o que posso fazer."

"Querida! Decida-se!"

"Rosamund não...?"

"Impossível. Ela precisa de descanso a cada cinco minutos! Além disso..."

"Além disso, lixo!"

"Mas eu preciso de *você.*"

"O que Mary dirá?"

"Que diferença faz para ela?"

"Suponho que nenhuma. Ela saiu, ainda agora, a nota mais bela, com entradas para o Queen's Hall."

"Ela gosta muito de você, eu sei."

"Oh, George, isso faz com que eu me sinta miserável ao pensar nela."

Ele chamou um táxi.

"Como ficaria a Wallace?"

"A coleção?", perguntou ela. "Não fica em local fechado... querido! E, certamente, esse não é o lugar mais estagnado da Terra?"

XIII

"Wierus, Furiel, Charpon, Charmias!"

O próprio ar parecia carregado de pensamentos trágicos. O movimento de cor de sua aura era tão brilhante que iluminava a sala.

"Charmias!", chamou ela, enérgica.

Lady Castleyard repousava sua bela figura enquanto, recostada a um banco estilo *Queen Anne*, observava-a.

"Você consegue ver alguma coisa?", perguntou ela. Com uma garrafa de tinta de pacto derrubada em cima da penteadeira, ela afastou-se para ficar "fora do caminho".

"Selah!..."

Lady Castleyard pegou um espelho.

"Se o diabo não vier", disse, "não podemos forçá-lo".

A sra. Shamefoot pareceu incomodada.

"Não virá? Ora, ele tirou todo o ondeado do meu cabelo."

"Visto de lado, com certeza, não parece *tão* bem-sucedido."

"O que você aconselharia?"

"Eu aceitaria a oferta do bispo. Não fique sem rumo de novo."

"Você aceitaria Ashringford?"

"Bem... Tanto se pode aceitá-lo como não!"

Ela desabou, desanimada.

"Sou como uma folha solta", choramingou, "jogada pelo mundo."

"Não seja tão tola; provavelmente a folha solta diverte-se mais do que a raiz podre."

"E você não quer mais participar?"

"Birdie, quando tiver quitado minhas dívidas de jogo e corrida, pagado minha costureira e redecorado um pouquinho nossa nova casa, não vai ter sobrado nada."

"Você tem o Lionel!..."

"Ah, ele é tão esbanjador... Ai, vou acabar morta numa vala."

"Então me parece claro que, obviamente, você não deve."

"Além disso, Biddy, não espere de mim que eu desapareça lá em cima, naqueles vitrais; seria o mesmo que fazer o papel de Souzouki em *Madame Butterfly*."

"E você me perdoa?"

"Não guardo rancor."

A sra. Shamefoot caminhou em direção à janela.

Os jardins quase pareciam heroicos à luz do entardecer. Se as estátuas, que iluminavam a melancólica folhagem perene das paredes, *não* pareciam ser de Fídias, ao menos cumpriam com seu dever.

"Quando os pássaros voam baixo e os insetos passam zunindo de lá pra cá", disse ela, "é sinal de chuva!".

Lady Castleyard fechou os olhos.

"Gosto de tempestades", murmurou ela, "sobretudo à noite. Às vezes se pode flagrar nelas um rosto — de alguém em quem se esteja pensando, talvez, ou de alguém que esteja pensando em você. E que encontramos na explosão".

Usando um colar de pérolas, a sra. Shamefoot espantou um morcego.

"Precisamos nos vestir para o jantar", comentou ela.

"*Sir* Isaac ainda está caminhando lá fora, não está?"

A sra. Shamefoot olhou pela janela.

O sol mergulhara abaixo da linha das colinas, valendo-se, no céu de Ashringford, dos dourados e púrpuras de Poussin, tão sugestivos de Roma. No crepúsculo, os estábulos velhos e meio inutilizados pareciam estranhamente misteriosos e distantes.

"E *sir* Isaac?"

"Sim, ele ainda está lá; como um turista sem guia de viagem. Mas ele não estará vestido num Vionnet às oito; nem sua cabeça foi tocada, recentemente, pelo demônio."

"Ora, há um Vionnet tremeluzindo do outro lado da cama...
O que o Soco diz?"

"Meu bem, ele nunca olha. Na primavera, ele passa reto
pela primeira violeta; e é sempre do mesmo jeito."

"Queria que ele conversasse com o Lionel até que meu salão de baile estivesse pronto. As ideias dele sobre decoração
nunca mudam, e isso está ficando tão cansativo. Chifres pelas paredes, francamente!..."

"Que horror!"

"Seremos todos lanças e galhadas, quando você vier."

"Você ainda tem aquele lacaio artístico?"

"Oh, graças aos céus; sim!"

"Ele me encantou. Batia a mão na testa sempre que
esquecia as... batatas, de um modo completamente *Âge
d'airain*."

"Biddy, veja quem é; há alguém na porta."

"Sou eu!"

"Quem é?"

"É a Sumph."

"Quem é Sumph?"

"Sou eu."

"Eu sei."

"Sou a criada da srta. Compostella."

"Então Julia está *aqui*."

"Ai!"

"E quando ela chegou?"

Sumph sorriu.

"Estava andando de lá pra cá pela casa", respondeu ela,
"fazia *meia* hora".

"Nossa!"

"A srta. Compostella mandou-me descer para procurar
um pepino. Viajar a desorienta. E eu devo ter me perdido."

"Acredito que ela esteja na Torre Redonda."

"Foi o que a criada disse. Mas se ela fosse a mãe de Roxolana, duquesa de Dublin, não poderia ter sido mais breve."

A sra. Shamefoot ficou preocupada.

"Quando você reencontrar o caminho", disse ela, "entregue isto para a sua senhora, com meu amor; eles certamente farão bem a ela".

"Quando me afastei, a pobre alma estava estirada como uma coisa morta que respira", murmurou Sumph.

No entanto, durante o jantar, ninguém teria sido capaz de adivinhar que a srta. Compostella estivera recentemente em situação tão difícil. Tivesse ela retornado naquele momento de uma temporada de um mês em Mürren, era possível que se perguntassem do que se ocupara.

"Só de vez em quando", informou ela a lorde Blueharnis, que se inclinava em sua direção, "aventuro-me; o vinho tem de ser rigorosamente maravilhoso, ou faço careta!".

Entre o deão Manly e o sr. Guy Fox, ela parecia uma peça de cristal veneziano entre duas canecas de louça grosseira.

"Espero que ele se apaixone algum dia por alguém", disse *lady* Georgia, quebrando o silêncio, "e se case; ou você não acha que ele fará isso?".

"Casar-se; quem?"

"Claud Harvester."

"Por quê, se Claud é a versão masculina de Gaby Deslys da literatura? Ele não parece se importar."

"Mas o que ele faz é literatura?"

"Ora, claro!"

"*Amor em dívida*", disse o deão Manly, "é um trabalho incrível".

A srta. Compostella voltou-se a ele:

"Sou Maggie!", disse ela.

Mas a sra. Shamefoot sentiu compaixão ante a surpresa do deão.

"Nos últimos tempos ele se transformou numa boneca *total*, numa *Doroteia*", perguntou ela, "não é?".

"Claud é considerado uma seita, é claro, mas todos o leem."

"E a comédia do sr. Garsaint?"

"Com exceção de Maria Random, a criada de Anna, o elenco está completo."

"Suponho que Anna Comnena tenha uma criada?", inquiriu o sr. Guy Fox.

Lady Georgia ajeitou uma vela que tinha começado a cair.

"Quero que você me fale, agora", disse ela, "sobre o jovem Chalmers. Costumava ver sua mãe há muito tempo. Ela era uma grande hipócrita, coitada, mas mesmo assim eu gostava muito dela!".

Mas a srta. Compostella nunca desistia de nada.

"Oh, bem", disse ela, "claro que ele é maravilhosamente bonito e talentoso, e até atraente; mas não gosto de contracenar com ele. Sempre que sobe no palco, ele começa a suar".

"E aquele agradável e pequenino sr. Williams?"

"Ele entrou para o balé persa."

A sra. Guy Fox pôs de lado seu *lorgnon*[30]. Seu exame detido do serviço de sobremesa púrpura Sèvres e das colheres Jaime I, segundo seus cálculos, duraria ao menos dois minutos; sua aversão à palavra *suar* igualava-se apenas ao seu horror pela palavra pulga...

E, de fato, a sra. Guy Fox estava continuamente em alerta.

Desde que suas cunhadas tinham sido levadas embora por seus pares, ela vira seu marido como um velho chato e incorrigível. Não era sensato da parte dela, reclamava o sr. Guy Fox, numa situação em que não se podia exatamente esperar que o Destino fizesse o mesmo com ele.

---

30 Óculos de apenas uma haste, longa e fixa, para segurar com a mão diante dos olhos.

"Não, realmente, não peço por nada melhor", disse a sra. Shamefoot ao deão, "que desperdiçar minha doçura no ar deserto...".

"E não vejo razão nenhuma pela qual você não deveria", comentou ele. "O bispo, tenho para mim, não tem nenhuma intenção de deixar de cooperar."

"Sim; mas você sabe como ele é!"

"Queria que estivesse em meu poder servi-la. Mas você está negociando, acredito, com cinco ou seis catedrais no momento?"

"Não tantas assim. Tinha Overcares em vista, ainda que permanecer rodeada por aqueles desagradáveis vidros Gala fosse um aborrecimento eterno. Além disso, há Carnage. Mas, não sei por quê, a Costa Leste nunca me agradou. É tão pegajosa."

"Até mesmo Ely?", perguntou ele.

"Oh, Ely é linda. Mas tão triste!"

"Ashringford também é triste. Algumas vezes, no inverno, as nuvens caem bem em cima de nós. E as torres de Santa Doroteia permanecem perdidas nelas por dias."

"Um *mariage mystique*[31] era justamente o que me faria feliz."

"Ocorreu-lhe identificar-se com alguma igrejinha encantadora, uma deliciosa surpresa, que num beco obscuro seria quase o mesmo que uma aventura?"

"Mas estou tão cansada", respondeu ela, "dessa brincadeira de ficar procurando".

"Ainda assim, você poderia encontrar uma joia acolhedora!"

"Uma joia acolhedora?"

"São Lázaro, por exemplo..."

"Disseram-me que tem goteiras. Há 42 buracos no telhado."

"Ou Santo Anastácio."

---

31 Casamento místico. Para os cristãos, a elevação da alma de uma santa.

"Santo Anastácio é bastante insegura. Além disso, não posso suportar uma torre. É uma subida e tanto."

"Santa Maria Madalena?", perguntou ele.

"Tenho a vida dela lá em cima! Você sabia que ela era, na verdade, noiva de João Batista? Até Salomé *dar um fim naquilo*. Foi só depois da triste ocorrência no palácio que Maria Madalena realmente se curvou e se tornou o que veio a ser depois. Mas sua igreja aqui é tão escura, e sua construção é toda em sílex. Não ia aguentar."

"Ou a grande Santa Helena!"

A sra. Shamefoot estremeceu.

"Ela tem um cemitério", disse ela. "Nunca gostei disso. Não entendo as tumbas. E espero que nunca entenda! Aquelas urnas com toalhas jogadas sobre elas lançam sombras como mulheres do século XIII."

"É inexplicável para mim", disse o deão, "que lhe seja tão importante fixar-se em solo sagrado, quando poderia ser uma independente. Um Teodorico!".

"Espero que você deixe isso claro ao dr. Pantry", disse-lhe *lady* Georgia, enquanto as senhoras deixavam a sala, "que ela está desaparecendo rápido. Quase não come uma migalha há semanas. Sinto meu coração em pedaços quando olho para ela".

A srta. Compostella deu o braço à sua amiga.

"Se eu fosse adorar qualquer coisa", confessou, "seriam as árvores...".

"Venha para fora; as flores têm um perfume doce na escuridão."

Os cedros cansados do parque tinham se transformado em esmeraldas enegrecidas, o ar parecia untado pela floração. Aqui e ali, acima das colinas cinzentas, incomparavelmente macias, uma luz brilhava como uma estrela muito clara.

"Que lindo, 'Orgy!"

"Mas ainda acho", disse *lady* Georgia, "que, sem dúvida, as colinas só teriam a ganhar se alguma criatura infeliz fosse levada a habitá-las. Muitas vezes desejo que uma figura encurvada e esguia trilhe devagar o caminho que leva ao cume, sob o pôr do sol, numa agonia de arrependimento".

A sra. Guy Fox calçou uma luva.

"Estou bastante certa", observou ela, "de que *sir* Victor não vai precisar de muita pressão".

Lady Georgia fez sua careta mais gentil.

"Antes precisasse", disse ela, "em nome de sua imagem. Ele está ficando exatamente como aquela efígie boba do rei Eduardo no Jardim Público".

"A sra. Barrow de Dawn jura que isso produz um efeito romântico sobre ela."

"Pobre Violet! Presa metade do ano com um velho e sete criados pudicos... não é possível que tenha uma vida muito alegre."

"Dizem que se ela se ausenta, mesmo que por apenas uma hora", disse a sra. Guy Fox, "ele envia um grupo de busca atrás dela. E ele é tão miseravelmente mau. Ora, o colar de pérolas que deu à sua primeira mulher a estrangulou!".

"Ouvi dizer que ela tinha morrido em tormento, mas não sabia o motivo."

A sra. Shamefoot segurou, num gesto enviesado, as penas vaporosas de seu leque a noite toda. Agradava-lhe ver planetas inteiros brilharem entre as delicadas varetas.

"Ninguém", exclamou ela, "faria por mim as coisas que eu faria por eles!".

"... Nunca se pode ter certeza do *que* uma pessoa fará, a menos que se tenha tentado."

Lady Georgia amarrou um lenço devotadamente em sua cabeça.

"Julia ofereceu-se para ler para nós algumas cenas de tragédias", disse ela.

"Com prazer, Georgia, mas esperemos estar todos juntos."

"Aí vêm nossos maridos!"

"Correndo o risco de parecer sentimental", declarou *sir* Isaac, "quero dizer o quão bom estava seu jantar; estava excelente".

"Não há milionário que resista a uma maçã assada", murmurou *lady* Georgia, enquanto abria caminho ao seu lado para o teatro grego.

"*Que ton âme est bien née Fille d'Agamemnon*[32]", declamou a srta. Compostella sem paixão, para afinar-se.

Num silêncio compassivo, a sra. Shamefoot acompanhou o deão.

As estátuas eram como torres acima das árvores anãs, então escuras, contra a noite. Atravessando os jardins desde a cidade, os sinos da catedral fizeram soar as dez horas. Dez batidas prateadas, como pétalas caindo de uma rosa.

Ela suspirou. Buscou apoio. Vacilou.

---

32 "Como tua alma é bem nascida, filha de Agamenon". Frase da peça *Iphigénie*, de Jean Moréas.

XIV

Ai, o convívio precisava vir acompanhado de desculpas! Enquanto a srta. Compostella, talvez fora de hora, bradava seus lamentos por Ifigênia, *lady* Anne punha-se à frente de um jantar de debate, somente para mulheres.

Uma natureza menos hospitaleira, sem dúvida, teria controlado (não sem elegância) o chá. Mas *lady* Anne escarnecia-se do fio d'água.

Tampouco foi antes de convites terem sido expedidos para a caixa de correio na parede do palácio que ela decidiu, em deferência ao bispo, que estava em Sintrap, adicionar um detalhe simpaticíssimo. Para tanto, forçara a fechadura do carteiro com um grampo.

Porque, na verdade, o excesso não raro faz as vezes de avô para o engano. E agora, com a mente tranquila sob uma pequena tiara, ela pousou o cotovelo, em postura de congregação, sobre uma mesa decorada sem apuro por Aurelia, com folhas de acácia e colheres de apóstolo[33].

Ela mal virara a chave na ignição.

"Não, realmente!... Não consigo entender *por que* ela deveria ter uma", exclamou a srta. Wardle, saltando imediatamente como uma chama.

"Ela é muito bonita, não é? E isso sempre é alguma coisa. E quando você estiver perto, na Sloane Street, observará que ela tem um gosto, digamos, extravagante para arranjos de flores."

"Se essas são suas principais credenciais, não vou interferir..."

33 Colheres de prata com a figura dos apóstolos.

"Ninguém nega o gosto dela para flores", exclamou a sra. Pontypool. "Embora, pela sua maneira de se vestir, talvez alguém não a tomasse por cristã. Mas linda? Permitam-me discordar. Um rostinho esquálido, duro, frio, murcho. Com um perfil dissimulado. E também com um marido fantasma, que ninguém nunca viu."

"Para agradar-lhe, houve quem tenha lido os ridículos discursos dele."

"Se um vitral é permitido a todos, é certo que a srta. Brice deveria ter um?"

"Mas por que deve a catedral ser alterada? Já é muito iluminada do jeito que está. Muitas vezes, asseguro-lhe, todos nós parecemos bastante velhos... Quando o sol nos invade, é isso que ele mostra."

"Além disso, se ela já mordiscou Perch, qual é a razão de vir a nós?"

"Mordiscou! Dá para imaginá-la invadindo Overcares, Carnage, Sintrap, Whetstone, Cowby, Mawling, Marrow ou Marrowby e suplicando por Perch."

"Se ela conseguisse esperar", lamentou a sra. Wookie, "a sra. Henedge poderia suprir suas necessidades na igreja de São João...".

"São João! Pelo que se ouve, será uma perfeita mesquita."

Lady Anne recusou um pêssego.

"Implorei ao deão que propusesse algo menor para ela", disse ela, "do que Santa Doroteia, onde ela possa instalar mais uma janela e ser tão caprichosa quanto quiser".

"Isso é bom senso. Não importaria muito o que ela fizesse em Crawbery."

"Ou mesmo na cidade. São tantas as igrejas menores que estão caindo aos pedaços... que tristeza! Agora há pouco, a srta. Critchett queixava-se amargamente da corrente de ar na igreja de Santa Maria. Diz ela que sua vida é passar frio constantemente. Ali, uma janela que se fechasse seria uma bênção."

"E o prédio, creio eu, é claramente normando."

"Diante dela, diga bizantino..."

"É uma pena que ela não faça algo de útil com seu dinheiro. Reparar um relógio com problemas, por exemplo, ou aposentar alguns sinos velhos. Sempre que eles soam próximos de nós, parecem pedir uma negociação desse tipo."

"Ou cercar o adro de São Ciríaco, onde meu pobre Percy está", sugeriu a sra. Wookie pateticamente. "Não é nada agradável o modo como as vacas entram e se refestelam entre os túmulos. Se fosse apenas pelo leite..."

"Qual é o seu voto, sra. Pontypool?"

"Oh, minha querida, não me pergunte! Pretendo ficar de fora. Ser neutra. Não vou interferir."

"Mas esse não é nosso dever?"

"Bem, sempre fico feliz por qualquer mudança", disse a sra. Barrow. "Qualquer brilho, mesmo que pequeno. Nunca acontece nada."

A srta. Wookie bancou a clarividente.

"Se não estou muito enganada", disse ela, "é uma janela expiatória o que ela pretende que nós admiremos".

"É perfeitamente plausível."

"De fato, é mais do que provável."

"Talvez por alguma imprudência, algum passo tolo..."

"Ah, pobrezinha...!"

"E, de qualquer forma, a janela, para ela, será uma espécie de poleiro de águia!"

"Há quem possa entender uma janela como moderação, mas ela é aparentemente insaciável."

"Quando a minha hora chegar", comentou a sra. Wookie, "espero descansar na minha querida horta".

A srta. Wardle tocou-a e tremeu levemente.

"Gostaria de vestir minha capa", murmurou ela, "por favor, caso não se importe".

E, de fato, era motivo de surpresa, ou um sinal de sucesso, que ela ainda não a tivesse solicitado.

Em qualquer reunião que pudesse detê-la para além do próprio portão depois do anoitecer, ela sempre vestia sua capa de galão dourado que, outrora, cobrira os ombros da infanta Maria Isabel.

Como a peça chegara ao guarda-roupas da srta. Wardle, ninguém sabia; mas que ela não o renunciava, estava claro; uma vez que, frequentemente, mandava um lacaio buscá-la durante o jantar. Era como o apito que soa na metade de uma partida de futebol, diziam os bucólicos vizinhos.

"O que se fala sobre isso na cidade?", perguntou *lady* Anne.

"Até a decisão final, as pessoas mal sabem como se opor. Mas o sr. Dyce diz que, se ela tiver a janela, ele aparecerá na catedral."

"Sério! Velho horrendo! O que ele quer dizer?"

"Insolência!"

"E o sr. Pet... Mas, minha querida, felizmente ele é um orador rápido. Perde-se metade do que ele diz."

"O texto que ele discursou no domingo era sobre autoidolatria, o Bezerro Dourado..."

"Pensei que fosse verde!"

"O quê, o bezerro?"

"Não, a janela."

"Talvez ele vá antes que tudo esteja arranjado."

"Muito provável. Ouvi que ele acha Ashringford muito cara..."

A sra. Pontypool ajeitou a franja macia e loura.

"É o que eu penso", disse ela, "pobre jovem, com exatos 2 *pence* anuais, ele consideraria qualquer lugar um convite à falência".

"E depois, pergunto-me, quem tomará seu lugar?"

"Oh, certamente o sr. Olney."

"Ele é tão garoto..."

"Minha querida, idade não é um obstáculo. E o seu sermão inaugural veio como uma completa surpresa! Claro, ele estava um pouco nervoso. Tremia dos pés à cabeça. E seu cabelo ficou em pé. Mas, mesmo assim, foi muito brilhante."

"Oh, não!", murmurou a srta. Pontypool.

E, de fato, não obstante certa analogia entre seu círculo doméstico e o da família Cenci, ela era uma Ingênua. Dizia "Não", "Oh, não!", "Minha querida, não!" para tudo e para nada.

"Oh, não!", murmurou ela.

"Lembro-me de uma canção dele, sobre um canguru", comentou a sra. Wookie, "uma vez. Num baile do clube de caça".

"'Guruu-guruu-guruu', não era assim?", perguntou Aurelia. "Que horror."

"Minha querida. Não..."

"Que sorte seria para a pequena srta. Farthing se ele viesse. Embora tivesse de mudar as próprias maneiras. Como já tentei lhe dizer diversas vezes, no campo é preciso vestir roupas de alfaiataria, em vez de sair como uma manicure em férias."

"Eu não acredito que haja alguma coisa nisso", afirmou a srta. Hospice.

"Não tenho certeza. Sempre que se encontram, ele dá aqueles suspirinhos engraçados..."

"O sr. Olney precisa de uma esposa que possa, *no mínimo*, pagar as próprias despesas."

"Qual a renda anual dele?"

"Perto de mil, mas tem algo em torno de 15 mil."

"Além disso, ele é muito pálido, e seu rosto, despropositado."

Lady Anne agitou o leque com *pathos*.

"Quaisquer efeitos colaterais", disse ela, "serão resolvidos depois".

"Enfim, não vejo por que ela deveria ter uma", repetiu a sra. Wardle. "Pela glória da sra. Shamefoot e do Todo-Poderoso... Realmente, não consigo ver razão!"

"Se ela tivesse sido uma santa", observou a sra. Wookie, "era outra questão".

"Não há muito, minha querida, a escolher entre mulheres. As coisas são feitas numa escala diferente. E assim é."

"Silêncio, Aurelia. Como você pode ser tão cínica!"

"Ao mesmo tempo", disse a srta. Pantry, "ir à catedral apenas aos domingos e preocupar-se consigo mesma, de maneira exclusiva, a semana inteira, é como arrastar-se rumo ao céu em prestações semanais...".

"Na verdade, isso é caridade", sentiu-se compelida a dizer à srta. Chimney, que jantava no palácio como forma de "protesto silencioso".

"Mas é uma coisa tão banal a fazer, condenar uma pessoa que sabe quase nada!"

"A sra. Shamefoot esteve em Santa Doroteia para a Ação de Graças, não esteve?"

"Acredito que sim. Mas a srta. Middling sentou-se bem na minha frente. Só que com todo aquele trigo amarelado em seu chapéu não consegui ver nada."

"Vi-a muito ocupada passando batom durante um longo amém."

"Bem, não consegui descobrir o que ela usava. Mas parecia muito estranha, quase estrangeira, vista por trás."

"Essa era *lady* Castleyard. O casaquinho da sra. Shamefoot era mais simples do que uma mortalha. E sua cabeça estava entregue ao mais triste desleixo..."

"Então ela terá o meu voto. Pois contar os buraquinhos naquilo me deixou tonta, não tenham dúvida."

"Pode contar com o meu."

"E o meu."

"Proíbo qualquer coisa do tipo, Kate", disse a mãe dela. "*Lady* Anne vai devolvê-lo para mim, tenho certeza." E, estendendo a mão murcha para marcar o voto, depositou algumas amêndoas salgadas no decote.

"Oh, Tatty!"

"Vou colocar o seu voto com o meu, Kate", disse ela, "pois me entristece ver que você é uma tola completa".

"*Não!*"

"Que bem faz provocar o carma por nada?", lançou Aurelia em tom de reflexão.

A sra. Barrow balançou a cabeça, cética.

"Tenho muito pouca confiança", disse ela, "em palha e fumo tal como são, para dar crédito aos buracos de alfinete de uma touca. Aquilo era da criada dela".

"Como você é agnóstica, Violet! Antes mesmo de terminar, suponho que verei você correr para a sra. Henedge."

"Ora, ela responde pela catedral até hoje."

"Pensei que ela tivesse largado mão. Ela está ficando absolutamente indecente."

"Dela, ainda estão aqui uma esponja de pó e uma garrafa de água do rio Jordão, ou *Eau Jeunesse*", disse Aurelia. "*Além* de um mata-borrão."

"Não me surpreende. Ela parece ter perdido totalmente a cabeça. A última vez em que a visitei, os cartões *de entrada* e *de saída* sobre a mesa do vestíbulo estavam igualmente em evidência."

"É mais seguro manter-se longe dela", murmurou a sra. Wookie. "Tenho feito isso o tempo todo."

"Sem dúvida, no nosso tempo, a maioria de nós já flertou com Roma", comentou a sra. Pontypool, "mas, coitada, ela nunca soube onde parar".

Lady Anne aceitou, em nome do debate, um cigarro da sra. Barrow de Dawn.

"Já que o caso parece um impasse", pronunciou-se, "proponho que adiemos".

A srta. Valley mexeu-se levemente na cadeira.

"Estou tão ansiosa para examinar aquelas tapeçarias Mortlake da sra. Cresswell", disse ela, "caso não estejam emprestadas".

"Elas estão na Ponte di Sospiri", explicou *lady* Anne, "o que nos liga aos claustros. Mas à noite, temo eu, é geralmente bem escuro".

"Impressões que adoro. E há uma luazinha muito útil."

Aurelia pareceu divertir-se.

"Mesmo com uma lua jovem", disse ela, "como uma banana partida e a tiara de *lady* Anne e meus pentes de celuloide esculpidos e todos os vaga-lumes que possa haver (e, sim, há), agrupando-se como batalhões bestiais pelos corredores do palácio, e as libélulas no jardim e os bruxuleios no cemitério, e, de fato, além da infinidade inteira de estrelas, sem uma luz artificial nossa pode-se muito bem parar por aqui".

Lady Anne olhou para ela:

"Não seja tão ridícula, minha querida, apenas aponte o caminho!"

"Se a eletricidade não está no conserto, recuso-me a dar um passo."

"Levarei o historiador para inspecionar algumas cortinas", anunciou *lady* Anne, "se alguém se importar em vir".

"Historiador?..."

A sra. Pontypool revelou suas Ordens.

De forma bem perceptível, ela tornou-se benfeitora de sete hospitais e de duas casas de repouso, com ações numa *maison de santé*[34].

34 Casa de saúde.

"Devemos ter uma conversinha", exclamou ela, "você e eu. Minha família toda tem talento. O único problema é o dinheiro, que, infelizmente, fica entre um e outro".

"Minha querida, não!"

"Na verdade, estava se aproximando do gênio. E até mesmo meu irmão (tio dela) senta por vezes e escreve as mais cuidadosas mentiras. Romances, é claro..."

A srta. Wardle amarrou a capa.

"Odiaria me prostituir", comentou ela, "por 6 xelins."

"Ou por 4 xelins e 6 *pence* em dinheiro..."

"Algumas pessoas publicam seus trabalhos por 1 guinéu", assoviou como uma flauta a srta. Valley, enquanto seguia *lady* Anne pela porta.

A Ponte di Sospiri, para onde *lady* Anne se encaminhava — construída pelo bispo anterior para simbolizar um arco-íris eterno —, cedeu, um tanto inesperadamente, desde as escadas e com toda a liberdade de uma *polonaise*[35].

Atrás da anfitriã, as senhoras seguiam todas juntas, como se a advertência oportuna da srta. Pantry tivesse tornado imperativo chapinhar. Na verdade, a preocupação da sra. Barrow mostrou-se tamanha que fez o mordomo, envergonhado, recuar.

"Minha querida Violet!", chamou *lady* Anne, "foi a única vez, creio eu, que...".

Mas a sra. Wookie interveio.

"Há alguém", disse ela, "batendo no portão".

"Provavelmente é só o carteiro."

E, voltando-se para as tapeçarias, *lady* Anne passou à inspeção, começando instintivamente pelo fim. E o fim, como ela pontuou, eram apenas Bacanais. Depois (*à rebours*[36]) vinha

35 "Polonesa", dança originária da Polônia.

36 No sentido contrário, às avessas.

o Martírio, comentado muitas vezes como "Tive uma manhã tão ocupada!", a frase derradeira do santo. Um modelo, em cada detalhe, do que um martírio deveria ser. E, de fato, nada poderia ter sido mais simples, tranquilo ou mais bem-feito. Não havia apertos, desmaios, esmagamentos ou atropelamento. Sem incitamento... As espectadoras providas, cada uma, de um sofá e de uma xícara de chocolate, estavam lá apenas a convite. Embora, numa praça de mercado (como se poderia ver), os ingressos estivessem sendo entregues por determinado valor. E, no centro de tudo, havia uma sra. Cresswell, inclinando-se com indiferença sobre um bastão episcopal, munida de um olhar bem-humorado e um tanto mordaz.

E assim, na penumbra, os catorze painéis corriam — cada vez menos serenos, conforme recuavam, até que, na cena de abertura, a atmosfera era de absoluta melancolia.

"Isso era o 'Casamento'."

"Qual é a razão de as pessoas se casarem?", perguntou a srta. Wardle. "Algumas vezes, penso sobre isso."

"Minha querida, não me pergunte."

"Algumas se casam por liberdade, penso eu."

"Ou para enviuvarem."

"Eu daria *mundos* para ser uma viúva", declarou a srta. Pontypool.

"É uma coisa difícil de ser", assegurou-lhe a sra. Barrow.

"Estou desgostosa com o amor", opinou a srta. Valley com seu virginal sotaque *cockney*[37].

"Eu acho que é uma coisa muito frustrante", concordou *lady* Anne.

A sra. Wookie suspirou.

"A minha natureza", disse ela, "é do tipo que clama por coisas mais etéreas".

37 Morador do East End de Londres.

"Paixões banais", sussurrou a srta. Wardle, "não mexem comigo".

"Estou desgostosa com o amor", cantarolaram as senhoras, num encantador uníssono.

"Se isso for o sr. Cresswell", observou a sra. Barrow, "eu certamente não ficaria surpresa".

"Defina *Crença*", pediu Aurelia tremendo.

"Intuição!"

"E quem seria esse?", perguntou a srta. Valley, aproximando-se de um cavalete com um leve deslizar.

"Esse?", respondeu *lady* Anne. "Acho que um dia foi o Walter."

"Fosse eu pintada", pontuou intensamente a sra. Pontypool, abrindo e fechando o leque, "creio que daria a honra a Roy Quilimane. Ele não rejeita a beleza. E revela a alma de seu modelo".

A srta. Chimney mostrou alguma sensibilidade.

"Todo nu", disse ela, "revolta-me de alguma forma. Tenho certeza de que, no inverno, quando as árvores mostram seus galhos... bem, eu vou, quando posso, para o sul".

Mas a aparência das srtas. Chalfont no topo da escadaria, intimamente entrelaçadas, de olhos brilhantes e corpos dobrados de riso, cobertas por um soberbo boá dividido, causou comoção.

"Nós tocamos e tocamos", disse a srta. Clara.

"Eu lamento. Mas, de qualquer forma, vocês jantaram?"

A srta. Blanche desabou.

"Ora, não!", respondeu.

"Você odeia amêndoas?", perguntou a sra. Wookie.

A srta. Constantia cobriu os olhos com uma das mãos.

"Se há qualquer coisa nesta terra", respondeu ela, "da qual tenho horror, ou sinto uma aversão, é isso".

E seu gesto parecia fazer vibrar também todas aquelas outras restrições latentes dentro de si. Todas aquelas antipatias, menos as amêndoas, que talvez fossem hereditárias. Ela começou, de repente, a cair. Ficou ali, sonhando.

"Desenrole-se", disse sua irmã, "e me deixe ir".

A srta. Chalfont começou a virar-se.

"Não é por coquetismo", confessou ela alegremente, "que somos as últimas. Mas, quanto mais próximo alguém mora, mais é certo que seja o último a aparecer".

Lady Anne respirou fundo.

"Para ser sincera", disse ela, asperamente, "vocês deviam ter sido paradas na casa".

Elas estavam livres...

Suas vestes, as senhoras notaram, eram brancas e brilhantes com listras verdes.

Nunca, afirmou a srta. Valley, ela tinha se deparado com ideias tão febris. Nem mesmo no jantar do poeta.

"Estávamos ficando um pouco nervosas sobre o voto", disse a srta. Clara, "então decidimos trazê-lo nós mesmas. É o primeiro compromisso que mantemos não sei há quanto tempo".

"E qual será?"

A srta. Clara apontou para a catedral.

"Eu leria meu ensaio sobre Autocontrole", murmurou a srta. Hospice, "se vocês achassem que surtiria algum efeito".

"Isso provavelmente os deixaria muito pior. Até mesmo poderia matá-los de imediato. E, depois, isso seria assassinato", disse a srta. Valley.

A srta. Hospice sorriu serenamente.

"Meu editor, de qualquer forma, poderia ser encontrado", disse ela, "pois sempre tenho o mesmo".

Ao que a srta. Valley respondeu:

"... Puf!"

Mas as srtas. Chalfont estavam ficando cada vez mais sem ânimo.

"Oh, segure-me!", suspirou a srta. Blanche, lentamente escorregando para o chão, como a santa dos afrescos de Siena. As srtas. Clara e Constantia fizeram um movimento que, mesmo um milagre do ritmo, foi ineficaz em relação ao todo.

Com tranquila complacência, a sra. Wookie pegou uma cadeira.

"Elas estão fora de controle!", exclamou.

"Se lorde Chesterfield pudesse vê-las agora!"

"Não!"

"Por nascimento podem até ser meninas de boa família do campo", murmurou a sra. Pontypool. "Mas, pela forma como se comportam..."

"Sim, é verdade, os modos delas..."

"A forma como se comportam é chocante!..."

"Criaturas dementes", cantarolou a sra. Wookie, "loucas, louquinhas!".

A sra. Barrow concordou.

"Só porque certo *signor* Calixfontus", explicou ela, "seguiu Santo Agostinho até aqui e casou-se com uma selvagem... e cuidou de sua vida bem antes que a maioria das pessoas se importasse com isso, não é desculpa para que suas descendentes se comportem como idiotas completas".

"Ou enrolem-se nesses panos soltos e inadequados."

"Abajures!"

"É Viena!"

"Teerã!!"

"Viena ou Teerã", disse a sra. Pontypool, "ou Edgware Road, eu nunca vi tamanho mistério".

Mas *lady* Anne parecia confusa. "Quando Saul tinha problemas", disse ela, "Davi tocava para ele, não é?".

A srta. Valley assentiu.

"Existe um Rembrandt sobre isso em Haia", disse. "Lembro-me tão bem! Sobretudo por causa de Davi, que estava a um canto remoto da tela, quase como se fosse a assinatura."

"E ele tem aquela pele dourada de setembro, como Hendrickje Stoffels?", perguntou Aurelia.

"Sim; e um sorriso que lembra uma música triste."

"Oh, mas eu o conheço!"

"Bem, por que alguém não assume o piano?"

"A srta. Wookie assumirá", disse a mãe dela. "Não, Kate? E, além disso, talvez, cante umas cançõezinhas. Ela conhece várias. Como era aquela, minha querida, aquela bem triste e desesperada, que fala de um heliotrópio? *Quando o heliotrópio escurece*. É a verdadeira história de um marinheiro. Ou talvez um de guarda-costeiro. E ele vai embora. E ele volta. E, é claro, ele a encontra morta."

"Uma fuga e um pouco de ar", disse *lady* Anne, "devem bastar. Venham à sala de estar, e as srtas. Chalfont podem jantar alguma coisa lá, enquanto jogamos cartas. Uma frutinha, um vinhozinho... A pobre srta. Blanche está praticamente afundando".

A srta. Wardle desapareceu junto em seu *point d'espagne*[38].

"Oh, céus!", exclamou.

A sala de estar de *lady* Anne — que um dia pertencera à sra. Henedge, que a "resgatara" da sra. Goodfellow, que viera da sra. Archer, que a tomara de *lady* Lawrence, que a apreendera da sra. Jones graças a cujas inúmeras "melhorias" (tocando mesmo a distante e linda saxãzinha Ethel) dispunha de vagos traços cronológicos — vinha adquirindo, como era de esperar, um pouco do jeito de *lady* Anne. Embora houvesse momentos, mesmo no brilho cinzento da manhã, em que a sala ainda guardasse a aparência agitada de uma pessoa que mudara de credo mil vezes, suspirara, espreguiçara-se, dera uma cambalhota completa, sentara-se, sorrira,

---

38 "Ponto espanhol", ponto de bordado identificado pela expressão em francês na Inglaterra.

deitara, esticara as canelas e morrera de dúvidas. Mas esse aspecto era reservado exclusivamente para as arrumadeiras e os fios translúcidos da aurora.

A sala parecia bem diferente agora.

Sobre uma mesa oval, que brilhava sob um magnífico lustre, via-se uma solitária peça da afamada coleção de porcelanas Dresden de *lady* Anne — o equivalente, em intenção, a uma íris oriental ou a um ramo florido de ameixeira.

Era o item mais querido de sua *Pilhagem*.

Com tantas variações do mesmo tema em suas cristaleiras quanto tons nos quais um virtuoso executa ao violino uma dança cigana, a peça solitária revelava o ascetismo de sua mente em se abster de expor todas elas. Assim disposta, não resta dúvida de que a sra. Henedge expusera o conjunto.

Olhos imploratórios, braços em súplica, dedos tensos, trajes em movimento — um rapto precisa ser, necessariamente, tão ortodoxo quanto um casamento tartamudeado por um bispo.

A sra. Wookie tinha vontades.

"Esse, precisamente, é o meu medo em relação a Kate", disse ela, "quando ela sai correndo para apanhar uma condução. Alguém, um estrangeiro impulsivo, talvez, em visita à catedral, poderia parar o carro e capturá-la e levá-la para longe, talvez tão longe quanto Ringsea-Ashes, antes que ela pudesse resistir. E lá, assim espero, o sr. Walsh casaria ambos antes que seguissem viagem".

"Ouso dizer que ela terá 1 milhão antes que isso ocorra", observou a srta. Wardle. "As pessoas não são algemadas, presas, amordaçadas e amarradas. São?"

"Ainda assim, estrangeiros visitam a catedral — até mesmo negros. Enquanto regava meu jardim esta noite, vi um mouro me olhando por cima do muro."

A sra. Pontypool suspirou.

"Ashringford está ficando *muito* em evidência", disse ela. "Está ficando estragada. A sra. Fulleylove estava me contando na casa do deão que Lolla está prestes a seguir para o exterior. 'E o que ela ganhará com isso?', perguntei. Ela poderia aprender muitos idiomas com os turistas no períbolo."

"Isso seria bom para ela."

A srta. Chimney pareceu diabólica.

"Detesto todos os estrangeiros", sentenciou.

Mas a srta. Wookie foi rapidamente levada para longe nas asas de uma canção perfeitamente histérica, vinda de um cômodo afastado.

"Ninguém pode pará-la?", perguntou a sra. Barrow. Ela considerava a voz humana na música explicativa demais. E qual era a importância do *que* os heliotrópios fizeram, contanto que fossem suprimidos?

"A coloratura dela", observou a sra. Wookie, "decerto melhora. Ainda que um vibrato como o de *Fräulein* Schuster não seja trabalho para um único dia".

Alheias a isso, na varanda, a srta. Valley e Aurelia esboçavam uma valsa. Suavemente, com os vestidos presos, elas rodopiavam pelo espaço iluminado pelo luar.

"Aposto com você, dez para um, que ela consegue!", exclamou.

"Claro que sim, se persistir, vencerá."

"Queria que ela estivesse morta."

"Certamente, o mundo é bastante grande para todas nós."

"Mas eu preciso de uma *Vida*."

Aurelia mirou-a de soslaio, tímida. A solenidade de suas sombras espantou-a.

"Mas, na verdade, quando minhas investigações neste lugar terminarem, espero nunca mais colocar os pés em Ashringford. Nunca, nunca, nunca, nunca, nunca, nunca!"

"Alguns dos santos espanhóis eram tão esplêndidos, não eram?"

"Oh, Aurelia, não comece."

"Mas tente um homem desta vez."

"Homem ou mulher!", exclamou a srta. Valley.

"Ou edite cartas. Aquelas do rei Bomba para a rainha de Snowland precisam, e muito, de revisão."

"E encha o texto de notas!"

"Faça uma antologia."

"Ai, isso está tão confuso!"

Aurelia mudou de assunto.

"A sra. Shamefoot não vai morrer", disse, "a menos que nós a matemos".

"Felizmente há o clima. O ar aqui poderia ser chamado de carinho úmido."

"Essa perspectiva não é muito alvissareira, de qualquer forma."

"Como queria que ela estivesse morta!"

"Ela é como um incenso pesado, você não acha?"

A srta. Valley tornou-se clarividente.

"No fundo de sua mente", disse ela, "de algum modo estranho, ela está convencida de que seu espírito ficará preso na cor e permanecerá fundido a ela enquanto o vidro durar".

"Ela disse isso?"

"Certamente não. Mas, na nossa profissão, naturalmente se sabe... E minha intuição diz que se um átomo dela, uma partícula minúscula, *não estiver* impressa em uma janela, ela ficará cruelmente desapontada."

Aurelia piscou, em dúvida.

"E quando se poderia saber?", perguntou.

"É claro que só depois que esteja morta."

"Para mim, não é menos que uma desgraça."

"Por quê...?

"Porque, quando ela tiver terminado, Santa Doroteia estará remexida demais para ser bela. Ninguém iria lá, a menos que fosse obrigado. Toda a tranquilidade teria se acabado. Eu nunca mais desfrutaria de um minuto de silêncio lá."

"Minha querida, isso é egoísmo. Ademais, você mal passa dois meses por ano aqui, não é?"

"Ainda assim, seria horrível."

"Bobagem. Além de um pouco de vaidade, é difícil explicar exatamente o que a ideia indica. Mas estou certa de que sugere algo."

"Mundanidade. Extrema. Espírito mundano!"

"Oh, é mais do que isso. E mesmo que *não* aconteça, a sra. Shamefoot pode mobiliar um camarote de ópera como poucos. E, se alguém é capaz disso, também será capaz de preencher uma janela."

"Posso imaginá-la dormindo num tedioso quarto Luís XVI com um vitral na Sloane Square."

"Por que não na Sloane Street? Na sobreloja. Embora, se você se desse ao trabalho de consultar uma lista de endereços, veria que ela não mora de jeito nenhum naquela ponta da cidade."

Mas agora a srta. Pontypool estava cantando!

"Paris! Paris! Paris! Paris! Oh, Paris! *Cité de joie! Cité d'amour*[39]..."

"É a arieta de *Louise*."

"Sabia que não poderia ser David."

Como uma serpentina flutuando no carnaval, a voz sumia pela noite.

"Pobre garota. Se suas falas fossem apresentadas em Ashringford... Por um instante, ela quase trouxe para este jardim horroroso o glamour da *Rue de la Paix*."

"Essa é a política? As srtas. Chalfont estarão no centro das atenções."

39 Cidade da alegria, cidade do amor.

"Se estiverem, o que isso importa?"

Mas, espiando pela janela, Aurelia não estava preparada para encontrar as srtas. Chalfont escutando atentamente, enquanto lágrimas caíam de seus olhos.

XV

O museu municipal na Ghost Street raramente estava cheio, sobretudo depois do meio-dia.

"Você pode ficar com a chave", disse a mulher do zelador, "se quiser. Mas não há nada lá dentro".

Às vezes, a frase poupava a seu marido o cansaço de lutar para entrar numa calça preta e prateada e numa túnica vagamente histórica, que parecia um saquinho de chá. Pois em Ashringford, a Corporação, como um mergulhador num tanque, mergulhava continuamente de volta ao passado.

"Já que agrada aos visitantes dar uma última olhada nesta Inglaterra que está desaparecendo", dissera o prefeito, "*e se Stratford pode*; ora...!".

Depois do costumeiro embate do Conselho e da festa reconciliatória no jardim, um figurinista tinha sido chamado de Covent Garden para tirar as medidas de metade da cidade.

E agora, sob as grandes castanheiras-da-índia, onde ficava "a Fonte", em torno da qual, nas manhãs de verão, as mulheres "nativas" conversavam animadas enquanto vendiam flores umas às outras, ou posavam por 1 xelim a hora, sempre que eram convidadas por artistas ansiosos, um americano encantado, inclinando-se, atento, de uma janela do Cresswell Arms, quase poder-se-ia imaginar — graças às governantas severas que se aglomeravam na catedral, às criadas que corriam pra cá e pra lá trazendo nas mãos longos envelopes inoportunos, às pastoras desajeitadas e às delicadas cuidadoras de gansos que circulavam e mesmo a alguma Margaret, aflita, alquebrada e com olheiras, que arrastasse seu vaso vazio, com os pés cobertos por meias brancas — de volta a um momento no alvorecer do século XIII.

"E, tanto faz, não há nada no museu", repetiu a mulher. "Nada mesmo." E completou, à beira do desespero: "É onde eles jogam o lixo".

Mas a sra. Shamefoot não estava acostumada a ser barrada.

"De qualquer modo, há as urnas sepulcrais e as garrafas de lágrimas", disse ela, "e há um bom esqueleto, não?".

"Sim, madame. Existe mesmo."

"Bem, então!..." E, empurrando os portões dourados, entrou rapidamente. E, mesmo que fosse apenas pela janela circular nas escadas, estava feliz de ter vindo.

E lá também havia um espelho! A inesperada surpresa gerada por ele trouxe uma onda de prazer a seu rosto. Quase não esperava encontrar tantas coisas.

"Mulher maravilhosa", exclamou, indo até o espelho, com um aceno amigável, "onde você esteve?".

Parecia capaz de enfeitiçar além da conta, acreditava ela, cingida por fitas pretas unidas em um nó que mais parecia uma borboleta branca sob o queixo.

E, para seu espanto, havia espelhos, ou equivalentes, na maioria das paredes.

"Esse hábito de cobrir com vidro uma pintura a óleo", murmurou ela, "sempre produz um bom reflexo, principalmente quando o trabalho é *escuro*. Foram muitas as vezes em que entrei na National Gallery, no meu caminho para o Savoy, e me arrumei diante da *Virgem das rochas*.

E, escolhendo um assento de pernas compridas, perscrutou com ansiedade ao redor.

Era a sala do Espólio Blueharnis.

Em lugar de destaque, inequívoco, estava o retrato do doador, recostado a uma porta à maneira de um De Hell, de uniforme completo, braços cruzados e olhos fixos segurando uma espada.

O que poderia ter acontecido?

Ansiosa por uma pista, ela analisou o pingente de sua mulher, uma criatura gorda, parecida com um balão, conduzindo por uma delicada rédea de florezinhas um cavalo de batalha empinado. Mas o mistério ainda permanecia.

Perto, presa a um anteparo (e reservada para ela), estava a *Miss Millicent Mutton*, de Maclise. Aqui, num bibe de festa, via-se a *sra. Henedge* despreocupada, montada numa cabra com uma cesta de pêssegos e rosas nas mãos, enquanto sorria para um menininho angelical que, com um cardo e um pandeiro, incitava a babá a seguir em frente.

Chegaria o dia, assim diziam as autoridades, em que a tela perfaria seu caminho ao South Kensington Museum, onde (além de estar mais próxima do querido Pai... e do velho Pai... e do Oratório) havia uma sala pronta esperando para recebê--la e na qual ela se sentiria confortável e feliz.

E como um trabalho leva a outro, a sra. Pontypool, sem deixar por menos, contribuíra com um retrato ancestral de uma senhora reclinada sobre uma cobertura, claramente abatida, tendo acima de si os fornos quentes e os céus ardentes de Manchester...

Mas, em geral, mesmo pouco adequado a uma cidade que abrigava uma catedral, predominava a escola moderadamente satânica de Hieronymus Bosch.

No entanto, caprichosamente melancólica, uma antiga moldura velada por cortinas esperava para ser encontrada. A sra. Shamefoot levantou-se muito lentamente.

Que alguma coisa ali, particularmente perversa, escondia-se atrás das cortinas, disso ela não tinha dúvida.

E, de fato, era "*Le thé à l'Anglaise, chez* Lucrécia Borgia", no qual se via uma elegante e radiante Lucrécia, bule de chá à mão, a admirar a indisposição de seus convidados como uma criança travessa.

Um vaso de flores de Fantin trouxe-a de volta à realidade.

"Se eu pudesse sentir que tudo está arranjado!", murmurou. "Se essas picuinhas sobre a janela não acabarem, logo estarei em meu túmulo. E com o Soco, tenho certeza, não se pode contar, mesmo para a cruz mais modesta. Ele se casaria novamente. Aquele bruto!"

Olhou pelo jardim meio selvagem na direção do Asz. Para além das amplas pontes, os montes de feno, espalhados pelas colinas, erguiam-se pontiagudos como pirâmides, contra o céu. Em suas formas, havia alguma coisa monstruosa e perturbadora que a agitava. Ser Única sobre algum promontório, pensou, acima do mar; um ponto de referência; talvez um santuário!...

Pássaros brancos perfariam como pérolas à deriva seus caminhos sobre ela, examinando-a com seus desolados olhos vazios.

Ou ser um farol; girando em luz!

Embora buscar algum pobre rosto signifique, quando menos se espera, descobrir um mal, que talvez seguisse a mais distantes extremos. Melhor que fosse alguma torre ociosa. Mas, na Inglaterra, as torres eram muito raramente agradáveis de fato. Eram muito lavadas pela chuva, castigadas pelo clima, tocadas pelo vento, ásperas; tornavam-se trágicas, duravam mais do que deviam; transformavam-se em fantasmas; quedavam deselegantes e repletas de bocas-de-dragão; atraíam piqueniques, abrigavam *rendez-vous* de amantes e o vício...; eram feitas de banheiro pelas corujas; cobertas de nomes; afogadas em objetos de descarte e, finalmente, ganhavam um aspecto macabro, tomadas pela hera e caindo aos pedaços.

Ela sentiu-se reprimida.

Pelas águas escuras e reluzentes do Asz, um barco passou próximo, com o cordame evocando as cordas de algum instrumento melancólico. Do jardim deserto abaixo, um odor de queima de folhas serpenteou até ela. Os longos cravos infiéis ardiam rigidamente à sombra.

"Ai...", bocejou, "não se pode agir ao sabor do capricho por toda a vida...". E afastou-se, tristonha, na direção das salas desertas e úmidas.

Uma figura do mosaico do calçamento, um pé com sandália, deteve-a. "Rua!", murmurou, abaixando-se arrebatada.

O roçar das franjas da túnica do zelador a perturbaram.

"É uma tal mistura de tudo o que há; uma espécie de Cluny no campo!"

"Olha, senhora, tenho a impressão de que é isso. Nunca andei por esse mundo, não; sempre vivi aqui em Ashringford, de menino a homem, nesses últimos sessenta anos."

"De fato — e é por isso que você parece tão jovem!"

"Não entendi, senhora."

"Digo, é por isso que você parece tão *jovem*!"

E, assustada com sua vestimenta histórica, ela caminhou lentamente para a porta, olhando-o por cima do ombro, de soslaio, com um braço esticado para a frente, o outro preso atrás, na postura de uma ninfa a despistar um sátiro com um *kylix*[40].

Foi um alívio ouvir vozes! Conversando sob um estudo imaterial da brisa ao pôr do sol, ela contemplou os amplos contornos de Sumph.

"E no quarto ato", dizia ela, "o marido *finge* ir embora. Mas, é claro, ele não vai! Distancia-se apenas um pouco... e a 'cortina' deve ser bonita! Adorável — é isso que ela precisa ser. Os pássaros todos cantando, como se a hora final deles tivesse chegado. E a srta. Compostella e o sr. Chalmers...".

"Sua senhora está em algum lugar por aqui?", perguntou a sra. Shamefoot, interrompendo-a.

40 "Cílice", copa de cerâmica da Grécia antiga.

Sumph sorriu.

"Ora, não", respondeu, "ela não está. Estou aqui com a criada da sra. Henedge; apenas dando uma olhada nos arredores".

"Sério?..."

"Sempre que posso, gosto de prestigiar qualquer coisa que signifique Arte."

"E quanto você gosta de Ashringford?"

"Gosto da cidade. Lembra-me da cidade de onde Dick Whittington veio, quando todos os sinos estavam tocando."

"Você esteve lá em cima da torre!"

"E não pareceu valer a pena. Disseram-nos de antemão que nunca poderíamos ver *lá atrás*... Mas assistimos a eles tocarem os sinos. Eles pareciam ter um jeito próprio. Aquelas badaladas e pausas e sinais e correrias. A senhora deveria tê-los visto correndo, que desmazelo! E usando uns chapéus... Como Thérèse observou, era um estudo em botânica."

"Oh-h-h!"

Então, irrompeu o espanto.

A criada da sra. Henedge estava diante do quadro do chá de Lucrécia Borgia.

Com um simpático meneio para Sumph, a sra. Shamefoot desapareceu.

XVI

"Desde o acidente", disse *lady* Georgia, "ela anda por aí em píncaros de alegria absoluta. Poucas vezes na vida vi alguém tão feliz".

A sra. Guy Fox passou a mão sobre os olhos.

"Desabou", observou ela, "tão de repente; eu estava no banho".

A srta. Compostella serviu-se de mel.

"Temo que Santa Doroteia esteja muito danificada."

"Metade dela desmoronou."

"Oh, não, querida; não chega à metade."

"É como se os deuses tivessem concedido isso a ela", declarou *lady* Georgia, "ela tem sido tão forte".

"Que rajadas de vento! A forma como arrancaram os arbustos ..."

"Como isso aconteceu exatamente?"

"Uma tesoura, ao que parece, foi deixada em cima do andaime, e atraiu o raio."

"Que coisa horrorosa!"

A sra. Fox estremeceu.

"Que a catedral se submeta à destruição", disse ela, "isso me parece estranho. Algo que nunca aconteceu antes".

"*Lady* Anne telefonou duas vezes."

"... Certamente ainda não?"

"Antes do café da manhã, também!"

"Quanta educação..."

Lady Georgia fez uma careta.

"O que se deve fazer com uma pessoa", perguntou ela, "que não consegue sentir a magia de uma coisa bela e suprema como a *Crucificação* de Tintoretto?".

"E onde ela está agora?"

"Oh, minha querida, ela vaga exultante pela casa. Vem fazendo isso desde as seis."

"Deixe-a", aconselhou a sra. Guy Fox. "Talvez hoje desça e chore um bocado."

"Querida Biddy, ela tem sido divinamente paciente. Mas a tensão está demais para ela. Está minando sua saúde."

"Manter dez catedrais com justiça deve ser terrivelmente cansativo."

"Tinha a ideia de que a coisa era bem diferente. De qualquer forma, graças aos céus, essa questão já está resolvida. Está feito."

"Eu não diria isso. Mas é óbvio que uma dificuldade se desfez. Eles estão certos de assegurá-la para as restaurações."

"Minha criada perguntou se ela pode ir e ver as ruínas", disse a srta. Compostella.

"Ela deveria seguir a trilha dos cavalos pelos campos", murmurou *lady* Georgia, levantando-se para cumprimentar a sra. Shamefoot, quando ela entrou.

Sobre um tapete que sugeria uma manhã de verão, a sra. Shamefoot deslizou, pálida, em rendas brancas como névoa, as mãos enterradas sob a plumagem delicada do regalo, como alguma alma que (depois de uma ou duas diatribes) evaporasse e tomasse seu rumo.

"Você pode me beijar", murmurou ela melancolicamente, "mas me beije com cuidado".

"Eu a ouvi ao telefone, enquanto passava pelo corredor."

"*Lady* Anne t-telefonou."

"Espero que ela tenha sido agradável."

"Não. Foi apenas um pouco encantadora; foi gentil, sem ser gentil de fato... Mas é possível sentir seu declínio. Claro, disse a ela, sem a aprovação de toda a Ashringford, eu jamais iria... e, quanto a ela, falou em fazer um guisado com as sobras."

"Ela é tão insípida", exclamou *lady* Georgia. "Mas veja só — muitas pessoas parecem imaginar que um vitral não é digno do nome exceto quando alguma jovem santa bem-apessoada esteja retratada em roupas de banho e meia polegada de água."

A sra. Shamefoot levou seu regalo à altura do queixo.

"O Soco é tão bobo", disse ela. "Ele atiraria em qualquer coisa assim com seu revólver. E, oh, o sr. Guy Fox... Eu tenho de repreendê-lo. Ele fica debaixo da minha janela e me chama pelo nome milhões e milhões de vezes. É assustadoramente indiscreto..."

"Pensei que você estivesse interessada em saber."

"'Que desordem', você dizia, 'que desordem'. A *criadagem* deve estar pensando no que você quis dizer! Embora seja no mínimo estranho; quando sua voz me despertou, eu estava tendo um sonho curioso e divertido. As pessoas estavam me cavando em busca de artefatos..."

"Aqui está seu café, querida."

"Tudo de que preciso, minha cara, é de um guia da estrada de ferro. Preciso voltar urgentemente para a cidade; estou muito ocupada!"

"Fique até amanhã", pediu a srta. Compostella, "e volte comigo".

"Mas, Julia, você não vai nos deixar tão cedo!"

"Eu preciso. Você sabe que estou desesperada com o meu elmo para o papel na peça do sr. Garsaint. Não fiquei bem usando aquilo; é muito *duro*. E a coroa, tenho certeza, é modesta demais."

Mas a sra. Guy Fox lia em voz alta alguns pedaços de cartas de seu filho, um diplomata diligente que, mesmo quando cochilava, segundo diziam, parecia estar na Real Corte de St. *James*.

"Só agora", leu ela, "as patas-de-vaca ao longo das margens do Bósforo estão começando a florescer. A cor dessas árvores é extraordinária. Não são vermelhas nem violetas e, à noite, transformam-se numa espécie de agonia de rosa".

"Delicioso!", exclamou *lady* Georgia, olhando para Atalanta com desânimo. Havia momentos, especialmente no início da manhã, em que ela assustava sua mãe. Momentos em que parecia remotamente japonesa...

"Não; não há nada no jornal, exceto que os Wirewells chegaram", afirmou *lady* Castleyard, saindo para o gramado.

A sra. Shamefoot juntou-se a ela.

Depois do vendaval, ramos amarelos soltaram-se e permaneceram jogados embaixo de cada árvore, fazendo com que o parque parecesse meticulosamente coberto por algum tipo de seda. A manhã estava agradável, com nuvens corajosas e loucas no céu.

"Você está cansada?"

"Um pouco", confessou *lady* Castleyard. "Toda essa morte me deixa melancólica."

"Espero que seja apenas Lionel!"

"Lionel? Mas eu não estou cansada de Lionel. Apenas, vez por outra, anseio por um novo aspecto..."

"Você acha que, se não houvesse nenhum homem na Terra, as mulheres ficariam muito assustadas?"

"Não sei, mesmo... Que pena deixar aquele glorioso livro encadernado ao relento a noite toda!"

Tomaram um caminho ao lado, passando por uma portinhola, para adentrar um jardim menor.

Aqui e ali, sobre as paredes que cercavam o terreno, havia figuras corroídas em chumbo de cupidos jardineiros, com chapéus de cavaleiro, botas folgadas e delicadas luvas, recostados languidamente sobre seus ancinhos, sorrindo como serafins para os alegres anéis de flores que surgiam na grama.

"A idade não me assusta", disse a sra. Shamefoot, "não mais. Algum dia, terei uma casa aqui e envelhecerei graciosamente".

"Com a idade, os atrativos de uma pessoa deveriam aumentar. O certo seria ficarmos irresistíveis aos 90."

"Algumas de nós, talvez, fiquem. Você, querida Dirce, será..."

"Mas em Ashringford! Você costumava sempre dizer que isso seria em Versailles, Vallombrosa, Verona, Veneza; um palácio ao estilo de Palladio no Grand Canal. Em algum lugar com v!"

"Eu me lembro disso...; embora estivesse mais tentada a Arcachon, não? E essa é com A!"

"Pobre Soco. Ele ficará surpreso..."

"É uma pena, sempre que ele fala é tão decepcionante."

"De qualquer forma, haverá a conta..."

"Bom, ele jamais teria pensado seriamente que eu me jogaria sobre um arco de janela! Além disso, acredito que serei de alguma forma mais apreciada quando me for. Que bem há em eu ficar aqui?"

"Minha querida, você faz esculturas em flores. Embeleza a vida. Você não viveu em vão."

Elas estavam no cemitério dos cachorros.

Lady Castleyard deu tapinhas em uma pequena cruz retorcida.

"Teme-se", disse ela, "que Georgia tenha envenenado todos eles para o bem de seus epitáfios".

"Lá vêm as crianças!"

"E lembre-se, Frank", avisava *Fräulein* ao pequeno Fox em seu maravilhoso sotaque hanoveriano, "não persiga Mirabel com insistência perto do fim. Isso a deixa nervosa".

Eles estavam preparando-se para encenar Pelléas.

Lady Georgia exigia que suas crianças fizessem apenas brincadeiras puramente poéticas. Desejava que desenvolvessem suas almas e seus corpos ao mesmo tempo e harmoniosamente.

"Lembre-se do frio que ela passou como Nora!", observou *Fräulein*. "E, Dawna, devo pedir-lhe mais uma vez — não enfie o dedo no nariz! Misericórdia! Na minha terra, chamamos isso de 'procurar o tesouro', e pela forma entusiasmada como você faz isso, alguém poderia pensar que você achou o pote de ouro no fim do arco-íris!"

"Ah, eu *adoro* arco-íris!"

"Adora, querida?"

Obviamente, era o momento certo para beijinhos e a formação do grupo.

XVII

"Certamente, eu me oporia a ordenhar uma vaca", disse a srta. Compostella. "Por quê?"

Sumph sorriu.

"Eu vejo tantas", disse ela. "Uma delas é a coisinha mais linda que existe, a própria imagem viva e pulsante da vaquinha Alderney que você usou, senhorita, em A *princesa de Siracusa*."

"Seria o sinal", disse a srta. Compostella, "para uma briga".

"E eu não sei disso!", exclamou Sumph.

"Apesar disso, para mim, sempre pareceu extraordinário que a srta. Elcock, que quase desmaiava sempre que a encontrava nos bastidores, pudesse se tornar indiferente a ponto de ser lançada ao palco no instante em que a cortina subia. Ela estava muito preocupada em parecer jovem, creio eu, para importar-se com qualquer outra coisa, mesmo com o próprio papel."

"Oh, não, senhorita. Ela era uma grande atriz. Ao vê-la em algumas cenas, como minhas mãos gelavam! O sangue se esvaía do meu coração!"

A inestimável mulher ficou nostálgica.

"Temo que você não aproveite o interior da maneira como deveria."

"Não sei, senhorita. Ashringford me diverte. Morro de rir várias vezes por dia aqui."

"Na verdade..."

"Naturalmente não dentro de casa. É muito parecida com um sanatório para isso. Cada vez que caminho com a senhorita pelas trilhas, sinto apenas como se estivesse indo visitar alguma pobre alma doente e tivesse esquecido minhas flores."

A srta. Compostella fez um arranjo de mirtilos e o colocou sobre a orelha.

"Espero que você tenha tido uma tarde agradável", disse ela, "nas ruínas".

"Foi lindo. Sentei-me num pedaço de riqueza desintegrada no gramado por mais de uma hora. Depois, tomei chá na Closed House com Thérèse. Ela estava tão ocupada com a agulha. 'Vou precisar de um vestido para a minha conversão', disse-lhe a sra. Henedge no outro dia, 'e outro para a minha reconversão, caso isso seja necessário'. 'Mas a moda muda tão rapidamente, madame', Thérèse disse a ela. 'E eu também', disse ela, 'posso viajar um longo caminho em uma semana'. Cortar e mudar! Mas será um vestidinho inequívoco para tudo isso. Muito simples. Com alguns lindos botões franceses. O *outro* é um daqueles curiosos contrastes de cor... tão vivos. Mas bem elegante. Um conflito de verde-limão, rosa e laranja. E eu voltei, senhorita, para Stockingham, caminhando ao longo do Asz, apesar da *signora* Spagetti. 'Nunca caminhe à beira-mar', dizia ela para mim, quando eu era criança. Foi por isso que deixamos Stratford. Por causa do Avon."

"Mas com certeza, o Tâmisa..."

"Deus a abençoe, não!"

"E você não viu nada do bispo?"

"O rosto espremido e pálido dele me assustou. Dei um pulo...

> Chora, salgueiro, chora,
> Salgueiro, salgueiro, chora,
> Pois a cruz que me cabe é difícil de suportar.

A srta. Compostella interrompeu-a.

"Você não precisa arrumar tudo", disse ela.

"É que sou muito impaciente! Eu poderia cantar quando penso que estamos voltando para casa amanhã. Ainda que seja apenas para escapar da governanta daqui. Pois tivemos uma briga ainda agora... 'Onde está sua aliança de casamento?', perguntou ela. 'Eu nunca uso', respondi. 'Alianças fazem a mão de quem as usa parecer tão burguesa... e trate de não dirigir suas calúnias desagradáveis contra mim', disse para ela, 'pois não vou tolerá-las'."

"Muito bem."

"Ora, dou minha palavra. Fui muito bem-educada. Minha mãe era uma tirana, especialmente conosco, as meninas. Ora, nem mesmo tive permissão para ler *O vigário de Wakefield* até depois de me casar... Não que eu não pertencesse à Sociedade Amigos de Rabelais quando tinha 12 anos."

"O quê, em Stratford?", perguntou a srta. Compostella, tomando com lassidão o manuscrito de uma peça deixada com ela pela sra. Shamefoot (antes do acidente) na expectativa de obter as benesses do palácio ao elevar a srta. Hospice às alturas com uma eterna e delicada dívida de gratidão.

Era um *Tristão e Isolda*.

"*Brangane e Isolda*", leu ela. "*Cadeiras. Isolda fazendo renda. Música suave.*"

> Br. Mas o que a faz pensar que ele está tão apaixonado por você, minha querida?
>
> Is. Ele aperta minha mão de um jeito tão bonito.
>
> Br. Você sabe que ele faz isso com *todo mundo*.
>
> Is. O... quê?
>
> Br. Aceite meu conselho. *Eu* nunca me casaria com ele.
>
> Is. Verdade? Por que não?
>
> Br. Ele vai deixá-la.
>
> Is. Bobagem!
>
> Br. As orelhas dele parecem asas...
>
> Is. Só isso?

"Não é um mau começo", comentou a srta. Compostella, "mas por que Isolda precisa ser tão impaciente e confiar às ondas a idade dela? 'Tenho exatamente 29 anos.' Não consigo ver no que isso ajuda. E por quê, oh, por quê", murmurou, levantando-se, "quando Tristão pergunta por ela, deve Brangane perder a cabeça e dizer: 'Ela está fora, ela não está em casa, ela não está aqui'. Caso respondesse muito calmamente, quase como um mordomo, com um 'A família está fora' ou 'Espero que estejam de volta dentro de quinze dias', estaria de ótimo tamanho".

Um breve vibrar de cordas surpreendeu-a.

"O que é isso...?"

"Não sei, senhorita, tenho certeza. Parece com *Pippa Passes*."

"Bem, vá e se certifique."

"Isso me faz lembrar a leitura que a sra. Steeple fez no Caxton Hall, quando eu, a srta. Falconhall e o noivo recebemos entradas de jornalistas... E caminhando pela rua o pobre idiota escorregou num talo de repolho e se machucou feio."

"Você consegue descobrir quem está fazendo uma serenata para nós?

"É a honorável sra. Shamefoot", informou Sumph. Caminhando sob a magnificência das árvores outonais, a sra. Shamefoot andava, lentamente, de um lado para o outro, com um violão.

"Ela passou o dia todo muito orgulhosa de si", observou Sumph.

A srta. Compostella descansou o braço sobre a cabeça.

"Dê-me pó de fenacetina", pediu. "Com o iminente colapso da catedral, essa sua tagarelice tola, e o violão dela, sinceramente...!"

XVIII

Segunda-feira.
Amanhecer.

A linda flor turquesa que você admirou, meu amor, na quarta-feira, é conhecida como *Fragmento de felicidade*. Você a encontrará novamente em alguns desenhos de Dürer. Oh, George... Sobre minha mesa há uma laranjeira. Como ela me faz, meu bem, ansiar pelo sul! Conto minhas laranjas. Oito pequenas, pobres e pálidas laranjas. Desnecessárias, incapazes. Penso em Sevilha agora. Sim. Amanhã. Absolutamente. Mas, caríssimo, no *andar de baixo*, Rosalba Roggers às vezes ataca. Ela nos viu juntos da última vez e implorou para saber quem era minha maravilhosa criança crescida com aquela expressão trágica. Cinco horas, meu querido. E não se atrase, como é de seu costume.   M.

P.S. Carregarei alguns de seus problemas, se você os mandar para mim com seus pensamentos.
P.P.S. Você diz que costumo corar! Quando vou aprender a ter minha própria máscara?

"Atrevida!", exclamou a sra. Calvally. "Uma cobra..."
Ela parecia estupefata, atordoada.
"Eu só abri a caixa de tintas dele", balbuciou para si mesma.
"Mamãe!..."
E, como quem demonstrasse que o drama doméstico não está totalmente cansado de seus truques bastante limitados, seu filho mais jovem, Raphael, entrou na sala, no mesmo minuto, e correu direto para seus braços.

Ele veio...

Ela abaixou-se...

"Meu querido!"

E ela mostrava-se mais uma vez calma, complacente, com toda a sua antiga tranquilidade de jardins.

"Oh, que feio!..."

"Onde, meu querido?"

"E isso também é um presente?"

Para o aniversário do artista, a srta. Thumbler enviara uma aldrava em bronze com a representação de um lamentoso e melancólico *Amour*.

"De forma alguma", dissera a sra. Calvally, "vamos colocá-lo na porta da frente. Chamarei um carpinteiro. Ademais, alguns dos espelhos também precisam de reparos...".

E o presente, decididamente, eclipsara sua própria e humilde oferta de *As cem melhores pinturas*, em fotogravuras, que pareceu não lhe despertar o interesse possível.

"As senhoras Asp e Thumbler estão na sala de estar."

"Estão, meu amor?"

"E a sra. Asp está escondendo uma coisa muito bonita. Toda embrulhada. Deve ser alguma coisa para o papai."

"Venha e vejamos."

"Não suspire, mamãe. Chateia-me ouvi-la suspirar."

"Lamento tanto que George não esteja aqui", disse a sra. Calvally, enquanto se recostava preguiçosamente perto de um enorme biombo Ming que dava limites à sala de estar. "Mas ele saiu cedo, quase antes de amanhecer, para restaurar um Canaletto diante do White Hall."

"Acredito que ele esteja incrivelmente ocupado... Pelo que ouvi!", proclamou a sra. Asp.

"Não. Não tanto assim... No momento, ele está trabalhando em todas as joias da sra. Jeffreys; ou, de qualquer forma, mais do que ele aprecia. E no velho duque de Spitalfields. E nos cartazes de uma igreja do interior..."

A srta. Thumbler começou a ronronar.

"E ele obriga Mira a posar quase todos os dias", disse ela. "E em tantas poses variadas! Até mesmo como Absalão, balançando numa árvore."

"Eu sei. Ele é louco por ela. Disse-me que a vê quase como uma inspiração", explicou a sra. Calvally, confiante de que o "quase" seria repetido para assombrar a srta. Thumbler por dias.

"Ao mesmo tempo, cá entre nós, confesso que meu desejo era que ele não a elogiasse. Isso a está deixando muito vaidosa! Ultimamente (envergonho-me de lhe contar), ela começou a usar uma *marquinha* em forma de lua crescente acima do lábio, para lhe dar uma expressão o-ri-gi-nal. É sério, algumas vezes ela sai assim na rua... Bem, não sairei com ela novamente. Deixarei que saia com o cão."

A sra. Asp desatou a estola de arminho.

"Minha querida", disse ela, "seja cuidadosa. Arrastar um animal estúpido por aí a título de acompanhante costuma ser mal interpretado".

"Mas o que eu faço? Mira é tão sensível. Mal ouso dizer uma palavra. Embora aqueles arabescos a caneta e tinta que o sr. Calvally fez para ela, por mais encantadores que sejam, servem apenas para a casa."

"Eu nem estava ciente de que ele havia feito qualquer coisa para ela", disse a sra. Calvally. "Tenho certeza de que nunca fez tais arabescos para mim!"

"Ocupação", refletiu a sra. Asp, alegre, "é uma coisa admirável, especialmente para um homem. Via de regra, ele restringe a inquietação".

"Como você me conforta! Ele fala de uma casa de fazenda agora, perto de Roma."

A sra. Thumbler estremeceu.

"Eu odiaria manter uma vaca italiana", disse ela. "Teria medo dela."

"Mas *nós* seríamos bizantinas. Apenas pavões, veados e ovelhas..."

"O perigo da Itália", observou a sra. Asp, "é que ela tende a florir as pessoas. A pessoa fica muito à vontade lá... Pessoalmente, prefiro usar o meu óleo de papoula. Não consigo manter o *ritmo* de minhas ideias. E depois caio doente e acabo precisando de uma enfermeira. Ainda vou esquecer a criatura que tive comigo no ano passado! Minha querida sra. Calvally, ela parecia quase tão estável quanto a jovem mulher de um frontispício de valsa. Infelizmente, eu estava exausta demais para protestar. Mas ela era insuportável. Sentia-me desconfortável ao lado dela. O hábito de olhar perdidamente para o nada sempre que falava comigo me fazia tremer; comecei a acreditar que ela estava mancomunada com o médico; que estava escondendo alguma coisa, havia algo que não conseguia ver... Por fim, um dia juntei todas as minhas forças, sentei-me na cama e apontei para a porta. Depois disso, consegui uma freira que desejava ardentemente o martírio, mas tudo o que conseguia experimentar, às vezes, era ficar com os pés frios".

"E o que você está fazendo agora?"

A sra. Asp relaxou.

"No momento", respondeu, "estou preparando *Mulheres rainhas da Inglaterra*".

"Não é ociosa... a redundância?"

"Não, pois há certa eufonia. *As rainhas* da Inglaterra parece, de certa forma, um título sombrio. E, realmente, sugere antes uma brigada... Mais como história!"

Ao ouvir a palavra solene, o pequeno Raphael rolou pelo chão.

A sra. Asp avaliou-o. Ela era antiquada o suficiente para acreditar ser necessário que uma criança boquiaberta saiba exatamente onde colocar a mão.

"Ele vai seguir os passos do pai?", perguntou ela.

"Não consigo saber. Ele adora passar a língua para cima e para baixo na aspereza da tinta de um retrato e esfriar o rosto pelos arbustos nos meus leques."

"Ele promete!", exclamou a sra. Asp.

"Oh, nem tanto. Ontem, a princesa Schara veio para mostrar a George um leque. Você sabe que o marido dela costumava pintar os leques mais belos. Pobre homem, no fim, tornou-se tão decorativo que morreu! Seu último leque — você se importaria de vê-lo? — é tão confuso que poucas pessoas conseguem descobrir o que significa. E agora Raphael tornou isso absolutamente impossível."

"A maioria dos leques modernos é tão feia e doentia...", observou a sra. Thumbler, "espero que não tenha acontecido nada com seu bravo garotinho".

A sra. Calvally iluminou-se — um daqueles...

Era um capricho dela ainda capaz de encantar, arrebatar e fascinar um marido rebelde.

Ele também a estudara, no mesmo sentido, em três ângulos diferentes numa única tela. Mais relaxado e errante do que os quadros de Charles, Richelieu, ou *lady* Alice Gordon de Reynolds, mas ainda assim, sem prejuízo do estilo.

"Como é imponente o estúdio", elogiou a sra. Asp, um pouco confusa. "Um paraíso perfeito."

"Lamento por não ter muito para lhe mostrar que seja novo. Você já viu sua criança alegre no topo de uma fonte antes, acredito eu."

Mas a sra. Thumbler não parecia desencorajada.

"Admiro suas cortinas pretas e lisas", disse ela, "e, ah, onde você conseguiu isso?".

Várias e várias vezes, a sra. Calvally projetou molduras excêntricas para os retratos do marido. Era uma tentativa patética, talvez, da parte dela, de ocupar um espaço próprio em sua carreira.

Pois, na verdade, ela era reconhecidamente indiferente à arte.

Ela era uma daquelas pessoas destinadas a confundir Monet com Manet a vida inteira.

A exposição de alguma obra de arte "perdida", na Bond Street, era o que mais apreciava, quando, no caso de o lugar não estar muito cheio, tinha a chance de recostar-se a um sofá e arrumar a bolsa.

"Eu sou uma péssima dona de casa", costumava dizer. "E não fosse o ocasional desaparecimento de um Gainsborough, George, eu nunca ia saber o que eu tinha."

"Ouriçada com o intelecto", sentenciou a sra. Asp, abaixando o leque, "e parece que noto um rosto nisso também. O da pequena sra. Steeple!...".

"Oh, concordo..."

"Pobrezinha. Ela diz que *sir* Samuel ficou muito vigoroso recentemente. Não há noite em que ela praticamente não morra esperando uma bofetada."

"Nós estávamos na Smith Square no domingo", disse a sra. Calvally, "e vimos o novo homem da Julia sentado aos seus pés — Charley Chalmers!".

"E eu penso que seja um deus?", perguntou a sra. Asp.

"De modo algum. Parece uma criança, gordinho e rosado."

"Querida Julia, não tenho notícias dela desde o jantar festivo de Safo, que a sra. Henedge deu na primavera."

"Ouvi dizer que ela desembarcou em segurança há cerca de uma semana."

"Dificilmente pode-se dar crédito a isso."

"Ela nos mandou um pote de mel de Ashringford", disse a sra. Thumbler, "recentemente. Perfeitamente embrulhado, protegido por quase um fardo de palha".

"Ela sente um prazer apaixonado por suas abelhas. E o sr. Brookes a ajuda com elas, protegido pelos mais novos véus e cortinados."

"Ele está afastado há tanto tempo. Pode quase estar aprendendo para ser um padre", observou a sra. Asp, quando *lady* Listless entrou na sala.

"Ouvi um sabiá cantando no parque", disse ela. "Foi tão bonito. Não sei o que me deu! Meus olhos ainda estão cheios de lágrimas? Segurei um para trazer para seu marido (li no *The World* os muitos votos de um bom retorno que lhe foram dirigidos), mas o perdi. Infelizmente foi parar sob as rodas de um miserável ônibus motorizado. Porém, consegui pegar outro! Então me portei como se fosse Lily, *lady* Ismore, e quase cheguei com ele a salvo, quando o deixei cair com a parada do elevador."

"Você devia ter avisado o garoto!"

"Eu avisei..."

"O incrível sabiá!", exclamou a sra. Asp.

"É muito provável que não tenha sido inteiramente o sabiá. Não serei positiva. Pode ter sido apenas uma reação ao *vernissage* do sr. Hurreycomer. A *Suzannah* dele!...Vocês viram? A jovem (minha querida, a esposa dele), mergulhando numa água perfeitamente lilás... E os Veteranos... Oh, são todos retratos..."

"Fale-me sobre os Veteranos", implorou a sra. Calvally.

"Um deles era o seu marido. O mais proeminente."

"Mas George não está na casa dos 40!"

"Tem certeza?"

"É incrível, de qualquer forma, que uma coisa estúpida e insignificante como Carla pudesse interessar mesmo aos Veteranos", pontuou a sra. Asp, levantando-se. "Além disso", continuou, vestindo uma luva, "ela adora fazer-se desnecessariamente desagradável; é o que toca seu senso de verdade. Ademais", disse, "seus estudos sinceros de mulheres são simplesmente odiosos...".

"É brutal!", opinou a sra. Thumbler.

"Alguém viu minha estola?"

"E lembre-se, Rose", orientou a sra. Calvally, virando-se para ela, "para sexta-feira, é *você* quem fica encarregada dos ingressos!".

"Não vou esquecer. Mas já que é mais provável ser um debate, não espere me ver elegante. Vou simplesmente vestir meu velho e sujo costume de gabardina, sabe, aquele de um tom encantador de pêssego..."

"Minha querida, não se preocupe com a roupa!"

A sra. Asp hesitou.

"Confio que nenhuma de vocês", disse ela, "está doente ou ferida, pois há um velho estranho sentado nas escadas com uma terrível sacola de ferramentas".

A sra. Calvally ficou agitada.

"Concluo que seja apenas o carpinteiro", explicou ela, "que veio para aparafusar a charmosa aldrava, o melancólico *Amour*, presente da srta. Mira!".

XIX

"Você não acha que as colinas parecem completamente ensopadas?"

"Minha querida, eu não saberia dizer."

"Se você não fizer objeção, acho que voltarei para a cama."

"O que se pode esperar da época de queda das folhas?"

"Bem, exceto pelas sempre-vivas, todas as folhas estão caindo."

"Ora, no último inverno, choveu tanto, mas tanto, que a sala de estar virou um lago. Todas as minhas lindas poltronas de seda azul... e alguns peixinhos dourados que eu tinha flutuaram para fora do aquário e nadaram até o andar de cima no quarto de Thérèse.

"Ashringford está ficando desagradável, um horror."

"Paciência. O sol aparecerá hoje. Agora mesmo, ele está fazendo alguma coisa atrás da catedral. Ele geralmente tem um tempo próprio para tomar um caminho atravessando Santa Doroteia."

Agora que ela de fato a abandonara, Santa Doroteia tornara-se, para a sra. Henedge, Santa Doroteia.

"Hannah estava nos contando que, na noite do colapso, ela notou passos mancos de demônios debaixo das árvores."

"Minha querida, ela conta tantas mentiras. Ninguém pode acreditar nela. Poucos dias atrás, ela pegou aquela minha estatueta que mostra Jesus Cristinho no colo de Santo Antônio e quebrou o halo da criança para depois dizer que não tinha sido ela."

"O nome mais bonito do mundo para qualquer criança", disse Winsome, "é Diana. Não concorda? Seu jardineiro queria chamar a filha dele de Winifred, mas eu interferi a tempo".

"Bem, agora temos um bom motivo para uma caminhada. Salvar o bebê da sra. Drax. Vão batizá-la Sobriety, hoje, às duas e meia. Uma vergonha!"

"Nesse caso, eu não vou ver Goosey."

"Winsome tem gostado muito de Goosey ultimamente, enquanto arriscam seus pescoços juntos em cima do andaime da igreja de São João."

"Você o vê bastante agora. Já as srtas. Chalfont não podem dizer o mesmo."

"Não fale delas!"

"Por que não?"

"Sofri um grande choque na loja."

"Nossa! O que houve?"

"As srtas. Chalfont cancelaram a doação."

"Cancelaram!..."

"Do Guardi."

"O que importa isso, afinal? Não preciso de *mais* pinturas. As pessoas parecem pensar que a igreja de São João será uma galeria ou alguma coisa do tipo."

"E eu tenho mais uma coisa para lhe contar."

"Sente-se e me conte."

"Enquanto estávamos debruçadas no campanário, uma ideia me ocorreu. Outra ópera."

"Bravo! Você deve beijar minha mão."

"Eu começo *fortissimo*! O efeito da Abertura será o apito do vapor que convoca as mãos para a fábrica. *Como um grasnar!...*"

"Mas você terminará o que está fazendo?"

Desde que chegara a Ashringford, ele ocupara-se de *Gilles de Rais*, da qual um ato estava completo. O sexteto entre Gilles e suas jovens vítimas aparentemente é, disse a sra. Henedge, o momento mais comovente da ópera. O tema sublime para Anne da Bretanha e a lamentável *Prière* da pequena Marcelle pareciam, também, destinados à popularidade.

"Fico feliz, pois, naturalmente, enquanto as obras estão em andamento, preciso ficar no local. E odeio tanto ficar sozinha... Não suporto. Gosto de ter você comigo!"

"Ainda assim, você conseguiu o monsenhor Parr..."

"Querido, encantador, deleitável monsenhor Parr!"

"Há mais projetos novos?"

"Não. Mas o sr. Calvally está construindo para nós alguns confessionários totalmente diferentes daquelas cabines apertadas de sempre... E, a propósito deles, tenho uma coisa séria para lhe dizer. Lamento ter de falar isso...; pois eu realmente preferia não fazê-lo!"

"Estou escutando."

"É sobre *Andrew*. Aquelas *Danseuses* de Degas que ele mandou para você... em cartões-postais... Eu sei, eu sei, *eu sei*! E, talvez, se ele não tivesse rabiscado neles... Mas... quantas vezes eu disse isso! — Nunca gostei dele. Aquela echarpe violeta. E a falta de colarinho..."

"Por quê, o quê?"

"Eis aqui uma carta que chegou para você. Quando a vi, asseguro-lhe que fez com que me sentisse bastante esquisita e indisposta. *Pensei que era para mim!*"

"Oh, mas você não poderia!"

"'Minha velha e querida Sin, não me peça que lhe escreva novamente. Ou responda a minhas cartas da forma apropriada.'"

"Antes Andrew não se correspondesse com você dessa forma rude. Nunca! Pelo menos não enquanto você estiver na Closed House. O que o carteiro pode pensar?"

"Cuidado com seus nervos! Você não deve começar a se preocupar como *lady* Brassknocker. Seu receio da *criadagem* é uma doença."

"Mas um carteiro não é um simples criado. Ninguém o demite. Gosto das minhas cartas. Aqui está uma de Atossa

Listless. Ela diz que *lady* Castleyard e a sra. Shamefoot irão para Cannes. E, aparentemente, há outro problema: se a janela deve abrir ou *não*."

"Como o palácio é caprichoso."

"A sra. Shamefoot está doente de tensão. *Lady* Listless diz que ela não fala sobre nada além de morte. Diz que é quase chocante ouvi-la falar. Nada mais a diverte... E o convívio está ficando sombrio e monótono."

"Provavelmente o cassino..."

"Aí reside a esperança deles, por isso fazem uma tentativa. No momento, ela telegrafa a todo instante para a Índia a fim de explicar como quer o caixão. Ela decidiu que em seu cortejo terá violinos... E serão quatro: Kubelik, Zimbalist, Kreisler e Melsa... E, sem dúvida, Dina mandará um arranjo esplêndido da loja."

Winsome jogou o cabelo para trás e cerrou um pouco as pálpebras. Olhou para eles.

"Esperem!", murmurou, indo ao piano.

A sra. Henedge obedeceu, cheia de expectativa, ereta, na ponta de sua cadeira. Ela conhecia os sinais... As pontas de seus dedos pairando sobre o seu coração enjaulavam uma Feiticeira de Cetim Rosa.

> Lillilly-là lillilly-là,
> Là, là, là.
> Lillilly, lillilly, lillilly-là,
> Lillilly-là lillilly-là,
> Lillilly, Lillilly, lillilly-là,
> L-à-à-à...

"Bom; realmente!..."

"Não pude evitar. De repente, saiu de mim. É *A música dos embalsamadores*..."

"... Eu a chamaria de adorável! Pobre sra. Shamefoot. Esse *lillilly, lillilly, lillilly*. Sente-se que realmente estão fazendo alguma coisa com o cadáver. Ele está sentado! E o longo final *l-à-à-à*. É horrível. Eles não o sepultam?"

E com o dedo rijo ela apontou em direção ao chão.

"Bondade sua ter gostado", disse Winsome, com alguma emoção. "E aqui está Goosey!"

"Nunca deixe seu nome, ou seu dinheiro, ou seus livros, ou seu guarda-chuva, ou qualquer coisa para ninguém — se você é sábio", sentenciou Goosey Pontypool de esguelha para Winsome, enquanto apertava a mão da sra. Henedge.

"Mas não está chovendo!"

"Isso não importa. Aqui, jogam poeira sobre você conforme vai caminhando."

"É um sinal", disse a sra. Henedge, "de que as casas são alugadas. Thérèse diz às vezes que aquela melancólica srta. Wintermoon deve ter *finalmente* desaparecido quando, de repente, sua janela se abre e a mão de alguém agita um espanador na rua".

"Em Ashringford há muito falatório dentro das casas. Você ficaria surpresa!"

"Bem, eu nunca sei o que acontece, exceto quando a leitoa chega aos jardins do deão. É quando escuto os gritos."

"Eu escuto tudo."

"Sussurre o que ouviu."

"Que o sr. Pet vai se casar com a srta. Wardle e que o sr. Barrow será nomeado nobre."

"Qual é a razão?"

"Ter cuidado do Asz. Como você sabe, o rio sempre teve problemas de vazão, e ele descobriu onde acontecia. Enquanto ela regava suas azaleias, ele se deu conta de que... De qualquer forma, ele logo vai para o Egito oficialmente fazer alguma espécie de trabalho no Nilo."

"Que agradável para ela!"

"Ela está procurando uma casa em Bubastis, um bangalô, uma *villa*..."

A sra. Henedge ficou séria.

"Penso que ela ficará como Salabaccha[41] agora", disse ela. "Ah, bem..."

"Mesmo assim, isso é muito melhor para Jane..."

"Estou um pouco confusa tentando imaginar alguém..."

"Não sei. A srta. Wardle talvez não seja o que você espera. Quando a visitei, em Wormwood, ela disse: 'Tinha certeza de que descobriríamos muito em comum. *Pude sentir isso através da janela*. Sempre a observo passar...'."

"O cacheado difícil do penteado dela lembra-me os aditamentos para o testamento do meu pobre e querido Leslie."

"Quem uniu o casal?"

"Santa Doroteia. Ela estava divagando sobre sua fuga... 'Ouvi um barulho', disse ela, 'um som. Mas os criados do interior são tão rudes, não são? Sempre quebrando, deixando cair, lascando coisas... Não tenho um prato que não esteja trincado... Então, se não me apressei imediatamente para ver o que era, foi porque... porque... porque eu estava no meio de minhas orações'."

"'Se tivesse caído uma *coisinha* mais em seu caminho', disse ele, 'haveria um fim para eles'."

"'Oh, sr. Pet', disse ela, 'que diferença isso teria feito para o senhor?'."

"Tão simples!"

"Bem, se é verdade, é a melhor coisa possível. Agora, talvez, conseguiremos nos livrar de *ambos*."

"Acredito que não seja de todo improvável. Parece que Wornwood está para alugar — sem alarde. Mas, na agência

---

41 Personagem da peça *Lisístrata*, de Aristófanes.

imobiliária, ninguém deixaria de reconhecer a descrição bastante exagerada das estufas ou do pequeno pavilhão perto do lago."

"A sra. Shamefoot está procurando uma casa por aqui, não é?"

"Oh, em Wormwood ela dificilmente encontrará o que deseja. Não é rústico o bastante. Não é um lugar que realmente toque alguém."

"Além disso, ela já fez uma oferta pelo antigo Flagellite's Club."

"Que deve ser adequado para ela. Aquele cômodo comprido e despojado daria uma sala de estar requintada. E há um jardim bem cercado na parte dos fundos."

Winsome cobriu o rosto com um véu protetor.

"Não permitam que eu as interrompa", murmurou. "Estou apenas indo espiar as abelhas."

XX

Lady Barrow recostou-se languidamente em sua biblioteca comida por ratos, com um volume sobre torturas medievais (ilustrado) apoiado nos joelhos. Em sua fantasia, seu marido estava pendurado de cabeça para baixo implorando misericórdia, como mostrava a Figura 3.

Com que ansiedade, então, ele lhe ofertava a lua! Como a cobria de estrelas! Como ele a enfeitava!

Friamente, *lady* Barrow analisou seu caso.

"Libertá-lo? Claro que não! Por que deveria?", murmurava ela confortavelmente, infligindo-lhe, em seguida, os suplícios mais agudos da Figura 9.

Ela poderia ter se assustado moralmente quando a criada entrou.

"Sim, o que é?"

"*Sir* S'torious está procurando a senhora por toda parte."

A dificuldade que os criados pareciam ter em pronunciar "*sir* Sartorious" sem um toque de estranheza na dicção era, não raro, irritante.

Grigger, o criado de seu marido, tinha um ataque de nervos, enquanto as criadas saíam aos tropeços, e o chofer literalmente espirrava.

"Diga-lhe que estou ocupada."

Lady Barrow fechou seu livro.

Alguma coisa teria de ser feita.

"Se meu marido tivesse um título de nobreza, uma elocução compulsória seria empregada em frente ao nome dele e não haveria necessidade de toda essa confusão", exclamou ela.

E, comprimindo os olhos com as pontas dos dedos, começou a conjurar os nomes de batismo do marido não utilizados:

"Sartorious, Hugh, Wilful, Anne, Barrow. S, H, W, A, B. *Schwab!*", murmurou.

E, apanhando um lápis, testou cada um deles com rigor.

"*Sir* Sartorious lamenta..."

"*Sir* Hugh e *lady* Barrow lamentam..."

"*Sir* Wilful e *lady* Barrow lamentam muito...", ou mesmo "profundamente...".

"*Sir* Anne — *San*..." Estremeceu. *Lady* Barrow foi até a porta.

"Wilful!", gritou ela, num tom de voz que, mais tarde, sua criada descreveria como delicado e cristalino, "estou aqui...".

Mas o silêncio era opressivo. "No momento", refletiu, "talvez sirva. Será um assunto a ser discutido durante o jantar. Na verdade, depois do que aconteceu, não tenho realmente a intenção de conversar muito com ele hoje à noite".

E, apática, desviou os olhos para as colinas sombreadas pelas nuvens.

Como ela conhecia bem as estradas ao redor de Dawn! Aqui e ali, uma árvore erguia-se sozinha acima do resto...

O desamparo daquele lugar!

Os teixos do cemitério arrastavam-se até a casa, cujas janelas amplas nunca mostravam um rosto.

E, em algum lugar na escuridão, mergulhando em ramos de cedros, espreitava o Corvo...

"Sou *toda* romantismo", murmurou *lady* Barrow. "Sempre fui. Sempre serei."

E de uma caixa de papelão cor de lavanda, retirou um *sombrero* extravagante, repleto de asas e asas e asas.

"Oh, de que isso adianta?", perguntou-se ela, cabisbaixa, num sussurro, enquanto experimentava o *sombrero*. De qualquer forma, em cada canto da casa, em cada cômodo, *lady* Barrow guardava um chapéu.

"Pretendo jamais deixar de estar em dia com a moda citadina", costumava dizer à guisa de explicação.

Mas, hoje, não foi essencialmente em vão. Mal ela se aprontara, viu o carro de *lady* Georgia aproximando-se.

"Estou perfeitamente envergonhada", disse *lady* Georgia, "de não ter vindo antes".

"Ora, mas não diga isso!"

"E então, graças a *sir* Sartorious, podem-se abreviar os problemas domésticos. Como a pobre sra. Frobisher..."

"Quem é a sra. Frobisher?"

"Era a nossa vizinha mais próxima dotada de alma."

"O Asz transbordou. Pouco tempo depois até minha cozinheira desceu. (Sartorious, se alguma coisa der errado...) E ali estávamos! Todos nós ali, na margem do rio, de joelhos por ela, adulando-a, implorando que ficasse."

"E uma tal sra. Luther Gay — uma criatura simplesmente chocante — simplesmente disparou de seu gramado..."

"E uma dos Olneys, também, estava voltando dirigindo do baile do deão, totalmente encharcada. E com a cabeça pesada, o pescoço fino, os braços rosados..."

"Contanto que não tenha submergido."

"E então lá estava o capitão Hoey."

"Cartas!"

"E Azeza Williams."

"Amor!"

"E a pequena srta. Chimney."

"Desespero!"

"E o almirante Van Boome."

"Ouvi dizer que..."

"Isso só nos faz ter mais vontade de ir embora daqui. Talvez seja o mais responsável a fazer."

"Então, vocês estão mesmo indo embora?"

"Sim. Conseguimos passar Dawn para uma viúva muito bonita — a sra. Lily Cartaret Brown..."

"Quem é ela, afinal?"

"Não tenho certeza. Mas depois de uma vida de dissipação, ela parece feliz em se assentar."

"E onde *está* o grande homem?"

"Sartorious? Está fazendo as malas."

"Fazendo as malas?"

"Todos os grandes homens são prosaicos quando vistos de perto. Você não sabia?"

"Querida Violet..."

"Desde que nos casamos, não nos afastamos sequer uma vez."

"Isso deve reavivar lembranças felizes."

Lady Barrow dançava sussurrando coisas sobre seu chapéu.

"Na época em que nos casamos", disse ela, "eu estava acabada. Chorava, chorava, chorava à noite! E, pela manhã, muitas vezes minha criada precisava colocar minha fronha no parapeito para secar. Felizmente, isso foi na Sicília, e a fronha não tardava a secar".

"E, depois, quais são seus planos?"

"Bem, tenho pensado em Paris."

"A sra. Henedge também vai para lá, para as festividades da igreja de São João."

"Minha querida, ela sempre está coberta de bordados; ninguém nunca a vê em qualquer outra coisa."

"Ela estava supervisionando a obra ainda agora, muito ocupada, quando passei pela cidade."

"E como está indo?"

"Razoavelmente rápido... Terá uma ótima fachada. E, claro, nada na parte de trás."

"Acredito que será muito grande..."

"Exatamente!"

"Assim que acabarem, ela sentirá falta do uniforme azul dos trabalhadores."

"Deve ser um pouco solitário para ela, às vezes."

"Não consigo conceber quando! Ela está sempre às voltas com seus supostos gênios... Fazendo suas máscaras mortuárias, ou medindo as mãos deles. Ela nunca os deixa sozinhos, nem por um minuto."

"Das suas descobertas, o sr. Brookes parece ser a melhor."

"A menos ansiosa, talvez..."

"Aquele réquiem que ele mandou para Biddy mostrou estilo."

"Onde ela está agora?"

"Em Cannes. *Lady* Ismore a viu de relance no cassino outro dia, numa magnífica, brilhante, bela..."

"Ou a admiram extremamente, ou não a admiram de modo algum."

"Claro que ela é sempre criticada."

"Sartorious acha que ela é sem cor!"

"Como?..."

"Pálida. Não sei. Ele acredita que ela se maquia com giz."

"Que ideia!"

"Penso que logo receberemos convites para sua vitrificação."

"Não até a primavera. Ela quer o sol."

"Ela costumava odiá-lo."

"A coitada da menina da sra. Frobisher foi chamada para tomar parte do cortejo."

"Cortejo!"

"Ela receberá ajuda. Crianças cantando; jogando flores."

"O que o dr. Pantry diz?"

"Por agora, ele é contra. As *peles de pantera* o chateiam..."

"*Lady* Anne jamais daria ouvidos a isso!"

"Pelo contrário, ela adora procissões. São sua fraqueza."

"Ora, que depravação!"

"Biddy estará encantadora. Vou convencê-la, se puder, a vestir uma crinolina."

Lady Barrow sorriu.

"Leve-a para madame Marathon", disse ela.

"Nunca ouvi falar dela."

"Claro que não, ela é muito cara. Você paga a ela 90 guinéus apenas pelo adejar de um vestido..."

Lady Georgia fez um gesto amplo, sublime.

"Ora, veja só, *tudo isso por 1 xelim!*", murmurou, enquanto se levantava.

"Salve, jacinto! Prenúncio de primavera..."

A srta. Hospice hesitou.

Antes de ser levada no torvelinho, antes de descer mais fundo, seria necessário especificar de que forma isso se daria.

Deveria deixar que crescesse, simplesmente, ou podar? Deveria arrancar pela raiz, acabar com aquilo de uma vez? Deveria ser colocado dentro de alguma pobre mão cansada, murchando numa colcha? Deveria ondular no topo de uma colina, ou brotar entre as ruínas de mármore que desmoronam no teatro sob a acrópole com a alma de um espectador? Deveria ser bem amarrada, contorcida para formar uma coroa fúnebre? Ou deveria ser um jacinto romano e, assim, seguir o cristianismo até suas fontes, contemplando a hipocrisia pelo caminho?

Ela ergueu o rosto delicado e espirituoso.

Ou... em vez disso deveria ela procurar outra flor? Acima dela, os ramos das castanheiras balançavam ritmicamente. Uma brisa morna varria Santa Doroteia, agitando o violeta-escuro das buganvílias ao longo da parede.

"O que você encontrou?", perguntou *lady* Anne.

Ela estava sentada diante do palácio, com uma pele de pantera sobre os joelhos.

"Eu só..."

"Então venha e me ajude a fazer. Para torná-lo menos propenso à cisma, acredito que tirarei a cauda."

"Oh, não. Isso dá um toque descuidado.

Lady Anne estalou a tesoura.

"Isso é uma infâmia!", declarou.

"A sra. Shamefoot dirá que a senhora tentou tolhê-la se a senhora tocar-lhe num fio de cabelo."

"Começo a pensar que cometemos um erro..."

"Bem, ela está em evidência agora. A janela está aberta."

"Temo que isso cause uma boa parcela de horror, escândalo e surpresa."

"Não vejo razão para isso."

"Deve ser horrível, ou por que não é permitido que nos aproximemos? Porque deve estar escondido atrás de uma centena de toalheiros e 1 milhão de telas. Oh, Madge, você não tem ideia do que precisarei suportar quando as cortinas se abrirem. Minha querida, terei de provavelmente me sentar. Todo o meu divertimento na procissão se *foi*."

E *Lady* Anne enterrou o rosto na pele de pantera por causa do sol.

"Sem dúvida, está melhor do que esperávamos. Kitty Wookie conseguiu um vislumbre da galeria do órgão."

"Ela é uma criatura astuta. O que ela contou?"

"Diz que é muita coisa por si só. Diferente de tudo o que já vimos."

"O que ela quis dizer com isso?"

"Ela diz, claro, que está livre de qualquer restrição..."

"Por exemplo!"

"Aparentemente, os traços fundamentais estão cuidadosamente desenhados. O tédio de metade do mundo está nos olhos dela — quase, como sempre. E ela está empoleirada num trono desconcertante, trajando apenas uma túnica prateada curta, revelando as canelas até os joelhos."

"Aurelia sempre disse que causaria impacto."

"Depende. A srta. Wookie pode se assustar facilmente. É muito provável que a peça seja requintadamente bela."

"Eu não estaria disposta a ofender os Segry-Constables, os Nythisdenes, os Doneburning'ems ou os Dukes."

"Eu devia costurar um bolso na minha pele de leopardo e deixar que isso fizesse alguma diferença..."

"Walter disse-lhe que ela deveria dormir na catedral sempre que desejasse."

"Ele podia ter oferecido a ela o quarto rosa daqui, se era essa a questão."

"Não ia adiantar. Ela deseja assistir à cor voltar ao vidro novamente."

"Que capricho curioso!"

"Para mim é pura superficialidade."

"Eu morreria de terror. A sra. Cresswell — dizem eles, constantemente..."

"Oh, bobagem! No máximo, ela enfrentará a escuridão."

"Para uma alma nervosa o que poderia ser mais aterrorizante?"

"Você se esquece de que ela não é tímida."

"É difícil dizer. Ela me deu o mais triste, o mais doloroso olhar na noite passada, enquanto passava por ela na rua."

"Esses olhares tristes dela são tão irritantes. Especialmente quando todo mundo tenta matá-la de tanta bondade."

"Provavelmente é por isso que ela tem esse jeito de olhar."

"Bem, eu ficaria feliz se você levasse um livro para ela no Four Fans, quando sair para uma caminhada."

"Tal endereço pode muito bem deixar alguém alterado."

"Ainda assim, coitada, entende-se, intuitivamente, que ela não escolheria o Cresswell Arms... E parar, ao contrário, em Stockingham, onde está *sir* Victor, acredito... e o Flagellites, é claro, ainda é dirigido por uma firma de... e, francamente, não estou completamente arrependida. Pois, se há uma coisa que detesto é ser convidada para uma festa de inauguração."

"Como somos egoístas aqui em Ashringford."

"Somos?"

"Diga-me onde está o livro que devo levar?"

"Está aqui — *Sonhos vaidosos*, de Harvester!"

"Não é exatamente o tipo de livro que se deveria dar a ela, é?"

"Por que não? Ele tem um estilo estranho, peculiar. Seu trabalho chama atenção a um painel com figuras de vários tamanhos seguindo o mesmo caminho. Se alguém, por acaso, se transforma, geralmente é apenas para olhar, ou zombar, ou fazer uma careta. Apenas ocasionalmente suas personagens se importam em acenar. E eles raramente se tocam de verdade."

"Ele é muito frio. Muito clássico, suponho."

"Clássico! Na *Encyclopædia Britannica*, seu estilo é descrito como *uma curiosa ortografia, brilhante e depravada.*"

"Apesar disso, querida, se você não se importar de levar isso adiante."

"Devo aludir à cauda, enquanto estiver lá?"

"Tarde demais! Temo que isso já esteja fora de questão."

Lady Anne virou-se.

Ela estava alerta o bastante para sentir a vibração de um par persistente de olhos.

"Posso entrar?"

Com seu peso inteiramente sobre um único pé e um braço levantado para uma roseta dourada, a srta.Wardle estava encostada no portão de ferro forjado.

"Claro que sim."

"Posso dar uma palavra com o bispo?"

"Infelizmente, ele foi ter com a srta. Spruce."

"Alguma coisa séria?"

"Acredito que não. Ela o requer tão frequentemente *in extremis* que realmente..."

"Então, talvez, fosse melhor eu me confessar com as senhoras."

Lady Anne desviou o olhar.

Nuvens, como cidades espalhadas, corriam pelo azul do céu.

"Não precisa", disse ela. "Acho. Eu simpatizo. Ou tento fazer isso. Você pretende nos deixar por São João!"

"A igreja de São João ainda não tem teto."

"Mas, pelo que entendi, terá um."

A srta. Wardle respirou fundo.

"Não", objetou ela, levemente chocada, "não é isso — eu estou casada!".

"Já!"

"Eu mal posso acreditar nisso também."

"Com o sr. Pet?"

"Ele me faz lembrar *Lippo Lippi*! Para dizer a verdade, ele é muito doce."

"Estou muito feliz. Fico alegre em vê-la tão feliz."

"... Ele tem 23... cinco por elegância. Quatro por sorte. Três por destino!"

"Claro que agora ele precisará de uma pequena mudança!"

"Uma mudança! Mas Peter é apenas elogios acerca de Ashringford. Ele diz que não há lugar algum igual a este."

"Não haverá lua de mel?"

A sra. Pet abriu sua sombrinha preta.

"Oh, não", respondeu. "Uma lua de mel sempre deve terminar em certo tanto de curiosidade. Então, decidimos não ter uma, mas apenas parar aqui."

"É realmente revigorante encontrar alguém, nos dias de hoje, que tenta evitar confusão!"

"Entenda que Peter insistiu que o casamento deveria ser muito — realmente, muito — tranquilo. Pois, embora talvez você não pense isso, ele é tão sensível, do jeito dele, quanto qualquer pessoa da cidade. E assim, eu simplesmente caminhei de Wormwood até Violet Villas com um relógio de bolso e uma mala."

"Que maçante. E, com certeza, foi uma viagem um pouco empoeirada, não?"

"Esse foi o meu primeiro pequeno sacrifício", respondeu a sra. Pet, sentando-se. "Quando garota, eu sempre costumava dizer que me casaria em meu próprio *point d'espagne.*"

"Você deve compensar a si mesma por isso na inauguração. Uma pepita de ouro... contra aquelas velhas estrebarias dos monges."

"Ainda não estou muito certa quanto a ir."

"Realmente, também não me sinto no clima para ir."

"Afinal de contas, nem sempre nos sentimos inclinados na direção da igreja!"

Lady Anne suspirou.

"Tenho um pequeno favor para pedir", disse ela.

A sra. Pet girou de leve sua sombrinha.

"Se você deseja mesmo mostrar-se encantadora, exerça sua influência! Mantenha seu marido em casa."

"Creio não ter entendido."

"Durante o baile de máscaras, entretenha seu marido dentro de casa."

"Mas eu não tenho nenhuma influência sobre ele!"

"Nenhuma...?"

"Quase nenhuma."

"De qualquer jeito, prometa fazer o que puder."

A sra. Pet, pensativa, desviou o olhar para o jardim malcuidado da catedral.

"Eu me dou conta de minhas limitações", disse ela.

"Mas você não deve!"

"De acordo com o *The Ashringford Chronicle* haverá quase uma procissão."

"Ah, não será nada assim tão formal..."

"E um dos Olneys, ao que parece, quando as cortinas caírem, fará uma aparição de trás de um pilar com uma cesta de orquídeas *cattleya* e dirá: 'Aceitem estas pobres flores'."

"Não será na catedral: apenas na varanda."

"E aqueles tolos escoteiros darão tiros de festim dos muros para celebrar."

"Eu não li o *Chronicle*."

"Algumas vezes", protestou a sra. Pet, "não tenho desejo mais nobre do que ver o mundo através dos olhos de Kate Greenaway!".

Lady Anne estremeceu.

"Hoje estou muito nervosa", explicou, "e Hypolita e o bispo estão aqui hoje!".

Era a vez de Hypolita.

Aurelia tinha ido para um acinzentado e pálido palácio em Bath, onde estava declamando, no mais puro inglês, os *Poemetti* de Pascoli.

"Nós o lemos por um momento no Four Fans", disse o dr. Pantry.

"Bem!..."

"A sra. Shamefoot não estava muito bem, mas falei com ela através da porta."

"Alguma novidade?"

"Ela mandou seus cumprimentos!... Vai fazer vigília na véspera do dia da inauguração."

"Certamente, se ela passa a noite na catedral, alguém deveria estar lá dentro para chamar?"

"As coisas mudam, não é", disse Hypolita, "quando a luz do dia se vai? Frequentemente até mesmo a sombra de um boá...".

"Quem procuraria por ela?"

"Um dos estudantes, talvez..."

"Ah, sem flertes!"

"Devia ser um homem velho, ou *muito* mais velho."

"Qual é a pessoa mais velha de lá?"

"Nesta vizinhança há várias. Pode-se escolher."

O bispo foi influenciado.

"Eu não me importo de ter 90."

"Você, Walter? Certamente não."

"O sr. Poyntz, talvez..."

"Ele precisa colocar uma cama de pé."

"Ainda assim, no domingo, ele se vira muito bem sem uma."

"Estou no jardim todas as manhãs, às cinco..."

"Minha cara, para quê?"

"Além disso, ela se recusa! Deseja ficar sozinha."

Lady Anne olhou desanimada para a cunhada.

Como era possível que ela não tomasse nenhuma providência sobre aquele nariz terrivelmente reluzente?

Ela imaginou-o entalhado contra a tranquila serra das colinas, aparentemente destinado a explicar de uma vez por todas que o mundo foi feito em uma semana.

A manhã estava tão clara que as distâncias pareciam encolher — poder-se-ia até mesmo seguir a trilha por entre a relva até o frágil pavilhão, pela cerca artificial.

"Será tão bom quando tudo terminar", disse ela.

"Tudo terminar, Anne?"

"A inauguração..."

"E quem disse que a vida seria fácil?"

Quando Hypolita começava a falar sobre a *Vida*, ela simplesmente não parava mais.

O dr. Pantry levantou o punho de sua esposa e examinou o relógio.

"Você virá, minha querida, para..."

"Oh, meu querido, muito provavelmente!"

"Então se apresse: os sinos começarão a..."

Mas hoje ela inventou uma desculpa inteiramente nova.

"Devo correr *primeiro* para casa a fim de ondear meus cabelos brancos", disse ela.

XXII

Um céu elegante e límpido pairava, sem estrelas, sobre a igreja de Santa Doroteia. A noite estava quente e úmida, doce e perfumada.

A srta. Thumbler encolheu os lindos ombros machucados e apertou vulcanicamente as mãos.

"Lindo", murmurou ela. "Mas como é rodeado por muros!"

"Responda-me!", pediu ele.

"Oh, George... eu já não tive o bastante? Claro que não consigo me lembrar de todos os detalhes insignificantes. Embora, creio eu, ele tenha me beijado uma vez, na Sala Vermeer, na National Gallery!"

Ela afastou-se.

Aquelas cenas cotidianas de ciúmes...

Havia algumas horas, uma ária da *Tosca* fora executada na igreja de São João.

Uma babel de vozes fez-se ouvir.

No gramado e nos pórticos iluminados, toda a cidade estava esperando a passagem da sra. Shamefoot. E, como de costume, todos estava abrindo as mangueiras.

"Vanna! A sra. Nythisdene tinha uma palmeira aqui... séculos atrás... Ela dizia... que conseguia vê-la... claramente... na salinha atrás da loja... tirando o lilás branco de uma coroa... e rearrumando..."

"O rosto branco e maçante dela parece não ter a ver com seu cabelo castanho."

"... com *ele* para a Palestina na última primavera. Oh, querida, pensei que morreria em Joppa!"

"Você as mistura com azeitonas e uma gota de conhaque."

"O que seria mais cansativo que uma esposa balindo?"

"As denúncias que ele fez contra o governo quase colocaram os lustres abaixo."

"Não consegui fazê-lo vir comigo. Ele não gosta de lanternas no jardim."

"... às claras, quando se pode."

"... Metade dos lucros."

"*Ce gros*, monsenhor Parr!"

"... Um dia juntos."

"... Coelhos."

"... Tão alto quanto Iss'y."

"... Precedência!"

"... Uma peruca comum de magistrado."

"... Um trio interessante!"

"A tiara a encobre."

"Ela florescerá na hora certa. Assim como sua mãe."

"Não!"

"Para ele, um *tête-à-tête* seria um *viva voce*..."

"... brilho."

"... só!"

"... nenhuma simpatia por..."

"... Idolatria."

"... um auge!"

"Ouvi um barulho. Um som. Mas os criados do interior são tão rudes, não são? Sempre quebrando, deixando cair, lascando coisas... Não tenho um prato que não esteja trincado..."

"... fuga!"

"... *é* um pato no seu..."

"A única pessoa genuína é a Jane."

"... veneno."

"... confusão..."

"Meu marido sempre foi tímido. É assim com todos. Foge até mesmo de mim!"

"Vamos vender a casa, querido", disse ela, "mas mantenhamos o carro! Podemos dirigir ao redor do parque à noite. E também seria algo tão encantador durante o dia".

Lady Anne caminhava lentamente para cima e para baixo. Ela parecia cansada.

"Eu vou continuar", disse Hypolita. "A vida é muito curta para andar tão devagar."

"Como quiser. Mas não há fuga da Eternidade", a voz do sr. Pet soou inesperadamente alta.

Ante tal visão, de uma contínua meia-idade, a jovem srta. Flowerman desmaiou.

Numa liteira, no jardim, onde a escada levava para a casa, a srta. Spruce analisava a cena com olhos atentos e inquisidores. Era cruel ser uma inválida com sua mente afiada...

Ainda assim, uma fofoca suculenta veio em sua direção.

"Venha, conheça-o e acabe com isso!", a sra. Henedge tentava convencer Winsome Brookes.

Essa era a sua primeira aparição em público desde a mudança.

Com a presença de George Calvally, Mira Thumbler, Winsome e o monsenhor Parr, ela teria respondido voluntariamente a um ataque.

Debaixo de um *bandeau*[42] preto cintilante, com brilhantes e uma *aigrette* que quebrava vários costumes, ela parecia para a srta. Spruce uma radiante Rainha da Noite[43].

"Não desejo conhecer ninguém nascido em 1855", declarou Winsome.

"Apresse-se. Lembre-se de seu *futuro*!", murmurava a mulher inabalável, arrastando-o em direção ao lorde Brassknocker para que fossem apresentados.

---

42 Faixa para a cabeça.

43 Personagem de *A flauta mágica*, de Mozart.

"... pertence ao Junior Carlton, as artes e vários *cabarés* noturnos."

"*Sir* Caper Frisk explicava-me que os coquetéis..."

Pelos grandes portões dourados, que foram fechados ao entardecer, o coro estava esperando para dar três vivas.

"Pobres pequeninos! Ouvi dizer que lhes foi dito para darem quatro", disse a sra. Wookie.

"O que eles estão esperando?"

"Não faço ideia."

"A lua..."

"Deve ter sido o ano em que a Dora-Sonolenta-Sonhadora ganhou a corrida de cavalo..."

"O velho duque começa a parecer um pouco melancólico."

"Um dente faltando. E apenas metade colorido. Somente de um lado. Eu não diria que fosse bonita."

"Pan?"

"... descende de um *garçom*."

"Se alguma coisa o traz à cidade, é a exposição de gado."

"Odeio Londres."

"'Zibelina, zibelina, ora, tenha santa paciência', eu disse. Não há qualidade nenhuma na pele. Nada onde aquecer as mãos. Poderia muito bem ser de crocodilo."

O monsenhor Parr levantou-se. Estava quase dormindo. Toda a sua vida esperou que alguma coisa emocionante acontecesse. Em geral, ele simplesmente se deixaria ficar ali, imóvel e pouco atraente como um vaso canópico, sem dizer nada.

"... cansado demais para fazer trocas..."

"... cambalear de festa em festa..."

"Como você está?"

"... lamento."

"Se meu pai se casar novamente, será com alguma doce alma para acender o fogo."

"... gosta de uma borracha!"

"As ruas ao redor de Dawn são tão estreitas. E *sir* Sirly e *lady* James... Bem, mal há acomodação para todos nós..."

"Somente a srta. Knowle e o sr. Lloyd!"

"... aquecedor de lençol?"

"Naturalmente, por agora", admitia a sra. Shamefoot, "talvez esteja pouco bonito. Mas é preciso ter em mente o porvir. A posteridade!".

"Uma pena não ter dividido. Você e *lady* Castleyard juntas em uma peça de Beaumont e Fletcher..."

"Então, na verdade, você veio!"

"Que regalo magnífico. Minha querida, que peles!"

"No caso de você sentir fraqueza no meio da noite, saiba que temos maionese de lagosta e algum champanhe na sacristia!"

"Querida *lady* Anne, como a senhora poderia ser capaz de sonhar com uma coisa dessas?"

"No acinzentado do amanhecer, quando mil demônios sorridentes espiam você, deve-se encontrar felicidade em pequenos consolos..."

Acima dos troncos derrubados e das longas fileiras de videiras baixas, erguia-se Santa Doroteia. Incitando cada folha trêmula e cada faixa de grama a subir mais alto, *bem mais alto*.

"Espero que você tenha um bom par de meias quentes", disse a sra. Wookie em tom lamentoso.

Aborrecida, a sra. Shamefoot estendeu sobre a cabeça um tecido coberto de lantejoulas em forma de estrelas.

"As manhãs", observou ela, "ainda estão bem frias!".

"Estou procurando Kate por todos os lados. É como procurar agulha num palheiro."

"Isso não pode ser!"

"Você encontrará a srta. Wookie na sala de estar, tocando *A viagem de Siegfried*."

"Preciso me assegurar que ela chamou um carro de aluguel."

"Um representante do *Chronicle* gostaria muito de saber..."

"Não agora. Justo quando meu espírito clama por ficar sozinho, tudo o que está na Terra parece passar por ele!"

"Ele apenas deseja lhe perguntar como você está."

"Como eu estou?"

"Como você se sente."

"Sinto uma tristeza estranha. Você pode contar a ele."

Ela afastou-se.

A srta. Thumbler tinha, aparentemente, aceitado dançar. Endurecendo os dedos e levantando o queixo, começou a balançar de leve, como se estivesse perseguindo um ideal invisível.

"Sartorious sempre disse que ela possuía uma mente horrível!"

"Estou feliz por ela estar tão ocupada."

"Realmente..."

"Nessa última meia hora, ela está fazendo seu melhor para *desejar* que a torre desabe sobre nós."

"Você quer dizer..."

"Temo que sim."

"Como alguém pode ser tão grosseiro?"

"Não, ainda não terminei", dizia a srta. Valley. "Infelizmente, uma pequena fama! Compra-se isso a um preço..."

As srtas. Chalfont pareciam ter encontrado alguma paz debaixo de uma grande tapeçaria azul cujo desenho era uma árvore da Pérsia.

"Essa cena quase me lembra das Hespérides!", declarou *lady* Georgia.

"... as medidas vão diminuindo!"

"Na penumbra ela é até passável."

A sra. Shamefoot ergueu seu leque.

"... as colheitas!"

"Ah, aqui está nosso amigo medroso!"

"Deixe-o comigo", disse a srta. Valley. "Eu me comprometo a domá-lo."

"Use algumas de suas longas palavras escritas para ele, minha querida!"

"Devo? Você gostaria que eu fizesse isso?"

"Poucas pessoas merecem que nos descabelemos por elas", observou Winsome Brookes.

"Sra. Shamefoot!"

"Sim, meu anjo."

O jovem Guy Fox a encarava com grandes olhos amorosos, como uma manhã de maio.

"O sr. Pet diz que a senhora fez alguma coisa da qual se envergonha."

"Eu?... Oh, santo Deus!" A sra. Shamefoot começou a rir.

"Temos muita dificuldade", disse a mãe dele, "em fazê-lo fechar a boca. Ele boceja. Mas, em Eton[44], é possível que encontre instrutores que cuidarão *disso*".

"Com certeza, haverá aulas..."

"Talvez até mais vezes do que qualquer outra!"

E o deão sorriu timidamente e tentou parecer menos com um lobo. Era sua expressão favorita quando se dirigia à juventude.

"O que você gostaria de fazer afinal, se vier a ser um homem?"

Soando quase irritado, o sino de Santa Doroteia anunciou as horas.

"Eu gostaria de ficar empoleirado numa enorme gaiola dourada na janela."

"Só isso?

"E ser um pássaro!"

"E não do tipo selvagem?"

"Apenas decorativo?"

"Domesticado!"

"Oh, sua coisinha preguiçosa."

44 Eton College, escola britânica fundada em 1440.

"Gostaria que meu menino tivesse os gostos tranquilos dele", comentou a duquesa. "Uma criança na Life Guards[45] é um sumidouro de dinheiro!"

"O-o-o-h... Quando a srta. Thumbler se inclina tanto, me dá medo."

"Estou ansiosa para ver La Taxeira em nova coreografia."

"Será que ela tem alguma nova?"

"Oh, ela não é deste mundo!"

"Dizem que ela nunca dança sem seu mosaico de Pompeia no chão!"

"Querida *lady* Barrow, não tive oportunidade antes!... Parece que agora, como estamos rodeados por água... flutuamos. O castelo é meu *iate*."

"Como eu adoro um naufrágio!"

"Dos andares acima, devo dizer-lhe que o Asz guarda uma semelhança com o mar! Tem-se a visão de castanheiras e cisnes e rosas de um tom perfeito."

"Algum dia, talvez..."

"Infelizmente, do meu quarto, senhor, realmente não há o que admirar... A vista é uma visão tediosa de chaminés. E só isso."

"Adoro chaminés tediosas."

"Para onde todo mundo está indo?"

"Lá para dentro. Há um absorvente..."

Através das janelas amplas da sala de estar, era possível ouvir alguém que dizia:

"*Éclogas da cidade*!... *Epístola de Arthur Grey, o Lacaio*. Apresentação de *lady* Mary Wortley. Música de Chab-bon-nière."

"Delicioso!"

"Tão adequado!"

"Engenhoso!"

---

45 O mais antigo regimento de cavalaria do Exército britânico.

"A genialidade *é* tão rara!"

"E tão encantadora!"

"Impeça os Pets..."

"Caro Peter", murmurou a sra. Pet, tocando levemente o marido, "ele é tudo o que eu admiro, gosto e amo".

"Pergunto-me se não estou em forte estado de histeria", confessou *lady* Anne.

"Antes de o monsenhor acordar, não seria de bom tom descobrir o piano?"

"Descobri-lo?..."

"Tirar a capa!"

"Como eu posso, enquanto...?

A. G. declarou:

> Tu me convidaste a sair,
> mas me esqueci de andar.
> Disto, sim, tu não sabes:
> Estupidez é amar.

"Depois, então!..."

"Você tem o coração mais doce!"

"Você deveria ouvir o órgão soando à noite", comentou a sra. Shamefoot, "você percebe que sou *eu*".

"Que despeito!"

"Uma pessoa tão sensível no interior sempre é um peso."

"Tente!"

"Oh, tenho certeza de que nunca poderia..."

"Eu nunca, nunca, nunquinha, deveria ter acreditado que fosse tão difícil se candidatar a *prima donna*."

"Bajulador!"

"Você não nos decepcionaria!"

"Meu repertório é pobre", explicou a sra. Henedge. "Se eu cantar qualquer coisa agora, seria *Divinités du Styx*."

"Gluck!"

"Jeanne Grannier *de férias* não poderia igualá-la!", afirmou *lady* Georgia.

Subindo os degraus que vinham do jardim, matraqueando e andando com a agilidade de um antílope, chegava a sra. Budd, que proclamava ser a mulher mais velha em Ashringford, título que ninguém parecia querer disputar.

O piano a atraiu desde debaixo das sombras das árvores. Ela levantou-se, resmungando e piscando devido à luz, apoiando-se no braço de Reggie Cresswell, do coro.

"O filho dela é sacristão aqui!"

A sra. Shamefoot estendeu a mão.

"Estou tão feliz..."

"Aqui, Reggie", chamou Winsome.

"Oh, que maravilha!"

"Queremos cantar!"

"Cantar?"

"*Come away, Death*, ou alguma coisa."

"Shakespeare é aceitável dada a sua condição — e a sua posição."

Reggie pareceu tímido.

"Ele está chorando!"

"Lágrimas!"

"Qual o problema?"

"Senhor Pet..."

"O que ele fez, querido?"

"Despertei sua provocação."

"Você despertou sua... isso foi certamente muito indiscreto."

"Sim, senhorita."

"Reggie é todo sentimental. Não é, Reggie?"

"Sim, senhorita."

"Reggie fará qualquer coisa por 6 *pence*", disse a sra. Budd. "Ele é um verdadeiro Cresswell."

"Ela exibiu a sala de recepção ou o salão", observou a srta. Valley. "Ajudou também a servir o chá da tarde da moda: às cinco da tarde, à maneira francesa. Ela também era uma das nossas vegetarianas originais. Oh, meu querido, ela se apegava às coisas mais tolas. Sua adoração por damascos é bem conhecida. Ela os enlatava. E, algumas vezes, dormia por dias e dias seguidos..."

"Tão sensível."

"E o amor dela pelos animais! Mesmo quando menina ela dizia: 'E terei uma boneca e um pássaro para falar com ele'."

"Por que não eles?"

"Porque ela preferia um solecismo! E, então, sua ternura por flores...'Como são bonitas as violetas', diz ela, 'numa sala, quando a noitinha chega. Não conheço outra flor *assim* tão intensa'."

"Há uma sensualidade, uma concretude nas ideias dela. Não há?"

"Ela era tão humana. Tão prática. Uma artista no melhor sentido da palavra."

"Você vai sentir saudade dela quando tiver terminado."

"Creio que sim."

"E, depois, quem vai substituí-la?"

"Eu mal me ajeitei ainda. Nunca me importei em arranjar nada para o futuro. Não gosto de programar nada em definitivo. Talvez, um Judas Iscariotes..."

"Vapores de vaidade e forte champanhe[46]", Arthur começava a falar arrastado.

A sra. Shamefoot olhou para si mesma.

A lua brilhava agora, alto, acima das árvores. Em espirais de sonho e fumo, os elmos erguiam-se rumo aos próprios zênites em incríveis *ich diens*[47].

---

46 *"Vapours of vanity and strong champagne"*, de poema de Mary Wortley Montagu.

47 "Eu sirvo", em alemão antigo. A expressão faz parte do emblema do príncipe Eduardo de Gales (1330-1376).

"Entre nós todos", disse o bispo, "temi que pudéssemos perder a chave".

Ela pegou-a, apertando-a de leve.

Havia fitas atadas nela, um número sem fim de cordões.

"Que encantador!"

"Isso esteve circulando por aí como um dos romances da senhora..."

"Ora, devo eu conduzi-las?"

"Numa confraria de senhoras, espera-se, primeiro, uma pequena oração."

"Uma oração!"

"*Lady* Victoria Webster Smith insiste em alguma coisa desse tipo."

"Você sabe que ela nunca superou realmente sua *mésalliance*[48]..."

"O que devo fazer?"

A sra. Shamefoot levantou o rosto.

Acima dela, de um branco prateado, uma rosa pendia em sono profundo.

"Algo que fiz", disse ela, "foi ir à pousada para pegar um chapéu".

"Claro!"

"Não sei por quê, mas dá para se sentir mais segura sob algumas penas selvagens."

"Mas você não está com medo."

"Claro que não."

"Permita-me dizer que você parece fascinante."

"Este trapo inacabado..."

"Provocou..."

"Quando ela vier, será como se um doge desposasse o Adriático!"

---

48 Aliança por casamento entre duas pessoas, sendo uma delas de condição inferior.

"Atenção... a seu rebanho sem alma!..."

"Em Ashringford, se as almas são raras, temos pelo menos alguns espíritos saudáveis."

"Querido dr. Pantry, todo mundo estava se perguntando onde estaria o senhor!"

"Você parece chateada."

"Nosso temor é que *lady* Anne esteja fatigada. Estas noites quentes e sem vento... No momento em que a srta. Pontypool começava sua segunda reprise..."

A sra. Shamefoot afastou-se.

No jardim, tudo que havia era escuridão.

Ao longo de uma trilha margeada por violetas fúcsia, ela examinava, ansiosa, de lado a lado.

Pareceu um bom negócio seguir adiante.

No *chiaroscuro* dos arbustos, casamentos eram arranjados...

Num banco de jardim, num banho de lua, uma matrona de Ashringford estava comparando sombras com sua filha.

"E por que *não*, posso saber?", ela aparentemente perguntava.

"Casar... ter um marido rico? Oh, não, eu não seria capaz, não seria."

"Bem, querida, não é necessário ficar tão agitada. Não seria um arranjo feito de um dia para o outro."

Dando voltas e voltas em torno de um melancólico arbusto de espinhos, a srta. Thumbler circulava no esquecimento de uma dança, enquanto, enfiando-se aqui e ali, *lady* Barrow cancelava mil visitas embaraçosas... "Seu pobre marido", "Seu filho interessante", "Sua garota talentosa", "Sua esposa agradável".

Observando-a, as srtas. Chalfont tiveram uma crise incontrolável de riso. O Monsenhor Parr, denunciando seu humor, moveu um dedo da testa ao queixo e de orelha a orelha. E, através dos portões dourados, fechados ao anoitecer, o cachorro da sra. Henedge encontrara uma brecha e investigava — o quê, não se sabia...

"Ele precisava de uma focinheira!", exclamou a sra. Wookie.

"Venha. Apenas mais uma vez!", implorava ainda a sra. Henedge.

"Mas estou tão cansado", disse Winsome, "de conhecer outras pessoas. Quero que outras pessoas me conheçam".

"Sério? E o que você deveria dizer a elas?"

"Nada; não sei."

A sra. Shamefoot entrou correndo.

Uma nuvem negra, como um imenso pássaro selvagem, passara sobre a lua.

Estavam os deuses, perguntou-se, demonstrando algum interesse em seu problema?

"Oh, não estrague isso", implorou alguém cuja voz ela não reconheceu. *"Penso que Alice e Dick são puros.* Ambos têm 18 anos. E estão apaixonados!..."

A sra. Shamefoot virou-se para o lado.

Diante dela, serena, pairava Santa Doroteia.

Era uma alegria admirar torres tão belamente equilibradas.

"Não, nunca perdi a esperança!", informou a uma gárgula representada pelas feições demoníacas de um elfo.

Esses demônios, duendes, espíritos malignos e fadas com chifres como estalactites e anjos correndo furiosos e virgens esmagando figuras medonhas sob seus firmes e misteriosos pés e o leão alado de Marcos e o boi alado de Lucas e sequências e fileiras de imagens elevadas como se formassem um céu acima das portas profundamente cavernosas eram *parte de seu séquito agora*!

E, por dentro, indescritível, frágil, sensível a qualquer sentimento, a cada minuto, a cada ano expandindo...

"Podemos ir?"

"Com certeza. Vamos."

Vultos esvoaçaram-se.

Ela entrou.

O vazio absoluto enervava-a.

"Um mineiro", refletiu ela, "riria de mim. Ele diria... *chamaria isso de luz!...*".

Ela afundou, transversal, numa cadeira.

Na escuridão do nada, as bandeiras pendiam, assustadoras...

Pensativa, esforçou-se para segurar seu homem.

"Bill?"

Ela admirava seus lábios cheios, o nariz levemente arrebitado e curioso. Pensava que ele tinha um rosto delicado e italiano...

Pedreiras de mármore!

Carvão sujo, nojento!

Lembrou-se de terem visitado pedreiras de mármore. Soco e ela juntos.

"Oh, querido! Aquela triste e vagarosa viagem... Subindo e subindo e subindo! E quando a estrada virava, que vista surpreendente... Então, o cocheiro convidava alguém para a cabine... Eu me lembro de não ter dito nada!"

"Um supedâneo!"

Ela recostou-se em sua cadeira... aliviada.

Como estava silencioso... Ela quase conseguia ouvir os vermes roendo as imagens entalhadas dos santos!

"Minha pobre criada deve estar me procurando em todos os lugares, em vão..."

Que chapéu pequeno traria? Ultimamente, ela se tornara tão estúpida a ponto de isso revoltá-la... O que tinha acontecido com ela, afinal? Estava tão mudada...

Ela conseguia vislumbrar a Julieta de Ashringford flutuando como uma folha na superfície do mar coberto de bruma. E, assomando-se, o monumento dos Blueharnis, claro! Sobre o dossel, rastejava algo ultrajante, fosforescente em alguns pontos. E, pouco além, um velho estadista reclinado descansava a cabeça sobre uma pilha confusa de fatos.

Ele parecia-se com Soco.

Onde ele estaria, enquanto ela ficava ali, de vigília?

O clube... Savoy...

Nunca em sua vida ela havia pensado tanto nele. Duas vezes em dois minutos!

Aquela linda srta. Chance...

Pois então...!

E, no futuro, aquele deveria ser seu lar!

Teria ela escolhido sabiamente...? Esperar, talvez...

Cúpulas e minaretes giravam e zuniam rapidamente...

Afinal, Overcares tinha suas vantagens... Erguia-se com brilhantismo de sua colina. Causava boa impressão, quando vista do trem. Alguém deixava cair o jornal de outrem, uma pessoa trocava de lugar com outra, a tagarelice mantinha-se suspensa no ar... A caríssima Doroteia, por sua vez, ficava num espaço vazio. Três árvores a sombreavam. Sintrap também tinha estilo. E Mawling... Mas lá, lá não havia nada do que se arrepender. Localizada no meio da cidade. Sufocada! Ao redor, tudo era espalhafato e o horror do comércio. Cartões-postais, bibelôs, brinquedos para turistas... E um estacionamento de táxis, um cocho para os cavalos e uma pensão. E, além disso, a pedra estava ficando amarelada — quase como se tivesse com icterícia. E a sra. Whooper dissera...

Como importavam tais ninharias agora!

Para tornarem-se irrelevantes no minuto seguinte.

Na pousada, à noite, tinha pensado em centenas de coisas emocionantes que estavam acontecendo a seu redor.

Há quanto tempo parecia ter sido isso!

Passara o dia no Flagellites, a um canto do pomar, ouvindo o êxtase das abelhas. E então Pacca viera despertá-la. E ela voltara para a pousada através dos campos de milho, ao longo do Asz. Como o rio corria límpido! A cada poucas jardas, ela fizera uma pausa e entrara em transe. E um jovem, com uma vara de pesca e num fraco lamento, suplicara-lhe sinceramente que não o fizesse.

"Não vou conseguir vê-la fazer isso", disse ele. "Não que a senhora fosse estragar minha... Pelo menos!" E suas mãos estavam quentes e bastante úmidas.

"O que é uma falha a mais ou a menos num mundo imperfeito?", perguntara ele.

E ele a acompanhara de volta à pousada. E ela chorara um pouco, enquanto se vestia... E uma mariposa de asas brancas voara até a lâmpada. E ela fora fechar a janela. E, por todos os lados, as estrelas pulavam como castanholas e depois sumiam novamente. E o pôr do sol fora simplesmente heroico.

E ela esperara tão ansiosamente por aquela noite!

O caminho até ali fora pavimentado por mortificações.

E se fosse apenas para sofrer de aridez e decepção?

Tais emoções eram mais bem vivenciadas em casa.

E os esboços dariam lugar às visões?

Bill novamente.

"Não, não!"

Ou Satanás...

Com espanto, agitou o leque.

Mais uma vez estava ciente dos lábios lascivos. Do nariz arrebitado, inquisitivo...

"Então, o cocheiro", disse ela, alto em sua agonia, "convidou alguém para subir à cabine. Eu me lembro de não ter dito coisa alguma...".

XXIII

Desde que o sr. Calvally dera o *adieu* definitivo à esposa, os trabalhos da construção em Ashringford praticamente cessaram.

"Com certeza, é uma infelicidade", queixou-se a sra. Henedge, "que a filha do meu arquiteto tenha fugido com o meu pintor — também marido de uma de minhas mais estimadas amigas!".

Ela estava de volta à cidade, pois era preciso, evidentemente, que alguém fosse levado até lá para concluir os afrescos da igreja de São João.

"Se eu fosse capaz", declarou, "eu mesma os concluiria".

Pois, afinal de contas, o que havia ali de fato quando se pensava a respeito?

Um torso... um braço de um centurião... um pedaço de um seio... uma dama — *como se uma dama...* alguns halos... e um pajem.

Ela ordenou cuidadosamente os itens em uma lista, enquanto esperava pela *Escola de Calvally*, já que Andrew não conseguira vir.

De sua escrivaninha, para onde quer que olhasse, ela vislumbrava o reflexo de seu carro nas vidraças do primeiro andar da casa em frente.

"Quando eu o convidei para compartilhar de minha lareira", refletiu, "sem dúvida, ele pensou que seria para ridicularizá-lo. Mas eu estava em tal estado de tremor que mal me lembro do que disse. Devo ter pedido pérolas de massa vítrea...".

E ela recordava-se das palavras casuais do mestre.

"Andrew não consegue desenhar", dizia com frequência. "Ele encontra dificuldades e começa a ofegar!"

E, em outra ocasião, ele observara: "Todo o seu trabalho é tão escuro como um breu — aquele mestrezinho de escuridão". E ela não tinha confundido, estupidamente, seu *Ecce Homo* emprestado para uma mostra pré-impressionista com um retrato de Carlos I?

E ali estava, sentada, esperando por ele!

"Pobre Mary", refletiu, "eu tinha de ter-lhe feito antes a visita. Mas sei que quando for... ela vai pular no meu pescoço. Vai dizer que joguei um nos braços do outro".

E, perplexa, apanhou uma caneta, um abridor de cartas, um peso de papel...

Um pós-escrito de *lady* Twyford observou-a.

"Recomendo-lhe Martin como chofer", leu ela, "mas sinto que devo dizer que suas curvas são terrivelmente *tout juste*".

O que poderia ser melhor em seu estado de espírito atual! Ela teria preferido voar.

"Adoro aeroplanos", murmurou; "é uma emoção tão..."

Ela tocou o sino.

"Thérèse! *Minhas coisas!*"

"Oh, Londres. Meu rincão natal! Oh, segunda corda do meu arco! Oh, Londres querida!", exclamou.

De quem veio essa inspiração?

Quando Martin se afastou, ela foi transformada.

"O modo como as árvores se inclinam... o modo como os ramos crescem..." Ela foi para o parque.

Com que frequência, à época de criança, ela sentava-se sob as árvores, quando, com as mãos juntas sobre o plexo solar em excessivo decoro, a capital, de acordo com a enfermeira, era apenas uma grande floresta — com algumas casas aqui e ali!

Encontrou a sra. Calvally apoiada em uma almofada rosa, descascando ervilhas.

Isso trouxe à sua mente a vergonhosa defesa de seu marido.

"Como eu poderia ter sido feliz com ela", dissera ele, "quando sua cor favorita é morango amassado?".

"Não tinha ideia", disse a sra. Calvally, "de que você estava na cidade".

"Senti que não poderia passar..."

"Todos têm sido tão bons para nós."

"Ontem", disse Raphael, que estava deitado no chão, "um gato, uma pessoa pavoneada, um velho leão e uma borboleta vieram perguntar por nós. E hoje um enorme, grande, imenso, descomunal, maravilhoso...".

"Ontem, querido, e já está bom."

A sra. Henedge ergueu uma sobrancelha.

"Temia", disse ela, "encontrá-la em um dos sonhos obscuros de Lucile...".

"Conte-me todas as novidades!"

"No interior, quais novidades podem surgir? Este ano, tememos que uma epidemia de flores amarelas estragará o feno..."

"Tenho certeza de que o interior deve ser um espetáculo e tanto."

"... Prefiro meu jardim a qualquer coisa no mundo."

"Há um rumor de que ele inspirou uma ópera!"

"Só consigo imaginar uma consagração. O sr. Brookes com certeza encontrará a glória. Natalina! Ele fará sua estreia neste inverno."

"E *o outro*, quando será?"

"Pode-se apenas conjecturar... Ocorreu-me que muito provavelmente Andrew..."

"Oh, Andrew! An-drew não consegue desenhar. Ele nunca desenhou nada."

"Vá, meu bem, faça isso."

"Além disso, ele irá para Deauville para decorar *um Tribunal*... Cenas da Vida Inglesa..."

"Minha querida, toda a Europa é muito parecida!"

"Bem, o mundo todo, se é esta a questão."

"Tive notícias de George esta manhã."

"Sério, o que ele diz?"

"Oh, apenas uma linha. Tão formal, com *data* e tudo. E o que há é uma pequena mensagem também, dela."

"Pobre demoníaco..."

"Claro que eu não tenho visto você desde então!"

"Não..."

A sra. Calvally ajeitou sua almofada.

"Ela apareceu como um furacão", disse ela.

"... boas maneiras são o que há de importante."

"Um tornado. Eu acabara de ajeitar meu *xale*. Você sabe como ele amava qualquer coisa estranha..."

"Bem!"

A sra. Calvally fez uma pausa.

"Acredito que deve ter havido uma confusão a respeito", disse ela. "Estive à beira da morte o dia todo."

"E onde eles estão agora?"

"Na Itália. Passeando. E ele foi embora com excesso de bagagem..."

"Espero que tenha levado os cavaletes dele!"

"Esta manhã, a carta era de Rimini. Parece que o local os faz lembrar de Bexhill... e o hotel, ao que parece, é muito barulhento."

"Isso soa tão dolorosamente maçante."

"Bem desinteressante!"

"Eu acho que soa alegre."

"Devemos evocar o Marrocos com um sapato rosa e lilás!"

"Que bem isso faria?"

"Nenhum, meu tesouro, pode apenas ser divertido."

A sra. Henedge levantou-se com dificuldade.

"Evoque o Marrocos!", disse ela. "Temo que não tenha tempo. Preciso ir ao dentista e a uma quiromante, e..."

Ela examinou o sapato, nervosa.

Não havia praticamente nada de rosa e quase nenhum lilás. Era cor de *morango amassado*.

XXIV

"Hoje você me doará 3 *pence!*"

Num vestido fluido tingido de melancolia e traços de vermelho, a sra. Shamefoot postou-se etérea em seu portão.

Ela sorriu levemente.

"E, talvez, um pouco de creme..."

Com o gesto de uma princesa, ela passou-lhe uma jarra.

"Essa jarra", explicou ela, "pertenceu, um dia, a... Então é importante que não quebre".

E, enquanto o rapaz servia, ela examinava sem preocupação os topos das chaminés no horizonte.

O céu estava cheio de passarinhos. Precisamente no seu portão, um plátano parecia ter uma fascinação oculta por si mesmo. Tropas inteiras de pássaros congregavam-se ali, pousando em cada galho e espargindo perpetuamente seus dejetos.

"Antes de vir para cá", perguntou ela, "havia tantos pássaros assim?".

Ele balançou a cabeça.

"Havia apenas uma coruja."

"Isso é extraordinário."

"Registro o creme?"

"Qual é o problema com os sinos?"

"Dobram pelas irmãs."

"Elas estão doentes? Outra vez?"

"Morreram noite passada — de tanto rir."

"Você sabe o que as divertiu tanto?"

"Estavam nos campos de golfe..."

"A morte, algumas vezes, é realmente um remédio."

"Logo, não haverá procura por laticínios. O que com o rio..."

"Na verdade, é mais como algum lugar na *Noruega* agora!"

"Não isso, no leite..."

"Mudanças loucas, não?"

"Um bom balde fundo de..."

"Desde ontem, mais alguém...?"

"É uma jarra bonita", disse ele com voz suave. "O que é isso?"

"Isso é saxão", respondeu ela, enquanto fechava a porta cuidadosamente.

A grande sala em carne viva foi inundada pelo sol da tarde.

"É preciso um toldo nessa janela!", murmurou ela, colocando o creme sobre a mesa.

Diante da casa, estendia-se uma faixa de areia azul-clara. Houve épocas em que isso trazia a lembrança de Asz.

Ainda na noite anterior, ela foi até a janela, e na ponta dos pés...

Ela virou-se, meio encantada, à distância. Um traço ainda podia ser visto...

"Acho que a casa será o maior sucesso!"

Claro, as paredes estavam cobertas com figuras — Havia o *Primitivo*, que fazia a sala, de algum modo, parecer tão mais tranquila. E o *Blessed Damozel* — aquela coisa gorda e branca. E um Giorgione, muito sedoso e doce. E um anjo de Parma. E o "estudo-sobre-mim-que-é-uma-*terrível*-infâmia!".

"Preciso de cortinas."

Causava aborrecimento que, até então, ninguém desde Georgia tivesse vindo para o chá.

Como as xícaras estavam arrumadas sobre sua bandeja de porcelana!

Ela mesma as colocara lá...

Numa tigela, ao lado delas, flutuavam margaridas com seus miolos bem amarelos.

E, se eles escolhessem fazer caso das cerejas, qual seria o problema, já que a parte dos fundos era tão simples?

Ela encarou o próprio reflexo.

"*O mon miroir, rassure-moi; dis-moi que je suis belle, que je serai belle éternellement!*"[49]

Fez uma pausa, sentindo-se triste sem nenhum motivo.

Mesmo ali, o mundo, por que... ainda se estava nele...

"Deveríamos rezar por aqueles que não nos compreendem!", murmurou ela. E, é claro, isso terminaria por ter um capelão. Ou começaria por ter um.

Um estudo de câmara de sua irmã, a sra. Roy Richards, uma mulher cujos caprichos teriam sido tema de um livro ou de uma comédia *en famille*, com seus sete filhos sentados ao redor dela, quase nus, chegara, apenas recentemente, como para lembrá-la de si mesma.

"Não desde a última fome...", murmurou ela, colocando o estudo dentro de uma gaveta.

"Ah, muito bem! Dificilmente seria possível confundir esse chifre..."

Ela ergueu o pino de madeira da porta e espiou através da grade.

"Quem bate?"

"Um pecador."

"Um casal", corrigiu *lady* Castleyard, "dos piores. Demônios, na verdade".

"Entrem. Infelizmente, minha Gretchen saiu."

"Ouvi dizer que você está alcançando a santidade aos trancos e barrancos!"

A sra. Shamefoot abraçou os visitantes.

"Temo... que isso tenha sido mais do que gradual."

"Deve ser tão desolador para você, querida, aqui sozinha, apartada de todo mundo."

---

49 "Oh, espelho meu, conforta-me; diz-me que sou bela, que serei bela eternamente!"

"Amo minha solidão."

"O que você encontra para fazer nas tardes tão longas?"

"Estou estudando Dante..."

Lady Georgia fez uma careta.

"Imagino que você tenha um periquito", disse. "Onde está?"

A sra. Shamefoot ocupou-se com o chá.

"Você notou as aves?", perguntou ela. "Batalhões delas... E, antes de eu vir para cá, só havia uma coruja."

"Adoro seu jardim. Aquelas moitas de espinhos trágicas..."

"Penso que o outono aqui deva ser simplesmente sublime."

"Testemunharei isso, espero, do meu terraço! Sinto-me uma oriental quando me levanto lá em cima. Tenho certeza de que fui uma algum dia."

"Como, querida?"

"Oh, não espere que eu explique."

"Victor ainda insistiria que você salvou o país."

"Localmente, é claro."

"Ele está tão encantado com o vitral. Ele me fez escolher outro banco na igreja."

"Quando a luz do sol o atravessa, é soberbo!"

"Sim; e nunca um clarão de luz irritante, querida; sempre suave."

"Vários jovens na cidade parecem admirá-lo. Eles gostam de sentar-se diante dele. Acredito que até mesmo se ajoelhem... Que coisa irritante! Com frequência, bem quando eu quero ficar lá..."

"Fico feliz de você ir a algum lugar. É errado retirar-se tão completamente. Sem nem mesmo um criado!"

"Minha criada, Gretchen, correu, que criança tola, até o correio, há uma semana."

"Imagino que você a deixou..."

"Eu precisava de selos."

"Selos!"

"O Soco tem rabiscado..."

"O que ele pensa?"

"Ele fala sobre fazer uma visita. Nunca viu Santa Doroteia. Recebi um calhamaço dele esta manhã, maços e mais maços de papel, tudo sobre nada."

"Você deve levá-lo para Stockingham quando ele vier. Estaremos apresentando *The Playboy of the Western World* no teatro grego... Não sei como isso vai ser!"

"Julia faz o papel de Pegeen..."

"Vejo que ela está revivendo *Magda*."

"Então ela está. Mas você não sabe que, para ela, nada dura para sempre."

"E a estranha criada dela, aparentemente, está indo para o palco. Ela interpretará o papel de uma duquesa."

Lady Castleyard bocejou.

"Amo sua sala", disse ela. "É tão incomum."

"Quero lhe mostrar minhas velas de oração."

"Onde elas estão?"

"No meu quarto."

"Seu quarto, Biddy. Espero que seja apenas uma cela."

"Tem vista para o cemitério."

"Ai, que desagradável!"

"Não me importo com isso. Gosto de me sentar à janela e observar o nascer da lua até o galo de bronze do campanário virar lentamente acima das árvores... Ou, no começo da madrugada, talvez, quando chove, e o mundo inteiro parece tão melancólico e desolado e pessoal e um tanto triste demais — e a vida, uma farsa completa..."

Lady Georgia enxugou uma lágrima.

"Eu não sei!", ela disse.

"Uma farsa! Você se pergunta se consigo me isolar tão completamente. Querida Georgia, apenas porque quero tanto, é extraordinário ver como preciso de pouco."

"Suas vizinhas não a aborrecem?"

"Mal as vejo! Acho que assusto *lady* Anne... A velha sra. Wookie me fez alguns avanços com um *pano de rosto* em que ela esteve trabalhando para minha morte... E eu fiz amizade com os Pets. Ele tem muito caráter. Força. Estou deixando para ele uma mecha do meu cabelo."

"S-s-sh! Que mórbido! Podemos ver como é a cela? Nunca tinha visto uma."

"Preferiria não ser tão castigada logo", admitiu *lady* Castleyard. "Isso pode me estragar para os antiquários. E, da última vez em que estive aqui, desenterrei uma agradável cadeira antiga, com pés em forma de pata."

"A pobre sra. Frobisher encontrou, uma vez, quatro painéis de Boucher ali."

"Isso não deve acontecer todos os dias!"

A sra. Shamefoot escapuliu pelas portas de correr.

Ashringford, com todas as torres, torreões, muralhas, campanários, pináculos e todas aquelas construções de ardósia brilhante em tons prateados, estendia-se à sua frente, sob o pôr do sol.

"Irei até Santa Doroteia com você", murmurou, "caso queira. É precisamente a hora da minha caminhada diária".

CAPRICHO

Para Stephen Hammerton

"Τίσ δ' ἀγροιῶτίσ τοι θέλγει νόον,
 οὐκ ἐπισταμένα τὰ βράκέ ἕλκην ἐπί τῶν σφύρων"[1]
— *Safo de Lesbos*

---

1 "Quem é a rústica que te enfeitiçou... Essa mulher que nem sequer sabe erguer a saia sobre os tornozelos?"

O CLANGOR DOS SINOS CRESCIA INSISTENTEMEN-
TE. Um contentamento incontrolável martelava na igreja de
Santa Maria, em evidente contraste com o carrilhão mode-
rado de São Marcos. Por todos os lados, poucos em uníssono,
ressoavam os sinos. Os de Santa Isabel e de São Sebastião, na
Flower Street, pareciam travar escandalosa disputa, enquanto o de Sant'Ana "no alto do morro", todo oco, rachado, tí-
sico, mal-humorado, não fazia nada além de reclamar. Nisto,
era similar ao de São Nicássio, meio paralisado e impotente,
em abalada debilidade. E então, triunfante, num furacão de
som, o de Santa Irene abafava-os sem exceção.

Era de novo domingo.

Sempre ao alto, e subindo cada vez mais, os caminhos
tortuosos da cidade em que os habitantes locais, aqui, ali e
preguiçosamente, labutavam.

De vez em quando, um peregrino talvez fizesse uma pausa no caminho estreito entre o deado e o resto.

Abrindo um leque preto de laca e deixando bem abertas
as janelas do quarto, a srta. Sarah Sinquier espiava o mundo.

A ruela, com frequência, mostrava-se interessante à tarde.

Do lado oposto, a catedral erguia-se, mágica, contra o
céu que anoitecia.

A srta. Sinquier ergueu os olhos aos pináculos gêmeos
acinzentados, levantou os braços e bocejou.

De um dos pináculos, um demônio de membros entrelaçados em torno de uma relutante presa coroada fazia careta.

> Pois eu anseio por aqueles beijos que você me deu um dia
> Nos degraus de Bakerloo!

A srta. Sinquier cantarolou despreocupadamente, esticando o pescoço ainda mais para fora da janela.

Debaixo dos pequenos e velhos limoeiros perto da entrada da catedral, o lacaio católico de *lady* Caroline Dempsey passava o tempo.

A srta. Sinquier avaliou-o.

Em sua imaginação, previu a impressão que sua própria conversão causaria no ambiente paroquial.

"Filha única do cônego Sinquier visita Roma..." Ou: "Filha do cônego Sinquier toma o véu". Ou: "Depois de inominável perseguição de sua família, a srta. Sinquier é recebida no Convento do Espírito Santo".

Divertindo-se com o lacaio católico de *lady* Caroline Dempsey, seus olhos vagavam de sua cabeça empoada aos galões lamentáveis de seus ombros. A falta de movimento era opressiva.

Por que a srta. Worrall não estava às voltas com o seu costumeiro desmaio, sendo amparada sem sentidos nos braços do sacristão rumo a seu portão? Por que esta noite eles não cantavam os Salmos?

Passando a língua nos lábios, a srta. Sinquier afastou a cabeça da janela e voltou ao livro.

"Puf!"

Ela abanou o leque.

A sala logo estaria escura.

Até as pedras das paredes cinzentas, bíblicas, fúnebres, pareceram discordar.

"Em todos estes frutíferos anos", leu ela, "ele foi lembrado por ter rido uma única vez: quando uma enorme ratazana correu para dentro e para fora de algumas estátuas... *Ele* era o Hamlet Ideal. De semblante rabugento e cínico por natureza, suas explosões por vezes paralisavam a companhia inteira".

A srta. Sinquier passou a ponta dos dedos levemente pelo cabelo.

"Mas isso não faz diferença", murmurou ela, virando-se para um copo. Fingir-se de Ofélia — não importava como!

Ela puxou sobre si um xale de renda Manila.

Sempre que se embrulhava nele, era como se estivesse na Andaluzia.

"Doña *Rosarda!*"

"*Fernán Pérez? Que queres?*"

"*Rosarda, meu amor, preciso de ti.*"

"*Sou a esposa de Don José Cuchillo — o Mouro.*"

"*Doña Rosarda Castilda Cuchillo, eu te amo.*"

"*Basta! Meu marido logo retorna.*"

Deitada languidamente diante de um espelho de parede, a srta. Sinquier estava encantada.

Uma hora se passou.

O cômodo estava quase escuro.

Don José queria sua vingança.

"*Rosarda.*"

"*Fernando?*"

"*Ah-h!*"

A srta. Sinquier levantou-se.

Ela precisava preparar-se para o jantar — limpar-se do sangue.

Pobre Fernán!

Ela lançou um olhar sobre si, um retrato espanhol barato.

De um varal, algo pendurado parecia implorar-lhe.

"Ver a mim? Ora, abençoado seja. Venha!"

Com um gesto impetuoso e delicado, ela entregou-se a um sofá.

"Se eu gosto da América?"

"Eu a adoro... Você verá... Eu me apaixonei aqui! Diga-lhes que... oh! especialmente pelos homens... Em que vizinhança eu nasci? Em Westmorland; sim. *Na Inglaterra, senhor!* Invasivo? Ora, de maneira alguma. Eu nasci na modorrenta e pacífica cidade de Applethorp (três pês), no fundo do cora-ção — na verdade, bem no meio", murmurou a srta. Sinquier, enfiando algumas flores silvestres debaixo do queixo, "ali no períbolo da *igreja*".

"Sally", disse seu pai, "não consegui descobrir onde você estava sentada nas Vésperas esta noite".

Na sala de visitas ao estilo do velho mundo da decania, haviam sido trazidos café e licores — uma indulgência em nome do domingo.

A srta. Sinquier pousou a xícara.

Atrás dela, através das janelas abertas, uma confusão de folhas leves e trepadeiras balançava, inquietamente, num vaivém.

"Imagino que a *Fonte* tenha me escondido", respondeu ela com uma ligeira risada.

O cônego Sinquier observava, com ar ausente, uma lua que parecia abundante e, então, virou-se para a esposa.

"A-manhã, Mary", disse ele, "teremos a pobre sra. Cushman novamente".

Em sua escrivaninha cilíndrica, entre duas velas tremulantes, a sra. Sinquier, enquanto o café esfriava, abria o coração para uma amiga.

"Por favor, Mike, fique imóvel", implorou ela.

"Imóvel?"

"Não se inquiete. Não fale."

"Nem ouse respirar", acrescentou a filha, pegando um jornal de domingo e aproximando-se da luz.

"No Olive Theatre", leu ela, "a sra. Starcross produzirá no próximo outono uma nova comédia que promete ser de grande interesse".

Seus olhos acenderam-se.

"Meu Deus!"

"No *Kehama*, Yvonde Yalta poderá ser vista brevemente em

uma peça japonesa, com mandarins, gueixas e velhos samurais cantores…"

"Meu Deus!"

"Há relatos de que o sr. e a sra. Mary estão contemplando a administração novamente."

"Céus!"

"Para a nova montagem de *She Stoops to*…"

Com volume crescente, através do períbolo coberto de névoa, irrompeu uma voz lamuriosa e embriagada.

"Você pode fechar a janela, Sarah", determinou o cônego Sinquier.

"É a srta. Biggs!"

"Quem poderia tê-la ensinado? Como?", perguntou-se o cônego.

A sra. Sinquier abaixou a caneta.

"Eu tenho pavor do jantar íntimo dela!", disse ela.

"Ele deveria ser íntimo?"

"Ela não é, sempre? 'Dê a volta e me veja logo, srta. Sarah, e *aí está*, minha querida, sejamos íntimas!'"

"Realmente, Sally!"

"Sally pode imitar qualquer um."

"Minha querida, é vulgar macaquear os outros."

"Vulgar?"

"Não é bonito."

"Muitas pessoas fazem."

"Apenas saltimbancos."

"Eu concordaria em ser uma, se pudesse atuar."

O cônego Sinquier fechou os olhos.

"Recite, querida, algo; preciso de alívio", disse ele.

"Claro, se o senhor deseja."

"Alivie-me, Sally!"

"Algo para fazê-lo esquecer-se do sermão?"

A srta. Sinquier baixou os olhos para seus pés. Ela calçava

sapatilhas pretas, inteiramente decoradas com pérolas e borboletas filigranadas que tremulavam sobre os dedos.

Desde o primeiro momento em que a vi, Adèle,
ao dançar a celinda,
permaneci fiel à sua lembrança;
minha liberdade me deixou,
eu não mais me importo com as outras negras,
nada restou em meu coração para elas; —
você tem tanta graça e beleza; —
você é como a serpente do Congo.

A srta. Sinquier fez uma pausa.

"Você precisa dos movimentos adequados...", explicou ela. "Alguém precisa *realmente* chacoalhar as canelas de alguém!"

"Sendo um dia de descanso, minha querida, vamos dispensar essa movimentação."

Eu a amo tanto, minha linda...
não consigo evitar.
Meu coração tornou-se apenas um gafanhoto,
ele nada faz, só lhe resta pular.
Eu nunca conheci uma mulher
com formas tão belas quanto as suas.
Seus olhos são labaredas;
seu corpo me mantém cativo.

Ah, você é como a cascavel
que sabe como encantar o pequeno pássaro,
e que tem a boca sempre pronta para dele
servir de túmulo.
Eu nunca soube de qualquer negra
que andasse com tanta graça quanto você,

ou tão belos gestos fizesse;
seu corpo é uma linda boneca.

Quando não posso vê-la, Adèle,
sinto-me próximo da morte;
minha vida se torna como uma vela
cuja chama se aproxima da extinção.
Eu não posso, então, encontrar qualquer coisa no mundo
capaz de me dar prazer:
eu poderia muito bem ir até o rio
e me jogar na águas para cessar meu sofrimento.

Diga-me se você tem um homem,
e eu vou fazer um feitiço *ouanga* para ele;
e transformá-lo num morto-vivo,
se você escolher a mim como seu marido.
Não vou vê-la quando estiver zangada:
outras mulheres são mero lixo para mim;
eu vou fazer você muito feliz
e vou dar-lhe um belo lenço de Madras.

"Obrigado, obrigado, Sally."

"É de *Ozias Midwinter*."

A sra. Sinquier encolheu-se.

"Essa desordem escandalosa que engana nossos missionários!", disse ela.

"Em Oshkosh..."

"Não, Mike. Tenho certeza de que ninguém botaria fé nos horrores que se passam em alguns lugares."

A srta. Sinquier acariciou levemente a maçã do rosto do cônego.

"Aliviado?", perguntou ela.

"... Razoavelmente."

"Quando penso naquelas pessoas de cor", continuou a sra. Sinquier, "na festa do palácio no ano passado! Vagando a noite toda pelo períbolo... E, quando eu fui olhar no dia seguinte, havia um velho mulato parado, segurando o filho do padeiro na ruela".

"Aí mesmo, Mary!"

"Cansado, querido?"

"Domingos nunca são fáceis."

"Para você, infelizmente, é obrigatório que sejam."

"Houve as aulas de catecismo hoje."

"Em breve Sally vai aprender a ajudar você."

A srta. Sinquier arregalou os olhos.

"Eu?", surpreendeu-se ela.

"No próximo domingo; é quando você deveria começar."

"Entre agora e *isso*", refletiu logo em seguida a srta. Sinquier em seu caminho escada acima, "eu deverei quase com certeza estar na cidade".

"Oh, Londres — Cidade do Amor!", trinou ela suavemente enquanto trancava a porta.

III

No gazebo da extremidade do jardim, perto do novo canteiro, a srta. Sinquier esperava o correio trajando robe.

Através das frestas da treliça semicircular, via-se o períbolo, com seu profuso madeiramento curado, e as casas altas e sóbrias, uma sequência estimulante, em termos arquitetônicos, de paredes caiadas, pedra e tijolo.

A srta. Sinquier ouriçou-se, impaciente.

Infeliz! — entregar no palácio na frente do deado, quando o deado era igualmente próximo!

"Derrama ali, ó Senhor, 10 mil acusações temerárias", orava ela extemporaneamente, "e não poupes nenhum deles. Amém".

Mãos hierárquicas elevaram-se.

Céus baços.

Ela esperou.

Através dos portões do palácio, por fim, o camarada deu meia-volta, selecionando as cartas enquanto caminhava.

"Bobalhão!"

Os olhos dela devoravam-lhe a bolsa.

Enrolado em si mesmo, como uma cobra lustrosa, seu futuro dormitava ali dentro.

Marido; amantes... pequenas vidas, talvez — ainda por acontecer... além de viagens, buquês, diamantes, chocolates, duelos, cassinos!...

Ela tremeu.

"Algo para mim hoje, Hodge", inquiriu ela, "por acaso?".

"Uma boa manhã, senhorita."

"Extraordinariamente."

Tinha chegado...

Aquele grande envelope cor de malva, com a caligrafia desordenada e o perfume forte, vinha *dela*.

Enquanto ela espanava a roupa, seu coração batia apressado. Através da leve folhagem primaveril, ela podia ver o pai, com as mãos entrelaçadas, andando meditativamente, num vaivém na frente da casa.

"Tolice!", murmurou ela, disparando pelo caminho de cascalho até a porta de serviço.

Recompondo-se, ela prontamente quebrou o lacre.

Panvale Priory, Shaftesbury Avenue,
Londres, W.

A sra. Albert Bromley apresenta seus cumprimentos à srta. S. Sinquier e sente-se feliz em oferecer a ela sua experiência e conselhos na manhã da próxima quinta-feira, no horário escolhido pela srta. Sinquier.

P.S. A sra. Bromley já sente um interesse empático e maternal pela srta. Sinquier. Ela é obscura ou leal? Parece-se com *lady* Macbeth ou está mais próxima a uma *lady* Teazle[2]?

"Com as duas!", exultou a srta. Sinquier, dando uma pirueta hábil diante do espelho.

Para manter o compromisso sem se apressar, ela seria obrigada a partir, essencialmente sem bagagem, nessa noite — alguns itens fundamentais, colocados juntos e disfarçados debaixo de seu vestido, seria o máximo que conseguiria levar.

---

2 Personagens de *Macbeth*, de Shakespeare, e de *The School for Scandal*, de Richard Brinsley Sheridan.

"Um amontoado aqui e um amontoado lá!", suspirou ela, "e eu posso me livrar de tudo no trem".

"Oh!"

Ela espiou dentro de sua bolsa.

... E lá estava a corrente da madrinha que ela venderia!

E aquilo deveria ajudar; talvez render-lhe umas 100 libras. Misericórdia: ser forçada a se desfazer dela!

Abrindo uma caixa revestida de couro marroquino, retirou uma grande bandeja plana.

Pérolas adoráveis!

Como elas traziam, claramente agora, sua madrinha à lembrança... um pequeno corpo envelhecido... com maçãs do rosto duvidosamente rosadas e um lábio superior excrescente, sempre com as miniaturas de seus três maridos falecidos tilintando em um dos braços... "Eles não são adoráveis?", dizia, cheia de orgulho, de tempos em tempos... Que conversas tiveram; por vezes, em noites banhadas pela luz rosada do luar, pavoneando-se juntas pelas ruas.

Ah! Ela havia ficado quase feia, então; desastrada, desajeitada, *gauche*...

Agora que deixava Applethorp, para sempre, talvez, quantas lembranças latentes revividas!

O touro de Saunders Fifeshire, em uma noite de Ano-Novo, devastou todo o períbolo, levado ao frenesi pelo repicar dos sinos. A vez em que o pobre Dixon se afogou — durante uma Exposição de Flores, menina dos olhos do vigário —, o passeio da governanta alemã — um molde de geleia de mocotó que ela deixara cair uma vez na catedral enquanto ia para algum lugar...

A srta. Sinquier recolocou as pérolas no lugar com alguma dificuldade.

O que mais?

Mantinha os dedos de artista suspensos no ar.

Mera bobagem de uma dama de honra; que ostentação horrível.

Ela direcionou os pensamentos para o quarto.

Sobre a cama, uma antiga faca de jardinagem de formato bárbaro, supostamente tendo pertencido a *Abraham*. Realmente, uma peça de colecionador.

Poderia ser oferecida a algum museu, talvez. O Nation gostaria de tê-la...

Ela suspirou brevemente.

E, além do mais, lá embaixo, nos domínios do mordomo, havia coisas dela também. E aquelas colheres de apóstolos, os garfos de dois dentes, a terrina de prata?

Leonard frequentemente dizia que levava a maior parte de um dia para polir somente a prataria dela.

Ah, ir embora e deixar tudo!

"Oh, Deus, me ajuda, Senhor", orou ela. "Só desta vez, ó Senhor! Conheces meus direitos..."

Ela esperou.

Por que um anjo com um cesto de prata não apareceu?

"Oh, bem..."

Gripper, sem dúvida, suspeitaria de algo estranho se ela pedisse suas coisas "para brincar" por uma hora...

Um esquema mais satisfatório seria entrar na copa, a caminho da estação, e pegar tudo por conta própria.

Ela só teria de dizer: "Apresse-se com essas panelas" para Gripper distrair-se com os afazeres, e Leonard, que deveria estar lá, quase com certeza o seguiria.

Os homens eram tão sensíveis.

Apresse-se!

A voz de sua mãe veio girando lá de baixo.

"Kate! Kate! Kate! Kate!"

Ela ouviu.

"As cortinas de chita na sala branca foram dobradas", ela podia ouvi-la dizer, "e lembre-se do que falei sobre o tapete...".

Pelas almas!

A srta. Sinquier fungou.

Aquilo era um rasgão?

Pelas almas! Pelas almas!...

"Não importa", murmurou ela, "eles provavelmente terão canapés para se recostarem em seu camarote na noite da minha estreia".

Ela consolou-se com esse pensamento.

IV

"Apresse-se agora com esse aparelho de servir!"

"A senhorita deveria se envergonhar. Devo dirigir-me imediatamente ao deão."

"Apareeeelho!", gritou a srta. Sinquier.

Vestida completamente de preto, usando um *chapeau de résistance*[3] de feltro escuro e um longo xale lancastriano, ela não se sentia atraente para nenhum homem.

"Apareee...", balbuciou ela, jogando o xale para trás.

Afinal de contas, não eram as coisas dela?

Ela riu alegremente.

"Se a querida sra. Bromley pudesse me ver", ansiou ela, surrupiando uma colher de apóstolo.

> São Mateus — São Marcos — São Lucas — São João
> *Esses* pularam na cama de ceroula.

Uma vez, em uma brincadeira amistosa, um candidato à Ordem tinha ensinado aquela cantiga a ela.

Ela lembrava-se do questionamento erudito de *Fräulein*:

"Por Deus, por que eles não tiraram tudo, como os outros?"

E as razões significantes e suposições elaboradas do jovem rapaz, e a voz macia de *Fräulein* quando ela disse que *praticamente* havia entendido.

A srta. Sinquier virou uma chave.

S-s-s-st!

"Mãos de manteiga."

---

3 Chapéu de abas curtas, geralmente com um véu.

Ela precisaria ir num instante.

Terrível renunciar sua magnífica terrina...

Ela pegou-a nas mãos. Que peça impressionante!

Impossível carregá-la consigo.

Nessas circunstâncias, por que não levar algo menos pesado em seu lugar?

Havia as molheiras Caroline, ou o melhor bule de chá Anne, talvez jamais usados.

As ideias sucederam-se.

E quem poderia resistir àquelas maravilhosas uvas, para o trem?

Junto com o prato em que estavam...

"Tudor, 'Harry'!", suspirou ela.

Do corredor veio um rumor de vozes.

Agarrada ao pacote das coisas que pegou, a srta. Sinquier deslizou silenciosamente para fora atravessando um cômodo acanhado, onde o cônego guardava seus tecidos.

Lá fora, a lua já estava no céu — uma lua cheia, alta e branca, com um traço de nuvens alongado sobre ela que a fazia lembrar um rosto vendado.

Oh, Fama, querida!

A srta. Sinquier tratou de recompor-se.

Do outro lado do jardim, a catedral assomava através da névoa branca como leite.

A umidade bastava, pensou ela, para justificar-lhe a fuga!

Estremeceu.

Quão sombria parecia a rua.

Frequentemente havia gente violenta por lá.

"Vilões..."

Afinal de contas, o passo inicial em qualquer carreira era normalmente considerar o pior.

Algum dia, no King's, ou no Canary, ou no Olive, no calor de um camarim, ela estaria bastante satisfeita, talvez, e diria:

"Deixei a casa de meu pai, senhor, em uma tranquila noite de primavera — sem uma palavra!"

V

Caíam gotas de chuva, não obstante o céu visivelmente reluzisse, enquanto a srta. Sinquier, cansada e um tanto indecisa, atravessava a entrada principal do terminal de Euston.

Por um momento, ela hesitou na esquina.

Em um muro de anúncios, como para recebê-la, havia um cartaz dramático de Fan Fisher, que inesperadamente aqueceu seu coração; era quase como ser encontrada...

Lá estava Fan, na apresentação do concerto, como Masha Olgaruski em *The Spy*.

A srta. Sinquier sentiu um formigamento espalhar-se pelo corpo.

Uma coisa como essa era o bastante para dar força e tranquilidade a alguém por uma semana inteira.

Andou rapidamente, já bastante concentrada.

Antes de encontrar-se com a sra. Bromley, ainda pela manhã, muita coisa precisava ser feita.

Havia a dificuldade do alojamento.

Sempre que viera para a cidade, tinha ficado no *Millars*, na Eric Street, com vista para a Percy Place; porque o sr. Millar era ex-funcionário da decania e, além disso, casara-se com a cozinheira de sua casa...

Mas, antes de ir para qualquer lugar, ela precisava conseguir um baú.

Mesmo dignitários da Igreja, sabia-se, eram recusados em hotéis desconhecidos quando chegavam com nada além de si mesmos.

Ergueu os olhos para verificar um relógio.

Ainda era cedo!

Um dia maravilhoso estendia-se diante dela, e à tardinha, talvez, pudesse comprar ingressos para algum *vaudeville* leve ou uma estreia de teatro de revista.

Observou os animadores anúncios nas laterais dos ônibus motorizados que passavam.

Stella Starcross — A Senhora do Mar — Esta noite, Betty Buttermilk e Cia. — Rose Tournesol — Temporada de sr. e sra. Mary: A Carmelita — The Shop Boy — Clemenza di Tito. Hoje à noite!

A srta. Sinquier piscou.

Diante disso, o bule da família começava a parecer desinteressante.

Até as lojas abrirem, ela teria tempo suficiente para pegar um táxi e descansar no parque por uma hora.

O tempo estava melhorando rápido; o dia dava sinais de que seria quente.

Ela acenou para um táxi que passava.

"Para o Hyde Park", murmurou, subindo devagar no veículo.

Estava agitadíssima.

Sobre o chão e os assentos do táxi, havia confetes recém--espalhados — turquesa, rosa e roxo, dourado e verde.

Ela apanhou um bocado.

Como símbolo, pensou, seria o equivalente a um ramo de trevos, a um buquê de edelvais, ou ao nó da corda de um enforcado.

VI

Do grande hotel, na vizinhança do Marble Arch, até as salas comerciais da sra. Albert Bromley na Shaftesbury Avenue, ela verificou, ao se informar, que a distância poderia facilmente ser coberta em menos de quarenta minutos.

A srta. Sinquier, entretanto, decidiu dar-se mais tempo.

Lindamente trajada com um vestido azul-ciano, com um turbante de gaze preto enfeitado com uma floresta de folhas coloridas, ela demorou-se, animada por sua aparência, diante do espelho.

Aos olhos da sra. Bromley, o turbante soberbo, sem dúvida, sugeriria Macbeth, a cena da floresta. O azul, murmurou ela, "poderia ser qualquer coisa".

Ocorreu-lhe, quando deixou o quarto, que o sr. Bromley muito possivelmente estaria lá para ajudar sua esposa.

"Será odioso se estiver", decidiu ela, seguindo alegremente para a rua.

Era uma manhã perfeita para uma caminhada. Uma pálida luz prateada espalhava-se pela Oxford Street, enquanto acima das fachadas das lojas o sol brilhava sobre um mar de mastros de bronze, nos quais bandeirolas tremulavam impulsionadas pela brisa errante. Feliz com sua independência, e sob o brilho emocionante do dia, a srta. Sinquier passeou a esmo. O calvário de um primeiro encontro com uma distinta especialista em drama diminuía a cada passo. A srta. Sinquier poderia conjecturar quase com segurança sobre seu entendimento mútuo final. Mas, antes de expressar qualquer opinião, a srta. Bromley, sem dúvida, pediria a ela um teste de voz; talvez também esperasse que soubesse dançar e declamar.

A srta. Sinquier fez beicinho.

"Não diante de Albert! Ou pelo menos ainda não...", murmurou.

Ela perguntou-se o que a outra sabia.

Havia aquele trecho de *Rizzio*. A amante de Robes lamentando sobre sua já desaparecida juventude, ao descobrir, inesperadamente, um espelho, em uma manhã, em Holyrood, do lado de fora da porta da rainha Maria Stuart.

Diamante, lady Drummond servindo à rainha, conversa, escuta... Sorri, conversa novamente, deixa a perna à mostra e sussurra... ri, arrisca-se derrubando um anel, produz um efusivo jogo de expressões faciais e diversos ruídos experimentais quando, captando um vislumbre de seu reflexo, começa a se afastar e diz:

"Ó detestável velhice! Ó medonho horror! Ó anos de juventude que se foram! Ó infância gasta! A decrepitude à mão... Enfermidades à espreita..."

E é interrompida pela estrondosa risada de Maria Stuart.

"Sim", decidiu a srta. Sinquier, entrando na Regent Street, "a sra. Bromley deve mandar que eu declame alguma coisa. Declamarei *Diamante*".

Seus olhos brilharam.

Ah, como a rua transformara-se extraordinariamente.

Em geral, as amplas vias públicas estavam livres de obstáculos.

A srta. Sinquier caminhava devagarinho.

"O mundo como uma pintura."

Logo além, estavam os próprios teatros.

A terra dos teatros!

A Shaftesbury Avenue, com sua aparência levemente exótica, estendia-se diante dela.

Com um gingado primaveril, ela virou a esquina.

Oh, aquelas fachadas de vidro frágil, com os títulos das peças suspensos nelas!

Havia o novo Merrymount Theatre, com seus rústicos Amorini sustentando archotes e sorrindo sobre as alegres caixas de flores na calçada.

E além, onde começava a fileira de árvores em flor, estava instalado o próprio priorado de Panvale.

A srta. Sinquier esquadrinhou o entorno.

Pareciam ser escritórios públicos...

No capacho, usando uma fita roxa, com as patas no ar, estava um dissimulado e imenso gato preto e alegre.

"Gatinho!"

Ela acariciou-o.

Ele poderia pertencer à sra. Bromley?

No vestíbulo, aqui e ali, havia pequenas placas de latão, que, de certa forma, lembravam as placas memoriais que tinham em casa e celebravam os finados e suas virtudes.

A srta. Sinquier analisou as inscrições.

Ah, ali estava a dela!

"Hum!", murmurou, começando a subir.

Sob a claraboia, um pássaro engaiolado cantava de forma estridente.

Tanto para ouvir como para limpar o rosto, a srta. Sinquier parou por um instante.

Se pudesse confiar em seu espelho microscópico, raras vezes parecera tão bem.

Subindo os degraus que faltavam com entusiasmo, a srta. Sinquier bateu à porta.

Uma empregada com a cabeça coroada de rolinhos de papel atendeu a porta, observando antes a visita através do estore de musselina.

A srta. Sinquier estendeu um cartão.

"A sra. Bromley está?", perguntou.

A mulher baixou os olhos.

"A sra. Bromley se foi!", respondeu ela.

"Acredito que ela não vá demorar, não é?"

"Ela está no Paraíso."

"No...?"

"A pobre sra. Bromley está morta."

"*Morta...?*"

"A pobre sra. Bromley morreu na noite passada."

A srta. Sinquier cambaleou.

"Impossível!"

"Talvez você queira entrar e se sentar?"

A srta. Sinquier hesitou.

"Não, não, não se... *está*? Oh!", balbuciou.

"Ela se foi meio que de surpresa."

"Difícil de acreditar, não é?"

"Ela será uma perda para seu mundo, infelizmente, a pobre Betty Bromley será!"

A srta. Sinquier fez uma careta.

"Eu gostaria de comparecer ao funeral", disse.

"Não há funeral."

"Nenhum funeral?"

"É que não há convites, é isso."

A srta. Sinquier virou-se.

O chão parecia ter sumido de sob seus pés...

A srta. Bromley morta!

Por que a tinta de seu bilhete tão amigável parecia tão recente?

Na calçada, mais uma vez parou para recompor-se.

Quem restava lá, afinal?

Em Croydon havia um conservatório, claro...

A srta. Sinquier sentiu-se um pouco culpada pela rapidez com que a ideia surgiu.

Distraída, ela enfrentou o trânsito na St. Martin's Lane.

Pensaria melhor sobre a presente situação no parque.

Instintivamente, parou para examinar um retrato de Yvonde Yalta no vestíbulo aberto do Dream.

Ela observou o cartaz, devorando-o com os olhos: Sério...? Mesmo...? Ela parecia mais um garoto de Girton[4] do que uma grande *coquette*.

Tudo, até o fim da rua, na verdade, às portas do teatro, eram estúdios de artistas, cenários das peças em cartaz.

Quando voltou a Piccadilly Circus, a srta. Sinquier estava quase à beira da inanição.

Ela olhou ao redor.

Na Regent Street, pensou, era quase certo que deveria ter alguma boa casa de chá, alguma boa queijaria...

O que fazer?

"O Café Royal!"

Ela foi até lá.

Só de olhar, ainda na porta, dava para ver que todas as mesas estavam ocupadas.

E que barulho!

Todo mundo parecia estar conversando, fumando, comendo, jogando dados ou dominó.

A srta. Sinquier caminhou lentamente através do véu de névoa opaca que cobria o lugar, tateando o local de um lado ao outro com sua sombrinha. Era como penetrar cada vez mais fundo em uma banheira. Estendeu a mão, como se estivesse nadando, girando, e acidentalmente acertou um cavalheiro idoso de bigode.

Graças a Deus! Lá, naquele pilar, havia um lugar vazio.

Sentou-se na beira do sofá lotado, como se estivesse em um sonho.

Os espelhos altos que enfeitavam as paredes diziam-lhe que estava cansada.

"Traga-me uma chávena de chá", murmurou para um *garçom* que passava, "e um pão de uvas-passas".

4 Girton College, faculdade que pertence à Universidade de Cambridge.

A srta. Sinquier recostou-se.

De repente, deu-se conta de sua absoluta solidão.

Pobre srta. Bromley, pobrezinha, uma alma tão gentil!

Lágrimas encheram seus olhos.

Teria sido um alívio afundar o rosto contra a blusa, ou o casaco, de alguém próximo e chorar do fundo do coração.

"Desculpe-me, posso lhe pedir a gentileza..."

Diante dela, sobre a mesa, estava um suporte para palitos de fósforo.

Com um olhar triste, ela empurrou-o em direção a um adolescente de aparência simpática, um tanto sentimental, que, apesar do bigode enfático, tinha o ar de uma menina extremamente bonita.

Como seria acalentador ter um irmão!, pensava a srta. Sinquier quando o garçom trouxe seu chá.

Enquanto bebericava, ela estudava de soslaio o perfil cinzelado do jovem.

Apoiando o queixo sobre o topo de uma bengala, ele escutava, como se estivesse hipnotizado, um enorme homem bem corado que, no centro de um pequeno grupo extasiado, contava em voz estridente, melodiosa, como "o pobre Chaliapin, um dia, pediu uma Kvass e recebeu uma Bass[5]. "E isso me lembra", disse ele, dando um soco impressionante na mesa, "da época em que Anna Held... deixa para lá".

A srta. Sinquier ficou exultante.

Ali estavam atores de teatro, artistas, cantores... Aquela garota branca, com um chapéu desgrenhado, do outro lado, tinha, sem dúvida, natureza similar à dela.

Sentiu-se impelida a falar.

"Você pode me dizer como eu poderia ir para Croydon?", perguntou ela.

---

5 Marcas de cerveja russa e inglesa, respectivamente.

As palavras saíram devagar, quase tristes...

"Para Croydon?"

"Você não pode ir para Croydon."

"Por que não?"

O jovem de bigode parecia divertir-se com a conversa.

"Quando todos vão à Espanha visitar Velázquez..."

"Goya!"

"Velázquez!"

"Goya! Goya! Goya!"

"... Vamos colocá-la em nosso caminho."

"Tolo!"

"O melhor caminho para Croydon é pelo metrô", respondeu a garota pálida.

A srta. Sinquier estremeceu.

"Metrô!"

Ao dizer a palavra, seu lábio também tremeu.

"Algum problema com isso?"

"Só que..."

Cruzando os braços sobre a mesa, ela inclinou-se em desespero e explodiu em lágrimas.

"Pobre sra. Bromley!", disse entre soluços.

"Oh, em nome da *Fortuna*...", divagou a jovem pálida.

"O que Serephine disse? O que a sra. Sixsmith fez?"

"Uma provocação monstruosa!"

O homem corpulento sacudiu o dedo no ar.

A senhora disse amigavelmente.

"Eu apenas a aconselhei a ir de metrô. Pelo metrô."

"Oh, Deus", lamentou a srta. Sinquier, tremendo.

"Isso é histeria. Pobrezinha, qualquer um pode ver que ela está transtornada."

"Sirva-lhe um *fine* — *un bon petit cognac*."

"Garçom!"

"*Garçon*."

"Não importa, Preciosa", cantarolou o homem gordo. "Você pode pegar uma carona em um táxi confortável comigo."

"Não; na verdade, ela não deve", retorquiu a sra. Sixsmith. "Você deve confiar em mim, Ernest, quanto a isso!"

Rejeitando as ofertas recebidas com um gesto, a srta. Sinquier controlou sua tristeza.

"Não sou *sempre* tão tola assim."

"Não, não!"

"Desculpem-me pelo espetáculo..."

A sra. Sixsmith apertou-lhe a mão.

"Minha pobre criança", disse ela, "temo que você tenha sofrido um choque".

"Agora passou."

"Fico tão feliz."

"Você foi muito gentil."

"De modo algum. Você me interessa."

"Por quê?"

"Por quê? Por quê?... Tenho certeza de que não posso dizer o *porquê*! Mas assim que a vi..."

"Isso é simplesmente maravilhoso."

"Você entrou aqui como se fosse alguma grande *coquette*."

"Você se refere ao Papai Noel à porta?"

"Conte-me o que aconteceu."

Em poucas palavras, a srta. Sinquier contou mais uma vez sua história.

"Minha querida", disse a sra. Sixsmith, "eu não deveria pensar isso de novo. Receio que essa sra. Bromley não fosse nada além de uma velha alcoviteira".

"Uma alcoviteira?"

"Uma alcoviteira de palco."

"Como isso soa terrível."

"Você não tem *mesmo* nenhuma conexão artística na cidade?"

"Realmente não..."

"Então aqui, ao alcance da mão... sentado comigo e com você", apresentou ela, de modo informal, "está o sr. Ernest Stubbs, cujas andanças pelas selvagens colinas Gog-Magog, com vista para Cambridge, descritas de modo copioso, emocionaram a todos nós nos últimos dias. Próximo a ele, brincando com suas chaves e girando a bengala — você notará o sr. Harold Weathercock, um expoente em papéis de adolescentes enamorados no Dream. E, lá, ocultando o nariz com um cigarro, figura a mais resignada das mulheres — srta. Whipsina Peters, filha de uma famosa flagelante e sendo, ela mesma, uma dançarina".

A srta. Peters assentiu com indiferença.

"Adeus", murmurou ela.

"Como dançarina, imagino que os diamantes dela sejam um espetáculo."

"Um espetáculo!" A sra. Sixsmith fechou os olhos. "Os dias de diamante dela já passaram, temo dizer."

"Passaram?"

"Penhorados."

"Oh, pobrezinha!"

"Mas, conte-me, você acabou de falar de um colar seu... um fio de pérolas, ou algo assim, que gostaria de vender."

"Infelizmente, sou obrigada."

"Acredito que eu possa ser útil nessa questão."

"Como?"

"Através de um velho banqueiro amigo meu — *sir* Oliver Dawtry. Pelo Hatton Garden e em toda a cidade, ele tem interesses variados. Devo dizer que, se há alguém que poderia pagar por suas pérolas, é ele!"

"Você acha que ele ficará incomodado?"

"Eu cuidarei disso."

"Ele vive na cidade?"

"De certo modo: ele tem uma casa imensa na Poultry."

"Claro que eu estaria disposta a mostrar a ele minhas pérolas."

"*Sir* Oliver está me oferecendo um pequeno jantar esta noite. E eu ficaria feliz se você se juntasse a nós."

"Oh!... Acho que seria uma ousadia de minha parte!"

"Bobagem! Deve ser mais ousada se quiser prosseguir!"

"Conte-me onde você jantará."

"No Angrezini's. É um restaurante pequeno... com uma banda de negros. E nós cantamos entre um prato e outro."

"O sr. Sixsmith estará lá?"

"Minha querida, o sr. Sixsmith e eu não vivemos mais juntos."

"Perdoe-me."

"Tudo bem..."

Os olhos da srta. Sinquier ficaram enevoados.

"Ele atuava?", perguntou ela.

"*Atuar!*"

"Parece que ouvi falar dele."

A sra. Sixsmith desviou o olhar.

"Você vem, Serephine?", perguntou-lhe a mulher.

"Vocês todos irão embora?"

O homem corado assentiu enfaticamente.

"Sim... iremos agora...", respondeu.

"Quais são os planos de Whipsina?"

A srta. Peters inclinou-se para a frente, sobre vários pares de joelhos.

"Eu devo ficar onde estou", murmurou em resposta, "e talvez tirar uma soneca. Com certeza, haverá uma debandada logo".

A srta. Sinquier levantou-se.

"Tenho algumas compras", disse ela, "a fazer".

"Então, até à noite."

"A que horas?"

"Às oito."

"Na chegada, pergunto por você?"

"Melhor perguntar pelo *sir* Oliver — nunca se sabe... E pode acontecer de eu chegar mais tarde."

"Mas você não estará lá? Você não deve..."

"Explicarei tudo o que for preciso por telefone para o *sir* Oliver agora. E durante o jantar", resmungou a sra. Sixsmith, "enquanto os velhos cavalheiros destroçarem a codorna, veremos o que podemos fazer!".

"Como posso expressar meu agradecimento...?"

"A questão da comissão", respondeu em voz baixa a sra. Sixsmith, com um leve sorriso nos lábios, "discutiremos em detalhes mais tarde".

VII

Subjetivamente. Com os nervos em farrapos. Incapaz de compreender o que se avizinhava. À mercê da misericórdia dos dedos do acaso, dedos não qualificados, dedos suaves; unhas de todos os tipos. Incapaz de seguir sozinha. Encontrando satisfação através da fricção e devido à fricção. Recobrando a percepção aos poucos, com pontadas — a partir dos dedos dos pés, um de cada vez.

Afinal de contas, havia certa *emoção* naquilo; e quem culparia a matéria-prima por um imprevisto no caminho...

Sem fazer caso do mundo intrigante que a cercava, a srta. Sinquier deixou seu hotel, de modo a chegar ao Angrezini's por último.

"Pois Tu bem sabes que minha segurança está em *Ti*", murmurou para si mesma, cheia de significados, enquanto seu táxi contornava o parque.

Depois de ter se desfeito de seu bule Anne por cerca de 70 libras, estava parecendo mais radiante do que nunca, vestindo uma frágil túnica bizantina que lhe tinha custado 50 guinéus.

"A segurança de Tua Sally", repetiu, distraída, enquanto observava o parque.

Seguiu através das sombras pálidas que se dissipavam, pontilhadas em abundância por amantes. Alguns estavam acomodados em bancos estreitos, outros preferiam a grama: e mais além, atrás das árvores sussurrantes, o céu brilhava pálido e luminoso como os vitrais de uma igreja.

Seria glorioso ter um amante também, pensou ela, e caminhar com ele vagarosamente pelas ruas ao entardecer ou por uma avenida de lâmpadas brilhantes...

Seus pensamentos voltaram-se ao jovem do Café Royal.

"De todos os amores, o mais bonito", murmurou ela, quando o táxi parou.

"Angrezini!"

Um negro robusto ajudou-a a sair.

"Pois Tu conheces muito bem...", seus lábios moviam-se levemente.

As portas vaivém envolveram-na.

Viu-se de imediato em uma pequena sala espelhada, com um postigo ao lado, no qual uma mulher idosa, de chapéu volumoso, tricotava, serena.

Atrás dela, estavam penduradas peles e roupas que cintilavam ou formavam piscinas feitas de sombras, conforme a luz insidia ou não sobre elas.

Abrindo mão da própria faixa de tule, a srta. Sinquier virou-se.

Através de uma porta de vidro, ela pôde ver a sra. Sixsmith acomodada em uma confortável sala de estar de paredes vermelhas.

Ela parecia séria como a estátua de uma deusa em porcelana, em um vestido branco, com uma cachorrinha orelhuda esticando as patas sedosas e de cabecinha alerta, observando o que a cercava.

Ao ver sua convidada, a sra. Sixsmith sorriu e levantou-se.

"*Sir* Oliver ainda não chegou!", disse ela, imprimindo no rosto juvenil da srta. Sinquier uma saudação de *hospitalidade*.

"Ainda não? Certifiquei-me de que seria a última a chegar."

A sra. Sixsmith olhou as horas.

"Do banco até a Poultry, e da Poultry em... apenas considerando", calculou ela, cedendo lugar à srta. Sinquier em um sofá.

"Você telefonou?"

"Contei a ele toda a sua história."

"E?"

"Ele me prometeu fazer o seu melhor."

"Ele fará isso?"

"Você precisava nos ter ouvido. Essa sra. Bromley, ele finge... Oh, bem, ninguém deve ser tão grosseiro com os mortos."

"Pobre mulher."

"Deixe-me admirar seu vestido."

"Gostou?"

"Nunca tinha visto nada tão travesso."

"Não, não, *por favor*...!"

"Conte-me onde elas estão!"

"O quê?"

"Estou ansiosa para ver suas pérolas."

"Elas estão no meu cabelo."

"Mostre-me."

"Sentirei tanta falta delas."

"Incline-se!"

"Como?"

"Mais."

"Não consigo!"

"Elas são muito bonitas. Mas tenha em mente uma coisa..."

"O quê?"

A sra. Sixsmith passou um braço em volta da cintura da srta. Sinquier.

"Lembre-se sempre", disse ela, "de que para um homem da cidade, doze centenas soam menos do que 'mais de mil'. Assim como um ano, para mim e para você, soa mais do que dezoito meses!".

"Não me esquecerei."

"Aqui está *sir* Oliver."

Passou pelas portas vaivém, apressadamente, um homem mais velho, com um rosto corado e apoplético, e olhos juntos e opacos.

"Senhoras!"

"'Senhoras', com certeza, *sir* Oliver."

"Como se..."

"Monstro."

"Desculpe-me, Serephine."

"Seu perdão fica com a srta. Sinquier", disse a sra. Sixsmith em um tom melodioso, enquanto apontava o caminho em direção ao restaurante. "Dirija suas petições a ela."

Uma mesa, em um canto discreto, tinha sido reservada na sala em forma de meia-lua com paredes de cedro.

"Há uma grande reunião aqui hoje à noite", observou *sir* Oliver, olhando ao redor, com uma expressão de "momento de negócios" ainda no rosto.

A srta. Sinquier parecia inteligente.

"Acho que está quente!", exclamou.

"Você acha."

"Acho Londres realmente muito quente... Por ficar abaixo do norte, acredito. No norte é sempre muito mais frio."

"Você é do norte?"

"Sim, ela é, de verdade", respondeu a sra. Sixsmith. "Assim como eu", acrescentou. "Duas garotas nortistas!", exclamou alegre.

Sir Oliver ficou todo sentimental.

"Os cisnes em Blenheim; os pavões em Warwick!", suspirou.

"O que o senhor quer dizer, *sir* Oliver?"

"Memórias..."

"Devo dizer... Cisnes e pavões! Pergunto-me se você está preparado para admitir isso."

"Admitir isso?"

"Fora das *Confissões*, *sir* Oliver."

A srta. Sinquier levou rapidamente a mão à taça.

"Não, não, não, não, nada de vinho!", exclamou, "alguma coisa mais leve...".

"Que seja! Nosso primeiro jantarzinho."

"Oh, *sir* Oliver!"

"E que não seja, creio eu, nosso último."

"Gosto tanto disso — de sair."

A sra. Sixsmith deu um tapinha em sua cachorra com o leque, bem entre os olhos do animal.

"*Couche-toi*[6]", advertiu.

"O que poderia afligi-la?"

"Ela imagina ter visto Paul."

"Camarada sem valor!", exclamou *sir* Oliver.

"Eu era a costela dele, *sir* Oliver."

"Esqueça isso."

"Não consigo esquecer."

"J-j-j—"

"Ainda nesta manhã, colidi com ele — bem do lado de fora do Café Royal..."

"Imprestável."

"Ele parecia soberbo. Ah, tão elegante; polainas, calça de alfaiataria, o resto em um tom de índigo profundo. Lembrando um russo."

"Quem?"

"Meu marido-ator, Paul. Ali. Basta alguém dizer o nome dele que Juno abana o rabinho."

"Com quem ele está no momento?"

"Com Sydney Iphis."

"Ontem fomos ver a sra. Starcross", comentou *sir* Oliver.

"Ela não tem atrativos."

"Ah, desejo vê-la", murmurou a srta. Sinquier.

"Pelo que pude entender, minha jovem querida dama, você tem uma comichão pela ribalta."

A srta. Sinquier começou a comer as migalhas aleatoriamente.

6 "Deite-se".

"Só Deus sabe!", exclamou.

"*C'est une âme d'élite*[7], *sir* Oliver."

"Você não tem nenhuma experiência?"

"Não."

Sir Oliver recusou um prato.

"Nós, os velhos...", lamentou. "Um dia, eu e o palco fomos muito próximos."

"Mesmo agora, *sir* Oliver, o senhor ainda tem seu gingado."

"Gingado, g-g-g; entre o maldito lote inteiro, quem ainda persiste além, talvez dos Marys?"

"Fique com os Marys. Uma palavra para eles: apenas pense que dádiva!"

"Não seria assim tão fácil."

A srta. Sinquier apertou suas mãos.

"Ouve-se falar deles com frequência, claro."

"O sr. e a sra. Mary ganharam reputação por todo o reino", disse a sra. Sixsmith, impressionada, perguntando-se (como uma intermediadora) que comissão deveria pedir.

"A sra. Mary, ouso dizer, já não é o que um dia foi."

"A sra. Mary, *aujourd'hui*, já perdeu muito do valor, estagnou-se, talvez, mas ainda tem muito magnetismo. E um coração quente e rápido nunca bate em um peito qualquer."

"Em seus dias de juventude, *sir* Oliver — mas você não a teria visto, é claro."

Os olhos do baronete perderam o brilho.

"Na minha juventude", disse ele, "ela era a própria formosura... cheia de alegria. Lembro-me bem dela como a 'esposa' em *Macbeth*; asseguro-lhe que ela era totalmente sem princípios".

"Passados alguns razoáveis anos", refletiu a srta. Sinquier, "ela naturalmente não preencheria muitos papéis juvenis — o que seria uma bênção".

---

7 "É uma alma de elite".

"Ela também os representa com frequência."

"Ela costumava deixar Paul doente...", pôs-se a dizer a sra. Sixsmith, porém interrompendo com discrição sua fala. "Oh, escute", murmurou, olhando para a banda de músicos negros e começando, despreocupada, a cantarolar.

"Que música é essa?"

"É a *Belle de Benares...*

> Minhas outras mulheres todas, amarelas, brancas ou negras,
> Sob seu encantamento, deve-se cair de joelhos,
> Assim como fazem todos os tipos de elefantes
> diante do elefante branco Buitenack.
> E tu, sozinha, terás a mim,
> Jimminy, Gomminy, iiii, iii, iii,
> A Gomminy, Jimminy, iii.

"Serephine, você não está comendo nada."

"Estou esperando pela *pâtisserie*, *sir* Oliver."

"Que desagradável."

"O padre Francis me proíbe de comer carne; é uma pequena novena que ele me obriga a fazer."

> O grande Jaw-waw que governa a nossa terra,
> E o perolado mar Índico,
> Não tem o controle *absoluto*
> Que tu tens sobre mim,
> Com uma Jimminy, Gomminy, Gomminy,
> Jimminy, Jimminy, Gomminy, iii.

"Falando em pérolas...", *sir* Oliver dirigiu-se à srta. Sinquier, "estou ansioso pelo privilégio de, em pouco tempo, avaliá-las por mim mesmo".

"Elas estão na cabeça dela, *sir* Oliver!"

Sir Oliver assustou-se quando uma bandeja passou, inesperadamente, acima e por trás dele.

"Antes de abordar alguma empresa da cidade, é possível que *lady* Dawtry fique lisonjeada com a oportunidade de adquirir para si as joias dessa pobre criança", disse a sra. Sixsmith.

"*Lady* Dawtry!"

"Por que não?"

"*Lady* Dawtry raramente usa ornamentos; muitas vezes quis que usasse."

"Pergunto-me se você não *insiste*."

Sir Oliver suspirou.

"Várias vezes", disse ele, "pedi a ela que fosse mais espetacular — mas ela não cedeu aos meus pedidos".

"Como as mulheres diferem entre si!" A sra. Sixsmith escondeu um sorriso.

"Com certeza."

"Meu pobre velho amigo...?"

Sir Oliver virou-se.

"Notei que a srta. Peters está aqui hoje à noite", disse ele.

"Whipsina?"

"Com dois jovens."

"*Un trio n'excite pas de soupçons*[8], como dizem."

"Eles, sim..."

"O senhor tem um programa no momento, *sir* Oliver?"

"Tenho um reservado no Kehama."

A srta. Sinquier pareceu trágica.

"Já terá começado!", disse ela.

"Como variedade, o último é o melhor, sempre."

"Jamais aprecio perder *nenhuma* parte."

"Meu bem, você perderá muito pouco; além disso, é muito cedo para se demorar em um jantar longo."

8 "Um trio não levanta suspeitas."

"Toc, toc; não penso assim", objetou *sir* Oliver.

A sra. Sixsmith dobrou o leque.

"Sinto que estou sentada *à la chaste* Suzanne no balde de gelo mais próximo!", exclamou ela.

VIII

A mansão dos Marys — Maryland, como era conhecida por íntimos e frequentadores — ficava no fim do Gardingore Gate, de frente para o parque.

A meio caminho da rua estreita, descendo do lado da Knightsbridge, era possível um vislumbre da parte dos fundos, bem assentada, em sua faixa de jardim com uma cortina farfalhante de álamos diante da porta.

Erguida em fins do século XVIII para servir de retiro a um ministro deposto, a casa, com sua morte, passou a ser residência de um membro menor da Casa Real, de cujos executores se transferiu, a seu tempo, às mãos do primeiro casal histriônico da Terra.

Uma trilha de cascalho estendia-se a partir de duas esfinges grotescamente pequenas e levava, passando por uma fonte, a uma casa de fachada reta e sóbria, em estilo grego.

Movimentando-se com recato, adiantada em poucos minutos da hora telegraficamente especificada pela dona da casa, a srta. Sinquier, trajando vestido de verão com um laço que imitava uma grande borboleta dourada sob o queixo, tocou o sino da Casa Mary.

Algum dia, outros postar-se-iam diante do próprio portão, com o coração batendo como um martelo...

Um serviçal magro atendeu à porta.

"A sra. Mary está...?"

"Por favor, por aqui."

A srta. Sinquier seguiu-o.

O vestíbulo estava vazio, a não ser por um sarcófago de pórfiro que continha cartões de visita e algumas cadeiras duras, ainda obviamente presas à tradição real.

À direita e à esquerda da ampla escada, duas pinturas colossais de batalhas, de Uccello, estavam milimetricamente separadas por um recesso com pedestal no qual repousava, à maneira de uma santa, um busto da sra. Mary como Medusa.

A srta. Sinquier, seguindo bem de perto o serviçal, foi levada a uma sala cujas janelas davam para o parque.

"A sra. Mary ainda não terminou o almoço", disse o homem quando saiu. "Mas não deve demorar-se mais do que alguns minutos."

Escolhendo para si uma cadeira com o encosto adequado à ocasião, a srta. Sinquier preparou-se para esperar.

A sala era planejada irregularmente, mais como um mezanino, interligado aos outros cômodos por um grande arco. Nos painéis de madeira pintados estavam pendurados tapetes orientais brilhantes, nos quais guerreiros montados em cavalos fantásticos perseguiam animais selvagens que fugiam desordenadamente pelas matas claras de maio. Algumas frágeis cadeiras francesas formavam um semicírculo ao redor de uma cama Luís XVI — ornamentada em relevo com figuras geométricas repetidas e simétricas, com pilares maciços de madeira dourada entalhada com esmero — e que agora fazia as vezes de banco. Cerâmicas persas e de Pesaro com relvados "eternos", leques de pena, estranhas conchas do mar, pedaços de *blue--john*[9], blocos de malaquita, pedacinhos de coral, imagens em jade enchiam *guéridons* e *étagères*[10]. Um retrato da sra. Mary feito por Watts estava suspenso sobre o nicho da chaminé, de onde também vinha o tiquetaquear de um relógio imponente.

"O covil da velha garota, sem dúvida!", pensou a srta. Sinquier, erguendo os olhos em direção a um teto esculpido que descrevia o zodíaco e a Via Láctea.

---

9 Pedra semipreciosa encontrada na caverna de Blue John, na Inglaterra.

10 "Gueridom", um tipo de mesa de apoio, e "prateleiras".

De língua à mostra e rosto virado para cima, seria caso de eterno constrangimento que a sra. Mary, adentrando silenciosamente a sala, a tivesse surpreendido.

"Olhe à sua esquerda."

"Oh?"

"E você verá isso — um trígono de Marte. A Sétima Casa. A Casa do Casamento. A Casa da Felicidade."

"Oh! Sra. Mary!"

"Você gosta de astrologia?"

"Sei muito pouco sobre corpos celestes."

"Ah! *Não* fique tão ansiosa aí."

A srta. Sinquier encarou a anfitriã.

A sra. Mary era grande e robusta, com feições autoritárias e postura ereta. Ela vestia um Redfern de um tom azul "náutico" bastante rendado. A mão, longa e branca, curvada e cheia de joias, repousava, como se estivesse paralisada, sobre o peito.

Sentando-se de modo majestoso, convidando, com o olhar, a srta. Sinquier a fazer o mesmo, a eminente atriz avaliava a visitante com um olhar vagaroso, frio e seco.

"Então você é a 'ratinha' dele!..."

"De quem?"

"'A segunda Siddons' de *sir* Oliver."

"Na verdade..."

"Bem, e qual é o seu forte?"

"Meu forte, sra. Mary?"

"Comédia? Tragédia?"

"Ambos. Tanto um quanto o outro afloram facilmente."

"Você não tem nenhuma preferência?"

"Contanto que o papel seja bom."

"'Sarah'! Você tem ascendência judia? — as Sarahs algumas vezes têm!"

"Ah, não."

"Conte-me alguma coisa do seu círculo familiar. Você tem irmãos, irmãs?"

"Nenhum dos dois."

"Seu coração está livre?"

"Bastante."

"Os palcos são novidade para você, suponho."

"Com certeza."

"Fique de pé, por favor."

"Tenho um metro e cinquenta."

"Diga 'Abissínia'."

"Abissínia!"

"Como eu imaginava..."

"Nunca estive lá."

"Agora diga 'Joan'."

"Joan!"

"Você é da comédia, minha querida. Distintamente! E, agora, sente-se."

A srta. Sinquier engasgou.

"Você sabe que trabalhamos com repertório, suponho?"

"É claro."

"Para papéis que seriam de Jane Jacks, você deverá servir."

"Ela está desistindo?"

"Infelizmente, ela é obrigada. Acabou de ter outro bebê, pobre coitada."

"Quais eram os papéis dela?"

"Em *A acanhada srta. Bardine*, a governanta era um deles."

"Oh!"

"E em *Lara*, a órfã. Esse papel deve lhe caber bem", murmurou a sra. Mary, levantando e pegando um pacote de folhas impressas em um armário.

"São trapos?"

"Trapos?"

"Talvez ela... Ela podia usar um vestido de noite?"

"Não se preocupe com o vestido dela. Deixe-me ouvir como você dirá as falas", disse a sra. Mary, de forma ácida, colocando nas mãos da srta. Sinquier a brochura da peça.

"Gostaria de saber minha deixa."

"Um piar de pássaros é tudo. Agora você está no jardim de lorde e *lady* Lara — nas cercanias de Nice. Comece."

"*Oh, as sebes estão repletas de rosas!*"

"Fale."

"*Oh, as sebes estão repletas de rosas! Que perfume.*"

"E não faça isso."

"As instruções são: *'ela se curva'.*"

"Continue!"

"O que vem depois?"

"Uma surpresa."

"*Oh! Sir Harry!*"

"Prossiga."

A srta. Sinquier reclamou.

"Como posso, se não sei o enredo?"

"O que isso importa — o enredo?"

"Além disso, sinto-me pronta para algo mais forte."

A sra. Mary acariciou as lombadas de seus livros.

"Então fique com a escrava em *Arsínoe* e eu lerei as falas da rainha."

"Essas perninhas, sra. Mary, ficariam estranhas enfiadas em uma calça justa."

"Pense menos no seu figurino, querida, faça; e aprenda a fazer o que lhe dizem. Comece!"

"Arsínoe abre."

"Arsi...? Então, ela abre. Você deve entender que estamos no Egito, nos domínios de Ptolomeu Filadelfo, às margens do Nilo. Eu começarei.

"*Parem... Parem a música. Arisba! Lotos! OBRIGADA.*

E para tuas dores aceita este enfeite de marfim...
Este há de ser falado em Tebas, cidade de tantos portões
O que Arsínoe significa?
O vento do deserto...
Escutai!
Parece-me que explodirá a noite inteira;
Açoitando todas as albízias próximas da Grande Pirâmide de
Quéops;
Lançando sombras sobre suas paredes de pedra.
Sob o lamento das carpideiras
Partindo os escaravelhos da tumba do príncipe Kamphé.
Seu fim repentino... tão estranho;
Osíris assola nossa terra. Kamphé e a pequena Ti (sua
filha-esposa)
Ambos mortos em sete dias. Ah, e eu, eu temo
Alguma traição dos sacerdotes; mas veja! O que é isso agacha-
do?... Paz, tolo!"*
"*Eu não falei... Ó rainha.*"
"*BASTA. Tu me enfraqueces.*"
"*Irei.*"
"*Fique ainda! Onde está teu senhor?*"
"*Infelizmente! Não sei.*"
"*Então vai — sai daqui!*"
"*Assim farei.*"

"... Fale em tom de lamúria", a sra. Mary ordenou.

"O quê, sra. Mary?"

"Deixe-me ouvir esse -rei: fa-rei. Faça soar a ameaça.

"Assim fa-rei."

"*Ó coração vivo*", a sra. Mary andava abruptamente pela sala. "*Ó peito tumultuado que lateja. Ai! Quanto pesas em mim?...*"

Ela virou-se.

"Escravo!"

"Eu, sra. Mary?"

"Venha. Venha."

"O escravo não está."

"Psiu, menina. Então traga o *duque*!"

"*Mais bela...*"

"*Grande Hórus!... O quê! De volta da Etiópia e o exército núbio! O quê! De fato, não é Ismenias...?*"

"*Escute.*"

"*Ptolomeu desertou?*"

"*Mais bela...*"

"*Ó deuses do Egito...*"

"Alguém a solicita, sra. Mary."

"Solicita a mim?"

"O chofer, acredito eu."

"O carro, madame", anunciou um serviçal.

"Ah!", disse ela sem emoção. "Um compromisso, receio. Mas venha me ver novamente. Venha um dia ao teatro. Nossa porta lateral fica na Sloop Street, uma *rua sem saída* da Strand."

E a sra. Mary, segurando a saia, assentiu e retirou-se.

IX

"Engraxar as lindas botas dela? Eu é que não!", disse a srta. Sinquier a si mesma, quando dava as costas à residência dos Marys para seguir a oeste, atravessando o parque.

Ela deveria encontrar-se com a sra. Sixsmith em certo clube em Hay Hill por volta do entardecer para saber se *sir* Oliver fizera alguma oferta tentadora por suas pérolas.

"Se pudesse escolher, acredito que ficaria com elas", murmurou para si mesma de forma incoerente enquanto cruzava a rua.

Era uma tarde abafada.

Sob as árvores baixas que abrigavam o caminho, a srta. Sinquier abriu a sombrinha e diminuiu a velocidade.

Os rododentros, em touceiras vívidas de cores novas e leves, cobriam orgulhosos o chão onde estavam. Acima, o céu ostentava puro azul. Caminhou um pouco em direção ao Stanhope Gate, quando, invadida pela fragrância pungente dos heliotrópios e xênias, se sentou, serena, num banco.

Ao longe, perto do Serpentine, uma mulher pregava de uma árvore para uma pequena plateia reunida sob sua copa. Como ela parecia primitiva, ao balançar os braços para argumentar, enquanto um boá de penas, dispensado, enrolado em um ramo mais alto, balançava como se fosse uma píton preta no ar.

A srta. Sinquier ficou ali sentada até o pôr do sol.

Encontrou sua amiga ao chegar a Hay Hill, em meio a bolinhos e chá.

"Eu a dava por perdida. Pensei que tinha se extraviado", exclamou a sra. Sixsmith, erguendo o véu com dedos de unhas muito bem-feitas e repletos de anéis de metal oxidado.

"Eu estava cochilando no parque."

"Criança sonhadora."

"Fiquei até com sardas na nuca."

"Você visitou a mamãe Mary?"

"Sim."

"E como foi?"

"Bem, nada; ela me ofereceu o que restou da srta. Jack."

"Isso não é bom o bastante."

"E sobre *sir* Oliver?"

"Eu mal sei como lhe dizer."

"Ele...?"

A sra. Sixsmith assentiu.

"Ele fez uma oferta de 2 mil libras", respondeu ela triunfante, "apenas pelas pérolas".

"Duas mil libras!"

"Chame de 'três zeros'."

"Certo!"

"Considere o crédito comercial que essa quantia lhe garantirá..."

"Eu devo fazer a Julieta."

"Julieta?"

"Deve ser por uma temporada."

"Deixe-me agendar o teatro para você."

"Isso é um sonho?"

"Encontrarei para você atores — grandes artistas."

"Oh, Deus!"

"E, veja bem, tenho esperanças de conseguir um bom valor também pela prata. *Sir* Oliver está encantado com as colheres — com a colher de Barnabé, em especial. Disse que nunca viu coisa tão refinada. Um lindo e pequeno Barnabezinho, em todos os sentidos a expressão do êxtase de um pequeno pecador."

Os olhos da srta. Sinquier brilharam.

"Eu quero aquele garoto."

"O quê— que garoto?"

"Harold Weathercock."

"Você o deseja?"

"Para ser meu Romeu, é claro."

"Depende de o Dream liberá-lo."

"Isso precisa acontecer! Vai acontecer!"

"Ficarei de olho nele e o sondarei, se você quiser."

"Faremos isso juntas."

"Muito bem."

"Você sabe onde ele mora?"

"Na Foreign-Colony Street. Ele e um amigo, Noel Nice, dividem um estúdio lá. Infelizmente, não para pintura! É para lavar."

"O quê?"

"Eles o transformaram em uma pequena lavanderia. E, quando não estão atuando de verdade, eles lavam. Oh! É de deixar a pessoa doente quando o sr. Nice cospe no seu ferro de passar e diz 'Pá!'."

"Eles têm alguma conexão?"

A sra. Sixsmith olhou para o próprio vestido.

"O sr. Sixsmith frequentemente manda coisas para eles... pequenas", respondeu ela. "Sua roupa é seu orgulho. Você deveria anexá-lo à sua lista, talvez. Ele já fez o papel de Mercúcio uma vez."

"Ele é lindo?"

"Paul? Ele é mais interessante do que lindo. *Incomum*, se você me entende..."

"O que *aconteceu* para que vocês se separassem?"

"Acredito que eu o magoei."

"Você fez isso!"

"Primeiro, ele correu atrás de mim com os ferros da lareira!"

"Acredito que você tenha o chateado?"

"O patife!"

"Alguma coisa me diz que você ainda gosta dele."

A sra. Sixsmith pegou um pequeno caderno de notas da bolsa e escreveu nele.

"... O divino Shakespeare!", suspirou.

"Pretendo fazer sucesso com ele."

"Ouça-me..."

"O quê?"

"Meu conselho para você é: contrate uma casa de shows — a Cobbler's End, por exemplo — por três meses, a um aluguel razoável, com o direito, se você desejar, de sublocá-lo."

"É tão distante..."

"Defina 'tão distante'."

"Blackfriars Bridge."

"Não tenho dúvidas de que, pagando uma fortuna, você conseguiria encontrar um lugar mais central, se quisesse esperar. O Bolivar Theatre, ou o Cone... No Cone há uma passarela do auditório para o palco. Assim, sempre que quiser, você pode sair direto para a primeira fileira."

"Quero minha temporada de uma vez", disse a srta. Sinquier.

A sra. Sixsmith brincou com seus anéis.

"O que você acha", perguntou ela, "de fazer uma estreia informal (antes das bênçãos 'reais'!) no 'Adeus' de Esmé Fisher na próxima semana?".

"Por que não?"

"Alguns dos mais brilhantes destaques do palco aceitaram aparecer."

"Eu gostaria de indicações."

"Enviarei um bilhete à secretária, a srta. Willinghorse, de imediato", murmurou a sra. Sixsmith, mantendo Juno debaixo de seu braço e procurando algum tinteiro ao redor.

"Mande isso depois, do Café Royal."

"Não posso mais ir ao Café Royal", disse a sra. Sixsmith. "Devo dinheiro lá... para todos os garçons."

"Espere até depois de termos visto os Washingtons."

"Os Washingtons? Quem são eles?"

"Você não sabe?"

"Além disso, estou com uma leve enxaqueca", disse a sra. Sixsmith, escolhendo ela mesma uma pena.

"O que posso fazer para melhorar isso?", perguntou-se a srta. Sinquier, pegando um jornal, quando sua amiga começou a escrever.

Encabeçando a lista de dores, algumas iniciais chamaram sua atenção.

"*S—h S—r*. Volte. Tudo será perdoado", leu ela.

"Não consigo escrever uma carta, enquanto você fica fazendo esses barulhos esquisitos", reclamou a sra. Sixsmith.

"Não quis atrapalhá-la."

"Onde vamos jantar?"

"Onde é o lugar maravilhoso para ir?"

"Que tal um restaurante de carnes?"

"Não me importo."

"O Piccadilly? Ambas estávamos a ponto de ir para lá."

A srta. Sinquier fez uma careta.

"O restaurante de carnes no Piccadilly não vai curar uma enxaqueca", observou ela.

X

Ver, do quinto andar de um pátio de lavanderia na Foreign-Colony Street, no Soho, Diana surgir enevoada acima de uma *chemise* úmida havia levado todo o bairro de Chelsea (e parte de Paris) a estudar as ilusões causadas por efeitos atmosféricos a partir dos vertiginosos varais daqueles versáteis rapazes, Harold Weathercock e Noel Nice.

Uma necrópole durante a Ressurreição, ou alguma visão temperamental de Blake, era o que o local parecia sob os raios evanescentes da lua.

Camisolas, ao cair da noite, transformavam-se em orgulhosos torsos de ninfas ou musas esculpidos por Praxíteles: calças e peças de magazine, com uma lufada de ar, produziam piruetas e executavam um balé fantasma de dom João[11].

Além dos varais, havia um relicário em forma de pagode chinês, armado de modo extravagante, guardando um Buda dourado — uma alfinetada e um símbolo de devassidão para o convento das Ursulinas, cujo pátio de recreação ficava logo abaixo.

Ali, em determinado horário, no qual a madre superiora tendia a caminhar em torno de suas conservas, um jovem de bigodes frequentemente vinha trazer ofertas cerimoniais de arroz ou linho recém-lavado e, estirando-se ao pé do pequeno altar, rolava no chão e batia os punhos contra o solo, como se sofresse de uma mortal angústia por seus pecados perante o olhar fascinado da religiosa. Ali, também, de tempos em tempos, festividades aconteciam — danças (ao som de um piano-órgão) ou *petites soupers*[12] amigáveis depois da peça.

11 Personagem da peça *Muito barulho por nada*, de Shakespeare.
12 Pequenos jantares, ceias.

Uma escada de ferro ligava o telhado aos escritórios e apartamentos abaixo.

Subindo por ela à luz das estrelas, a sra. Sixsmith e a *Nova Julieta*, alegres depois de certo restaurante de carnes, avançavam audaciosamente, com seus gritos brincalhões tornados inaudíveis pelos sons de uma valsa travessa que descia sobre elas, vinda do piano-órgão acima.

Peças de linho aninhadas perto de uma corda acima de suas cabeças brilhavam palidamente na escuridão como pombas empoleiradas.

"Socorro... Oh! Ela está caindo", gritou a sra. Sixsmith. "O senhor está aí, sr. Nice?"

"Dê-me sua mão", implorou a srta. Sinquier.

"Se ela machucar a coluna..."

"O-pa!", exclamou a srta. Sinquier, subindo desajeitadamente até o topo.

Londres fulgurava com suas luzes para além da frágil cruz de filigrana no muro caiado das Ursulinas. Do Old Boar and Castle, do outro lado da rua, a luz era uma perfeita inundação. E ao longo de toda a margem curva do rio, de Westminster até a catedral de São Paulo, brilhavam lâmpadas, lâmpadas, lâmpadas.

Passando um braço pela cintura "de vespa" da amiga, a sra. Sixsmith girava-a habilmente ao som de uma ária selvagem vinda da rua:

> Eu gosto do seu jeito,
> Gosto de seu estilo,
> Você é minha querida...

ela murmurou enquanto o órgão parava.

"Vieram encerrar a noite?"

Um homem pequeno, atarracado, grisalho, com olhos escuros e estéticos e nariz rosado, talvez como resultado de ser continuamente pintado para propósitos de teatro de revista, dirigiu-se às senhoras ofegantes com voz sonora e inquisitiva.

"É o *senhor*, sr. Smee?", perguntou a sra. Sixsmith, surpresa.

"Chame-me 'Shawn'."

"Só viemos a negócios."

"Não! Você me faz rir."

"Então... ria", disse a sra. Sixsmith serenamente, apoiando o joelho esquerdo em um barril de cerveja vazio.

"Eles ainda não voltaram do teatro."

"Toque para nós até que cheguem."

O sr. Smee afastou da testa franzida uma mecha de cabelo.

"Quando as senhoras saírem", disse ele, "apenas darei uma passada pelo Old Boar and Castle e comerei alguma coisa no bar".

"Não fuja, sr. Smee. O senhor realmente não deveria ir. Nos telhados, dizem, é que se encontram *gatas*."

"Oh, céus."

A sra. Sixsmith pôs a mão na cintura ao estilo de um jovem João.

"Quanto tempo faz — diga-me — desde que nos vimos pela última vez?", perguntou ela. "Nunca mais desde o meu casamento, creio eu."

"O que foi feito daquelas suas damas de honra jovenzinhas?", perguntou cautelosamente o sr. Smee.

"Gerty Gale e Joy Patterson? — Certamente não faço ideia."

"Oh, céus!"

"Bem, como está indo o mundo para o *senhor*, sr. Smee?"

"Mais ou menos. Estive viajando em turnê. Mildred Milson e Companhia. Oh! Meu Deus — foi... assim que chegamos a Buxton — em Derbyshire — a srta. Milson caiu doente e teve de ser deixada para trás."

"O que houve com ela?"

"Insolação... no feriado alguém da companhia alugou um *char-à-banc* de três cavalos e foi de Buxton até as cavernas Castleton — minha nossa. Quantos morros! — e de lá fomos dar uma rápida olhada em Chatsworth, aonde a srta. Milson chegou passando mal."

"E como vai a sra. Smee?

"Mais ou menos."

"Não a vemos mais ultimamente."

"Ela passa o dia todo sentada lendo romances russos. Isso é que é depressão!"

"Mesmo?"

"Ah, é sim!"

"Bem... eu gosto de leituras profundas e teosóficas, também, sr. Smee", disse a sra. Sixsmith. "Madame Blavatsky e a sra. Annie Besant são ambas minhas favoritas."

O sr. Smee ergueu um polegar eloquente.

"Quem você traz consigo?"

"É uma amiga especial."

"Casada?"

"*Mon Dieu*", disse a sra. Sixsmith, duvidosamente, "*je crois que c'est une pucelle*"[13].

"Nunca!", arriscou o sr. Smee, completamente perplexo.

"*Fie donc. Comme c'est méchant.*"[14]

"*Oui, Oui.*"

A sra. Sixsmith deu uma risadinha.

"Ela vai começar a administrar uma companhia muito em breve."

"Swank?"

"Estamos procurando um Romeu, sr. Smee."

"Vamos, vamos!..."

13 "Meu Deus, acho que ela é virgem".
14 "Pois confie. Como você é malvado".

"Não faça essa cara, sr. Smee... ninguém está chamando o senhor", murmurou a sra. Sixsmith.

O sr. Smee coçou a cabeça, pensativo.

"E vocês estão atrás de quem?", perguntou ele.

"Pensamos que o sr. Weathercock poderia servir."

"Deus deu a ele boa aparência, mas nenhum cérebro", declarou o sr. Smee, enfaticamente. "Não tem mais miolos que uma vaca no pasto."

"O rosto dele é realmente encantador", suspirou a sra. Sixsmith. "Quanto ao cérebro, sr. Smee... — ora, vamos!"

"Quem fará a condessa?", perguntou ele.

"*Lady* Capuleto? Ainda não está definido."

"Por que não testar minha esposa?"

"Ela já fez Shakespeare antes?"

"Desde que começou a andar; em *Sonho de uma noite de verão*, quando ainda não tinha 2 anos, ela foi o Inseto de asas douradas."

"Que doçura!"

"Certamente..."

A sra. Sixsmith juntou as mãos como numa prece.

"E no sr. Smee", disse ela, "posso ver os traços de um bom frei Lourenço!".

"Como assim?"

"Com alguns *concetti*[15] bem escolhidos."

"Nossa!"

"Posso ver a cela solitária, a garrafa de Chianti, o crucifixo..."

"Céus!"

"Eu vejo Verona... o céu tórrido... a cidade íngreme, subindo, subindo, subindo. Ouço a ama ofegante. Ela bate à porta. Seus olhos de padre brilham. Ela entra, a blusa entreaberta — uma perfeita vendedora ambulante. Você baixa seu capuz... Chianti?

15 Tiradas.

Ela balança a cabeça negativamente. Benedictine? Não? Não! Um pouco de Chartreuse, então? Certamente não! Nada... você a enlaça pela cintura. Os gritos dela 'chegam até' *lady* Capuleto e sua filha, na cidade distante, a caminho da missa. Romeu entra. Então!"

A sra. Sixsmith interrompeu-se quando o sr. Weathercock e um rapaz de cabelos cacheados surgiram nas escadas seguidos por uma mulher envolta em metros de tecido e por uma criança de rosto pálido.

A sra. Sixsmith buscou o braço da srta. Sinquier.

"Escute-me, minha querida!", disse ela.

"Sim?"

"Escreva."

"O quê?"

"Escreva."

"Por quê?"

"Porque temo que estejamos agindo como intrusas."

"Intrusas?", exclamou Harold Weathercock, acabando de subir. "Eu lhes asseguro que é um prazer..."

A sra. Sixsmith olhou de soslaio, intrigada, por cima do ombro.

"Quem é o padre de roupa pregueada?", ela quis saber.

"É a pequena Mary Mant — ela está levando a irmã para casa."

"Oh! Essa é a Ita?", murmurou a sra. Sixsmith, aproximando-se para abraçar a srta. "Ita Iris", do Dream.

A srta. Sinquier atacou.

"Estou fazendo uma temporada", começou ela sem nenhum preâmbulo. "E gostaria de convencê-lo a juntar-se..."

"Protagonista?"

"Sim."

"Seria bom representar para você", disse sr. Weathercock.

"Harold!"

A srta. Mant dirigiu-se a ele baixinho.

"Bem…"

"Doce marido…"

"Desembuche!"

"Dê-me um cigarro."

"Mary!", sua irmã chamou.

"Rápido! Por causa de Ita."

"Mary Mant."

A srta. Mant tombou de lado, desdenhosamente, a cabeça ultragrande e pálida.

"Por que você precisa me insultar, Ita?", perguntou ela com amargor. "Você *sabe* que sou a srta. Iris."

"Eu sei que você é a srta. Mant."

"Não, *não* sou."

"Sim, você é."

"Não, não sou."

"Estou lhe dizendo que você é!"

"Mentirosa!"

"M-A-N-T!"

"Oh, chega.", disse o sr. Smee. "Deixem disso."

"Eu sou Réné Iris."

"Réné Ratos."

A sra. Sixsmith parecia indiferente.

"Aquilo é uma tina de lavar roupa?", perguntou ela.

"Claro."

"O que é aquela coisa estranha flutuando, feito o fantasma de uma criança não nascida?"

"Pertence à sra. Mary."

"Há um boato — ela recusa uma fortuna para se mostrar no teatro de revista."

"Com seu passo de cavalo de carruagem funerária…"

"Psiu — Harold a idolatra."

"Oh, não."

"Talvez ele veja nela coisas que não vemos."

"Para algumas pessoas", disse a sra. Sixsmith, "suponho que ela ainda esteja em plena flor...".

"Se não fosse por sua silhueta, que é realmente uma desgraça."

A srta. Iris sorriu.

Tinha a boca cansada, contrastando vivamente com o frescor artificial dos dentes.

"Quando eu chegar ao meu zênite", declarou ela, "será Adeus".

"Você vai ajudar na peça da pobre Esmé Fisher?"

"Umas duas músicas — e só."

A sra. Sixsmith desviou o olhar.

"Naturalmente", estava dizendo a srta. Sinquier, "não se pode esperar que seja um sucesso imediato. Mais que — talvez — apenas um pouco!".

"Com um homem que saiba o que faz na bilheteria..."

"Alguém com um nariz grande e uma vontade de ferro, hã?"

O sr. Nice ergueu um ferro enferrujado e limpou-o na perna da calça.

"Em minha opinião", disse ele, "associar-se a um clássico santificado é um erro enorme. E por que começar uma temporada pelo caminho trágico?".

"Porque..."

"Suponha que seja um fracasso."

"Oh!"

"Suponha que seu empreendimento fracasse. Suponha que a coisa não dê certo."

"E então?"

"Há uma comédia leve, de minha autoria, que pode lhe servir."

"Sua!"

"Chamada *Doce Maggie Maguire*."

"Diga-me por que ela era doce, sr. Nice", suplicou a sra. Sixsmith.

"Por que ela era doce? Realmente não sei."

"Ela era sentimental?..."

"Ela era uma inválida. Uma beldade confinada ao leito... e, obviamente, o herói é um médico."

"Oh! Céus!"

"Alguém em casa?"

Uma voz cansada subiu até eles, vibrando, vinda de algum lugar abaixo deles.

"Quem vem lá?"

A sra. Sixsmith teve um sobressalto.

"Parece a voz do meu marido", disse ela, com um movimento nervoso e involuntário das mãos.

"Eu tinha me esquecido", disse o sr. Weathercock. "Ele mencionou que poderia dar uma passada."

"Oh!"

"Eu cairia fora!", aconselhou a srta. Iris.

A sra. Sixsmith permaneceu onde estava, paralisada.

O luar caiu em cheio sobre ela, fazendo com que suas feições parecessem cansadas e abatidas.

O rumor correu como um incêndio. O rei nomeara cavaleiro — nomeara cavaleiro — por qual acidente? — o sr. Mary, no lugar do sr. Fisher, na própria despedida do sr. Fisher. Nos anais do palco, tal ocorrência era inédita, única.

A agitação na sala de descanso, na coxia, era intensa.

"Hum! Ele não é o brimeiro a dar seus di-di-di-rei-tos de br-r-r-imogênito bor um brato de mingau!", comentou Yvonde Yalta, querida pelos frequentadores de teatro, enquanto se aprontava com um conjunto extravagante de mangas, um *bandeau* preto e brilhante cobrindo seu cabelo louro e curto.

"Um prato de ensopado!", disse alguém próximo a ela.

"Você está me corrigindo? Ah, 'brigada! Eu estou tão grata, tão, *tão* grata", murmurou a criatura encantadora enquanto se afastava.

Do auditório veio uma risadinha abafada.

A cortina subira por alguns poucos minutos para *mademoiselle* Fanfette e *monsieur* Coquelet de Chaussepierre, do *Théâtre Sans Rancune*, na *comedietta Sydney*, ou *Não há como resistir a ele*.

"É extraordinário, nunca vi um homem ser ordenado cavaleiro", murmurou uma dançarina, "e já vi um bocado de coisas...".

"Como eles fazem?"

"Assim", respondeu uma morena resplandecente, dando um tapinha dissimulado em sua interlocutora com as costas de uma escova.

"De todos os comuns...!"

"Senhoras! Senhoras!"

"Quem estava na frente na hora?"

"Eu estava", respondeu a sra. Sixsmith, que acabara de espiar para trocar algumas palavras com sua amiga.

"Você estava?"

"Eu estava vendendo doces no vestíbulo e vi tudo. De verdade! Se eu viver o bastante para ser uma velha, não vou me esquecer disso. O sr. Mary — *sir Maurice* — estava no saguão, conversando com Sylvester Fry, do *Dispatch*, quando o grupo real chegou. O rei notou-o de imediato e mandou alguém de seu grupo, um tanto imprevisivelmente, ao que pareceu, chamá-lo, e num instante... Oh!... E eu *nunca* vi a rainha tão encantadora. Ela tem um vestido dourado que se transforma em branco nas mais diversas e requintadas nuances..."

A sra. Sixsmith estava estupefata.

"Uma roda", disse a camareira da srta. Sinquier, de modo desrespeitoso, "como o pobre homem foi capaz de dizer? Os dois coitados — Deus me perdoem — estavam igualmente nas últimas".

A srta. Sinquier estremeceu.

"A casa está boa?", perguntou.

"Esplêndida! Do lado de fora, eles estão comandando cinco palcos 'cheios'... Não há um único lugar vazio. Pobre Sydney Iphis, pagou meio guinéu por um lugar na passagem."

"Você está aqui sozinha?"

"Estou com *sir* Oliver Dawtry", respondeu a sra. Sixsmith, "exceto quando estou correndo por aí!... Posso vender alguma coisa para alguém?", perguntou ela, subindo de forma considerável o tom de voz. "Baunilha! Caramelo! Chocolate!... Confeitos!", cantarolou.

"Quanto você fez?"

"Só 18 centavos até agora; — dados por algum anjo!"

"Confeitos, foi o que você disse?", perguntou uma mulher baixa, interessante e de rosto arredondado.

"Apesar do disfarce! Se não é Arthurine Smee!"

A atriz parecia espantada.

A natureza tinha jogado sobre seu lábio e bochecha duas verrugas grandes e claras que davam à sua fisionomia, de uma forma ou outra, um grau incomum de expressão.

"Meu marido está esperando notícias suas", disse ela, "como agente dessa *srta. Sin...* —, a nova estrela com o nome impertinente, e tudo o que eu poderia fazer, no meu entender, seria como um *Compromisso duplo*".

"Esta é a srta. Sinquier", exclamou a sra. Sixsmith.

A srta. Sinquier espantou-se.

"Você tem experiência?", perguntou ela.

"Bastante."

"Onde?"

"Em todos os lugares."

"Por exemplo?"

"Posso dizer que interpretei Pauline[16], Portia[17] e Puck[18]..."

"A mãe da Julieta, receio que é o melhor que tenho a lhe oferecer."

A sra. Smee consultou, de forma enigmática, a verruga mais próxima de sua língua.

"Desde que eu a fizesse 'em bom estado de conservação', não há objeção, suponho?", perguntou ela.

"Imagine, nenhuma!"

"Apenas um toque feminino..."

"A sra. Smee desafia o tempo", observou a sra. Sixsmith.

"Minha querida, houve um tempo em que diziam que eu era uma mulher muito bonita... Tudo o que posso fazer agora é encorajar meus restos mortais."

---

16 Personagem da ópera homônima de Frederic Cowen.

17 Personagem da peça *O mercador de Veneza*, de Shakespeare.

18 Personagem da peça *O mercador de Veneza*, de Shakespeare.

A srta. Sinquier levantou o dedo.

Vozes trêmulas e intercaladas soavam alto de um camarim ao lado.

"O que está acontecendo?"

"Oh, querida! Oh, querida!", disse a camareira, entrando. "*Sir* Maurice e o sr. Fisher estão trocando palavras rudes com um par de forcados."

"O quê!"

"Os 'fazendeiros' os enviaram do Bolivar Theatre para a cena do chiqueiro que eles farão — e agora o pobre sr. Mary, *sir M'riss*, e o sr. Fisher estão brigando, e a sra. Mary, *sua senhoria*, juntou-se à briga."

"Assassino!", gritou alguém.

"Glória a Deus."

A sra. Sixsmith revirou os olhos.

"Oh!", ela engasgou, enquanto *lady* Mary, um pouco atordoada, mas cheia de sorrisos, entrava agitada.

"Oh, Homens! Homens! Homens!", exclamou ela, explodindo em uma gargalhada genuína. "Rudes, brutos e angelicais!"

Ela estava radiante.

Usava um vestido com um pouco de brocado, uma gola franzida de renda e um espartilho prateado de um trabalho alemão antigo, de onde pendia um missal de marfim.

"Reis briguentos, cheio de querelas", gaguejou ela, à deriva, em direção a uma mesa de toalete — a mesma onde antes a srta. Sinquier estava fazendo sua maquiagem.

De todos os lados, de cada lábio, ecoou um coro de congratulações.

"Viva, *lady* Mary!"

Emocionada, receptiva, com um gesto brotando diretamente do coração, a habilidosa vitoriana estendeu as mãos de modo impulsivo e feliz.

"Deus os abençoe, queridos", disse ela.

"Três vivas para *lady* Mary!"

A ilustre mulher enxugou uma lágrima.

"Eu estou branca nas costas?", perguntou.

"Permita-me, *milady*", respondeu a figurinista.

"Acho que ouvi um rasgão!"

"Deve ter sido uma bela confusão."

Da orquestra, um ritmo melodioso anunciava um "fim do espetáculo".

"*Lady* Mary — *você*, mamãe", chamou o garoto, assistente de palco.

"Eu?"

"Cinco minutos."

Lady Mary demonstrou angústia.

"Pelo amor de Deus, querida", dirigiu-se a srta. Sinquier, "saia. Eu preciso do espelho".

Mas a srta. Sinquier parecia absorta.

Grudada em seu braço, uma mulherzinha com um ar infantil tagarelava animadamente com a sra. Sixsmith e a sra. Smee.

"Esse era um dos meus sonhos", dizia ela, "e noite passada, tive outro — apesar da luz noturna — também! Começou com um círculo formado por penhascos e pedras que enclausurava uma tropa de cervos — ah, um rebanho deles — delicados, animais distintos com chifres de pompons e alguns tinham caudas de poodles. Parado atrás de um arbusto de rododentro, estava um cavalheiro idoso, em um cavalo branco; ele não movia um músculo. De repente, dei-me conta de uma matilha... E depois, bem diante dos meus olhos, um dos cachorros se transformou em uma girafa...".

"Você deve ter saído para o jantar."

"É verdade, eu saí. Ah, foi uma refeição alegre."

"Quem ofereceu?"

"Dore Davis: para encontrar seu noivo — *sir* Francis Four."

"E como ele é?"

"Não me pergunte. Cansa-se só de olhar para ele."

"Foi uma festa?

"Nada além do povo literário com suas Beatrices... Minha querida, *a escória*! Na metade do jantar, Dore pegou seu revólver e começou a atirar nos pendentes de vidro do seu lustre."

"Eu gostaria de ver o enxoval dela", disse a sra. Sixsmith, suspirando.

"Não é lá grande coisa. Qualquer coisa boa, ela vende — na conta dos oficiais de Justiça."

"Puxa! Ela deveria tratar todos eles *en reine*[19]."

A sra. Smee fez uma expressão de sábia.

"Sempre seja civilizado com os oficiais de Justiça", disse ela; "nunca os irrite! Se você amarra um, lembre-se de que não há como se livrar dele. Ele se agarra — como um parente pobre".

"Oh, bem", disse a sra. Sixsmith, "eu sempre trato os vermes *en reine*; não", acrescentou espirituosa, "que eu tenha lidado algum dia...".

A srta. Sinquier finalmente se virou.

"Ah...", murmurou, "vou para as laterais".

"Quando é sua entrada?"

"Depois de *lady* Mary."

Para sua primeira aparição não oficial, ela resolveu conquistar o mundo com uma dança — uma dança com cambalhotas ousadas e tremulantes *esticadas de perna*; um jovem húngaro, enquanto isso, acompanhava seus movimentos, com sensibilidade, em um violino.

Ela parecia bem em uma comportada e pequena saia de balé que fez da ação uma delícia. Seu cabelo, em um coque alto, ostentava uma flor branca.

19 Como uma rainha.

"Desça um degrau e passe pelo arco", instruiu uma *pierrette* que passou por ela, indicando-lhe o palco.

Era a srta. Ita Iris, do Dream.

A srta. Sinquier sentiu um formigamento pelo corpo.

Quantas vezes, nas bandeiras frias da grande igreja de casa, tinha se perguntado sobre o caminho a seguir!

"Ó Senhor", rezou ela, "deixa-me vencer. Deixa-me! Amém".

Ela estava nos bastidores.

Acima dela, estrelas brilhavam esplendorosas, em contraste com o céu sombrio, controlado por um simples braço mecânico que se esforçava, ao que parecia, para se entregar à lua; esticando-se de uma escada, colocando em risco sua vida, ele se oferecia gentilmente, com uma grande mão suave.

A srta. Sinquier olhou para o palco.

A rodada de aplausos que saudou *lady* Mary, em sua entrada, estava morrendo aos poucos.

De seu abrigo, a srta. Sinquier conseguia observá-la, a silhueta opulenta, perfeitamente à vontade.

Ela estava parada esperando os últimos hurras para agradecer com a cabeça baixa e as mãos cruzadas — como uma grande pecadora —, olhando, reverente, através de seus cílios, para os estandartes de seda que pendiam do balcão do camarote real.

Aos poucos, todo o barulho cessou.

Aproximando-se da ribalta com um sorriso melancólico, a querida mulher estudou as fileiras.

"Agora, a maioria de vocês que está aqui esta tarde", disse de forma intimista, "atrevo-me a dizer, nunca ouviu falar de Judy Jacock. Garanto-lhes, com certeza, não há nada de muito especial nisso; pois sua vida, que foi estranhamente frágil, em essência, foi *obscura*. Judy, ela mesma, era obscura... E é por isso que eu digo que vocês nunca nem ao menos puderam ouvir falar dela!... Porque ela era totalmente desconhecida... Ah, pobre criança abandonada! Infelizmente, está morta agora. Judy está entre os anjos... e a pequena e bela elegia que, com o seu consentimento, pretendo apresentar agora, foi escrita sobre ela, a pequena Judy, e sobre seu velho pai, seu '*pá*' — *James*, que era um *garçom*. E, enquanto ele estava distante, trabalhando — ele secava os pratos em suas roupas de baixo! —, sua pequena Judy morreu. Ah, pobre e velho *James*. Pobre *sir James*. Mas deixe o poeta", interrompeu ela de repente, confusa, "contar ele mesmo a história, ou melhor — para ser mais específica — *ela mesma*. Pois as linhas que seguem, que são *inéditas*, são fruto da sedutora e encantadora pena de *lady* Violet Sleepwell".

Lady Mary tossiu, piscou maliciosamente, e começou um tanto descuidada, como se aquilo fosse um poema de Swinburne:

> Nunca *conheci* a criança de James Jacock...
> Sabia que ele *tinha* uma criança!
> A mais delicada fadinha que um pai já conheceu.
> Ela era toda contentamento...

A srta. Sinquier desviou o olhar.

Para sua surpresa, espreitando atrás de um busto acessório de "um Fauno", com suas tranças amarradas com contas de vidro vermelho, estava a srta. May Mant.

"Diga o que você está tramando?", perguntou a srta. Sinquier.

"Quieta! Não alerte Ita!"

"Por que eu faria isso?"

"Eu me esquivei dela. Lindamente."

"Para quê?"

"Se ela pensasse que eu estava indo ao palco, ela ficaria simplesmente fora de controle."

"Você está?"

"Pretendo seguir a procissão do papa."

"Isso não acontecerá tão cedo."

"Oh, não é maravilhoso?"

"O quê?"

"Estar aqui."

"É bastante agradável."

"Você consegue sentir o palco?"

"Um pouco."

"Ele me *acerta* em cheio. Entra pelos meus sapatos, sobe pelas minhas pernas e aferroa meu coração."

"Beije-me."

"Eu amo você."

"Querida."

"Eu pareço interessante?"

"Como sempre."

"Você me entregaria ao consolo de um cardeal?"

Lady Mary ergueu a voz:

Venha, Judy, disse o anjo,

E a tirou de seu pequeno leito,

E pelo ar, eles voaram, ligeiros

Até alcançarem o trono de Deus;

Então, ali, vestiram-na toda de branco,

Disseram que ela era uma visão e tanto,

Seu semblante era celestial!

"*Lady* Violet Sleepwell admira Ita."

"Verdade."

"Ela é uma vítima do hidrato de cloral."

Penteada J. estava

Entre o coro,

Celestial, que cantava!

A admirável artista brilhava.

"Ita acha que ela bebe."

"Eu não duvidaria", comentou a srta. Sinquier, cobrindo o rosto com as mãos.

Por entre os dedos, ela conseguia contemplar a figura magricela de seu acompanhante, quando ele parou na ala oposta, ocupado, empoando o nariz.

O momento, ao que parecia, tinha chegado.

No entanto, não muito — o público, que amava a tradição, estava determinado a conseguir um bis.

Lady Mary estava preparada para concedê-lo.

Fazendo reverências de um lado ao outro, e mandando beijos para os deuses, ela anunciou:

"A morte de Hortênsia; por *Desejo*."

Source Theatre.

QUERIDA MÃE, — vi seu recado em um jornal não faz muito tempo, e esta manhã o vi novamente no *Dispatch*. Realmente não sei o que há que possa ser "perdoado", e como "voltar atrás"! — Eu assumi a gerência desse teatro, onde os ensaios para *Romeu e Julieta* já começaram. Esta é a pequena casa onde Audrey Anderson fez sua estreia e Avize Mendoza estourou para o sucesso. Você não poderia imaginar nada mais aconchegante ou íntimo. O papai ficaria encantado (diga a ele, pois, é claro, algumas vezes ele fala de mim nas longas noites *tristes*, quando fuma cachimbo) com um vestíbulo que tem um painel em marchetaria, mostrando Adão e Eva no Jardim do Éden tomando sol ao lado de um poço. Dizem que o teatro tem um poço *debaixo do palco*, por isso ele é conhecido como Source Theatre. Deixei, fico contente em dizer, o hotel, que estava acabando com meus nervos, pois há um camarim aqui, onde eu passo as noites agora: um arranjo que me serve, pois gosto de estar no lugar. A irmã de Ita Iris, do Dream Theatre, faz-me companhia, assim não fico nem um pouco solitária. Nós entendemos uma à outra com perfeição, e eu a considero de extrema ajuda de muitas formas. Ela é uma criança tão carinhosa, e eu não penso que vá me arrepender disso. Decidi ter meu meio dente arrancado por um homem em Knightsbridge — um tipo de prova para mim, receio; mas, infelizmente, temos todos de carregar nossas cruzes! Parece que não tenho nada além de dívidas. Roupas, *assim como* cenários, podem arruinar a pessoa.

Estou guardando um pequeno camarote para a senhora e o papai para a estreia, a menos que a senhora prefira dois assentos em meio à plateia, quem sabe?

Na outra tarde, "ofereci meus serviços", e consegui três cortinas em um baile de *matinée*; queria que a senhora estivesse lá!

Sua devotada Filha.

Fui ao oratório no domingo; não era nada além do brilho intenso das velas.

Lembranças minhas a Leonard e Gripper — e também para Kate.

XIII

A ausência de ventilação transformava o quarto em um forno e impossibilitava o sono. Através da abertura da claraboia, deitada inerte, a srta. Sinquier conseguia seguir, maravilhada, os frágeis matizes imaculados do amanhecer que, fluido, rosado, se espalhava acima dela em nuvens fantásticas, à deriva, mascarando as estrelas da manhã.

De uma igreja vizinha, o relógio bateu cinco horas.

A srta. Sinquier suspirou; ela não tinha fechado os olhos a noite inteira.

"Precisa-se de uma cortina", pensou ela, "e de uma vidraça...".

Olhou em volta, procurando algo com que se cobrir.

Coisas do período *cinquecento* italiano — um busto, um crucifixo, um violão imenso, um catafalco sombrio, esculpido em vários tons de roxo e violeta (para o caixão de Julieta) cobriam o chão.

"Uma bela confusão de vidro quebrado... e cortei meus pés...", murmurou ela, jogando sobre si um *négligé* tricotado de malha oxidada e caminhando até a ribalta em busca de ar.

Não obstante o barulho do termômetro, ela conseguia ouvir a respiração anasalada da srta. May Mant por trás da porta.

O palco estava quase escuro.

"Verona", um cenário cercado de árvores outonais, parecia dormir. Aqui e ali, um campanário soava, em alto-relevo, apoiado em uma colina cenográfica ou em um pinheiro. Em uma coluna, no "Mercado", um leão de bronze montava guarda.

Um impulso acrobático a fez olhar para ele.

Sono pazza per te
Si! Sono pazza, pazza, pazza...
Pazza per amore[20]

ela cantarolou, dando um saltinho da ribalta para a plateia.

O auditório, mergulhado na escuridão, parecia frio, extinto.

Passando por todos os camarotes, encontrou seu caminho escada acima até o passeio público.

Bustos de atores, poetas e peris, intercalados por espelhos compridos de molduras douradas, sorriam para ela em seu começo de manhã.

Acomodando-se em um banco baixo e limpo, ela deu um suspiro de contentamento.

Livre dos atritos perpétuos do inevitável *personnel*, a srta. Sinquier poderia ter o teatro só para si, por um tempinho, em quietude.

Na janela comprida dos camarotes, tufos de margaridas brancas inclinavam-se sob a brisa, fazendo-a lembrar-se de certo prado conhecido como *Fundações*, refúgio que tinha quando vivia em casa.

Do lado do lago, em um pequeno bosque, pombas arrulhavam "Coucoussoucoucoussou" o dia inteiro.

Aqui, havia apenas um ano, enquanto tecia para si uma guirlanda (ela estava atuando como Europa com o touro de Saunders Fifeshire; com flores abrindo-se aqui e ali, papoulas chamativas desafiando-a a buscar seu destino longe da estagnação que a cercava), desvelara-se para si pela primeira vez o dom para o drama.

E, em seguida, com seus pensamentos tropeçando, *ele* veio-lhe à mente, o reverendo George — "logo quando eu

---

20 "Sou louca por você/ Sim! Sou louca, louca, louca.../ Louca de amor".

estava imaginando a quem pedir indicação" —, e exortou a todos, de Applethorp até Sant'Ana da Colina, com o magnetismo persuasivo de sua voz, em grande parte — assim ele disse — à "produção científica". Para a *Bromley Breath*! Ele nunca poderia agradecer adequadamente a Elizabeth, à sra. Albert Bromley, tudo o que ela fizera. Não; porque as palavras não eram o bastante... seu Instituto, para ele, seria sempre o "ramo mais alto da árvore", e quem perguntasse, por ela, "Qual árvore?", ele responderia com um olhar enigmático: "Ela os treina para o palco".

Por Deus! Como ele parecia amar aquilo. Ele conhecia, por seus nomes nas coxias, todas as maiores estrelas, e poderia contar, se surgisse a ocasião, pequenas anedotas sobre cada uma.

Foi ele quem contou como a sra. Mary (como ela era conhecida na época), na primeira noite de *Gulnara, Rainha dos Lattermonians*, foi capturada no corredor, a caminho de seu camarim para o palco, sendo obrigada a permitir que sua substituta assumisse o papel, que o fez com o maior *éclat*[21]. Enquanto ouvia as salvas de palmas de sua prisão, a sra. Mary estava bastante perturbada por um êxito que, não fosse pela ironia das coisas, certamente seria dela.

A srta. Sinquier suspirou.

"O que me lembra", murmurou ela, fixando os olhos no teto em degraus, "que não tenho ninguém, se alguma coisa acontecer comigo".

Ela recostou-se e analisou a imagem rudimentar, pintada a guache, acima dela.

Uma profusão de demonstrações de amor com os braços esticados, como um convite, senhoras usando chapéus agitados e sedas esvoaçantes, cortesãos, cachorrinhos, pavões etc.; tudo misturado do modo mais prazeroso.

---

21 Estouro, brilho.

Quando foi tomada por uma grande sensação de paz, a srta. Sinquier cerrou as pálpebras.

"Café da manhã!"

A srta. May Mant acordou-a com um susto.

"Oh!"

"Hoje eu o servi na sala da frente."

"Que garota extraordinária."

"Notei migalhas nos camarotes, isso atrai ratos... Penso eu que com a primavera eles chegarão sob o palco."

"Precisamos armar uma ratoeira!"

"Pobres criaturas... eles gostam de uma boa peça, espero, tanto quanto nós", murmurou a srta. Mant, deixando de lado a chaleira que estava segurando e abaixando o rosto, graciosamente, para um beijo.

"Tudo bem?"

"Você estava dormindo."

"Eu estava horrível?"

"Parecia uma perfeita orquídea."

"Uma orquídea?"

"Como as pequenas mulheres de Utamaro."

A srta. Sinquier sentou-se.

"O que há para o café da manhã?", perguntou.

"Você gosta de mingau?"

"Oh, Réné!"

A srta. Mant ergueu o ombro nu e levou-o até uma orelha.

"Sério", observou ela, "estou perdida em saber o que dar a você, Sally; algumas vezes, pergunto a mim mesma o que Julieta tomou...".

"Ora, poções."

"*Ita* toma chá com um toque de limão e isso a deixa *tão* zangada."

"É nojento."

"À moda russa."

"Ela ainda está fora?"

"Sim... Ela escreve de um minibangalô, diz ela, com o mar à sua porta e um barquinho quebrado largado na praia."

"E Paris?"

"Sou Page para ele, você disse isso!"

"Com o consentimento dela."

"Ah, Ita odeia o palco. Ela está no *negócio* apenas pela competição... ela poderia ter sido uma condessa irlandesa se quisesse, apenas disse que isso não era bom o bastante, e que soava muito siciliano."

"Nem todo mundo pode ser de Roma."

"... Oh, ela é uma descarada! Em sua carta, ela escreve: 'Não tenho dúvidas de que logo você se cansará do Sally-Sin Theatre e de se apresentar dançando no Fair Sink'."

"Uma cachorra."

"E o jeito dela de colocar defeito em tudo é irritante. Defeituoso, defeituoso, defeituoso! Ela faz isso para humilhar. Sempre que os Tirds estão ao alcance de sua voz, ela começa."

"Os Tirds?"

"Llewellyn e Lydia. Lydia Tird teve um desentendimento com meu irmão mais velho. Pobre coitado! Um pouco antes de eu sair de casa, ele assumiu o nome de Isadore: Isadore Iris. Oh, quando Ita ouviu! Bill Mant, disse ela, e fez Llewellyn rir."

"Oh!"

"E agora a sra. Sixsmith coloca defeito em mim quase tanto quanto Ita."

"Por que você a odeia tanto?"

"Criatura pidona!"

"Réné?"

"Desagradável."

"Réné?"

"Parasita."

"Réné!"

"Carniceira."

"*Basta!*"

"Sei tudo sobre ela."

"O que você sabe?"

"Se eu lhe contar, terei de contar em francês."

"Então me conte em francês."

"*Elle fait les cornes à son mari!*"[22]

"O que mais?"

"Ela é *divorcée!*"

"Pobre coitada."

"Lá no *Bois St Jean* — no bosque de São João — ela tem uma *villa.*"

A srta. Sinquier levantou-se.

"De qualquer forma...", murmurou ela.

"Oh, Sally..."

"O quê?"

"Você me ama?"

"Que pergunta, *claro que sim.*"

"Vamos para um banho turco — depois do ensaio."

"Hoje não."

"... Apenas para um '*Liver Pack*'?"

"Não."

"Por que não?"

"Porque... e quando você estiver fora, não se esqueça, querida, de uma ratoeira!"

22 "Ela coloca os cornos no marido!"

XIV

Para juntar certos críticos dramáticos (altos árbitros do palco, tais como Sylvester Fry, do *Dispatch*; Lupin Petrol, do *Now*; Amethyst Valer, do *Fashion*; Berinthia, do *Woodfalls*, a terrível e amargurada Berinthia que também era Angela), foram enviados cartões da Foreign-Colony Street em nome do compreensivo *sir* Oliver Dawtry, o famoso banqueiro e financista, convidando-os a conhecer o novo locatário do Source Theatre.

Era uma daquelas noites abafadas de verão de eletricidade e tensão, quando os nervos parecem estar prontos para explodir por quase nada. Atrás do Calvário de ferro no grande mural das Ursulinas, Londres brilhava com luzes.

Empoleirada em um parapeito, em uma solidão brilhante, sua identidade insuspeita pela multidão, a srta. Sinquier, embrulhada em musselina preta e acalentando uma braçada de lírios *calla*, observava a cena com olhos inexpressivos.

"E havia o vento berrando e nós, bruxas, gemendo — e nenhum Macbeth!", dizia um jovem com uma voz que parecia perfume barato para um jornalista simpático, respondendo a sabe-se lá o quê...

A srta. Sinquier levantou a cabeça.

Onde estariam os dois "Washingtons"? Ou a pequena garota Iris?

Perto do altar de Buda, decorado festivamente com lanternas, casais estavam rodando ao som de uma banda de negros, enquanto na vizinhança do *buffet* um mascarado muito habilidoso anunciava a clariaudiência de uma natureza que só se podia examinar à distância. Uma melodia negra ágil, o selvagem *ragtime* com passagens que lembravam hinos de louvor metodistas — reminiscências das missões gospel da Geórgia; o século XVIII na Companhia das Índias Orientais — era charmoso e reconfortante.

A srta. Sinquier balançou o pé.

Nas janelas de suas celas, como se atraídas pelas luzes e pela agitação, apoiavam-se algumas freiras pálidas.

Coitadas!

O chamado do mundo quase nunca podia ser de todo extinto!

Ela assustou-se quando um leque de penas de pássaros marinhos roçou-lhe o braço.

"Sylvester chegou", disse de passagem a sra. Sixsmith.

"Oh!"

"Você não está com medo?"

"Com medo?"

"Você sabe, ele sempre diminui as pessoas. Sylvester diz coisas horríveis sobre todo mundo; ele menospreza até mesmo a própria filha; condena tudo o que vê."

"Bum!"

"Como ele subiu estas escadas estreitas é um mistério para mim." A sra. Sixsmith sorriu.

A srta. Sinquier ergueu o rosto para as estrelas que se agitavam. Uma lua élfica em formato de ferradura, feliz e brilhante, atingia-a como um auspício.

"Alguém deveria fazer uma reverência para ela", disse.

"Idolatria!"

"Lá! Olhe o que dá ser permissiva."

Uma bacante embranquecida com um coque guarnecido de folhas aproximava-se venturosamente.

"Eu sou Amethyst", murmurou ela.

"É mesmo?"

"Do *Fashion*. Você é a srta. Sinquier, eu suponho, cujos figurinos para Romeu — Renascença, e *ergo à la mode*! — eu anseio tanto por conhecer."

A srta. Sinquier deu um sorriso, mostrando as covinhas.

"Os vestidos", disse ela, "alguns deles, vão ser simplesmente matadores".

"Quero saber do seu primeiro."

"Branco e folgado."

"Suponho, *coiffé de sphinx avec un tortis de perles?*[24]"

A srta. Sinquier balançou a cabeça.

"Sem 'o toucado de Julieta' com pérolas espúrias para mim", disse ela.

"Você ousou aboli-las?"

"Ousei."

"Você me excita."

"A menos que o broto esteja fora do pêssego, Julieta não precisa de redes."

A srta. Valer abaixou a voz discretamente.

"E seu Romeu?", inquiriu ela. "Ele deve fazer amor angelicamente?"

"Ele faz."

"Admiro enormemente seu amigo."

"O sr. Nice?"

"Ele tem uma morosidade tão perfeita. Amo sua languidez, seu jeito descansado de quem percorre a *riva degli Schiavoni*... Ele é muito, muito bonito. Mas, é claro, não pode durar."

"Não?"

"Como uma rosa desabrochada. Você não tem compaixão por si mesma?"

"Nenhuma."

"É uma pena. Uma atriz... ela precisa de um amante, uma espécie, digamos, de marida... Eu sempre digo que a Paixão fala: *L'amour!*"

A srta. Sinquier deu um olhar para a sra. Sixsmith, que permanecia letárgica, abanando o leque.

"Vou para o *buffet*, menina", disse ela.

"Então acho que vou me juntar a você."

E, colocando o braço da amiga sob o seu, a srta. Sinquier afastou-se.

"Ela deve pertencer a mais de um semanalmente!", refletiu ela.

"Você não mencionou sua echarpe Mechlin, ou o seu vestido de noite de pele de raposa", murmurou a sra. Sixsmith, evitando com agilidade as liberdades psíquicas do hábil mascarado.

"Você não tem vergonha, Paul?", perguntou ela.

"Paul!"

A srta. Sinquier admirou-se.

"Mefisto! Conheço seus truques de salão... embora fosse justo, talvez, dizer que ele realmente previu nossa separação algum tempo antes de ela ocorrer."

"Oh, que extraordinário."

"Uma vez, enquanto estava me aprontando para atender a alguns chamados, para me assustar ele fez o pé de coelho da minha penteadeira sair de seu estojo acartonado e seguir pulando pela sala."

"O que você fez?"

"Minha querida, fiquei indignada. Era como se realmente todas as mulheres da humanidade tivessem sido ofendidas. Então, para *puni-lo* — como vingança —, em vez de ir a várias casas naquele dia, fui a apenas uma."

"Não havia tempo?"

"Eu sempre quero me culpar..."

"Por quê?"

Mas uma lanterna caindo, em chamas, bem naquele momento sobre elas colocou um final na conversa.

"Esta foi a segunda que eu vi cair", exclamou a srta. May Mant, afastando-se.

"O que você estava fazendo?"

"Examinando minhas marcas."

"O quê!"

"Por um professor mascarado... Oh, as coisas que ele disse; só por diversão, ele me disse que eu causaria a morte de alguém próximo e caro a mim! Ita é próxima... mas com certeza não é querida — gata odiosa."

"Ele deve tê-la achado curiosamente crédula", murmurou a srta. Sinquier, virando a cabeça para o lado.

Para seu incômodo, ela percebeu o erudito representante do *Dispatch* — um homem de tamanho prodigioso — encostado solidamente em uma bengala com punho dourado enquanto a avaliava com *sir* Oliver Dawtry, do turbante cheio de contas aos sapatos ornamentados.

"Ela me lembra um pouco alguém de *l'Évangile!*", pôde ela ouvir o grande crítico dizer.

"Sylvester!"

"Oh?"

"Ah, sim, como se ele soubesse do que fala", murmurou a sra. Sixsmith, olhando a iluminação de verão que brilhava aqui e ali, "não se esqueça do vestido medieval ou da renda Mechlin! Cinco longas jardas — uma nuvem...".

A srta. Sinquier enfiou os lábios em suas flores.

Através das janelas gradeadas do convento do lado oposto, algumas noviças apareceram, parecendo divertir-se saltitantes entre si.

Para cima e para baixo no corredor, elas giravam com a melodia cheia de intenções dos menestréis, unindo-se em um êxtase de delírio.

Seus olhos delicados pareciam belos enquanto, erguendo-os, repletos de alma, elas encontraram os do crítico veterano.

XV

"Ó bom Deus, ajuda-me. Ouve-me e perdoa-me e não Te ofendas se o que eu peço é por vaidade... amansa todos os corações hostis e faz com que me amem — me adorem! — Ó céus, ajudem-me, por favor. Concedam-me a cada *finale* incontáveis cortinas; e na 'cena da poção', ó Senhor, permite--me fazê-la como se deve..."

Não querendo ajoelhar-se na presença de sua camareira, que interpretaria qualquer gesto inusitado como sintoma de medo da estreia, a srta. Sinquier ergueu o rosto para a luz do dia azulada que se filtrava, oblíqua, através da grande janela de vidro acima.

"Há um gato na claraboia, Smith", foi o que ela disse enquanto sua camareira, com um telegrama, fez com que seu olhar que vagava voltasse para a Terra.

Era um telegrama de seu pai.

"Perdi a condução para York", leu ela. "Bispo Thorpe bênçãos arcepiscopais para hoje à noite."

"Ah, bem...", filosofou ela profissionalmente, "deverá haver alguma outra condução para cá além dessa, não tenho dúvidas".

"Alguma resposta, senhorita?"

"Vá, Smith, ao escritório e diga que o G2 e o G3, perto da orquestra, estão vagos; não há resposta", acrescentou ela, movendo-se para a porta brilhantemente iluminada do camarim atrás de si.

Acomodada em uma poltrona, diante de um espelho dobrável que, rico em reflexos, exibia sua figura de palco, estava a sra. Sixsmith, pensativa, lixando as unhas.

A srta. Sinquier mordeu o lábio.

"Eu pensei...", começou ela.

"Sh...! Seja a Julieta agora. Estamos em Verona", exclamou a sra. Sixsmith. "*Fuori* as portas."

"Curioso encontrar *você*."

"Eu?"

"O que você está fazendo na *minha Itália*?"

A sra. Sixsmith lançou um olhar para si mesma no espelho.

"Sou uma amiga", disse ela; "uma conhecida veneziana: alguém que *Julie* conheceu enquanto chapinhava pelo Adriático — na verdade, *cara cuore*, sou uma das filhas do doge. Sim; sou uma das Dolfin-Trons."

"Não seja ridícula."

"Sou Catarina Dolfin-Tron."

"Kitty Tron!"

"Sua sempre verdadeira Kate."

"Quando você vai fazer a ronda?"

"Deixe-me terminar minhas mãos. A minha manicure me deixou com umas garras... pobre alma! Quando ela chegou ao meu anelar, simplesmente cruzou os braços e irrompeu em lágrimas. 'Cuidar das unhas das pessoas', disse ela, 'enquanto meu marido está preenchendo uma petição!'."

"Maravilhoso que ela pôde."

"Esta cidade tem a sua tristeza. Sua camareira, Smith, enquanto você estava na outra sala, disse, 'Oh, senhora, o que você deve ter enfrentado; *uma Smith* foi suficiente para mim'."

"Pobre Kate!"

"Ah, Julie...", a sra. Sixsmith suspirou quando à abertura suave da porta seguiu-se a entrada da sra. Smee.

"Estou atrapalhando vocês?", perguntou ela.

"Não, entre."

"Quero lhes dizer que meu marido está fora de si."

"Ele está doente?"

"Ele está fora de si."

"Em que sentido?"

"É uma coisa difícil para uma esposa confessar. Mas para uma estreia ele quase sempre está no vinho."

"Ele está... *muito*?"

"Eu nunca soube que ele era assim!"

A sra. Sixsmith examinou as unhas.

"Muito violento?", arriscou ela.

"Mais confuso do que violento, querida", explicou a sra. Smee. "Parece que ele pensa que estamos fazendo *A tempestade*; ele está confundindo o peito bronzeado de Romeu com o de Ferdinand. 'Mente, garoto Ferdy', eu o ouvi dizendo, 'e fique longe'. Neste momento, a mente dele vagou para as peças russas que amo, e ele declamou algumas falas de Irina de *As três irmãs*. 'Minha alma', você sabe que ela diz, 'minha alma é como um piano caro que está sempre trancado e desafinado'. Ah, aí vai para você; Shakespeare nunca escreveu isso. Ele não poderia. Mesmo fazendo o piano, ou um cravo. Ó Rússia! Rússia! Terra de Tchekhov, terra de Andreiev, de Solugub, de Korolenko, de Artzybasheff — Maria Capuleto vos saúda! E então meu homem foi impelido a cantar. Seu amor, ela estava em Otaheite... mas, tão logo ele me viu, voltou para *A tempestade* de novo, chamando-me de Calibã[23], de condessa, e eu não sei mais o quê."

"Oh, que desgraça!"

"Depois da apresentação eu vou para casa — casa! — em uma carruagem e vou trancafiá-lo."

"Enquanto isso?"

"Ele vai passar por um frei. Alguém do baixo clero!"

"Ainda assim..."

"Ele provavelmente será inofensivo; as massas sempre amam o homem que consegue fazê-las rir."

23 Personagem da peça *A tempestade*, de Shakespeare.

A srta. Sinquier moveu-se incansavelmente para a porta e olhou para fora.

Tudo estava em atividade.

As plantas para o cenário do balcão, de natureza incoerente e abundante, junto a uma quantidade de pequenas cestas de vime, rotuladas com "Atmosféricas", e que continham morcegos, corujas, lagartos etc., estavam em curso de preparação.

A gerente franziu a testa.

"Senhorita Marquis", chamou ela, "em vez de provocar os animais, sugiro que a senhorita complete a sua produção".

"... Ela deveria olhar mais atentamente!"

A sra. Smee consultou suas anotações.

"Ela me lembra mais uma auxiliar de enfermagem do que uma enfermeira", murmurou. "Não que *eu* devesse ter sido escolhida para Julieta, de modo algum."

"Talvez não."

"A srta. Marquis não tem presença de palco. E um físico tão pobre — ela é tão má."

"De qualquer modo, Sally conseguiu ótimos homens. Nunca vi companheiros melhores. Mesmo o farmacêutico! Curioso tomar a dose fatal de um rapaz como aquele; ele me faz querer viver."

A sra. Smee ronronou.

"Ter companheiros de trabalho interessantes é tudo", disse ela. "Hughie Huntress, como produtor, pareceu muito impressionado com o material sutil à sua disposição... Na verdade, ele percebeu desde o início, segundo me disse, que *não podia* 'produzir' tudo."

A sra. Sixsmith baixou o tom de voz.

"Onde Sally encontrou seu Baltasar?", perguntou ela, "e onde ela segurou seu Teobaldo?".

"Minha querida sra. Sixsmith, não estou por dentro dos segredos da administração, lembre-se, tanto quanto você!"

"Ou quem colocou-a no caminho de Sampson e Gregory? E *onde* ela conseguiu seu Benvolio?"

"Por meio de um agente, não duvido."

A sra. Sixsmith lançou um longo olhar de aprovação na direção da porta. Em seu coração, já se sentia perdendo o controle. O tempo tinha chegado, inevitável, para cobrar sua dívida?

Através da porta aberta, veio um grito.

"Sally, as corujas!"

"Deixe-as, Réné", ordenou a srta. Sinquier.

"*Queridíssima*, que lorota; um deles tem um olhar do velho *sir* Oliver!", declarou a srta. Mant, entrando na sala.

Vestida com um par de "culotes" listrados, tinha assumido, apesar das reclamações sororais, o modo de vida chamativo de Paris.

"Só olhei para lhe agradecer, querida", começou ela, "por toda a sua delicadeza e bondade... Oh, Sally, quando vi o programa da peça com meu nome nele (bem no meio dos cavalheiros!), pensei que fosse morrer. Quem jamais poderia adivinhar que seria uma participação especial?".

"Vire-se."

"Tais boatos invejosos já são como são; um-cidadão-de- -Verona, imensamente invejoso e sem fala alguma na peça, sussurrou, quando passei, que minhas pernas nestas calças de tecido pareciam aspargos forçados."

"Bobagem."

"É claro: eu sabia disso, Sally. Mas o diabo me possuiu. Como vou odiar voltar aos virginais novamente; estas calças estragam você para saias."

"Fada."

"E eu tinha um triunfo insignificante, também, querida, o qual preferi ignorar: bem quando estava deixando meu camarim, Jack Whorwood, todo vestido como Teobaldo, abordou-me com um sorriso fátuo e fácil. 'Quero sua foto, srta. Iris, com seu nome nela', disse ele. 'Você *quer*?', disse eu. 'Eu quero', disse ele. 'Então creio que você terá', disse eu. Oh, ele ficou confuso! Mas todo o tempo, Sally, que ele estava falando, eu podia sentir o lobo..."

"Melhor ter cuidado", interrompeu a sra. Sixsmith.

"Como se eu fosse satisfazer suas tristes necessidades!"

"Réné, Réné!"

"Embora eu tenha cometido uma indelicadeza com ele", murmurou a srta. Iris, inclinando-se sobre a penteadeira para observar, sobre ela, um avião enfeitado de fitas e cheio de doces, "ele parecia encantador *demais*!".

A sra. Smee esfregou as mãos gentilmente.

"Devo voltar ao meu frei", disse ela.

"Ele está dizendo as coisas mais nojentas e estranhas!"

"As investidas do sr. Smee neste momento não são para jovens ouvidos", observou, altiva, a sra. Smee. "Suas observações", acrescentou ela, "não são para todos".

"Minha amiga, a srta. Tird, que veio me ajudar com o figurino, ficou muito aborrecida com as tolices dele!"

"Embora sua amiguinha mal pareça ter 9 anos, ela se mostra *hipnotizada* pelo poder e sexo dela", comentou a sra. Smee, desfavoravelmente.

"Terei de ir, imagino", suspirou a srta. Sinquier, "e ver qual é a situação".

"Tome cuidado: pois, quando está se maquiando, ele quase faz uma paleta na mão", disse a sra. Sixsmith. "Acontece que eu sei — porque um dia ele me segurou."

A sra. Smee projetou a língua e colocou-a para dentro vagarosamente.

"Ei!", exclamou ela.

No corredor, o rapaz da chamada fazia sua ronda.

"Estreantes do primeiro ato", cantarolou ele.

A srta. Sinquier estremeceu.

"... Amansa todos os corações hostis e faz com que me amem...", rezou ela.

XVI

O som das gotas de chuva caindo com vigor no telhado de vidro acordou-a. Algumas folhas em forma de leque, carregadas pelo vento e tingidas pelas agitadas cores outonais, manchavam de forma maravilhosa a claraboia sem encobrir parte do céu pálido e monótono acima delas.

Bocejando, ela sentou-se entre os travesseiros, pousando o queixo sobre os joelhos.

Depois dos acontecimentos da última noite, o quarto era um pavilhão de gardênias, heliotrópios e tuberosas, cujos odores misturados durante o sono desnortearam um pouco sua cabeça.

Jogando para trás suas roupas de cama, ela descobriu um bilhete.

"Sally", leu ela, "você deve estar acordada até eu voltar, só fui ao mercado. Cordialmente, R. Iris. Quantos veredictos misturados! Arrumei os primeiros jornais em sua penteadeira. Não consegui encontrar nenhuma referência a mim. Esta manhã, havia marcas de ratos novamente, e parte de um morcego mutilado".

"Oh, que 'evocativo'!", reclamou a srta. Sinquier, seguindo sonolenta para sua saleta íntima.

Aqui tudo remetia à Itália — até mesmo o aeroplano de asas de gaze, cheio de doces, tinha um ar de hidroavião prateado, de algum jardim para além dos Alpes.

Deixando-se cair em um refinado *cassone*[24], leu atentamente, com as sobrancelhas contraídas, um pequeno maço de notícias, cujas linhas eram levemente enfadonhas.

24 Baú.

"A atuação dela é uma revelação."

"Nós a achamos muito revigorante."

"Não houve nada como isso em anos."

"Vá para o Source Theatre."

"Uma Julieta não feminina."

"Uma Julieta decadente."

"... O beijo de Romeu — você ganhou seu maior fã."

"O beijo em Romeu levou apenas quinze minutos... Que beijo!"

"O beijo de Romeu será o assunto na cidade."

"Uma reapresentação diferente."

"Eu me sentei na parte de trás das fileiras mais altas e tremi."

"Beijo..."

"A última palavra em beijos."

"Ah, beijos e mais beijos e mais beijos!"

"Shakespeare como um disfarce."

"Uma Julieta elegante."

"Uma Julieta imoral."

"Ante uma casa cheia, prestes a sufocar..."

"Entre os presentes no Source Theatre, na noite passada, estavam" — ela leu — "estavam rainha Henriette Marie, duquesa de Norwich, Dismália, duquesa de Meath-and-Mann, *lady* Di Flattery, lorde e *lady* Newblood, sr. e *lady* Caroline Crofts, *sir* Gottlieb e *lady* Gretel Teuton-Haven, o ex-rei Bomba, o ex-rei Kacatogan, a ex-rainha de Snowland, o ex-príncipe Marphise, a honorável sra. Mordecai, *lady* Wimbush, lorde e *lady* Drumliemore, *sir* John e *lady* Journeyman, lorde e *lady* Lonely, *lady* Harrier, Feodorowna *lady* Meadowbank, *lady* Lucy Lacy, duquesa da Holanda e *lady* Diana Haviours, srta. Azra, srta. Christine Cross, *sir* Francis e *lady* Four, madame Kotzebue, condessa Yvonde de Tot, *mademoiselle* de Tot, duque de Quaranta, marquesa Pitti-Riffa e *sir* Siegfried Seitz".

Então... ela espirrou, estava tudo bem!

Um sucesso — sem dúvida.

"Ó Deus! Que... *delícia!*", murmurou ela, pegando uma túnica do período *cinquecento* transformada em roupão e saindo para tomar um ar no palco.

Àquela hora, não havia ali vivalma.

O auditório penumbroso parecia melancólico e assustador, os camarotes lembravam cavernas.

O cenário do campo-santo da igreja, com suas cruzes despretensiosas, acentuando o sepulcro régio dos Capuletos (e até por isso), mostrava-se severo.

"Sai!", exclamou, quando um lagarto passou em cima de seu pé.

Revistando as ribaltas, o bicho desapareceu em um buraco de armadilha.

Réné tinha colocado mais armadilhas? Em cima de um montinho, feito com um pote de geleia cheio de flores, havia um pedaço de queijo.

Ela parou um instante, fascinada.

Então, revigorando-se, com a cabeça erguida, as mãos nos quadris, ela executou alguns movimentos atléticos para espantar o sono.

De repente, houve um grito, um grito que pôde ser ouvido do lado de fora do teatro, mesclando-se um tanto harmoniosamente com as ruas de Londres.

XVII

O trote suntuoso dos cavalos da carruagem do funeral morria imperceptivelmente ao longe.

Olhando de modo furtivo sob o véu, a sra. Sixsmith só conseguia observar alguns poucos agricultores juntos sob os teixos imemoriais de Santa Irene.

Tinha acabado.

Não havia mais nada a fazer além de observar, pela última vez, os arranjos de flores.

"Dos artistas e da equipe do Source Theatre, como uma prova insignificante de sua estima" — tamanha lira esmagaria seu próprio *Resurgam*[25]. E lá também estavam os Marys, com seu lema: "Todos os homens e mulheres são apenas atores. Eles têm suas saídas e suas entradas". E o "*Heureuse*[26]!", tributo feito pela ferramenta do sacristão — ela esticou o pescoço —, era de Yvonde de Yalta, ao que parecia.

"Yvonde de Yalta!"

A sra. Sixsmith engoliu em seco.

"Você está triste?"

O cônego Sinquier parou a seu lado.

"E... eu...", gaguejou ela.

"Tantos tributos", disse ele.

"De fato, senhor, as flores são muito bonitas."

"Tantas coroas e cruzes, harpas e guirlandas."

"Há que se morrer para que seus amigos se reúnam."

"Onde está sua companhia?"

"Eu, cônego? Nunca estive em um palco na minha vida!"

25 "Hei de subir novamente", do latim.
26 "Feliz".

"Não?"

"Meu marido nunca daria ouvidos a isso: ele permanece com Newman."

"... Eu não me lembro."

"Além disso, não sei nada mesmo sobre atuar."

"Você conhecia bem minha pobre filha?"

"Eu era sua protegida... quer dizer... era *eu* quem tentava protegê-la", respondeu a sra. Sixsmith.

"Minha cara senhora."

"Oh, cônego, por que o túmulo dela não está em Westminster, onde repousam muitos que exerciam a mesma profissão que ela? Estava lendo em algum lugar um dia desses que há mais *atrizes* enterradas lá do que reis!"

"Pode ser que sim."

"Aqui... ela está tão isolada... tão perdida. Sally amava a cidade."

"Conte-me", implorou ele, "alguma coisa de seu fim".

"Na verdade, senhor..."

"Você está muito cansada?"

"Oh, *odeio* funerais, cônego! Ouça as lamúrias deles."

"Você deve segurar em meu braço."

"O pai dela era seu culto, cônego... Quanto a isso, ela se parecia muito com a irresistível veneziana *Catarina Dolfin-Tron*."

"Sally raramente escrevia."

"O tempo dela, você provavelmente se lembra, dificilmente lhe pertencia."

"Conte-me alguma coisa", insistiu ele, "de seu brilhantismo interrompido".

"Apenas com lágrimas seria capaz de fazer isso."

"Seria preciso um Bion. Ou um Moschus..."

"Nós a colocamos, como estrela, na fileira diante da orquestra — no carrinho fúnebre de Julieta... o sr. e a sra. Smee e sua figurinista assistiram... Berinthia... Sylvester... vieram.

Não consigo esquecer a forma como um dos responsáveis pela troca de cenários me disse — 'Como ela parecia bonita naquela varanda'."

"Minha pobre querida."

"Na noite de seu passamento, arrependo-me em dizer, houve uma briga horrorosa no vestíbulo — alguma louca exigindo dinheiro de volta depois de ter reservado um lugar com antecedência; cada pessoa da equipe chorando e sem forças para lidar com ela. Se tivesse sido um camarote, cônego; ou mesmo uma cadeira! Mas ela só pagou 4 xelins."

"Havia alguma coisa na cabeça da minha pobre criança que a preocupasse?"

"Não que eu saiba."

"Nenhum romance...?"

"Não..."

"Nada?"

"Sua filha nunca foi irresponsável, cônego. Ela era direita. Sally era direita... pelo menos", completou a sra. Sixsmith (com um ligeiro encolher de ombros)... "No meu conhecimento, ela era!"

"Em uma vida de oportunidades..."

"Ah, não fale nisso, senhor, não fale!"

"Minha filha tinha dívidas?"

"Na verdade, tinha... ela me devia dinheiro. Bastante. Mas não falarei sobre isso... Sally me devia mil libras."

"Ela lhe devia mil libras?"

"Ela estava infinitamente enrolada."

"Em que ela poderia gastar tanto?"

"Suas roupas", respondeu a sra. Sixsmith, com um sorrisinho nervoso, "uma coisa há que se ressaltar, era tudo requintado. Tudo do ateliê da divina Katinka King...".

"King?"

"Ela *sabia*! Danada! Só a mantilha branca, para a cena da varanda, sozinha custou quase 300 libras."

"E onde, que mal lhe pergunte, ela está agora?"

"Desapareceu", respondeu a sra. Sixsmith, com um rubor que desapareceu rapidamente. "Na confusão geral. Ouvi", murmurou ela com um sorrisinho, "que eles surrupiaram até a caixa registradora!".

"E aquela pequena *ingénue* que ela levou para morar com ela?"

"May Mant? A irmã dela a está enviando para a escola — se (quero dizer) conseguir convencê-la a ir!"

"Foi uma desatenção dela, no meu entender, que causou a morte da minha filha."

"De fato, senhor, sim. Mas para ela — estava colocando armadilhas! Ela e uma garota chamada Tird! Um casal encantador!"

"O quê?"

"Sua filha e ela costumavam, com frequência, fazer suas refeições nos camarotes, o que atraía, é claro, ratos. Ali havia um poço, o senhor sabe, sob o palco."

"Ah, sim, ela escreveu para a mãe."

A sra. Sixsmith atrapalhou-se nas profundezas de sua bolsa de contas.

"Uma carta foi encontrada em um dos bolsos do casaco dela, cônego", disse ela. "Talvez o senhor deva ficar com ela."

"Uma carta? De quem?"

"De um jovem vendedor de Covent Garden, que viu a última apresentação de sua filha no palco."

"Seja boa, cara senhora, e me conte o que diz a carta."

"Vê-se que foi escrita por um semianalfabeto", murmurou a sra. Sixsmith, jogando o véu para trás e olhando, divertida, em direção ao túmulo.

QUERIDA SENHORITA,

Tive a oportunidade de ver a senhorita no Fisher Mat na sexta-feira e vê-la fez meu coração bater forte. Sou um rapaz da galeria — do comércio de flores. Mas o que eu sei eu sei — a senhorita é A Pessoa da minha vida. Ai, quero ver a senhorita de Julieta na sua casa linda se puder separar um lugar pra mim e pro meu camarada está bom. Vou enviar pra senhorita doces e uma colônia do Covent Market.

Já da senhorita de verdade,

BILL.

"Pedindo ingressos."

"Pobre coitado. Sally o teria atendido, com certeza", disse o cônego Sinquier.

"Infelizmente, cônego, como somos criaturas efêmeras!"

"Estamos nas mãos de Deus."

"Ela sabia disso. A fé de Sally nunca a abandonou... Oh, cônego, algum dia, talvez, eu possa me aproximar do senhor e pedir que me guie. Minha alma se ressente de tristeza."

"Há alguém em Londres para aconselhá-la?"

"Ninguém."

"Verdade? A senhora me espanta com isso."

"Estou muito cansada de Londres, cônego!"

"Seu marido, sem dúvida, tem uma ocupação lá."

"Meu marido e eu estamos separados..."

"A senhora não tem filhos?"

"Infelizmente, cônego! Penso com frequência... algumas vezes... eu gostaria de adotar uma criança. Uma florzinha do interior! Sério... um cachorro, mesmo que bem-educado... não é muito *comme il faut*."

"Você procura um garoto?"

"Misericórdia, *não*! Nada desse tipo... O senhor não me entendeu, em absoluto."

"É difícil entendê-la, madame."

"Quis dizer uma garota... uma loura! E ela dividiria comigo, senhor, cada serviço, cada benefício. Sua educação ficaria aos meus cuidados."

"De que idade?"

"A partir de 13 anos..."

"Uma órfã?"

"De preferência."

"Discutirei o assunto em breve com minha esposa", disse o cônego Sinquier, virando-se pensativo, caminhando até o portão em arco.

"Antes de deixar sua cidade encantadora, cônego, gostaria mais que tudo de visitar o palácio episcopal. Sally costumava falar com frequência dos tesouros artísticos que existem lá."

"Tesouros artísticos?"

"Retratos antigos."

"A senhora é uma amante de retratos?"

"Na verdade, sou. Meu marido, certa feita — Paul —, pagou uma verdadeira fortuna por uma pintura de um holandês; e o senhor acreditará em mim, cônego! Era apenas a imagem traseira de um cavalo."

"Um Cuyp?"

"De circo — com trançado de palha no rabo. Costumava ficar pendurado no escritório do sr. Sixsmith e lá permaneceu! Francamente", disse ela, esfregando uma luva preta de criança no rosto, "algumas vezes, eu desejava que o cavalo desse um coice".

"Se a senhora ficar aqui mais algum tempo, há alguns quadros na decania que são considerados interessantes, acredito eu."

"Quadros!"

"Eclesiásticos, antigos."

"Oh, cônego?"

"Talvez a senhora pudesse aparecer, sem pressa, para jantar. Em quais das nossas estalagens você está?"

"Estou na 'Antílope'."

"Sei que minha garota teria desejado que nossa casa estivesse aberta para a senhora, que era sua amiga. Sua defensora..."

"Querido cônego — não... não: o senhor não deve! Ela está em paz. Nada pode preocupá-la. Nada deve afligi-la... ainda mais agora. E, o senhor sabe, como administradora, ela estava suscetível a inúmeras amolações."

"Minha pobrezinha."

"Ela está *fora de combate*: livre de um mundo calculista e desonesto; ah, cônego!"

"Esperaremos a senhora, então, a querida amiga de Sally, para jantar esta noite às oito", murmurou o cônego Sinquier, enquanto se afastava.

A sra. Sixsmith abriu uma imensa sombrinha de *chiffon* e pairou em *staccato* diante da cúpula espiralada de Santa Irene.

Era um dos dias mais maravilhosos que se poderia imaginar. O sol brilhava triunfante no meio de um céu sem nuvens.

A sra. Sixsmith ficaria mais um tempo entre as buganvílias e a escuridão, espalhando louros do gramado da catedral, invadindo obtusamente vez por outra jardins tranquilos que atravessavam portões de ferro forjado.

Novas visões e possibilidades raras surgiram em sua mente.

Ainda com Sally ela podia fazer muitas coisas. Por seu intermédio, seria recebida com honras nos círculos palacianos no períbolo.

Aquelas requintadas casas palacianas, pensou ela, deviam estar cheias de riqueza... pratos Caroline antigos e lindas porcelanas verdes de Limoges — Sally realmente provou isso! O dia em que ela abriu seu coração no Café Royal, falou sobre uma terrina maciça *tão pesada que nem dava para segurar*.

Os olhos da sra. Sixsmith arregalaram-se.

O pai de sua amiga falecida ansiava por historinhas, relatos sobre o "brilhantismo interrompido" de sua menina, e ele os teria. Viu a si mesma satisfazendo-o com uma *salliana*, envolta em uma mantilha branca de renda Mechlin.

Um convite do cônego e da sra. Sinquier deveria ser manejado de forma inteligente naquela noite. "E uma vez dentro da casa!...", planejou ela, assustando-se quando um pavão, símbolo de Santa Irene, esticou de um muro coberto de buganvílias o pescoço verde em sua direção, como se fosse bicá-la.

Seus pensamentos voaram.

Em uma colina próxima, além do rio, a pequena e umbrosa igreja de Sant'Ana transformava-se em produto da fantasia contra o céu amarelado.

De todos os lados, raramente em uníssono, repicavam sinos próximos. Na alegria religiosa que atingiu Santa Maria, contrastando claramente com a simplicidade estranha de São Marcos. Santa Isabel e São Sebastião, na Flower Street, pareciam envolvidos em animada disputa, enquanto o pôr do sol que caía sobre Sant'Ana da Colina não fazia nada além de lamentar. Próximo a São Nicássio, meio paralisado e impotente, havia pouco barulho. Então, triunfante, em um furacão de som, Santa Irene silenciou o bando.

A sra. Sixsmith soltou um longo e calmo suspiro.

Já era a hora que ele dissera.

"E minha experiência me diz", murmurou ela enquanto seguia em direção à decania, "que, com oportunidade e tempo, ele pode ter esperanças de suceder *sir* Oliver".

INCLINAÇÕES

PARTE I

"Além do mais, nunca me arrisquei a levar você comigo a qualquer reunião que eu tivesse com o papa, por medo de que você tentasse usar de sua coqueteria com ele."

— *Lady* Kitty Crockodile para a srta. Lydell.

"CABELOS QUASE PRATEADOS — INCRIVELMENTE LOIRA: UMA PALIDEZ ASSUSTADORA." Feita essa ressalva, havia, inegavelmente, uma grande semelhança.

É verdade, sempre que começava um novo trabalho ela dizia a mesma coisa.

Houve os períodos Ducquelin, Pizzi, o da rainha Quickly... e aquela curiosa noite de outono quando ela havia experimentado o impulso de um velho e malvado César...

"E aqui estou eu, enferrujando em Yorkshire!", exclamou.

À luz do crepúsculo, seu rosto parecia vago e indistinto: um brinco reluzia.

"Adoro sua paciência!"

"Ela parece ter tido onze filhos."

"Quem, querida?"

"A sra. Kettler. Catherine. Kitty."

"Para mim, é um mistério que você não se canse de ficar nisso sem parar."

"Minha querida, você está sempre elucubrando."

"Mas agora que Effie começou com suas terças-feiras..."

"Normalmente só fico mal-humorada quando soa a campainha para o jantar."

Viola Neffal moveu os lábios como se estivesse contando.

"Bem, aquela tapeçaria Mortlake", ela disse, "perfurada por pregos e pendurada abaixo de espelhos é suficiente para fazer uma pessoa chorar!".

A biógrafa cruzou nervosamente suas mãos longas e expressivas.

"Às vezes penso", arriscou ela, "que coisas modernas, quando bem escolhidas, acentuam o passado".

Através das janelas abertas, uma fileira de árvores, todas inclinadas na mesma direção, recuava pelo jardim como vultos fugindo de um baile.

"Quem era aquela mulher, querida, que pôs a cabeça do amante num vaso de manjericão?"

"Você está se referindo a Isabel. Mas nada jamais irá me dissuadir! Além do mais, depois da princesa Orvi, preciso de uma mudança. Duas mulheres italianas..."

A srta. Neffal aspergiu-se generosamente com *Lethe Incarnata*.

"... À sua sorte!", desejou ela.

"De algum modo sinto que pode ser um fracasso. Vi a lua nova com meu olho esquerdo."

"Você nunca me contou exatamente o que há de admirável na sra. Kettler. Por que ela a atrai."

"É difícil explicar... como um homem de rara influência uma vez observou, ela era como uma camponesa radiante."

"E camponesas são normalmente tão radiantes?"

"Ela era. E além do mais era muito inglesa! Desde suas primeiras palavras: 'Seria minha glória', disse ela, 'passar um verão numa cabana em algum buraco de Old Sarum'. Ela mal tinha completado 2 anos."

"Ela parece ter sido uma cigana."

"Muito pouco se sabe sobre ela, afinal! Não há muito material disponível. Como se sua vida tivesse sido feita de sombras bruxuleantes... você só a vê por instantes luminosos. Diz-se que em seu auge ela ficou cansada do mundo e foi para o Ceilão."

"*Ceilão?*"

"Bem, se não foi para o Ceilão... com tantas mudanças, é normal se confundir. Suspeito que possa ter sido a Grécia. Tenho um palpite de que foi Atenas!"

"De qualquer forma, foi algo insular."

"Uma alma tão rara quanto o rádio."

A srta. Neffal disse o que estava pensando.

"As pessoas que eu mais gostaria de ter conhecido são Walpole e Safo", disse ela.

"Se você não está satisfeita agora, nunca estará!"

"Isso é inútil."

"Eu só estava me referindo a Hugh."

"Hugh! Eu vou me casar com ele, Geraldine, como você sabe, principalmente por ter ouvido isso dele. E é claro que ficarei muito contente em me casar..."

"Minha cara Viola."

"Quando a pessoa está se aproximando do *fim* da casa dos 20..."

"Bobagem!"

"Conte-me mais sobre a pequena camponesa."

"Oh, bem, muito em breve eu espero voltar às minhas viagens. Pretendo fazer uma viagem bem extensa, seguindo os passos *dela*."

"Você vai partir para a Grécia?"

"Vou aonde quer que ela tenha ido."

"Talvez você acabe passando por Cannes!"

Geraldine O'Brookomore, a autora de *Seis estranhas irmãs, Aqueles Gonzagas* etc., destrancou um sombrio estojo de laca — uma obra de arte, à sua maneira, com seus muitos rótulos, todos pintados em pérola tingida.

"Reminiscências. Anedotas. Apologias. Crimes. Loucuras. Invenções. Nostalgia. Misticismo. Miscelâneas. Documentos Humanos. Cartas de Amor. Dele para Mim: de Mim para Ele", leu ela.

"É da Nostalgia que você precisa..."

A srta. O'Brookomore ergueu os olhos.

"Certamente estou disposta a esperar que sim."

"Não é difícil às vezes ser imparcial?"

"Depende muito da saúde da pessoa. Quando se está um pouco cansada, ou com disposição abaixo da média..."

"Como eu queria que você fosse mais sensata. *É* mais sábio quando o gongo soa..."

"Eu sei. Mas Effie me estraga... agora mesmo ela me mandou um pêssego com sabor de cravo escuro..."

"Effie exagera em sua hospitalidade, é o que me parece. Deixando *rouge* em todos os quartos da casa. Até no do sr. Fairmile, pobre rapaz!"

"Quem está lá embaixo?"

"Botticellis de perucas douradas... jogando *bridge*. Eles me mandaram vir aqui em cima para procurar por você."

"Por mim?"

"Para ir observá-los."

"Não vou. Que bem faria isso, afinal?"

"Então eles vão invadir esta sala, em vez disso. Depois do jantar, Effie tem o hábito de pegar uma vela e arrastar todo mundo para olhar as crianças adormecidas em suas camas."

"Eis alguém chegando!"

"Se eu ficasse aqui olhando, eu incomodaria, cansaria, preocuparia vocês?"

"É a srta. Collins."

"Mabel!"

"Tenho esperado vocês por um tempo interminável. Esta é a casa mais tediosa..."

"Pobre gatinha assustada!"

A srta. Collins, que nunca antes havia saído de casa, parecia acreditar que uma *soirée* seria uma sucessão de ditos espirituosos, música e explosões de gargalhadas.

"Deve-se sempre tentar ser feliz!"

"Eu acho que você dirá que é tolice, mas eu quero tanto v-i-v-e-r! Eu quero sair borboleteando pelo mundo, igual a você."

A srta. O'Brookomore ficou pensativa.

"Meu trabalho", disse ela, "se passa, em sua maior parte, em meio aos mortos".

"Isso é inevitável?"

"O pior da biografia moderna, entenda, é que nunca se tem absoluta certeza do que se tem o direito de..."

"Ainda que seja apenas para evitar as consequências penosas", teorizou a srta. Neffal, "deveríamos passar pelo mundo compacta e organizadamente".

A srta. Collins deu-lhe as costas, sentindo-se oprimida.

"Effie envia uma nova remessa de frutas. Ela vai subir muito em breve para olhar as crianças."

"Framboesas!"

"Há framboesas na Caldeia?"

"Você me deixa atônita! Por que pergunta?"

"Para saber. Naturalmente, vivendo o tempo todo no mesmo lugar..."

"Você nunca sai?"

"De casa? Ah, sim... algumas vezes, no inverno, vamos à Escócia."

"Mas a Escócia no inverno certamente deve ser uma desolação só! Pedra, ardósia e asfalto, e o tipo errado de cabelos ruivos..."

"Veja bem, não podemos nos desfazer de nossa casa."

"De fato. E por que não?"

"Porque ela fica em um vale. Apesar de que, é óbvio, às vezes vemos efeitos surpreendentes na névoa..."

A srta. Neffal recostou-se na cadeira, com braços letárgicos e dedos entrelaçados.

"Por que atacar a paisagem?", inquiriu ela.

A srta. Collins estremeceu.

"Todo aquele verde ondulante", disse ela, "em frente às janelas... bem, o bosque parece assombrado até mesmo sob o sol".

"Pobre criança!"

"Vocês não têm ideia... eu lhes asseguro que não há uma criatura em toda a região que possa interessar a alguém, exceto, talvez, por madame La Chose, que é uma atriz, apesar de não ter nada a ver com o palco."

"Como pode alguém ser uma atriz sem ter nada a ver com o palco?", perguntou a biógrafa, puxando a srta. Collins para perto.

Mas a srta. Collins parecia não saber.

"Eu adoro essa onda em seu pescoço", disse ela. "Não é um queixo duplo, é só uma... onda!"

"A sra. Kettler tinha uma igual."

"Você está perpetuamente pensando nos grandes homens?"

"Naturalmente, naqueles em questão."

"Eles devem frequentemente assombrá-la."

A srta. O'Brookomore sorriu.

"Ocasionalmente", disse ela, "eles o fazem. No meu sonho da noite passada, eu parecia ouvir todos aqueles sobre cujas vidas escrevi recentemente gemendo e me implorando para não fazê-lo. Deixe que as edições morram, disse-me uma boa mulher. Deixe que sejam canceladas!".

"Ingratidão!"

"Sonhos, você já deve ter ouvido falar, funcionam ao *contrário*."

"Ainda assim, tenho certeza de que você deve precisar de uma mudança."

"Estou ficando tediosa?"

"Muito pelo contrário."

"Mais uma vez em um *vagão-leito*..."

A srta. Collins caiu de joelhos.

"O que eu não daria", disse ela, "para ir com você!".

Ligeiramente assustada, a srta. O'Brookomore tirou um cigarro de uma caixa de papelão.

"Supondo..."

"... supondo?"

"Supondo... eu só disse 'supondo' — supondo que você me acompanhasse à Grécia..."

A srta. Collins pôs-se de pé, cintilando.

"Só de pensar", exclamou, "eu poderia pular de alegria".

A biógrafa observou-a. Escuridão contra a cintilância.

"Minha principal diversão", explicou ela, "sempre foi trocar ideias com alguém. E receber ideias novas enquanto isso".

"Em Corinto!..."

"Em Aulis!"

"Em Atenas!"

"Em Epidauro!"

"Em Micenas!"

"Na Arcádia!"

"Seria como um conto de fadas."

"Desde que você seja bem-humorada e animada!"

"Em casa dizem que eu às vezes sou bem tola."

A srta. O'Brookomore deixou escapar um suspiro.

"Poucas de nós nascemos maduras", declarou ela.

A srta. Collins voltou a afundar-se no chão.

"Suponho que devamos abafar todas as nossas emoções", disse ela, "e esconder as coisas... mas eu nunca o faço. Eu só deixo meu coração falar. E assim...".

"Estou lendo as *Viagens de lady Cray*", interrompeu a srta. Neffal. "'Uma vez, no deserto', diz ela, 'eu tentei assar uma perdiz amarrada com barbante, mas o fogo queimou o barbante e a perdiz...'."

"Melhor ser tola em casa que..."

"Aí está a Effie!"

Com um castiçal na mão, e totalmente só, a anfitriã apareceu à porta.

"Eu bati, mas não tive resposta!"

"Nós não a ouvimos."

"Mulher selvagem e interessante! Você tem feito *muita* coisa?"

"Não muito. O melhor trabalho das pessoas nunca é escrito."

"O que ela mais precisa", refletiu a srta. Neffal, "é da ala abandonada de um palácio".

"Você vem, Viola, olhar as crianças?"

"Será que ouso, eu me pergunto, com estes sapatos..."

"Há algo de errado com eles?"

"Eles podem acordar a pequena Phillis..."

"De qualquer forma, a sra. Orangeman, imagino, fatalmente fará isso."

"... Você ouve a mente tristonha dela quando ela canta!"

A srta. Collins pareceu sagaz.

"As preocupações dela não são suficientes", profetizou ela, "para mantê-la em movimento...".

"A menos que você seja mais cuidadosa", ameaçou a srta. Neffal, "eu vou escrever sobre você no meu *Livro dos gatos*".

"Você o tem há muito tempo?"

"Desde que fiquei noiva."

A anfitriã deu uma risadinha abafada.

"Até nós!", disse ela. "Agora, em dias tediosos, Jack frequentemente gosta de fazer pequenas correções em seu testamento."

"Isso não a deixa *nervosa*?"

"Por que deixaria?"

"Eu ficaria com medo de ele tirar meu nome."

"Isso é porque você é excessivamente tensa. Quando as pessoas são pálidas e cansadas como você, elas precisam repousar."

"Bem, eu já quase encerrei a noite. Talvez eu possa descer assim que o vigário tiver ido embora. Da última vez que nos encontramos, ele se referiu à pobre Kettler como um caso de internação..."

"Você não tem algum retrato dela que possamos ver?"

"Só uma réplica. O original, se me lembro bem, está na galeria Liechtenstein."

E com seus dedos longos e sobrenaturais, a srta. O'Brookomore alisou um pergaminho.

"Como retrato", disse ela, "obviamente, é um prodígio de ruindade. Mas eu acho que o rosto dela é tão divertido e tão aceso".

A srta. Collins olhou tristemente para o desenho.

"Eu vi tão poucos quadros bons", lamentou ela, "apesar de um artista ter vindo a Bovonorsip, em um outono. Ele ficou hospedado no Wheat Sheaf e invadiu as reservas de caça o dia todo".

"Alguns artistas podem ser bastante insinuantes."

"Ele era mesmo! Era impossível não compartilhar da alegria do homem quando ele disse que havia capturado toda uma atmosfera com um pouco de tinta cinzenta... 'Não fiquem muito ansiosas para ser como Corot, jovens senhoritas', ele dizia, quando também saíamos para desenhar. E, antes de partir, ele me deu uma pequena paisagem de um bosque, com camponeses nus."

A anfitriã ergueu sua vela.

"O pobre sr. Fairmile parece tão infeliz, Mabel, desde que você desapareceu!"

"Como é que ele pode mostrar seus sentimentos quando..."

"Quando?"

"Oh, Effie, por que você o provocou?...", perguntou a srta. Collins enquanto saía rapidamente.

"Eu admiro quem dedica tanto tempo a escrever sobre a vida de uma mulher com olhos tão cheios de bolsas!", exclamou a srta. Neffal, devolvendo a gravura.

"... ouçam a sra. Orangeman. Bem, Viola, você vem?"

Sozinha, a srta. O'Brookomore vagueou despreocupadamente até a janela e inclinou-se para fora.

Abaixo dela, uma paisagem cheia de arvorezinhas murmurantes estendia-se na direção de meras colinas, tão delicadas.

"Foi somente o vampirismo que me fez convidá-la", questionou-se ela, "ou estarei simplesmente entediada?".

Ela olhou para cima.

Havia um vislumbre de fúcsia na luz pós-crepúsculo, que a fez recordar-se do Oriente.

"Seja como for", murmurou ela, "sua mãe muito provavelmente jamais consentiria".

E, sentando-se à frente do espelho, ela começou a examinar as framboesas, com medo de encontrar pequenos vermes.

"Quando as pessoas estão pálidas e cansadas como você...", não dissera Effie?

Ela fez uma pausa para sonhar.

Como aquilo se parecia com a descrição de Kate Kettler:

"Cabelos quase prateados — incrivelmente loira: uma palidez assustadora..."

Uma colmeia em Brompton, uma bandeja de peixe reluzente, o jeito como o vento soprava: tudo naquela manhã parecia extraordinariamente grego.

A caminho da Harrods, a srta. O'Brookomore regozijava-se.

A srta. Collins estava realmente na cidade!

"Leve-a e fique com ela", havia escrito a sra. Collins, de forma um tanto inesperada. "Quem melhor que a srta. O'Brookomore poderia demover minha filha de seus hábitos de moleque? Atenas, imagino, deve ser um belo lugar. Aqueles narizes gloriosos! As fantasias se esvaem, mas um retrato de Byron a cavalo etc."

E agora, enquanto a srta. O'Brookomore ia em frente, por uma ou outra razão ela franzia os olhos e sorria.

Em torno dela, surgiam terrenos bucólicos em heroicas listras verdes. Arbustos escuros...

"Claro que ela vai precisar de alguns vestidos novos", pensou, parando em frente a uma placa anunciando "VESTIDOS — EQUIPAMENTOS ARTÍSTICOS" na esquina da Ygdrasil Street, por cujas portas articuladas, naquele exato momento, passava a famosa sra. Asp.

A biógrafa veterana estendeu a mão.

"Temo que sua vasta rede de conhecidos", disse ela, "a tenha quase destruído para mim! Disseram-me que você havia partido".

"Estarei de partida dentro de uma semana."

"E irá sozinha?"

"Levarei uma criada — e a jovem srta. Collins, que ainda não tem 15 anos."

A sra. Asp começou a ronronar.

"Caso você precise de uma criada verdadeiramente confiável", disse ela, "eu posso lhe indicar uma mulher excelente. Nove semanas com uma tal sra. Des Pond e mais duas... um tesouro! Ou, caso você precise de uma blusa que lhe caia bem, ou de um chapéu estranho, ou de qualquer outra coisa... a sra. Manwood, ali dentro... seria uma caridade! A pobre tolinha... apostou todo o seu dinheiro em Quiet Queenie, ou terá sido em Shy Captain, e perdeu...".

"Para minha viagem", disse a srta. O'Brookomore, com um olhar preocupado, "devo levar comigo apenas o que for extremamente útil e simples e absolutamente austero".

"Minha cara, se me permite, imagino saber tanto quanto você sobre viagens. Acho que já estive no exterior tantas vezes quanto você."

"Boatos sobre minha atual escolha, sem dúvida, já chegaram a você?"

A sra. Asp ficou levemente asmática.

"Como os discípulos de alguém podem ser imensa, pura, curiosa e inteiramente imprudentes..."

"Naturalmente, vou sugerir os cinismos da pobre Kitty com leveza feérica... na verdade —"

"Para mim", disse a sra. Asp, "a sra. Kettler sempre fez a própria defesa... e, quando você estiver em Atenas, deve ir a Tânagra. Não que haja muito para ver lá".

A srta. O'Brookomore ergueu o braço.

"Se me atrasar", observou ela, "eu me desencontrarei da srta. Collins... ou a deixarei esperando, talvez, na rua. Mal dá para acreditar, mas ela nunca saiu de casa antes!".

"Bem, mesmo quando eu ainda tinha 17 anos, eu ia com minha corda de pular para o parque..."

"Eu gostaria de tê-la visto."

"Temos um pequenino camarote reservado no terceiro andar da ópera para esta noite, se você quiser vir!"

"Esta noite vamos ao Dream Theatre, e eu não posso... além do mais, lamento, mas tenho aversão pelo Covent Garden. A pessoa senta-se em meio a luzes brilhantes, aparentando 80 anos, ou 90, ou 100 — como pode ser o caso."

A sra. Asp assentiu.

"De qualquer modo, esperarei ter notícias suas", disse ela, "muito em breve. Um marido ateniense para as duas... uma *villa* para cada uma na Trácia... eu não poderia sonhar com nada mais! E agora, com o oratório tão próximo, quase me sinto tentada a entrar. Apesar de, como regra, eu nunca me confessar usando qualquer coisa apertada".

E ali, em frente à Harrods, usando uma lista de compras para provocar um cão preso a uma guia, estava a srta. Collins.

"Vamos nos apressar", disse a srta. O'Brookomore, cumprimentando-a de forma meio nervosa, "com nossas compras. E depois, só para quebrar o gelo, pretendo levá-la a um restaurante oriental no Soho...".

III

"É engraçado", disse a srta. Collins, "mas até as coisas mais triviais me divertem agora que estou longe de casa!".

"Sua forte *joie de vivre*[1]", informou-lhe a srta. O'Brookomore, "e sua juventude sempre me fizeram bem".

"Conte-me quem você vê."

"Dificilmente é o ideal de quem quer que seja. No sofá, meio adormecidos, estão Guarini e Ozinda. Rodopiando em torno deles, fazendo sua vistoria, estão lorde Horn e as senhoritas. Cornhill, e na parte elevada estão January, duquesa de Dublin, e sua Doxy."

"Qual é a Doxy?"

"A que está desfeita em lágrimas. Em galerias ela é terrível. Começa a chorar por qualquer coisa, até pelo 'pobre pé' do Spinario."

"Uma vez, quando estávamos caçando coelhos, acidentalmente..."

Houve um murmúrio de várias vozes.

"... mulheres de pesadelo, aterrorizantes."

"... Um de seus pecadilhos juvenis."

"... fascinante, cores fantasmagóricas."

"É *dele*, só pode ser."

"Arre!"

"Leve-me daqui!"

"Às nossas costas", interrompeu a srta. O'Brookomore, "*lady* Betty Benson está sendo acompanhada por um décimo filho e verdadeiro assassino, e de emboscada perto da porta, conversando com o noivo da srta. Neffal, está a sra. Elstree, a atriz."

1 Alegria de viver.

"O-o-o-o-h!"

"Você tem o catálogo."

"O que você diria que é?"

"Querido e velho sr. Winthrop! Ele é sempre tão vago — 'Nascer do sol na Índia'. E eu tenho certeza de que foi pintado na rua dele. Aquelas árvores ficam na Portman Square."

"Não é a srta. O'Brookomore? Ouvimos dizer que você havia partido."

A srta. O'Brookomore virou-se ligeiramente.

"Estamos nas mãos de Ospovat", murmurou ela, "ainda".

"Vocês já escolheram a rota?"

"Vamos de Marselha a Pireu, e de lá pegaremos o bonde."

"O-o-o-o-h!"

"Você está com o catálogo."

"... conhece o sr. Hicky?", começou a gritar a sra. Elstree. "Bem, quando eu estava atuando em *A viúva de Wells*, eu morri nos braços dele todas as noites, durante mais de um ano."

"Hugh, onde está Viola?"

"Lamento não poder dizer-lhe."

"É mesmo?!"

"Eu a deixei queimando espirais mata-mosquitos em frente a uma tela de Guardi e invocando Veneza."

"Qualquer coisa posterior ao século XVIII eu sei que ela detesta."

A sra. Elstree dirigiu-se à historiadora.

"Moça ousada", murmurou ela, "eu a admiro mais do que você pode imaginar! Você simplesmente nunca é banal".

"Você se refere à minha sra. Kitty?..."

"E, mesmo que você não descubra muita coisa, o fracasso deixa as pessoas mais sutis!"

"Tudo o que eu espero é conseguir um pouco de glamour."

"Uma vez... já lhe contei?... aluguei uma casa na parte baixa da Thames Street, onde ficam os mercadores de ostras."

A srta. O'Brookomore fechou os olhos.

"Quando eu era bem criança", disse ela, "eu não ligava para doces... mas gostava de ostras. 'Tragam-me ostras', eu dizia. 'Quero ostras.'".

"Poeta."

A srta. Collins dobrou-se ao meio, como se fosse brincar de esconde-esconde.

"Francamente, Mabel! Reparando em você, consternada, está a sra. Felicity Carrot, da *Style*."

"Uma repórter!"

"Uma pessoa deve ser sempre um pouco sua própria espectadora, querida."

"Não se mova — não tenho certeza, mas acho que vejo minha tia!"

"Sua tia?"

"Sra. Hamilton-de-Hole."

"... os horizontes de meu marido são unicamente políticos", explicava a sra. Hamilton, enquanto abria caminho a cotoveladas.

"E ali está o sr. Winthrop, cuja paisagem..."

A sra. Elstree saiu de perto.

"Ozinda adormeceu profundamente nos braços de Guarini!..."

Houve uma confusão de vozes.

"Cordeirinhos entre lobos."

"Estamos pensando em atravessar a fronteira para testemunhar o outono em Versailles."

"... frequenta leilões."

"A figura esbelta e de cócoras de Madalena sou eu."

"Aqueles púrpuras brilhantes, de destroncar o pescoço."

"Irra!"

"Uma canção escarlate."

"Encomende o que quiser da Tanguay", disse ele, "uma tiara, o que lhe agradar".

"... Você poderia pensar que eles haviam sido organizados por Boehmer!"

"O-o-o-h!"

"Você está com o catálogo."

"A sra. Elstree levou-o consigo."

IV

"Vamos todos ficar juntos!"

A srta. O'Brookomore piscou algumas vezes.

"Estamos em uma estação?"

"Amanhã", anunciou a srta. Collins, por detrás de seu diário de viagem, ignorando os murmúrios adormecidos da criada da historiadora, "seis garotas da Cornualha devem dançar no Lune Grise. Que pena perdermos isso. Apesar de eu acreditar que me importo mais com Mona. Quando ela descobrir que eu estive em Paris e nem ao menos tentei encontrá-la...".

"Quem é essa, querida?"

"A irmã de Napier — do sr. Fairmile. Oh, Gerald!"

"O que é?"

"O sr. Fairmile e eu uma vez... Sim, querida! Estamos noivos... e quando nos despedimos ele não me beijou. Ele apenas me esmagou contra seu coração..."

"Esmagou-a?"

"Meu vestido, um pouco. Uma das piadas da srta. Johnson."

"Aquele branco?"

"É claro que conheço Mona desde sempre. Ela é simplesmente um amor. Alta, com uma cabeça minúscula. E mãos místicas, tão lindas... eu e ela estudamos juntas."

"Eu não sabia que você já tinha ido à escola."

"... Um semestre. Ela era basicamente minha amiga do peito em York Hill. Uma vez nós trocamos gotas de sangue. Oh, Gerald!"

"É mesmo?"

"Foi em certo domingo, em junho."

A srta. O'Brookomore deixou cair a cortina à prova de fogo sobre os olhos. Eles ficaram vidrados.

"Acho que vou colocar os pés para cima", disse ela, "e me deitar".

"Justo quando o sol está para se pôr?"

"Estou cansada. Minha cabeça dói. Minha mente tem trabalhado incessantemente o dia todo..."

A srta. Collins condoeu-se.

"Ler no trem perturbaria qualquer pessoa", observou ela. "A mim, certamente."

"Estava refrescando meus conhecimentos dos clássicos."

"Antes de virmos, minha mãe me fez aprender de cor um trecho de *A rainha dos tártaros* para recitar para você no instante em que chegássemos, como uma surpresa. Você conhece o grande discurso! A rainha tomou o veneno e deixou a tenda de braço dado com sua confidente. Lá dentro, o banquete está a todo vapor. Aqui e ali se escutam gargalhadas... 'Ha, ha, ha! Ha, ha, ha, ha!' Então a rainha volta-se para Melissa... e mamãe declara que ela jamais esquecerá a impressão que madame Dolce Naldi causou nela ao interpretar a rainha, apesar de a srta. Faucet, como Melissa, estar esplêndida em sua contrastante fragilidade — e diz: 'Minhas mãos estão frias. É como se houvesse pesos em minhas pálpebras... Eu ouço vozes cantando em meus ouvidos. Eu sinto' etc. E assim vai, citando a maior parte do dicionário médico."

"É curioso que sua mãe não tenha selecionado o discurso triunfal. Segundo ato, cena três: 'Todos se amontoaram à minha volta...'", comentou a srta. O'Brookomore.

"Não sei. Os únicos livros que me interessam são sobre fazendas."

"Minha cara, quando se fala de fazendas, esquece-se dos animais. Leitõezinhos travessos..."

"Não acho que *isso* fosse importar."

"Talvez algum dia, quando você se casar com um nobre rural, você tenha uma fazenda toda sua."

"Não é muito provável. Antes de sair da cidade, eu consultei uma vidente. Há indicações, disse ela, de que algo *muito desastroso* venha a acontecer entre janeiro e julho."

"Oh, Mabel!"

A srta. Collins estendeu a mão para alcançar um saquinho de doces.

"No cristal ela pôde ver mamãe lendo minhas cartas... ela pôde vê-la, disse ela, de quatro no chão, procurando algo..."

"Sua pobre mãe."

"De que adianta sofrer?"

"Mab, querida, você está sempre lambiscando!"

"Para passar o tempo."

"Mas é tão ruim para você."

"Cuidado com um homem deslumbrantemente louro, disse a mulher. Cuidado com ele. E, no final, depois dos muitos obstáculos insignificantes que você suplantará, disse ela, você se casará com alguém que tenha os cabelos negros como um corvo!"

A srta. O'Brookomore ficou atenta à paisagem.

Observar as árvores deslizando à luz do crepúsculo era um tanto hipnótico. Em uma colina, uma pastora com um carneiro branco pôs-se de pé e acenou com o cajado.

"A pobre Palmer parece estar completamente exausta."

A criada mexeu-se de leve à menção de seu nome.

"Quando gregos encontram gregos, senhorita", perguntou ela, "pode me dizer o que eles devem fazer?".

"Já que somos todas inglesas", retrucou a srta. O'Brookomore, "acho que não importa...".

A srta. Collins cobriu o rosto com uma luva de camurça manchada.

"Outro túnel!"

"Você realmente deveria descansar, Mab. Você vai chegar muito cansada."

"Já estou. Mas não me recostarei — tenho medo de contrair algo... infeccioso."

"Algum dia, querida, eu talvez junte suas frases em uma guirlanda..."

"Uma vez, nosso cocheiro..."

"Não, por favor... estou sem nenhuma curiosidade."

"Apesar de que, mesmo completamente sentada, minha cara, eu consigo dormir tão facilmente quanto uma *prima donna* em cima do palco! Nada me acorda."

Palmer ergueu os olhos para a lua minguante.

"As noites", comentou ela, "ficam bem frias. Se eu soubesse, não teria vindo sem minha estola de pele".

V

"E então nós quase corremos. Qualquer pessoa teria pensado que nossos maridos estavam logo atrás... e talvez algumas delas tenham ficado com pena de nós. Mas a srta. O'Brookomore é sempre tão impontual; é admirável que alguma vez consigamos pegar um trem."

Ele acenou com a mão.

"Aquele talento! Aquele dom! A mente dela!"

"Em Marselha, chegamos a perder o barco. Se não fosse por isso, muito provavelmente nós dois jamais teríamos nos conhecido."

"M-a-b-e-l", chamou a srta. O'Brookomore.

A srta. Collins virou-se para ela.

"Você precisa de mim, querida?"

"Quem é o seu belo amigo?"

"Ele... Oh, Gerald!"

"Onde você o encontrou?"

"Ele começou falando do tédio que é a água para um marinheiro, e então..."

"Entendo!"

"Oh, Gerald, é o conde Pastorelli..."

A srta. O'Brookomore recostou-se um pouco em sua espreguiçadeira de convés.

"Acredite em mim", disse ela, "ele não é tão pastoral quanto seu nome leva a crer".

"E ali está outro!"

"Você diz...?"

"Um boto!"

A srta. O'Brookomore fez o sinal da cruz.

"Eu sempre faço isso", disse ela, "quando alguém aponta para alguma coisa".

"Vamos dar uma volta?"

"Com prazer."

"Há uma pessoa a bordo, alguém provavelmente deveria falar com ela, que fica sentada o dia todo olhando o mar, por baixo de um véu de um violeta muito vívido. E, quando as ondas quebram perto dela, ela nunca sequer se move..."

A biógrafa observou atentamente o sol tocando a água escura e transformando-a em lentos diamantes.

"Alguém deveria embotar", observou ela, "a agonia".

A srta. Collins ficou claramente intelectual.

"O que você preferiria", inquiriu ela, "um casamento ou um funeral em alto-mar?".

"Eu preferiria não ter de desfazer nenhuma mala."

"Para uma das emergências, tenho o suficiente, é claro, de roupas brancas... e, para a outra, ouso dizer que eu poderia me inclinar sobre a lateral do navio usando um chapéu prateado coroado com negras rosas escocesas."

"Se esse chapéu fosse meu, eu o daria a Palmer."

"Pobrezinha, toda vez que o navio joga, ela parece ouvir algo dizendo: *O capitão — seu telescópio.*"

"Ela verá a terra muito em breve, agora, e a olho nu."

"Estou mais ansiosa pela chegada das onze horas", disse ela, "quando o camareiro passa distribuindo bananas".

"Diga-me, em Bovonorsip todos falam assim tão alto?"

A srta. Collins estalou a língua.

"Vamos até o convés inferior, Gerald, olhar pelas janelas das cabines? Há uma negra, a quem você chamou de uma *Gauguin*... Totalmente sozinha em sua cabine. Seria interessante ver o que ela está fazendo..."

"De algum modo eu preferia salvar aquela pobre criatura embuçada do risco de se molhar."

Mas a "pobre criatura embuçada" estava divertindo-se, aparentemente.

"... Eu não tenho objeção nenhuma, na verdade", disse ela. "Eu gosto bastante do mar!... Sou a srta. Arne. Mary Arne — a atriz. Algumas pessoas me chamam de sua Mary Ann, outras pensam em mim como Marianne."

"A *tragédienne*[2]."

"Meu domínio é a comédia. Eu sempre digo que sou a única *lady* Teazle!"

"Então certamente você conhece Lizzie Elstree?"

"... Eu consigo me lembrar dela correndo pelas coxias do Garden Theatre, em algo que hesito nomear com exatidão..."

"Bem, eu sempre odeio apressar quem quer que seja."

A srta. Collins assentiu com a cabeça.

"Lá está o conde", exclamou ela. "Ele vai ficar trombando comigo."

"Eu me pergunto quem será ele."

"Acredito que seja um advogado sem clientes."

A srta. O'Brookomore pareceu cautelosa.

"Como é que alguém pode saber?", murmurou ela. "Ele pode *não* ser tão desprovido de clientes...!"

"Eu não sei nada sobre a lei", disse a srta. Arne. "Apesar de que, quando atuei em *A coroação de Lucy*, havia uma cena de tribunal que durava quase quarenta minutos."

"Você deve estar aproveitando o descanso agora."

"Descanso! Estou indo à Grécia para estudar Lisístrata."

"Mas você não poderia ter feito isso em casa?"

"Não com os mesmos resultados. Como eu disse aos tolos críticos, pretendo tratá-la como uma personagem real."

"Entendo. Quando alguém se preocupa em dar relevo, é mais comumente ao cenário."

"No cabo Sunion", disse a srta. Collins, "vou me deitar na areia o dia todo, como uma estrela-do-mar".

2 Atriz de tragédias.

"Minha cara, em Sunion não há areia. São apenas rochas."

"Como você sabe que há rochas?"

"Você acha que eu não vi gravuras antigas?"

"Talvez eu possa nadar cachorrinho."

"Oh, alegria, alegria! Ver-me livre do elmo, do queijo e das cebolas!", soliloquiou a srta. Arne.

"Eu adoro Aristófanes."

"Certamente, ele tem um sabor..."

A srta. Arne pôs-se de pé.

"O que pode ser aquilo ali?"

"Aqueles declives..."

"Aquelas *villas*..."

"E templos..."

"Deve ser..."

"É, sim..."

A srta. Collins começou uma frenética dança rural.

"É Atenas!"

VI

"Até agora não notei um só!"

"Um o quê?"

"Um nariz! Atenas e narizes celestiais... Mamãe disse que eu os encontraria."

A srta. O'Brookomore jogou sobre a cabeça um objeto intrigante, com uma asa de morcego-vampiro inclinada na parte traseira.

"Paciência", murmurou ela. "Não estamos aqui há tempo suficiente."

"tanto tempo para descobrir que o farmacêutico inglês não é inglês!"

"Por quê? Você não está se sentindo bem?"

"Eu estava tentando evitar as sardas."

"A bela sra. Wilna sempre costumava dizer que o máximo que ela fazia era aplicar um pouco de *cold cream* assim que ia para a cama."

A srta. Collins mudou de uma cadeira para outra.

"Oh, venha ver! Oh!"

"O que é tão urgente?"

"Há uma briga chocante na praça!"

Sob um céu de um azul machucado, quase violeta, estava a cidade. Muito branca e muito limpa.

Na calçada alguns jovens, de braços dados, pareciam presos nas convulsões de uma dança.

"Vamos descer e nos sentar à mesa de algum café."

A srta. O'Brookomore ficou subitamente evasiva.

"Eu quero que você se contenha um pouco por alguns dias. Seja mais discreta."

"Porque..."

"O professor Cowsend e a esposa têm quartos ao lado dos nossos..."

"Bah! Ignore-os!"

"Além disso, os Arbanels estão aqui em lua de mel... você nunca viu fantasmas assim vagueando por aí."

"Quem é o sr. Arbanel?"

"Ele é muito *blasé*."

A srta. Collins juntou as mãos.

"Eu daria praticamente qualquer coisa para ser *blasée*."

A srta. O'Brookomore deu-lhe as costas.

"Essa alfândega!", lamentou. "Tudo chega tão *destruído*."

"Você vai sair para ver o que encontra?"

"Talvez procure na biblioteca da universidade."

A srta. Collins ficou contemplativa.

"Quem sabe se ela não a está observando do Além..."

"Minha pobre gatinha, Atenas deve lhe parecer um tanto sem graça."

"Na verdade, não. Eu poderia me sentar por horas na varanda e observar os passantes. Tantos deles não passam. Pelo menos, não diretamente."

"Você está dizendo que eles param?" "Às vezes. Mas o que importa? Quando a pessoa não é linguista..."

"Palmer devia passar mais tempo com você."

"Palmer parece tão enjoada."

A biógrafa suspirou fundo.

"Na verdade, o jeito como ela espalha naftalina praticamente acabou com as violetas."

"Menos com as dela!"

"As dela?"

"Oh, Gerald... toda semana há uma dança, querida, no hotel."

A srta. O'Brookomore deu de ombros.

"Não espere que eu vá a nenhuma delas", disse ela, "só digo isso".

"Oh, querida, como você pode ser tão espartana! Como?"

"Você se esquece, minha cara, de que meus dias de dança estão praticamente acabados."

"Espere... Espere... *Espere* até você ouvir o dum-dum-dum de um conjunto de cordas... Oh, Gerald!"

"Eu estaria num sono profundo."

"Conversa! Você se enrolaria em um xale e desceria correndo."

"Estou falando sério."

"E você coloriria as maçãs do rosto tão depressa que todo mundo pensaria que tinha usado geleia."

"Acredite, eu levaria o assunto ao gerente sem o menor remorso."

"Você reclamaria do barulho?"

"Eu exigiria que me trocassem de quarto."

"S-s-s-h! Eis a Palmer."

"Ah, chega de naftalina, por favor."

"Há um pacote para a srta. Hill..."

"Leve-o daqui. Não é para nós."

"Acho que é para mim! Collins, Colline, Collina *Hill.* Achei que era melhor não dar meu nome verdadeiro em nenhuma das lojas..."

"Collina! Você andou conversando com o conde?"

"Quando eu saí, ele estava mexendo no barômetro do saguão."

"Temo que ele a tome por uma herdeira."

"Mas ele está muito bem como está! Você não notou? Ele não dá gorjetas, ele *premia.* Além do mais, minha cara, eu jamais poderia me casar com um homem que tenha calos nos pés, ou que não faça suas orações."

"Como você sabe que ele tem calos?"

"Porque ele me contou. Ele não podia subir até a acrópole por causa dos calos, foi o que ele disse..."

"Não é uma bênção?"

"Veja, Gerald, eu comprei estes espanta-moscas."

"Na Arcádia eles serão perfeitos."

"O conde estava dizendo como é difícil para duas doces mulheres irem sozinhas a lugares tão inacessíveis."

Franzindo os lábios, a historiadora ajustou o véu.

"Hum!", disse ela.

VII

"E quando a mudança na sorte de papai realmente aconteceu... bem, então, é claro, eu pensei em *tudo*... ser uma criada, eu pensei... olhar para a lua através da cerca... mas, de algum modo, não! Eu não poderia..."

"... Vamos tomar nosso café no salão?"

"A noite está maravilhosa", declarou uma mulher de voz vibrante.

"As noites aqui são realmente a melhor parte do dia!"

Em um reservado, incapaz de conter o riso, a srta. Collins estava ensinando versinhos ingleses ao conde.

O carvalho nu no parque de cervos, imóvel,
Escarnece do alce sisudo.

"Servo?"

"*C-e-r-v-o!*"

"Oh, minha cara!"

"*Quartos!... Cervos!*"

"Eu a adoro, querida."

"*Colações!*"

"Nossos dois corações!"

"Mabel! A srta. O'Brookomore está chamando."

"Oh, Gerald, o que é, afinal?"

"Venha agradecer a sra. Cowsend... Ela consentiu em levá-la para passear ocasionalmente, quando eu estiver ocupada."

"Será um prazer", disse a sra. Cowsend. "Amanhã pretendemos passar a manhã nos jardins reais."

"Infelizmente, eu não sou especialmente apaixonada por flores. Jardinagem na chuva era um dos castigos, lá em casa."

"Mas no palácio há tão poucas flores. Quase nenhuma! Uma porção de loureiros, um pouco de ciprestes, oleandros, talvez, ou algum lariço... nada que possa lhe trazer más lembranças!"

"A mera visão de um carrinho de mão já me deixa nervosa."

"Pessoalmente, tendo a adorar um carrinho de mão. É uma boa mudança, depois de tantos templos."

A srta. O'Brookomore ficou introspectiva.

"Visitar a Grécia com o professor Cowsend", disse ela, "seria *minha* ideia de felicidade..."

"Minha querida srta. O'Brookomore, eu encontrei coisas tão adoráveis em Somerset quanto no vale do Tempe. E sem nada de cansaço."

A historiadora mostrou um mapa.

"Aonde vamos", anunciou ela, "está marcado com pontos brancos".

"Vocês devem tomar muito cuidado!... É a exata região..."

A srta. O'Brookomore ficou rígida.

"Conte-me tudo", implorou ela.

"Imagino que você já encontrou um cão pastor por aqui, antes? Alguns deles são tão ferozes. Mais parecem lobos."

"E cães frequentemente me atacam!"

"Perto de Delfos eles são bem assustadores. O monte Parnaso, eu lhe asseguro, é totalmente tomado..."

"Cães adoram me lamber", disse a srta. Collins, "sempre que têm uma chance...".

Com um *lorgnon*, a sra. Cowsend deu batidinhas no mapa.

"Em Mégara", disse ela, "há um calvário para celebrar um dos Seymour. Mas obviamente *lady* Maisie atraiu atenção com sua toga até mesmo na cidade".

"Ouvi falar que o sarampo está atacando muito em Atenas no momento."

"Ainda assim, devo dizer, acho a cidade um tédio. O sr. Cowsend, você sabe, está fora o tempo todo, tomando notas para suas palestras. Muitas vezes ele deixa o hotel assim que o dia clareia, e passa o tempo todo fuçando o Pnyx... E a mim restam as lojas... Bem, de modo geral, não as acho grande coisa."

"Eu também às vezes pegava um banquinho dobrável e ficava o dia todo no Pnyx."

"... Quando eu fiz isso outro dia, ele não pareceu gostar muito! E, de qualquer forma, ele nunca me conta muita coisa. Eu abordo a Grécia do ponto de vista da Renascença, e não arrogo saberes sobre nenhuma das duas."

A srta. O'Brookomore baixou a cabeça, amigavelmente.

"A sra. Arbanel está realmente vivendo um sonho oriental esta noite..."

"Seu marido, ao que parece, é incrivelmente desatento para com ela, pobrezinha."

"Parece meio cedo para isso."

"Há um garoto na varanda vendendo fios e mais fios de contas de âmbar", murmurou a senhora ao passar por elas.

"A srta. O'Brookomore estava justamente dizendo que não se poderia ser mais persa ou turca que você, mesmo que quisesse."

"Muito sugestivo isso de correntes!"

A srta. O'Brookomore protestou.

"Com você", disse ela, "eu só vejo as contas".

"Nós nos casamos na igreja de Santa Margarida, há quase um mês!"

"Eu li sobre sua pequena aventura no *Morning Post*."

"Eu não me lembro se você já conhece Gilbert..."

"Não posso dizer que o conheço, mas acho que já nos sentamos juntos uma vez, no mesmo sofá."

"Foi recentemente?"

A sra. Cowsend sorriu educadamente.

"Ausência ou excesso", observou ela, "parece não haver nada entre os extremos".

"Mas esta é minha lua de mel. Eu não estou sendo nem um pouco exigente."

A srta. O'Brookomore usou o leque.

"Hoje está sendo um dia tão divino!"

"Eu passei a maior parte dele em um bosque na estrada de Maratona", disse a sra. Arbanel, "com o *Sonho de uma noite de verão...*".

"Hérmia! Lisandro! Oberon! Titânia![3] Oh, céus!"

A srta. Collins mostrou sua cultura.

"Fundilho", acrescentou.

"... eu odeio passeios turísticos. No entanto, disseram-me que amanhã eu devo fazer um. O sr. Arbanel contratou uma carruagem aberta... mas, como eu disse a ele, isso não seria mais uma carruagem. Seria uma carroça..."

"Você devia alugar uma carruagem e ir até Elêusis... no domingo, acho, é a única coisa a se fazer."

A sra. Arbanel parecia entediada.

"Não vi nada aqui tão delicado", confessou ela, "quanto o *Petit Trianon*[4] sob uma leve chuva de abril".

Os olhos da sra. Cowsend cintilaram.

"Você devia dizer isso ao professor assim que ele chegar."

"Para onde os homens vão à noite? Eles invariavelmente desaparecem."

"No corredor coberto atrás do hotel", disse a srta. Collins, "há uma cervejaria vienense e um cinema. Oh, Gerald!".

"O sr. Cowsend, após o jantar, normalmente vai a um café na Rue d'Hermès e joga dominó."

"Sozinho!"

"Ou com o professor Pappas, que é propenso, de modo geral, a ser aborrecido. Quando ele nos foi apresentado, começou a

---

3 Personagens da peça *Sonho de uma noite de verão*, de Shakespeare.
4 Palácio construído no interior do parque de Versailles, na França.

falar sobre o condado de Warwick. Ou a condessa de Warwick. E então ele começou a falar de Shakespeare."

A srta. Arne virou-se.

"O que foi que vocês disseram sobre o teatro?"

"Nada", disse a srta. Collins.

"Um dia desses, Marianne, você devia organizar uma *matinée* de Lisístrata na acrópole."

"Camarotes lotados. Plateia inferior lotada. Plateia superior lotada. Poço da orquestra lotado. *Somente lugares de pé!*"

"As pessoas não ficam de pé em concertos? Elas passeiam..."

"Acho que sim."

"Há uma garota ali no canto, observando você, que daria uma excelente Lampito[5]..."

"É australiana, pobrezinha, está procurando pelos pais."

A srta. O'Brookomore piscou várias vezes.

"Bem, ela não precisa ficar me encarando!"

"Sob certa luz", murmurou a srta. Collins, "ela se parece com Edith Jackson, que foi expulsa de York Hill".

"O que ela fez?"

"Oh, nada de mais."

"Alguma coisa ela deve ter feito."

"... Ela deu um baile em seu quarto — dançando a *hula-hula*! Mas isso não foi tudo, *realmente*... Oh, céus!"

"Amanhã teremos um aqui no hotel, é o que me parece."

"O sr. Arbanel compôs uma ária encantadora expressamente para a ocasião."

"Minha cara, como alguém pode dançar ao som das imagens mentais dele?"

"Oh, ouçam!"

"Quando o vento vem para este lado, você pode ouvir distintamente o que eles estão dizendo no café."

5 Personagem de *Lisístrata*, de Aristófanes.

Ta-lirra-lirra-lo-la-la.
La-lirra-lirra-lo-la-la!
Ta-lirra-lirra-lirra,
La-lirra-lirra-lirra,
Ta-lirra-lirra-lo-la-la!

"É política!"

"Deve ser."

"Tanto otimismo!"

"É de esperar que o sr. Cowsend..."

A srta. Collins vagueou na direção do conde.

"Cervo — você se esqueceu?..."

"Ah, o 'pequeno servo'!"

"Misericórdia!"

"Outro verso."

"Não agora; não devo!"

"Quando a verei de novo?"

"Amanhã, creio eu, na hora da *siesta* — quando a srta. O'Brookomore vai para o quarto para um cochilo..."

Ele inclinou a cabeça sobre seus dedos.

"Boa noite, srta. Mabina. Beijo suas encantadoras mãos."

A srta. Collins olhou para elas de relance.

"As minhas?", suspirou ela.

VIII

Sardônica, ela mexeu a salada: salteando, agitando, picando, cutucando, partindo as folhas trêmulas. Perseguindo um rabanete rosado, ou...

"Oh, Gerald, todo mundo está olhando para você!...", exumando os olhos fuzilantes dos ovos.

"Por que começar a jogar tudo por aí?"

Orquestrando azeitonas e tomates, cortando a beterraba violeta...

"Oh, Gerald!"

... perseguindo ervilhas provocantes — espalhando páprica, aspergindo estragão, derramando azeite.

"Eia, querida!"

"O filósofo Ateneu de Náucratis afirma que alface é calmante para o amor, sabia?"

"Quem mencionou o amor? Só disse que gostava imensamente dele."

A srta. O'Brookomore apoiou o queixo na mão; ela fez uma pausa.

"Onde *fica* esse Pastorelli?", perguntou ela. "Quero dizer, em que cidade?"

"É um pouco depois de Orvieto. Não muito distante de Roma."

"Mesmo? Roma..."

"Sua gulosa! Acredito que você gostaria de estar lá."

"Não vejo motivos para reclamar."

"Pense nas inúmeras pessoas que nunca vieram à Grécia." Encontrando, em seguida, o molho inglês...

"Não parece justo!"

A srta. Collins pareceu sábia.

"Assim", comentou ela, "é a vida!".

"Você não me contou ainda, Mab, sobre Pastorelli... há uma catedral com afrescos lá, você disse. *Scuola di — quem?* Um campo-santo. E o quê mais?"

"A casa, é claro, onde ele nasceu. Ela fica ao lado de um lago de aspecto sinistro e dos jardins salpicados de estátuas. Ele me mostrou uma fotografia da família sentada lá. Oh, minha nossa!"

"A família dele?"

"Só os parentes de sangue..."

"Depois do *déjeuner*[6] você realmente deveria escrever aos seus..."

"De que adianta?... Mamãe está em Edimburgo. Ela diz que deve tentar se contentar com a *Atenas Moderna*, já que ela crê que jamais venha a ver a outra. Então papai, pobre velho cavalheiro, foi deixado sozinho para cuidar de minha irmãzinha Daisy, que não sabe ler nem escrever. Mamãe não vai permitir que ela seja educada, já que, segundo ela, não adiantou nada para mim. E frequentemente, para uma a-a-amiga, pede que ela demonstre sua ignorância."

"Sua o quê?"

"Como você disse: o quê! Eu amo Napier *mais* que nunca, querida, sempre que ele diz 'O quê'. O q-u-ê! O quê! Oh, Gerald, eu não consigo explicar... você nunca saberá..."

"Eu sei, sim. É como o estalo de um rebenque. Exatamente."

A srta. Collins começou a comer migalhas a esmo.

"Um rebenque? Oh, Gerald..."

"Você parece ter esquecido Napier inteiramente, desde que se interessou pelo conde."

"Afinal, o que é ele além de um pudim de Yorkshire?"

"Ainda assim, é seu noivo!"

6 Almoço.

"Você deve olhar para o homem sentado diretamente à nossa frente. Ele não lhe dá a exata impressão de algo arrancado pela raiz?"

"Ele obviamente tem um pouco de dinheiro, e ela o está gastando!"

A srta. Collins passou os olhos pela sala.

A meia distância, a sra. Arbanel parecia estar absorta em uma conversa vivaz e aparentemente vital com o *maître d'hôtel*.

"Eu adoraria parecer tão pensativa!"

"Não estou vendo a sra. Cowsend, e você?"

"O café da manhã foi servido para quatro no quarto dela."

"Para quatro!"

"Ou talvez tenham sido apenas para três."

"Abordar a Grécia através da Renascença acabaria com a maioria de nós."

"Sem dúvida, até mesmo a tirada sobre os tártaros..."

"Lembre-se de que você me deve aquela."

"A biblioteca de Bovon, você sabe, é cheia desse tipo de coisa... Apesar de que mamãe detesta todos os livros sérios. Ela gosta dos frívolos. Sempre que ela vai a York, certamente volta com um assim."

"Nunca ocorreu à sua mãe a excentricidade que é viver perto de York?"

"Oh, Gerald, é horrível para todos nós, querida, mas o que podemos fazer, se ninguém quer a casa?"

"Deve haver algum jeito de se livrar dela."

"Mamãe está em Edimburgo agora para ver o que pode ser feito. Ela acha que talvez alguma pessoa ansiando pelo sul..."

"Nunca se sabe!"

"Eu vou ler a carta dela para você ouvir, quer? Há um recado para você também."

A srta. O'Brookomore bebericou apaticamente seu *Château Décélée*.

"'Meu anjo adorado', diz ela, 'minha querida filha Mab... Se você soubesse como estou infeliz sem você'. Oh!... 'Você não podia ter conseguido uma violeta mais silenciosa?' Ela também está interessada na srta. Arne! 'Como Julieta', diz ela, 'ela era estonteante! Apesar de que não dá para evitar a sensação de que ela já dançou no Empire. Atravessando a Princes Street, eu deixei cair a pele etíope que ganhei da sra. Mattocks'. E ela me pede que seja fotografada usando seu... não entendi a palavra... 'chapéu e casaco zuavo, com um ramo de violetas em um dos ombros.' (E aí ela diz, como eu lhe contei:) 'Eu devo tentar me contentar com a Atenas Moderna', diz ela, 'já que suponho que jamais verei a Outra... Quem eu poderia encontrar por acaso no Caledonian além de Sukey e Booboo? Elas ficaram tão contentes em me encontrar por aqui, e no domingo fomos todas juntas ouvir o padre Brown. Ele falou para nós tão simplesmente, tão eloquentemente, de forma tão tocante que eu... nunca se esqueça, meu bem, de que...

"'Ele me lembra um pouquinho só de Santo Antônio de Pádua... Que história é essa a respeito de *um italiano*? Oh, garotinha. Se jamais conseguirmos sair do bosque, precisamos persuadir papai a viajar...

"'Recentemente, ao ouvir a Associação Cristã de Moços cantando *Há uma colina verde*, senti que queria alugar uma carruagem e ir direto até ela. Os dias de piquenique da mamãe estão quase no fim, agora... em breve *ela* é quem será a ruína. Aqueles que se importam com ela o suficiente irão labutar à beira de seu leito, talvez, com suas cestas, como fariam com alguma torre romântica caindo aos pedaços — os Lermers, a pobre Nell Flint, a querida sra. Day — e irão se espalhar sobre sua namoradeira e sacar suas gengibirras. Médicos tentarão consertá-la, remendá-la...

"'Mas mamãe não vai permitir. Ela vai simplesmente virar para o lado e mostrar a eles...'"

"E o recado?"

"Estou chegando lá."

"'... E mostrar a eles, como Dolce Naldi fez, que eles chegaram *tarde demais*. A ideia de mais um inverno úmido...'"

"O recado!"

"Dê minhas calorosas lembranças à srta. O'Brookomore."

"Curiosamente, ele escreve no mesmo estilo que meus correspondentes desconhecidos."

"Ela está cheia de tristeza trivial."

"A Escócia há de lhe fazer bem."

"O que você faria, Gerald, se olhasse em volta e visse alguém usando um *kilt*?"

A srta. O'Brookomore piscou algumas vezes.

"Eu não acho que faria coisa alguma", disse ela.

"Oh, e não faria?"

"*Talvez...*"

"Experimente uma... eu não sei o que são; na escola nós as chamávamos de *Madonnas* francesas."

"Elas parecem bastante pesadas."

"Uma vez eu comi dezenove merengues..."

"Sua porca!"

"Você tem de comer um grão de terra antes de morrer, Gerald."

"Não se eu estiver consciente."

"Dê-me um pouco da marrom."

"Quais são as iniciais de seu pai, caso eu precise lhe escrever?"

"C. É de Charles!... Pobre velho cavalheiro."

"Você devia responder à sua mãe. Prometa a ela que vai mandar uma fotografia."

"Na noite em que eles sortearem a loteria, haverá um baile na ópera."

"E o que uma coisa tem a ver com a outra?"

"É para ser a fantasia."

"Entendo."

"Pensei que poderíamos ser fotografadas com nossos vestidos, então."

"Sei."

"Oh, Gerald, você quase poderia ser uma Portia de borlas prateadas só com roupas que já tem, e eu uma Donzela de Orléans."

"Você!"

"Não seja cansativa, querida. Não é como se fôssemos com roupas de meninos!"

"Francamente, Mabel..."

"É claro, como você quiser!"

"Então está decidido."

"Oh, Gerald, por mim, inscreva-se."

"Eu, me inscrever? Eu me inscrever! Eu não me inscrevo para nada."

"Quando a prefeitura da minha cidade foi destruída, eu ajudei a recolher donativos para a restauração..."

A srta. O'Brookomore descobriu o rosto e prendeu o véu no chapéu.

"Depois da *siesta*, o que você pretende fazer?"

"Vou sair para fazer algumas compras. Eu gostaria de comprar alguma peça de cerâmica antiga para a sra. Elk, de York. Você sabe que ela coleciona vasos. E também a criada de casa me pediu que gastasse alguns xelins em 'alguma coisa com aparência muito grega'. E eu não devo me esquecer do lacaio..."

"O que ele queria?

"Uma faca."

"Você parece ter encomendas de todos os serviçais."

"Em casa, querida, eu quase sempre uso as escadas dos fundos... elas são tão mais interessantes que as da frente... Uma vez Daisy viu um soldado em uma delas... Ele estava subindo! E outra vez..."

A srta. O'Brookomore bocejou.

"Misericórdia", disse ela, "chegou a hora da *siesta*!".

"Não, realmente não há como resistir a ele. Estou certa de que não há. Quem poderia? Não tem como resistir a ele de forma alguma — nenhuma mesmo. Não..."

Recatadamente, ela deixou cair um sapato.

"Eu não me importaria em estar mais apaixonada do que estou no momento. Não, na verdade! Mesmo que eu pudesse..."

Ela afundou-se lentamente na cama.

"Oh, sua criatura tola!"

"Amor! Ó Deus!"

"Eu nunca vou dormir. Não vejo como poderia. A sorte está lançada! Não há como dizer, criança, como isso vai terminar!..."

"... Via Tibre... Condessa P-a-s-t-o-r-e-l-l-i. Via Tibre... 'Ó Tibre, Pai Tibre, *para quem os romanos oram.*' Impossível!... Se eles o fizessem, isso seria um perfeito escândalo."

"E suponha que ele me obrigasse a fazer o mesmo? Oh, céus!"

Ao lado da cama, envelhecendo em meio a vários volumes em velino, estavam as *Nove orações* da condessa de Cochrane e Cray.

Quem faria queimar?

A oitava! Que clamor por uma coroa!

Quando o assunto eram joias, não havia muito que ela não ensinasse.

Dois diamantes soltos faziam um encantador som de toc-toc.

Em um jantar festivo, então, quem começaria primeiro? Ela ou *lady* Cray? As pessoas poderiam ignorá-la, provavelmente, de qualquer forma — "a mulher *italiana!*"... "A condessa *Pasto*-qualquer-coisa!"

Ela fechou os olhos e estendeu a mão para uma rosa de açúcar.

Não, ninguém poderia dizer exatamente como terminaria. "Minha cara, eu não gostaria de dizer!..."

Lá estavam aquelas vozes da cervejaria... "Fal de rol di do do, *di do do*! Fal de rol..."

A srta. Collins virou o travesseiro.

"Suponho que tenho de me deitar e ouvir!... Oh, céus!"

"'Estou segura de que sempre a achei extremamente dedicada ao trabalho, inteligente, elegante e honesta.' Aquela era da sra. Vernigan. Esta é a srta. Miser. E aqui, a ex-princesa Thleeanouhee."

"Para que incomodar mais a srta. Palmer a esse respeito? Eu sempre digo que é uma loteria, aonde quer que se vá."

"Uma vez", declarou a criada da sra. Arbanel, "eu me empreguei com uma senhora literata — a Safo escocesa. Ela escreveu *A virtude de Violeta*, ou talvez *Virtude da Violeta*".

"Enfim!"

"Oh, pelo amor..."

"Vamos lá, srta. Clint, vamos. Não é tão longe assim."

À frente delas a acrópole, meio escondida por nuvens ralas, parecia um brinquedo quebrado.

"Naturalmente, dá para ver que tem suas antigas associações..."

"Creio que sim. Mas para mim ela não aparenta ter metade da idade da igreja da abadia em minha cidade. Aquela, sim, parece gasta, pode-se dizer."

"Gasta, minha cara, não fale em estar gasta!"

Clint suspirou.

"Quando eu me sinto solitária ou deprimida", disse ela, "ou trabalhando para alguém que é um pouquinho... Bem! Eu sei que só há uma coisa a fazer. Eu pego um táxi e vou me sentar na igreja de São Bartolomeu, o Grande. Ela tem um *je ne sais quoi*[7] que de algum modo me conforta".

"Ela pode deprimir algumas pessoas, minha cara."

---

7 Um ar, algo difícil de precisar.

"Bem, sempre que me cansa, eu vou embora!"

"Rápida com a agulha, e acorda cedo, com certeza..."

"Devolva-as para mim."

"Estou certa de que não existem horários *longos* demais para ela."

"É o que se poderia chamar de retrato de uma escrava."

"Onde está Elizabeth?"

"Estou aqui."

"E *mademoiselle*?"

"Arrastando-se lá para trás."

A srta. Clint acenou na direção do Erecteu.

"Venham logo, meninas!", chamou ela.

"Oh! Eu nunca soube que Ló tinha seis esposas..."

"Você não percebe que é sempre a mesma?"

"Nosso mordomo anterior era viúvo. Ele parecia inconsolável."

"Cedo ou tarde, cada um de nós tem sua cruz para carregar!... Na última casa em que morei, você podia pegar uma daquelas coisinhas felpudas e, soprando, dizer: 'Primeiro lacaio, segundo lacaio, terceiro lacaio, quarto lacaio...'. E, se houvesse alguém lá embaixo, 'garoto da despensa, pajem...'."

"Com os Jamjanets, é claro, vivia-se em hotéis metade do tempo. Comer, beber e se vestir ocupava todo o dia *deles*."

"Na Arcádia, se você for, vai achar a comida nojenta."

"O que eu mais quero ver são as Muralhas dos Ciclopes em Tirinto. Nós temos um anão na família, você sabe."

"Não há nada que traga mais sorte, há?"

"Oh, bem, minha cara, talvez ela ainda chegue algum dia."

Clint virou-se.

"Venham, meninas!"

"Eu não gostaria de ir com elas em um passeio a pé..."

"*Mam'zelle* Croizette, *chérie*,[8] por onde você andou?"

8 Senhorita Croizette, querida.

"Estava procurando o bracelete da sra. Arbanel."

"Eu havia esquecido! 'A pulseira de nó-de-amor-verdadeiro que ele me deu quando ficamos noivos'."

Clint ficou parada.

"Eu não sei", disse ela, "mas algo não me cheira bem".

"Chegando do Oriente, a pessoa acostuma-se a aromas pouco delicados."

"Claro que eu não deveria falar..."

"Em uma terra estranha, srta. Clint, nós, mulheres, devemos ficar unidas."

"Eu não havia notado nada até ontem."

"E ontem, o que foi que você notou?"

"Há mais de uma armadilha montada para a srta. Collins."

"Lauk!"

"Meu patrão está atrás dela também."

"Oh, meus pobres nervos exaustos!"

"Suponho que a jovem esposa seja um tédio."

"Claro que ela é neurastênica, excitável e hipersensível. Esta manhã, por exemplo, ela sentou-se e gritou comigo porque seus tênis brancos não estavam brancos o suficiente."

"A maioria das jovens casadas tem vergonha de qualquer coisa pálida... A honorável *lady* Hester Dish usou preto o tempo todo em sua lua de mel."

"Bem, ainda que houvesse vinte arapucas armadas para a srta. Mabel, ela tem presença de espírito mais que suficiente para jamais entrar em qualquer uma delas."

"Você me deixa atônita! Eu poderia jurar que ela seria muito facilmente *éprise*[9]."

"Oh, cuidado com o degrau!"

Elas haviam chegado ao mirante.

"Eu adoraria entalhar meu nome na perna deste banco."

---

9 Tomada, levada (por uma paixão).

"Sem o de um noivo enlaçado a ele, srta. Palmer, é quase como se..."

"*Meu* rapaz está no Exército."

"Uma vez eu fui noiva de um soldado."

"E você rompeu com ele?"

"Como ele me entediava com suas histórias de batalhas!"

Croizette olhou para baixo.

"Um pôr do sol assim", comentou ela, "teria apavorado os antigos".

Palmer limpou a garganta.

"Eu duvido!...", disse ela. "Quando eu saí de casa, minha querida mãe me contou um pouco sobre *eles*... Havia a aventura de Titia Clarges... ela era uma daquelas garotas inteligentes, como as midianitas em Paris. Creiam em mim, a senectude aguenta muitos sustos."

"Tagarela!"

"Qual é o problema com Elizabeth?"

Elizabeth escondeu o rosto.

"Há um homem", disse ela, "srta. Clint, agindo de forma tão estranha... acho que ele pretende nos desenhar!".

"Ele que peça permissão."

"Toda essa pesquisa ao ar livre, na minha opinião, realmente não é agradável. Eu preferia começar a ser cabeleireira no meio da rua."

"Isso pode estar no seu futuro. O professor Cowsend deve dar palestras no museu em breve, a respeito de bustos e moedas e vasos do *Coiffure* Clássico. 'Espero que você vá', disse-me a srta. O'Brookomore. 'Nunca é t-t-tarde para aprender! Cadeiras dobráveis, flores, unguentos, alfinetes e *peignoirs* serão fornecidos. E nós só nos sentamos e arrumamos os cabelos umas das outras.'"

"Ninguém vai me ver lá, isso eu garanto!"

"Vai haver um prêmio."

"Assim espero!"

"A vencedora terá despesas pagas para visitar qualquer uma das ilhas — e um dia de folga."

"Quem tiraria folga por aqui de propósito?"

"*Sozinha!*"

"Joguem cinzas sobre mim", murmurou Elizabeth, "eu prefiro!".

"Só porque a srta. O'Brookomore é um bocado intelectual, isso não significa que Dorinda, da *lady* Gaiheart, também seja! Nossa história é outra. Estamos aqui para ficar mais perto do coronel Sweetish, que está em Malta..."

"Em seu lugar, eu não o confessaria."

"Como adoramos as brisas salgadas! 'Onde está o vento?' 'De que lado está o vento?' 'Eu não sei, minha senhora', eu respondo, 'mas está pungente como mostarda!'."

Palmer examinou as próprias unhas.

"Minha patroa não é desse tipo", disse ela.

"Como assim?"

"Quando eu bati à porta dela outra noite, ela não parecia alguém deste mundo. Ela saiu do quarto com a caneta nas mãos, parecendo bastante perturbada — e velha! Céus! Mais parecia uma múmia!"

"Esgotada pelos excessos intelectuais, ouso dizer."

"*Quando está com a srta. Mabel, ela parece bem diferente.*"

"Já houve passos mais dessincronizados?!"

"Uma velha missa fúnebre e uma valsa!"

Elizabeth deu uma risadinha.

"Não se esqueça, srta. Palmer", disse ela, "de que você prometeu dançar comigo esta noite, quando a orquestra começar".

"Certamente; só não se esqueça, por favor, de que eu nunca dançarei a parte do cavalheiro."

"Não importa. O *chef* disse que assim que terminasse, ele..."

"Terminaria comigo!"

"Onde foi mesmo que você nasceu?"

"O que a está deixando tão curiosa?"

"Eu reconheceria uma voz londrina em qualquer lugar! Até no escuro."

"Minha casa é em Hammersmith."

"Hammersm..."

As Mulheres Cativas estavam à frente delas, com olhares fixos.

Era um anoitecer claro e ventoso, com uma névoa que quase escondia o mar. De vez em quando, no monte Himeto, algumas poucas sombras pálidas apareciam quando havia uma nesga de sol.

A srta. Clint examinou os grandes grupos de nuvens que passavam.

"Venham, meninas", murmurou ela. "Pode começar a chover e nós aqui, em *dernier cri*[10]...!"

10 "Última moda".

"A noite veio com uma grande lua marrom... Ignatius bateu repetidamente à porta. Por fim uma voz débil — a de Haidée — disse: 'Entre...', e eu fui conduzido para dentro do quarto por um padre anglicano da ordem de São João Evangelista. Oh, céus!"

"Prossiga... o êxtase cansado dele me faz..."

"Como está sua pobre cabeça?"

"A pomba me fez bem."

"Eu não devia ter pensado que você já a havia segurado por tempo suficiente."

"Foi mais do que suficiente."

"Logo ela vai se cansar de ficar voando pelo quarto."

"Fico muito enjoada de ficar olhando."

A srta. Collins levantou-se, cuidadosamente.

"Xô!"

"Não, Mabel."

"Ela está olhando para nós duas, querida, como se dissesse..."

A srta. O'Brookomore deu um risinho.

"Acho que você está fingindo o tempo todo."

"Oh, muito bem!"

"Eu faria qualquer coisa por você, Gerald."

"Que meigo..."

"... Ela está explorando o teto agora!"

"Abra bem a janela."

"Oh, ouça! Que música é essa? É um tipo de ritmo lento."

A biógrafa ergueu-se um pouco dos travesseiros.

"Parece a música do incesto", murmurou ela, "para alguma nova ópera".

"Oh, Gerald... você está com uma aparência péssima. Palavra que está."

"Francamente, Mabel, você tem uma língua de parteira, minha cara."

"Eu correria até a farmácia de bom grado se você achasse... foram eles que inventaram a *Eau de Parnasse*. É feita principalmente de semente de girassol. E de *violetas* de verdade."

"Você pararia para dançar no meio do caminho!"

"Bem? E se eu o fizesse!"

"É que ultimamente tenho me sentido tão nervosa. Não sei por quê!"

"Acidentes não ocorrem em salões cheios de gente. Não com frequência."

"Depende."

"Seja boazinha, Gerald. Isso, assim, querida."

A srta. O'Brookomore pareceu comovida.

"Corra, gire, dance, rodopie!", disse ela. "E volte em dez minutos."

"Você é um anjo."

"Leve-me em seus pensamentos!"

"E que bem lhe faria *isso*, Gerald?"

"Divirta-se — só isso."

Em um vestido de musselina negro com gloriosos enfeites, o cabelo preso de uma forma muito grega, a srta. Collins entrou no salão onde a srta. Arne, para sua surpresa, estava treinando uma enorme recruta.

"Bom dia, Lampito", dizia ela, "querida amiga da Lacônia. Como você parece saudável e bela! Que cútis rosada! E parece forte; você certamente conseguiria estrangular um touro!".

A garota australiana ficou rígida.

"Sim, de fato", disse ela, com seu sotaque arrastado, "eu realmente acho que conseguiria. É porque faço ginástica e pratico dança".

"Nesse ponto, é claro, acho que Lampito deveria jogar uma perna para o alto. Melhor recomeçarmos."

A srta. Collins fez uma pausa.

"Você não sabe isso de cor e salteado, a esta altura?", inquiriu ela.

A srta. Arne gesticulou com um leque que tinha os nomes de alguns antigos adoradores rabiscados nas varetas.

"A arte", disse ela, "não gosta de ser tratada de qualquer jeito. Como está a sua amiga?".

"Gerald? Anda bem mal."

"A saúde é como um espetáculo de variedades. Ela vai e vem. Até eu — de manhã, quando me levanto, me sinto bastante bem — pelo menos!... Mas até a hora do almoço, estou exausta... e aí, ao anoitecer, sinto-me como eu mesma novamente!..."

"Oh, céus!"

A garota australiana sentou-se.

"Ah!... Atuar dá calor!", observou ela.

"Podemos tomar um gelado."

"Você não quer tomar uma batida de vermute comigo?"

"O que é isso?"

"É apenas uma bebida."

"É refrescante?"

"Entre os licores", disse a srta. Collins, "não há nada como o *molho de hortelã*. Você não imagina como ele é, puro".

A garota da colônia parecia interessada.

"Conte-me sobre o palco", implorou ela, "ou sobre os nomes em seu leque".

"Eu me esqueci! Eu me esqueço!"

"Quem é *Wellbridge*?"

"Ah! Dublin era um lugar tão alegre quando *ele* era vice-rei lá..."

"Stanley, o Silencioso!"

"No Garden Theatre ele foi Bassânio[11]…"

"Freddy Fortuna?"

"Oh, minha querida, ele era o amante na última peça de *lady* Twyford. Fazia o papel do amor ilícito em todas as peças dela."

"Alice."

A srta. Arne pegou seu leque de volta.

"Eu chamei", disse ela ao *garçom*. "Quero um gelado."

A srta. Collins foi na direção do salão de baile. As pessoas acotovelavam-se, ou tentando entrar, ou lutando para sair.

O conde tocou-lhe o braço.

"Você poderia me ceder meio ouvido por meio minuto?", perguntou ele.

"Eu preferia dançar, se você não se importa."

"Você gosta de dançar?"

"Eu adoro. Quase todo inverno damos um baile. Pelo menos a sra. Collins o faz… na verdade é para mim e Daisy… nós começamos em torno de cinco e meia e vamos até cerca de oito horas. Depois disso há um mágico."

"Do lado de fora, cai a neve. A terra fica branca."

"Naturalmente, *nós* fornecemos os coelhos."

"Vocês praticam muito a caça?"

"Vemos todos os pássaros de lorde Linco quando passam voando."

O conde suspirou.

"Conosco", disse ele, "são basicamente lebres e cotovias".

"Suponho que você esteja falando da ópera."

"Na verdade, não!"

"Você passa muito tempo no campo?"

"De vez em quando. Minha mãe, sabe, é obrigada a passar um bocado de tempo em Orvieto. Ela também tem um apartamento em Roma."

---

11 Personagem da peça *O mercador de Veneza*, de Shakespeare.

A srta. Collins ficou perplexa.

"*Apartamentos?*", perguntou ela.

"Um apartamento, um pavimento, um andar — é no primeiro andar."

"Oh, céus!"

"Esta é sua primeira temporada, não é?"

"Eu não sei. E não estou interessada em lhe dizer!"

"Perdoe-me."

"Eu vivo como um diamante enterrado metade do ano."

"Ah, então divirta-se."

"Ah, isso é... mais fácil de dizer que de fazer..."

"Sua amiga não deveria ser tão rígida com você."

"Gerald não é realmente rígida... Você não diria isso se a conhecesse bem... Uma vez, ela comprou uma bezerrinha para fazer uma encadernação especial em couro, mas deixou-a crescer... e agora ela é uma vaca!"

Eles entraram dançando lentamente no meio da multidão.

"Eu conheço bem esta música. É *Lady Randolph e o velho pastor!*"

"A parte do velho pastor é encantadora."

A srta. Collins parecia lânguida.

"Você se importaria de me mostrar o que está acontecendo?", perguntou ela.

"O que está acontecendo?"

"De mostrar-me o lugar."

"Certamente. Será um prazer."

Toda a Atenas estava respondendo ao baile. Para Elizabeth, espichando o pescoço do alto das escadas, parecia que os homens se assemelhavam a grandes pérolas negras, enquanto as mulheres eram gotas de diamantes...

"Podemos nos sentar agora."

"Claro, como você preferir..."

"Há uma lua tão linda!"

"Eu estava justamente lendo para Gerald a respeito da lua — uma lua grande e marrom!"

"Você lê muito?"

"Ultimamente, por pura educação, tenho folheado algumas das obras de Gerald. Mas nunca abro um livro, a menos que seja obrigada. E minha irmã é a mesma coisa. Pobrezinha, ela não sabe!... Oh, ela é tão levada! Ela é realmente malcriada *demais*... Você nunca sabe o que ela está aprontando!"

A sra. Arbanel aproximou-se.

"Que armas você poderia apresentar", perguntou ela, "além de dardos?".

"Dardos?"

"Você trouxe uma arma?"

"Gerald tem um revólver de ouro. '*Honra*' é como ela o chama."

"Bem, amanhã eu e algumas outras mulheres vamos atirar em patos selvagens perto de Salamina, se você estiver interessada."

"Oh, eu adoraria!"

"Nós nos encontraremos do lado de fora da igreja na Rue d'Hermès às dez horas."

"Gerald é muito exigente quanto às pessoas com quem se relaciona."

"Ela pode escolher. Nós certamente seremos um grupo e tanto."

"Não sei o que Gerald dirá..."

"Notei que havia uma bandeja na frente da porta dela."

"Nós fizemos tudo o que podíamos para tentá-la. Mas ela tomou seu chá. E isso já foi alguma coisa."

"Não é nada sério, espero?"

"Ela tem esses momentos... acho que é por causa da dieta. Ultimamente ela tem reclamado tanto de seus sonhos extraordinariamente vívidos..."

A sra. Arbanel sorriu sombriamente.

"Quando eu sonho", disse ela, "estou observando mais do que nunca".

"O quê, por exemplo?"

"Como vou saber?"

"Então não espere que eu o diga."

A sra. Arbanel dirigiu-se ao *Auriga Hipólito*, pintado no teto.

"Na Rotunda", murmurou, enquanto se afastava, "favor virar...".

"A que ela poderia estar se referindo?"

"Não faço a menor ideia!"

"Cuidado com ela, se você for!"

"Ela é uma fúria ciumenta..."

"O marido parece completamente deprimido."

"Acho que ele quer que eu dance..."

"Não o faça! E nem permita que ele a convide."

"Por que não?"

"Pequena senhorita, quando o amor brota bem debaixo do seu nariz!..."

"Amor?..."

"Dance somente comigo!"

"Não. Vou voltar para Gerald. Se alguma coisa acontecesse com ela enquanto eu estivesse fora, nunca me perdoaria."

A srta. O'Brookomore havia diminuído as luzes.

"É você, Mabel?", perguntou ela.

"Como está sua pobre cabeça?"

"Tenho estado cochilando."

"Fico feliz que você tenha conseguido."

"Essa orquestra não é *horrível?*"

"Bum, bum, bum..."

"Você se divertiu?"

"Descobri uma coisa ou duas, tendo ido lá embaixo."

"Que coisas?"

"Oh, Gerald, a mãe dele tem apartamentos!"

"Aí está. O que eu lhe disse?"

"Ela tem um apartamento em Roma. E o que suponho que seja uma pensão no campo..."

"Bem, certamente!"

"Afinal, querida, *lady* Frithelstock vende suas frutas!"

"Ainda assim!"

"E ele me pediu, acho eu, para me casar com ele."

"Ele lhe propôs casamento?"

"Claro que é puramente verbal..."

"O que foi que ele disse?"

"Primeiro pediu para falar comigo... e então disse — 'Pequena senhorita, quando o amor brota bem debaixo do seu nariz!...'. Essas foram suas palavras."

"Belas palavras. Mas não têm nada a ver com casamento. Oh, Mabel!"

"Eu quero muito ser amada, Gerald."

"Minha querida."

"Quando ele falou de amor, fez com que eu me sentisse tão importante."

A srta. O'Brookomore pareceu soturna.

"Posso ver que você ainda não aprendeu que coisinhas frívolas são os homens..."

"O que isso tem a ver, Gerald?"

"Seja paciente. Você certamente encontrará um melhor *parti*."

"Um o quê?"

"Uma garota como você."

"E a sra. Arbanel nos convidou para nos juntarmos a ela em uma caçada."

"Na cidade?"

"Em Salamina."

"É tão longe..."

"Tragam '*Honra*', disse ela."

"Honra não serve para nada. Ela não dispara!"

"Oh, céus!"

"Além do mais, se eu fosse, só iria para me deitar na praia e observar vocês."

"Minha nossa, Gerald!"

"É a pomba novamente!"

"A menos que eu esteja muito enganada, minha cara, essa ave vai ficar no quarto a noite toda."

XII

Uma quente e milagrosa manhã fazia rachar as calçadas atenienses.

À frente de um ícone na pequena e escura igreja de Kapnikarea, a srta. O'Brookomore ajoelhava-se. E, se ela ficou parada muito tempo sobre os joelhos, provavelmente foi mais porque se sentia confortável do que por qualquer outro motivo.

A srta. Collins tocou seu braço.

"Oh, Gerald, estamos todas esperando por você", disse.

"Estou indo."

"Eu não gostaria muito de ser incomodada pela consciência dessa forma!"

A biógrafa vestiu uma luva.

"Afinal", perguntou ela, "o paraíso não é um tipo de esnobismo? Uma busca, uma preferência pelo melhor hotel?".

"Não adianta me perguntar, Gerald. É como aquele seu gancho para botões..."

"Não vamos discutir isso agora."

"Você não acredita, não é, querida, que eu pegaria seu gancho de abotoar? Eu suponho que você pense que eu o roubaria!"

"Psiu, Mabel!"

"Fico contente que não sejam colheres de chá. Apesar de que, é óbvio, isso é igualmente desagradável."

Do lado de fora, tudo era confusão, tagarelice, estalar de chicotes.

"Βρεκεκεκεqξ κοαξ κοαξ!", a srta. Arne repreendia a multidão.

"Não acho que eu vá derrubar muita coisa", declarou a garota australiana. "E, francamente, não me importo muito. Eu sou uma daquelas meninas que não fariam mal a uma mosca..."

"Querida srta. Dawkins. Você poderia acreditar que ela era uma leiloeira!"

Com uma bengala de estoque, a sra. Cowsend deu um súbito golpe no ar.

"Caso as aves voem por perto", disse ela, "eu simplesmente as espetarei...".

"Cuidado com o homem."

"... δεν εχω χρηματα."

"O que ele diz?"

"Ele diz que não tem dinheiro."

"Nenhum?"

"ουχι!"

"Aparentemente não..."

"Oh, isso não é terrível, Gerald?"

"Algumas dessas cabeças são realmente muito boas."

"Aquela se parece com o cônsul inglês!"

"Sempre que eu vejo alguém...", disse ela.

"Seu pai é alto?"

"Enquanto seguimos, eu lhe darei todas as medidas dele."

Ao longo de uma simpática e tortuosa estrada que margeava a acrópole, as carruagens prosseguiam.

"Todos esses teatros ao ar livre me divertem", disse a srta. Arne. "Como nos velhos dias de *café-chantant.*"

Sentada entre a sra. Arbanel e Dorinda, *lady* Gaiheart, sua personalidade debatia-se.

"Obrigada, nunca toco em tabaco", disse *lady* Dorinda. "A mim, um cigarro daria uma sede..."

"Felizmente a srta. Dawkins tem um cantil."

"Nos antiquários da praça de Príamo, eles agora têm algumas belas garrafas fenícias."

A srta. Collins aninhou-se simpaticamente contra sua vizinha.

"Eles me mostraram o mais interessante jogo de chá", disse ela, "que eu já vi na vida. Pertenceu a Ifigênia — em Tauris.

Oh, xicarazinhas tão minúsculas! Colherinhas tão diminutas! Um amor de jarrinha para o creme... e um bulezinho de chá tão robusto! Com o bico mais encantador... *um beicinho.* E um pequeno açucareiro! E uma pequena tigela de descarte...".

"Suponho que todos destinados para a América!"

A sra. Arbanel virou-se e jogou alguns beijos para alguém no breque que vinha atrás delas.

"Quem é aquela com o capacete de cortiça?"

"É uma sra. Lily Gordon Lawson — ela tem aquela *villa* grande e nova na estrada Olímpica. Você sabe."

"Eles dizem 'Olímpia do amor'!"

"Do amor?"

"Se as pessoas ficam juntas ali — dá tudo certo para elas."

"Para ver a Grécia, minha cara, foi para isso que eu vim!"

"Bem, em algum lugar em mim, bem no fundo", a srta. Dawkins declarou, "eu não me importo em admitir, há um campo com vacas pastando".

"Você os vem buscando faz tempo?"

"Quase sempre."

"Apenas vagueando!"

"Hotéis, sempre hotéis. *Sim!* E uma pessoa fica bem cansada da vida de taverna!"

"Você deve estar muito esgotada."

"Depois daqui eu pretendo percorrer os Is... Índia, Itália, Irlanda, Islândia..."

"Quando você os encontrar, vai ficar tão entediada..."

A srta. Dawkins levou o cantil aos lábios.

"O que há nisso, afinal?", perguntou a srta. Collins.

A srta. Dawkins encarou-a fixamente.

"É um... coquetel digestivo", finalmente respondeu ela. "Ou um *Blue Brazilian,* como algumas pessoas preferem chamá-lo... é isso."

A sra. Arbanel deu um grito.

"O *mar*."

"Você nunca o havia visto?"

"Mabel!..."

"Parece esmeralda ou safira!" A sra. Arne perguntou: "Vocês não estão extasiadas?".

"Pretendo me banhar", anunciou a srta. Collins.

"Minha querida, como você pode?"

"Oh, Gerald, só um mergulho!"

Dorinda, *lady* Gaiheart, relaxou.

"Coronel Sweetish e capitão Muckmaisie, ambos velhos e muito queridos amigos meus", sua atitude parecia dizer, "estão em algum lugar do outro lado dessa clareira...".

"Quantas armas temos?"

"Não tantas quanto parece. Nem a sra. Cowsend nem *lady* Dorinda vão atirar. Elas só vão apanhar as aves."

A sra. Cowsend riu.

"Como bons cães de caça", disse ela.

A sra. Arbanel voltou-se para mandar mais um beijo.

"Lá estão a sra. Erso-Ennis e a sra. Viviott", disse ela.

"Aquelas duas!"

"E a pequena sra. Lawson, que é realmente *très* divertida..."

"Ela diz que tem certeza de que vai acertar alguém!"

"Oh, ela é esperta, é fascinante."

A srta. Collins rosnou.

"Queria vê-la começar a tentar usar seus truques comigo!"

"E, finalmente, nós mesmas."

"Eu não tenho arma", disse a srta. O'Brookomore. "No máximo, eu poderia atirar um livro..."

"O que você trouxe consigo?"

"Tenho meu Wordsworth."

"Ele é o seu poeta?"

"Disseram-me que eu deveria ler *Le charme d'Athènes*", disse a sra. Cowsend. "Mas eu sempre detestei a série."

"Acho que há um novo: *Notes on the Tedium of Places* — abarcando quase o mundo inteiro."

A srta. Collins olhou para sua guardiã.

"É extraordinário que Gerald não fique meio maluca", observou ela, "escrevendo tanto como faz...".

"A *Vida* está progredindo?"

"Basta dizer que está ganhando proporções."

Lady Dorinda abriu a sombrinha.

"O culto a Kettler parece ser a única sombra digna do nome que temos!", disse ela. "Desde... Elêusis."

Leves sardas começaram a surgir na pele da sra. Cowsend.

"Se eu fosse ter uma filha aqui", disse ela, do nada, "O'Brien insistiria em chamá-la Atena; e seria Olímpia. Ou Delfina. Ou, se estivéssemos a caminho de lá, Helena!...".

"Eu teria pensado em Violet, ou *Violets*", a sra. Arbanel sugeriu enquanto a carruagem parava.

Do outro lado de um mar vívido, de aspecto perfeitamente pirata, Salamina surgiu cintilando ao sol.

A srta. Arne estendeu os braços em sua direção.

"É como um final feliz!", sussurrou ela.

Barcos estavam à espera.

"Onde está o vento?", farejou a condessa.

"Há uma sensação quase outonal, não é?"

As macieiras selvagens ao longo da orla pareciam salpicadas de ouro.

"Talvez vejamos Pã!"

A sra. Arbanel pendurou a arma no ombro.

"Para evitar acidentes", disse ela, "devíamos permanecer em fila".

"Minha querida, eu sempre atiro de lado!"

A sra. Viviott tapou os ouvidos.

"Não!", disse ela.

"Por que não?"

"Nunca suportei essa história de estampido de armas", confessou ela.

"Então o quê, afinal, fez com que você viesse?", inquiriu a srta. Collins.

"Foi basicamente por causa da sra. Erso-Ennis — para cuidar dela."

"'E o sol se pôs e as estrelas surgiram ao longe, acima do mar de verão!'[12], — hein, Gerald?"

A srta. O'Brookomore manteve-se sem expressão.

"Espero que vocês saibam que nós estamos indo direto para o sudoeste!", murmurou ela finalmente... "tenho a impressão de que ali está Mégara".

"Foi acima de Mégara que os Seymours..."

Acima delas, o céu era puramente azul.

A srta. Arne esquadrinhou-o.

"O que é aquele pássaro grande?", perguntou ela. "Onde?"

A srta. Dawkins pegou um violão imaginário.

Aquilo que mais além voa, [cantou ela]
Ganso selvagem, será? — Cisne, será?
Ganso selvagem, se for –
Haréya toto,
Haréya toto,
Ganso selvagem, se for,
Seu nome em breve direi...
Cisne selvagem, se for — ainda melhor!
Toto!

"Encantador!"

"Aprendi no Japão — e é mesmo."

12 Verso de *The Revenge*, de Alfred Tennyson.

A srta. Collins inclinou-se.

"A água é tão clara que se pode ver tudo o que acontece."

"Não poderíamos parar em algum lugar e ancorar?"

"Eu poderia dizer que ouço pombos", comentou *lady* Dorinda.

"Ah, eles são urbanos!"

A srta. Arne pareceu orar.

"Eu amo Finsbury Circus por causa de seus pombos", disse ela. "E adoro os álamos na Cadogan Square..."

"O mar deixa-a indisposta?"

"Oh, Gerald!... Ela certamente vai ficar enjoada."

"Eu também gosto daquele jardim, atrás da Farm Street, com aquelas *bow-windows* olhando para ele de cima. Eu poderia sentar-me para sempre, enrolada em um vestido preto e despertando compaixão... ouvindo as vozes dos padres na Farm."

A srta. Collins pôs-se de pé de um salto.

"Não, Mabel! Você vai virar o barco."

A sra. Cowsend estremeceu.

"Eu nunca aprendi a nadar", disse ela.

"Confio que os deuses jogariam cordas — algo como paraquedas — para nos puxar para fora da água."

A sra. Viviott dirigiu-se à amiga.

"Eram suas para dar, Geneviève!...", disse ela.

"Isso é tão *você*, Iris!"

As pestanas da srta. O'Brookomore vibraram.

"Vocês já viram um trapo assim servindo de vela?"

"Está preto."

"O-h, lá foi um peixe com asas!"

"Com..."

"Onde?"

"Oh, minha querida...!"

A sra. Arbanel virou-se com sua arma e — disparou.

"Nunca esquecerei aquele momento hediondo!"

"Eles estão dando a volta com ela pela cidade."

Lady Dorinda lentamente enxugou um dos olhos.

"Para os que se vão", disse ela, "atalhos são desrespeitosos".

A srta. Collins jogou-se em uma poltrona.

"Oh, é horrível, horrível, horrível!", disse ela. "Não adianta pensar..."

A Sala de Minerva no Museu Nacional estava banhada em luz.

"É como se um velório estivesse sendo feito para ela, de alguma forma", comentou a srta. O'Brookomore, "em meio a todos esses bustos e urnas e frisos...".

"Para a Lisístrata, aquela ninfa no canto havia inspirado seu vestido. 'Eu a interpretarei em lilás e violeta', disse-me ela. E agora, pobre querida, onde ela está?"

"Oh, é horrível, é horrendo!", explodiu a srta. Collins... "Hoje sinto que estou com 40 anos! Isto fez de mim uma velha. Oh, céus!"

Com seu chapéu prateado, coroado com negras rosas escocesas e puxado até quase cobrir seus olhos, ela poderia, talvez, parecer ter mais que isso.

"Sr. Arbanel, pobre homem, parece estar quase destruído. A violência vulgar de Vina, disse ele, enoja-me mais do que jamais poderei descrever — e, quando a criada foi até sua porta, ela disse: 'Vá embora! Eu sou Perséfone'."

"Oh... Se alguém me tivesse *dito*, Gerald, que eu viria a conhecer uma noiva assassina... Nunca teria acreditado."

"O que eles pretendem fazer?"

"Bater em retirada — se forem espertos."

"Quando eu a vi em seu vestido preto, Gerald!"

"Foi puro acidente — foi o que ela disse, é claro, quando interrogada."

"Tenta-se acreditar que foi."

"Ela *estava* apontando aquela arma para todo lado. Eu estava aterrorizada o tempo todo!"

"Suponho que tenha havido um inquérito?", disse a srta. Collins.

"Eu realmente não saberia dizer..."

"Eu gostaria de ter estado nele."

"Dá vontade de voltar ao nosso país agora; de ir embora."

"Nós partimos para Delfos imediatamente", disse a srta. O'Brookomore.

"Vamos fazer como Kettler?"

"Bem... mais ou menos... Pobre Kitty, ela foi a Delfos para consultar o oráculo e descobriu que não existia mais. Você pode imaginar sua amargura."

"Talvez ela tenha se consolado com as frutas... Há um pomar no caminho para Itea... Você nunca *viu* maçãs iguais!"

"Talvez elas também não existam mais."

"Tenha cuidado em Olímpia."

"O que *há* para se fazer em Olímpia? Diga-me, por favor!"

A sra. Viviott suspirou.

"Oh, bem", disse ela, "obviamente, senta-se, e fica-se sentada, e sentada, e *sentada*, em frente ao Praxíteles... E então, se duas pessoas se encontram lá, eu lhes aviso que certamente vão se apaixonar...".

A srta. O'Brookomore curvou-se.

"Aí estão mais pranteadores!", exclamou ela.

"Oh, não é medonho, Gerald?"

"Nós entramos aqui, querida", disse a sra. Cowsend. "Eu não estava disposta a prosseguir..."

"Aquela coisa turquesa — *violeta*, eu diria — o véu!"

A historiadora pareceu tocá-lo.

"Foi sua perdição, pobre querida... na viagem para cá eu tenho ainda uma lembrança do modo como ela ficava sentada a bordo, com as ondas arrebentando perto dela."

"De qualquer modo, ela teve a triste satisfação de morrer na Grécia."

"Minha cara, não houve tempo para reflexões!"

A srta. Collins cobriu o rosto.

"Não houve um exame *post-mortem*?"

A sra. Cowsend mostrou-se perturbada.

"Você já foi olhar os penteados?", perguntou ela. "É hoje que meu marido dá suas aulas, e eles estão todos para a Sala dos Vasos agora."

"Há um salão à parte em algum lugar para as obras 'Obscenas'", disse a srta. Collins. "Onde fica?"

"Minha cara, como pode alguém pensar em algo assim em um momento como este!"

"Só para nos distrair."

"As aulas do professor provavelmente farão isso melhor."

"Na Arcádia", declarou a srta. O'Brookomore, "pretendo enrolar meu cabelo como se fossem chifres de carneiro".

A sra. Viviott vibrou.

"Minha querida", disse ela, "eu nunca mudo o meu. Eu não *poderia*!".

"Na Arcádia, você verá que o canto constante das cigarras requer alguma proteção."

Lady Dorinda levantou a mão.

"Se eu fosse mulher de um canhoneiro", protestou ela, "não faria a menor diferença. Eu sempre falo alto!".

A srta. Collins passou o braço em torno da cintura de sua acompanhante.

"Oh... é uma Dança das Horas, Gerald!"

"Dança dos Dromedários, minha querida."

"Quem fez isso?"

A srta. O'Brookomore pareceu absorta... Por um momento, o Tempo parou, cambaleou, esquivou-se. A srta. Collins envelheceu por ela.

"É adorável, Mabel", disse ela, "quando — Oh, Mabel!", disse ela.

A srta. Collins assustou-se.

"Isso coroa tudo!", exclamou ela.

"Há algo errado, querida?"

"A sra. Arbanel está realmente usando..."

A sra. Viviott deslizou para a frente.

"Geneviève!", implorou ela — "Geneviève *Erso-En-n-nis*!".

A srta. Collins amparou a historiadora.

"Vamos embora, Gerald", disse ela, "antes que aconteça de novo".

"É agradável estar em Delfos, Gerald!"

"Depois de Atenas", disse a srta. O'Brookomore, "realmente é um deleite".

"... Nós nunca chegamos a ver o rei e a rainha, querida."

"Não mesmo!"

"Esta manhã eu segui um leito de rio seco por milhas e milhas..."

"Para fazer justiça às caminhadas", observou a srta. O'Brookomore, "seria preciso ter pernas tão duras, rosadas e resistentes quanto as de uma bailarina".

"Você não vai dar a volta para olhar o auriga, como de hábito?"

"Não sei. É possível que eu vire agora na direção do Parnaso..."

"Há um arbusto no jardim, Gerald, todo coberto de rosinhas cor de malva!"

"Talvez seja um delfínio."

"Oh! Realmente o achei um amor!"

"Me pergunto quem estará aqui, além de nós."

"Vi os nomes de Cyril Cloudcap e Charlie Cumston no Livro dos Visitantes..."

"Parecem ingleses."

"Eles partiram ontem para Olímpia, e havia uma sra. Clacton, Gerald."

"Ela também partiu?"

"O conde disse que não devíamos nos surpreender se..."

"Minha cara, se Pastorelli aparecer aqui, nós vamos embora."

"Coisinha irrequieta e desassossegada!"

"Quando ele faz aquele barulho que parece estar *limpando* o nariz... Não! Realmente..."

"Isso não é nada, Gerald. Eu mesma também faço."

A srta. O'Brookomore olhou fixamente para o chão.

"Sinto falta de tapetes", disse ela.

"Em meu quarto, em casa, Gerald, o tapete tem grandes tulipas azuis contra um fundo amarelo."

"O carteiro já passou?"

"Já."

"Não havia nada?"

"Havia uma carta de mamãe. E outra de Daisy."

"Achei que ela não sabia escrever."

"Ela põe uma marca."

"Deixe-me ver."

"É só um borrão."

"A casa foi vendida... o que diz sua mãe?"

"Concluo que não. Ela diz que a mosca verde este ano destruiu quase tudo. Quase ninguém foi poupado. No Patchpole Park, os pêssegos simplesmente secaram nas paredes, como se fossem tâmaras. E ela está bastante desesperada com Daisy! Diz que ela fica mais irremediável a cada minuto. Ela está levando-a para York para ter as orelhas furadas, pobre bichinho. E papai, ele está em Helstan com Napier — é aquele novo lugar à beira-mar..."

"O conde está ciente de que você está *fidanzata*[13]?"

"Eu não lhe disse que eu não era exatamente livre, e não creio que vá fazê-lo. Devo escrever para Napier, imagino, e romper — lamento por ele, pobre rapaz."

A srta. O'Brookomore vagueou até a janela.

"Vai ser um dia quente hoje."

"No Golfo choveu em dois lugares."

"Aqui nós temos o sol."

"O que as vinhas fariam afinal, Gerald, sem as oliveiras para sustentá-las?"

13 Noiva.

"Não posso imaginar."

"Sempre dizem em casa que nada se pode comparar com a vista de Mockbird Hill. Em um dia claro, dá para ver até Ditchley."

A srta. O'Brookomore protegeu os olhos da claridade.

"Chegou alguém", disse ela.

"Oh!"

"O que é?"

"Ele está aqui!"

"Oh! Mabel!"

"Oh! Gerald!"

"Oh! Mabel!"

"Oh! Gerald!"

Mão encontrando mão, palma encontrando palma (a vitalidade de uma passando para a outra), elas procuravam uma forma de expressar suas emoções.

XV

As luzes da pousada do Apolo Pítio piscavam.

Movendo-se pelas tábuas nuas de seu quarto, a srta. O'Brookomore fazia as malas. Ora curvando-se, ora erguendo-se, ora caindo de joelhos; para quem a via da rua, ela parecia estar implorando o perdão de alguém.

> Pois eu sou a filha do rei,
> A *mais jovem*, senhor, disse ela!
> O rei é meu pai, bem sabeis,
> E meu nome é Marjorie, a bela...
>
> Oh, meu nome é Marjorie, afirmou,
> E meu pai, ele é o rei.
> Sua última filha eu sou —
> E que futuro terei?
>
> Ela disse, o que o futuro há de trazer?
> Oh, o que me trará o futuro?
> O rei é meu pai, deveis saber,
> E o que o futuro há de trazer?

"... Gerald sempre canta enquanto faz as malas! Vai simplesmente inventando à medida que..."

"Por que ela está com tanta pressa de partir?"

"Não sei. Hoje ela esteve cheia de impulsos e oscilações de humor, caprichos e extravagâncias."

"Convença-a a ficar."

"Se ao menos ela aceitasse... Nós nem estivemos na Caverna das Ninfas!"

"*Ecco!*"

"É irritante ter de perder a oportunidade."

> Nas escadas uma noite me sentei
> E o ouvi me chamar, a voz tristonha,
> Pela escuridão eu me esgueirei
> E cobri a cabeça de vergonha.

> Ela disse, de vergonha a cabeça acobertei,
> Oh, cobri a cabeça de vergonha!
> Meu pai, ele é o rei
> E eu cobri a cabeça de vergonha.

"Às vezes, quando começa a cantar, ela continua por horas a fio. Depende do que estiver fazendo!"

> Ela morreu, minha irmã Yolanda,
> E Ygrind se foi, a infeliz...
> Elas partiram, as duas, para a Irlanda
> E onde estão, afinal, ninguém me diz!

> Onde estão, afinal, ninguém me diz.
> Ninguém é capaz de dizer...

"Você me acompanharia em um pequeno passeio?"

"Para onde, afinal?"

"Qualquer lugar."

Ela ergueu os olhos na direção do Parnaso, cujo cume, alvo e frio, brilhava entre as estrelas.

"Oh, ele parece tão lúgubre!"

"Você não tem nada a temer."

"Diga-me", perguntou ela, "seria uma pensão?".

"Uma pensão?"

"Esses apartamentos de sua mãe."

"Que importância tem isso agora?"

"Oh!... Talvez eu devesse ajudar a pobre Gerald!"

"Ajudar estraga as mãos."

"As minhas já estão estragadas."

"Não acredito."

"Mamãe finge que minhas mãos são grandes porque o tempo pesa sobre elas."

"O tempo no campo tende a se arrastar, dizem."

"Não se houver uma fazenda. Quem poderia entediar-se observando as manias de algum velho touro rabugento, ou um cão farejando algo, ou uma pomba fazendo visitas?"

"Acho bem provável!"

"Você é *blasé*."

"Não sou nada disso."

"Pobre Geraldine, seu cansaço é excessivo. Ela diz que o mundo é um '8'."

"É melhor do que ser um '0'."

"A repetição torna tudo enfadonho."

"Sempre há uma nuance."

"É melhor ser uma Indiferentista, diz ela. Não se importar! Mas quando qualquer coisa dá errado... É impossível não sorrir de sua filosofia."

"Você deve ser o consolo dela."

"Eu não sei o que ela faria sem mim. Porque a criada é uma perfeita tola. Quando chegamos a qualquer lugar, normalmente sou eu quem tem de negociar os termos... Gerald odeia barganhar. Ela parece pensar que é algo sórdido. Então eu o faço por ela. Oh, é tão divertido!... É para ser um quarto de frente ou de fundos, com uma cama de casal ou de solteiro, ou a senhora desdenharia de um quarto de fundos sem nenhuma sacada? Então Gerald impõe-se. 'A senhora exige uma sacada com um horizonte sem obstruções' — e, se não houver nada assim, então procuramos em outro lugar."

Ele inclinou-se por um instante.

"É a maleta de um mensageiro."

"Acho que deveríamos voltar."

"Nós o faremos", disse ele, "quando a estrada fizer uma curva. Lembre-se, o mundo é um '8'!".

XVI

"Você me falaria sobre a lua e as estrelas?... Isso a divertiria?"

A srta. O'Brookomore levantou-se... Um jovem a quem ela nunca havia visto antes estava de pé diante dela.

"Ficarei encantada em falar com você sobre qualquer coisa", respondeu ela.

"Quando vocês chegaram?"

"Chegamos aqui ontem, meu caro."

Veio uma voz de protesto.

"Oh, Gerald! Foi anteontem."

"Quais as suas impressões a respeito de Olímpia?"

"Adoro o lugar, é encantador."

"Todos dizem o mesmo."

A srta. O'Brookomore deu um suspiro.

"Eu gostaria que você fosse meu executor literário", disse ela.

Ele ajoelhou-se e tomou-lhe a mão.

"Não, minha coisinha!", respondeu ele. "Lamento — mas simplesmente não posso. Eu simplesmente adoraria fazê-lo, minha coisinha linda! Mas é impossível..."

A srta. Collins levantou-se discretamente.

"Gerald — acho que vou deixá-los", ela disse.

XVII

"Quem era, afinal, Gerald?…"

Sentada em frente a um espelho, seus ombros dourados pelo sol do crepúsculo, a srta. O'Brookomore puxou uma rede de pedras de safira por sobre os cabelos.

"Algum deus da floresta — sem dúvida!"

"Isso só serve para um diário… não me adianta de nada…"

"As coisas realmente acontecem tão rápido!"

"Muito provavelmente era Cyril Cloudcap…"

"Pode ter sido Charlie Cumston."

"Mi-se-ri-cór-dia! Gerald."

"Quanto tempo você leva para ficar pronta?"

"Não tenho apetite, Gerald. Enquanto o conde estiver em Delfos, não consigo me importar."

"Garota tola!"

"Oh! Eu realmente quero ser casada, Gerald… É o que eu mais quero ser. Simplesmente casada, querida."

"Não sem o consentimento de seus pais."

"Bobagem, Gerald!"

"É um capricho que vai passar."

"Oh, Gerald, as palavras de amor que ele me diz e minhas réplicas — são um verdadeiro dueto!"

A srta. O'Brookomore colocou algumas flores de cetim cor de malva em seu vestido.

"Não são divinas?", perguntou ela. "Especialmente as roxas…"

"Oh, Gerald!"

"Minha pobre gatinha…"

"A vida das pessoas, queridinha, não parece pertencer nem um pouco a elas quando se apaixonam."

"O amor é uma semente que precisa ser regada todos os dias. Do contrário, ele morre."

"Comigo tudo se acumula."

"Não vamos perder o cair do sol — o que resta dele."

"É um cair do sol e um cair de lágrimas, Gerald. Oh, é tão triste..."

"No final, tudo tem um preço."

"Principalmente por isso eu prefiro não jantar. Realmente não vale a pena, Gerald..."

"Nada de jantar?"

"Nem de graça. Oh, Gerald!"

"Certamente encontraremos os Arbanels."

"Eu bati à porta deles quando vim."

"Temo que isso tenha sido invasivo."

"Assim que percebeu que era eu, ela voou em minha direção, brandindo uma esponja de pó felpuda."

"O comportamento dela está ficando bizantino — cada vez mais."

A srta. Collins passou um braço em torno da amiga.

"Por que você acha que é bizantino, Gerald? O que a faz pensar assim, afinal?"

"Em certas naturezas, o meio frequentemente influencia. Eu me lembro da rainha da Lapônia (quando estava em Windsor, como convidada) saltitando pela cidade em busca de acomodações. Ela veio exatamente à casa onde eu estava escrevendo sobre sua vida... e nos encontramos no salão da frente."

"Oh, céus!"

"Da mesma forma, sinto-me inclinada a crer que no Egito a sra. Arbanel seria menos vívida e mais *ateniense* em seus modos."

"Pode um leopardo mudar suas manchas, Gerald?"

"Minha cara, ele pode alterá-las."

"Estou surpresa por você ter lhe emprestado Palmer."

"Eu só ofereci, é claro, até que a desleal Clint possa ser substituída. A sra. Arbanel espera conseguir alguém por aqui."

"Não creio que haverá muitas criadas que possam ser encontradas localmente, Gerald. Não creio que haja sequer uma. Não em Olímpia."

"De qualquer forma, para decifrar o caráter delas seria necessário um habilidoso estudante", observou a srta. O'Brookomore, enquanto Palmer entrava.

A srta. Collins revirou os olhos.

"Graças aos céus!", exclamou ela.

"Você não demorou muito!"

"Fui tão rápida com ela, senhorita, quanto possível."

"Estávamos preparadas para ouvir alguns gritos..."

"Se eu fosse esfaqueada, srta. Mabel, eu me esforçaria para ser educada."

"Violetas!"

"Eu suponho que ela ainda esteja muito atordoada, pobrezinha."

"Ela parecia perdida em devaneios, senhorita."

"Imagino que seja o ar daqui."

"Ela pretende ir para Esparta quase imediatamente, já que Olímpia, ela ouviu dizer, não tem nada além de conciliábulos e grupos exclusivos."

"É a temporada deles, agora."

"Há uma boa quantidade de entretenimento esta noite, senhorita. Dorinda, *lady* Gaiheart, fará uma festa para a Escola Irlandesa de Arqueologia. E a sra. L. G. Lawson está trazendo alguns de seus amigos da *Villa* Sophonisba."

A srta. O'Brookomore começou a enfiar o pé em um sapato cravejado de estrelas.

"Se tivessem me dito isso antes, eu teria ido para Corinto", disse ela.

"Sem dúvida, você teria encontrado a srta. Dawkins por lá."

"Minha cara, ela está em Olímpia. Chegou esta tarde. Eu a ouvi contando as medidas do tórax do pai para o garoto que opera o elevador."

"E um tantinho inebriada, talvez?"

"Pobrezinha."

"Oh, ela é tão comum, Gerald!"

"Eu gostaria de estar em uma sacada, senhorita, para ver o Reencontro."

"Talvez façam com que ela mostre suas marcas de nascença antes."

"Não há necessidade de marcas de nascença — se a senhorita me perdoa — com uma cara como aquela."

"Bruta!... Você me espetou..."

O gongo do jantar subiu com dificuldade, como se expirasse.

"Oh, o jeito como eles batem nesse gongo!"

A srta. O'Brookomore abafou um suspiro.

"Talvez seja o Ramadã!", declarou ela.

Ó estrelas! Ó perfumes! Ó noite!

Na crista dos cedros cinzentos, vindas dos pinheiros azuis do monte Cronos, as corujas batiam asas, tagarelando; entre os campos de oliveiras enlutadas as cigarras cantavam; acima dos fragmentos de mármore caído esmagando o tomilho selvagem, os vaga-lumes lampejavam; e, na varanda do Hôtel de France, o fulgor de seus diamantes harmonizando igualmente com céus e terra, Dorinda, *lady* Gaiheart, estava terminando uma história.

"Ele então foi embora com ela", disse, "usando um pavoroso par de velhos chinelos pretos".

"Ele não correu!"

"Por que deveria? Homens raramente fogem com garotas. Não hoje em dia."

A srta. O'Brookomore pareceu aliviada.

"Eu sempre penso em Europa", disse ela.

"É nisso que dá falar tanto sobre fazendas."

"Como tem as próprias filhas, eu estava determinada a consultá-la."

"Eu nunca me incomodei. Elas eram apenas uma ninhada de irmãs, até que uma por uma, e infelizmente, sem pedir meu conselho, desertaram da árvore da família."

> Seu momento de amor,
> Como passou depressa!
> Passou antes que Mary percebesse.

"E isso é o pior de todos esses casamentos precipitados."

"Temo que os Arbanels já estejam ficando inquietos."

"Ela estava chorando tanto durante o jantar, pobrezinha."

"Ela estava me contando que eles pretendem plantar um canteiro de violetas, grandes, brancas e solitárias, na acrópole, para a glória da delicada e inigualável *artiste, Arne* — a 'única' *lady* Teazle do nosso tempo — na presença do *corps diplomatique* e do rei e da rainha."

"Lágrimas!"

"Roupas!"

"Discursos!"

"Imagino que sim!"

A srta. Dawkins suspirou.

"Onde está Troy?", disse ela, virando-se na cadeira.

"Você certamente não acha que eles estejam ali!"

Lady Dorinda parecia reservada.

"Devo voltar para junto de meus amigos", murmurou ela. "Em poucos minutos iremos todos até as ruínas."

A srta. O'Brookomore ergueu os olhos.

"Ficarei onde estou para ver a nova dançarina", resmungou devotadamente.

"Ela é do grupo dos Sophonisbas?"

"A sra. Viviott encontrou-a... rodopiando sozinha por entre os Tesouros."

"Em Tânagra", disse a srta. Dawkins, "ela estava equilibrando-se, não faz muito tempo, na rua da vila. Fui obrigada a interrompê-la para perguntar se uma mulher clara e elegante e um homem idoso e atarracado haviam sido vistos por ali: S-s-s-s-h!, disse ela. Ao cair da noite, quando os pavões dançam...".

"Eu teria medo dela!"

"Ela tem uma beleza selvagem, sem dúvida."

"Aquelas olheiras profundas abaixo de seus olhos são bastante profanas."

"Durante o jantar, a sra. Viviott estava parecendo um jogador com uma mão de cartas insatisfatória."

"Eu odeio toda ingratidão", observou a srta. O'Brookomore. "Em biografias, é óbvio, vê-se muito disso..."

"Diga-me! Como *está* indo?"

"Lacunas! Lacunas!! Lacunas!!!"

"É de esperar que haja algumas."

"Você já conheceu Max Metal?", perguntou a srta. Dawkins.

"Não, nunca."

"Ou Nodo Vostry?"

"Não me lembro do nome."

"Ou Harry Strai?"

"Certamente não!"

"Por quê?..."

"Em minha opinião, os livros que eles escrevem para moças são cheios de conselhos não muito confiáveis."

"Fico contente por ainda poder embotar meus sentidos com um livro ocasionalmente", exclamou *lady* Dorinda.

"Infelizmente, correndo por aí como faço, é raro eu encontrar uma oportunidade."

"Você deve ter encontrado algumas aventuras pelo caminho."

A srta. Dawkins serviu-se de um licor escuro.

"Eu me diverti em Esmirna", declarou ela, sonolenta.

"Só lá?"

"Oh, minhas caras, estou cansada de ruas; tão cansada!"

"E você nunca encontrou nenhum rastro...?"

"Em Palermo, uma vez... Eu estava vagueando pelos Jardins Públicos em frente ao hotel, em meio a bilhetes de ônibus e folhas de outono tocadas pelo vento, quando achei que os tinha visto. Meu pai, pelo menos. Ele estava de pé em frente a uma janela aberta em uma estufa de vidro esverdeado. Parecia bem mais jovem — quase um garoto. Eu fiquei parada olhando. Ele sorriu. Creio que eu disse algo. E então, antes que eu desse por mim, estava em seu *hall* de entrada..."

"Quem era ele?"

"Só posso lhes dizer que era um amor de pessoa. Espero encontrá-lo no paraíso."

A sra. Arbanel intrometeu-se ligeiramente.

"Eu respondo ao som do mar", disse ela, "e ao tilintar do gelo!".

"Deixe-me lhe preparar uma batida de cereja."

"Depois de entrevistar uma criada temporária, não há nada que eu apreciaria mais!"

"Você ficou satisfeita?"

"E alguém fica…"

"Ainda assim, se ela entende de cabelo!"

"É a única coisa que ela parece compreender."

"Ela será suficiente, estou certa, para Esparta."

"O que há lá para ver?"

"Eu realmente não me lembro — acredito que seja uma Vênus de Cócoras."

"O que diz o sr. Arbanel?"

"Ele não diz coisa alguma. Ele me deixa ir sozinha."

"O quê? Ele não vai?"

"Quando o tempo estiver melhor, talvez vá."

"Os homens precisam de conforto", afirmou a *lady* Dorinda.

"Estou curiosa sobre sua nova casa."

"… Oh, bem… É uma casinha bastante agradável… Cinco quartos…"

"Modesta."

"Se você quiser ver o projeto…"

"Minha cara, não há pressa", disse a srta. Dawkins. "Qualquer hora será boa."

A srta. O'Brookomore virou a cabeça rigidamente para as estrelas.

De todos os lados, através do lusco-fusco, entremeados com abafados ruídos noturnos, subia o som de beijos.

Ela estremeceu ao sentir algo tocar sua pele, agora excessivamente sensível.

"Onde você esteve, Mabel?", perguntou ela.

"Escrevendo cartas. Estava descrevendo os templos para mamãe."

"Escrever cartas", disse a sra. Arbanel. "Acho que isso deveria ser um esporte olímpico."

"O quê?"

"Você me pergunta sobre as regras?"

"Como eu deveria saber — as regras?"

"Elas são realmente muito simples... Você coloca duas pessoas sentadas diante de uma mesa. Um jovem, talvez, e uma garota tola. Com uma lâmina de vidro entre os dois. E então, depois de tamborilar os dedos e brincar com a caneta, você arrasta os pés e joga olhares de moribundos por cima do vidro."

A srta. Collins desafiou.

"... Prove!", disse ela.

"Garota selvagem! Você certamente não supõe que eu vá prová-lo?"

"Ora, eu estava sentada com uma viúva!"

A srta. Dawkins espetou uma cereja.

"O que eu não daria por um cantinho silencioso!"

"Primeiro, a convidada da sra. Lawson vai dançar."

"Quem, exatamente, é ela?"

"Ela é aluna de Tasajara, Gerald."

O nariz da srta. O'Brookomore cresceu.

"Nunca ouvi falar nela", ela disse.

"Oh, ela tem um estudo, Gerald."

"Veem-se tantos artistas por aqui..."

"Com uma aquarela na Academia. Algumas pessoas pensam que é permitido parecerem meio loucas e se comportarem como se *realmente* o fossem..."

"Eu ouvi as flores gritarem quando as apanhei!", estava dizendo a sra. Erso-Ennis, enquanto espalhava um buquê de flores pelo chão.

"Se é para ser Botticelli...", reclamou a srta. O'Brookomore.

A sra. Erso-Ennis ficou indignada.

"Botticelli!... Eu inventei a coisa toda agora mesmo."

"Como pôde!"

"É a *Hesitação de Clitemnestra*. A pobre rainha, perceba, não pode obrigar-se a matar o rei e, enquanto ele dorme, faz uma sequência de poses interessantes, *idílicas*, em torno dele, com uma faca."

"Melhor esperar, Gerald", aconselhou a srta. Collins.

A sra. Erso-Ennis jogou umas poucas folhas de rosas que haviam restado.

"Oh! Pense nas tesourinhas!"

"Nesses lugares antiquados, só se deveria usar saias curtas."

"Nas liquidações de verão em Atenas", disse a srta. Dawkins angelicamente, "eu peguei uma verdadeira roupa de sereia... Arrepanhada de um dos lados para revelar o joelho".

"O que você está usando agora, se me permite, também é bastante original."

"Não me cai bem. Mas também não era para cair", replicou a srta. Dawkins.

A sra. Erso-Ennis dirigiu os olhos para o salão.

Em um sofá destinado a ser a cama real, uma jovem, evidentemente uma *prima donna*, estava acariciando enlevada seu garotinho.

"Meu filho", dizia ela, "minha ópera... x! Ópera... xx! Meu Johannes...!! Meu *bébé*!...".

"Temo que ela deva ser removida."

"E há algumas novas chegadas terríveis, também."

Para aquelas com ouvidos suficientemente afiados, a srta. Collins acabara de fazer com que um inocente botão de flor uivasse.

"Oh, Gerald", disse ela, "quem você acha que está aqui?".

"Não...!"

"Ele está no ônibus, querida!"

"Minha pobre gatinha... Você ficou bastante pálida."

"Oh, o choque que me causou isso, Gerald!..."

"Você parece tão cansada, querida... tão triste e exausta."

"É porque estou mortalmente exausta, Gerald."

"Está se sentindo fraca?"

"Não — mas nunca me senti assim antes, Gerald... Mal sabe você como eu me sinto — Eu não teria acreditado que isso fosse possível."

XIX

"Dezesseis delas", contou ela, "e uma gota de diamante!".

"*Au revoir*. Até à noite."

"Oh, que pressa!"

"Você está pronta? Malas..."

"Tudo o que eu ousei. Eu não poderia levar minha mala grande — onde estão todas as peles e flanelas!..."

"Você vai precisar do seu passaporte."

"Está perdido."

"Perdido!"

"Gerald deve tê-lo queimado, diz ela, em meio aos papéis. Ela está constantemente queimando coisas. Ela acende o fogo ao anoitecer, quando fecha a porta... E então ela queima coisas, e sonha coisas, e cutuca coisas, e balbucia coisas — *l'heure exquise*[14], é como ela chama esses momentos."

"... Bem provável."

"Tenho a impressão de que é reumatismo, pobre alma..."

"M-a-b-e-l!", chamou novamente a srta. O'Brookomore.

"Devo ir ter com ela..."

"Um beijo!"

"O-o-o-o-h!"

"Mais um!"

"Não até que estejamos no trem."

"*Cara mia dolce*!"

"E muito obrigada pelos diamantes", respondeu a srta. Collins.

Vagueando para cima e para baixo pelo corredor, ao longo das laranjeiras — agora em plena floração — plantadas em barris, a srta. O'Brookomore estava ficando agitada.

---

14 Hora sublime, ou hora encantada. Título de um poema de Paul Verlaine.

"É encantador!", disse ela. "Parece que ele está no nosso andar."

"Oh, não, ele não está, Gerald... Ele está no andar acima do nosso. Bem acima de nossas cabeças, queridinha."

A srta. O'Brookomore desviou o olhar.

"Há pessoas, eu vejo, que não têm cabeças", ela comentou, amarga. "Elas as perderam."

"Eu não sei por que você o detesta, Gerald. Porque ele não detesta você. Ele a chama de bela sacerdotisa..."

A biógrafa endireitou-se um pouco.

"É mesmo?", perguntou.

"Você vai sair para sua caminhada?"

"Eu disse à srta. Dawkins que a ajudaria a encontrar seus pais."

"Está muito tarde para ir longe, queridinha."

"Bobagem!"

"Como ela pode esperar encontrá-los, Gerald, ficando o dia inteiro sentada com um *Gin Daisy* ou um *Brandy Flip*[15]? Agora me diga!"

"De qualquer forma, devemos dar uma volta pelo jardim... Se eles estiverem aqui, imagino que estarão nos arbustos."

Era a hora em que, ao som de uma sutil orquestra de cordas, os garçons, agitados, começavam a servir o chá.

"Oh, os Sophonisbas, Gerald! — alguns deles."

Com rostos cansados, manchados pela arte, virados na direção de uma pequena Santa com lábios, olhos e coroa de rosas, as sras. Erso-Ennis e Viviott estavam cobrindo de atenção a aluna de Tasajara.

"Misericórdia, Gerald!"

"*Hein?*"

"Pode haver algum amargor, Gerald."

---

15 Coquetéis feitos com gim e conhaque.

"… Não me surpreenderia."

"E ali está seu deus da floresta, queridinha…"

A srta. O'Brookomore mudou de rumo.

"*Não* na frente das janelas!", exclamou ela.

"Olímpia para amar, Gerald."

"Olímpia para fofocar."

"Oh, Gerald! Eu pretendo dividir meu fardo com uma multidão de completos estranhos…"

"O quê!"

"O amor não é lógico, Gerald."

"Infelizmente!"

"Oh! Gerald!"

"Qual é a renda anual do seu amigo?"

"Como eu poderia saber, queridinha?"

"É importante saber."

"É melhor ser pobre — sempre ouço mamãe dizer — do que ter um assento macio no inferno."

"Os italianos apaixonam-se muito facilmente."

"Eu adoro seu cabelo escuro e emplastado, Gerald. Eu o acho adorável."

"Isso não é suficiente…"

"Ele é como alguém da Maratona, Gerald!"

"Você ainda é muito jovem."

"Oh, Gerald, quando ele cantou a ária da estrela do pastor de *Tannhäuser* e deu aquela tremida!… Você não pode imaginar o quanto me comoveu… Como eu respondi…"

"Sua voz embargada em trechos de *Butterfly* iriam me dar nos nervos!"

"Se eu tivesse nervos como os seus, não poderia descansar sem um passaporte."

"É cansativo, eu admito."

"É que, queridinha…"

"Não desanime!"

"Suponha que eles a detivessem, Gerald?"

"Bem, cantaríamos um dueto juntas."

"Espere até que haja um mandado!"

"Um mandado?"

"Às vezes eu penso na prisão que vimos em Patras, com os prisioneiros todos enfiando a cabeça através das grades."

"Mabel, não!"

"Oh, Gerald! É um clímax e um perfeito *semax*, querida."

"Nós não estamos ajudando a srta. Dawkins nem um pouco!"

"Você vai para um lado, Gerald. E eu vou para o outro..."

A srta. O'Brookomore olhou de relance para trás.

Os sopés das colinas, tocadas no alto pelo sol, já estavam perdidos em sombras lilases. Logo seria noite.

"Muito bem", murmurou ela, deixando cair uma luva; "nós nos encontraremos novamente no jantar."

XX

"Mabel! Mabel! Mabel! Mabel! Mabel! Mabel! Mabel! Mabel!"

XXI

HOTEL CENTRAL
PRAÇA DA CONSTITUIÇÃO
ATENAS

Sábado.

QUERIDA GERALD, — Eu me casei esta manhã e partiremos amanhã cedo para Corfu não se preocupe comigo querida estou bem Ó querida eu sou a garota mais feliz da Grécia e usei meu pequeno tricorne de cetim âmbar querida e Oio me deu as violetas vou comprar meu enxoval aos poucos imagino eu enquanto seguimos em frente queria muito ter me casado na Kapnikarea mas no fim das contas foi no registro civil adeus agora Gerald e cuide-se bem querida estou com pressa sempre sua com afeto.

MABINA PASTORELLI.

P.S. Eu ri o tempo todo o padre que nos casou ficava agitando a saia.
A sra. Cowsend está aqui ainda Velho boi.
Oio diz que se eu escrever mais uma palavra ele vai jogar minha tinta fora.

PARTE II

"Você se lembra daquele retrato de Jesus que a pobre
srta. Turner costumava nos mostrar?"

Le chèvrefeuille — D'Annunzio

A LUZ DO SOL ATRAVESSANDO O CASTIÇAL DE VIDRO AO LADO DA CAMA TEVE SUA CLARIDADE TRIPLICADA, ACORDANDO-A NUM SOBRESSALTO.

— Bovon! Casa!

— A condessa ficou boquiaberta.

Ali estava o excelente tapete velho manchado de tulipas, e o texto familiar acima do contorno esmaecido das paredes, e o manequim no canto, atrás da *causeuse*[16] — cuja sombra sólida e exata dominava o cômodo à noite —, e o gabinete de remédios acima da cadeira de balanço, sobre o papel de parede intrincado, que faria qualquer um assentir em aprovação depois de apenas um olhar — cujos poderes curativos eram conhecidos por atuarem como feitiço sobre certas naturezas sensíveis em mais de um caso.

A condessa sentou-se.

"Bianca!", ela chamou.

Ao lado da ampla cama estofada, havia um berço envolto em laços.

"Bianca, Borghese, Nancy, Sabina!"

Da porta do quarto, uma profusão de saias — como que um rumor —, e a sra. Collins apareceu.

"Enquanto a mãe estava dormindo, a avó veio e roubou o queridinho, disparando pelo corredor e pelo jardim e zanzando para lá e para cá pela casa."

A condessa estendeu os braços.

"Oh, meu ursinho adorável!"

"Não faça isso, Mabel. Você vai matá-lo."

16 Pequeno sofá de dois lugares.

"Oh, coisinha adorada! Oh, a italianinha deliciosa...! *Poveretta! Ah, Dio!*"

A sra. Collins estudou o rosto da filha.

"... Há algo que eu quero dizer a você", disse ela.

"Sim, o que é?"

"Todo mundo está fazendo perguntas sobre o conde — todos aqueles intrometidos de Bovon."

"Crá, crá, sra. Rook."

"Eles estão preocupados porque ele não veio para cá!"

"Em razão do Vintage. Assim que acabar, ele virá."

A sra. Collins sorriu carinhosamente.

"De qualquer forma", murmurou ela, "quero oferecer um pequeno jantar para você, e isso, minha querida, diretamente".

"Oh, Meu Deus!"

"Vou acompanhá-la em suas visitas."

"Visitas!"

"À decania, Patchpole, Rising-Proudly."

A condessa recostou-se.

"Quero ofender os Warristons", disse ela, "e Napier — e a bela sra. Lampsacus. Ah, e, ah, também, aquela turma inteira!".

"Napier perguntou por você várias vezes — quase todos os dias."

A condessa desviou o rosto.

"Suspeito", ela disse, "que ele tenha ficado muito, muitíssimo irritado quando ouviu pela primeira vez sobre o meu casamento, não?".

"Nem tanto. Durante cinco minutos, pareceu inconsolavelmente infeliz — e então sorriu!"

"Providencialmente!"

"Oh, minha querida, você não pode imaginar como orei por você todo esse tempo."

"É claro que agora nós dois seguimos o catolicismo."

"Deve ser tão estranho."

"A criança foi batizada na basílica de Santa Maria em Cosmedin — foi batizada duas vezes, pobre queridinha."

"Para que houvesse a cerimônia?"

"Em Santa Maria foi por causa *deles*. É a paróquia deles. Mas depois eu a peguei rapidamente e a levei para ser batizada em São Pedro."

"E você conseguiu avisar as pessoas?"

"No último minuto."

"Ora!"

"Ah, bem! Eu estava preparada para fazer qualquer coisa. Naturalmente! Tenho certeza! Oh, Meu Deus!"

"A criança estava com você?"

"Oh, ela acenou exibindo as dobras dos pulsos gorduchos — e arrasou a Santidade dele — a mãe de Bianca o fez! Uma bênção!"

"Como uma família reunida, a pessoa sente-se inclinada a ser mais devota."

"Paparicos de uma viúva rica, claro. Ela nunca sai sem o acompanhamento de várias freiras."

"Existe alguma razão para isso!"

"Eu não poderia dizer. Muitas vezes ela vai ajoelhar-se no jardim. Ou nas escadas. Ou em uma loja. Ou nos trilhos. Sempre que ela deseja, ela se ajoelha!"

"Ela parece ser insaciável."

"Não me afeta... No domingo, via de regra, tenho uma cabine no Argentina ou um sofá no Alcaza."

"Oio também?"

"De vez em quando ele vem."

"E quando não vem!"

"Sempre há alguém."

A sra. Collins olhou em volta.

"Uau! Aí vem um grande cachorrinho preto!"

"Daisy — meu *bem*! ..."

"Papai está esperando seu café da manhã. Ele quer que faça um ovo quente."

"Diga a ele que eu já vou."

"Ele está resmungando muito. Segundo ele, ninguém se importa mesmo se ele vive ou morre..."

A sra. Collins levou a mão aos cachos!

"Oh, pobre vovó!", murmurou ela ao se retirar.

Daisy controlou seus modos.

"Como o seu filhinho dormiu?", perguntou ela.

"Bem."

"Você se arrepende de Roma?"

"É uma alegria não ter mosquito algum!"

"Não são tão maus quanto as cobras. Suponha que você tivesse se casado com um indiano."

"Obrigada, Senhor."

"Conte-me sobre a situação de casamento. É o que você esperava que fosse?"

A condessa levantou os olhos.

"Eu não esperava coisa alguma", disse ela.

"Deixe-me ver sua aliança, Mabel, posso? Só por um minuto."

"O que você quer com ela?"

"Não vou comê-la."

"Não há nada de muito romance em uma aliança de casamento. Espere até ver minhas pérolas."

"Onde elas estão?" "Com minhas outras joias..."

"Eu gostaria de pedir algumas delas emprestadas."

"Talvez."

"Você conhece alguém que servisse para mim?"

"Um amante?"

"Ninguém, Mab...!"

"Eu sinto muito."

"... Mabsey?"

"Oh, tenha *paciência*."

"É uma pena que os garotos de Bovon sejam rapazes tão parecidos com coelhos — parecem estar eternamente com o nariz enfiado em uma toca."

As pestanas da condessa bruxulearam.

"Como vão os queridos furões?", perguntou ela.

"Bem."

"E a fazenda?"

"Bem."

"Alguma mudança?"

"Apenas na casa. Olga e Minnie foram embora. Olga disse estar feliz de ir. Disse que nada poderia fazê-la ficar."

"E Queen, afetado como sempre?"

"Mais afetado ainda."

"Impossível."

"Ele e a sra. Prixon não entram em acordo. O que Spicer suporta durante as refeições... que silêncio, você não pode imaginar! E na próxima semana haverá um lacaio novo. É engraçado o efeito que isso sempre produz em mim — é algo que ninguém poderia explicar!"

"Em tempos idos", disse a condessa, "ter um estranho na despensa era tão sem graça quanto qualquer sala de visitas...".

Daisy contorceu-se.

"Será que você se esqueceu da ocasião em que Frank correu até você e a surpreendeu? Você estava roubando as nozes em conserva."

"Misericórdia!"

"E eu estava arrumando a mesa para você quando aconteceu. De repente, ele... fez aquilo."

A condessa pareceu irritar-se.

"Agora você assustou a criança."

"Oh, pobre querida!"

"Zito! Zito! Ah, *Madonna*!

"Vou levá-la para dar uma volta em seu carrinho de bebê, se ela gostar disso. Apenas a tia e a sobrinha, passeando juntas."

"Fique por perto."

"Vamos espiar na despensa, vamos, Babs? Pode haver uma ave dependurada lá e, talvez, um pequeno cadáver branco."

A condessa tocou a campainha.

"É melhor levá-la para passar sob os teixos", ela disse, "a salvo do vento. E não sacuda o carrinho!".

Quando as rugas chegarem,
E fizerem morada sob meus olhos,
E meus lábios empalidecerem...
E meu rosto afundar,
Oh, diga, você me amará, então?

Afastando-se do piano, a magnífica voz ao longe, ignorando completamente o ceticismo trágico do acompanhamento.

Os ouvintes pareciam sagazes.

O Chase assomava acima do pequeno grupo, escuro e sinistro sob o sol do outono.

Você me amará verdadeiramente quando meu cabelo escassear,
Quando meus dentes caírem
E minhas mãos empalidecerem?
Oh, diga, você me amará, então?

Eu vou amá-la (disse ele) para todo o sempre,
Para sempre e sempre e sempre e sempre,
Amém.

"Bis. Bis."

"É o ar de *Cunégonde*", explicou a sra. Collins, aproximando-se da janela.

"Nós nos perguntávamos o que seria."

"Na cena da morte, ela introduz partes disso novamente em seu delírio."

O sr. Collins franziu o cenho ferozmente.

"Bruxa!", ele murmurou.

"Pouco a pouco vou introduzi-lo à música de balé de *O julgamento de Páris*", disse a condessa.

"Oh, cantar a valsa de Páris...! Ele e as Três Graças. — Da-da-da-di-da!"

"Se apenas o Chase estivesse livre disso!", reclamou a sra. Collins.

"Alguém já foi vê-lo?"

"Madame La Chose teve o descaramento de vir... Queen veio a mim uma manhã com a notícia de que uma senhora *com uma ordem* desejava ver a casa. Imaginei que por seu tom havia algo extraordinário e, ao entrar na sala de visitas, lá estava madame La Chose."

"Você mostrou o lugar a ela?"

"Oh, meu bem... sim. Fomos longe a ponto de preparar alguns dos cômodos."

"Misericórdia!"

"Devo dizer que eu a achava bastante encantadora."

"Será que ela se importaria de cuidar disso?"

"Sem o prado, ela pode..."

"Isso prova que ela é sensata. Terra, hoje em dia, é um enorme dreno de dinheiro."

"A ideia dela é reviver *Basset*..."

"York sendo principalmente uma cidade militar, isso seria provavelmente uma bênção."

"Em qualquer caso, a decisão, ao que parece, não é apenas dela, e ela pediu para voltar novamente."

"Meu bem, se ela o fizer...!", disse o sr. Collins.

A condessa acariciou a criança.

"Mãe, ah...! Pobre mãezinha, ah! Dê um beijo na mamãe, ah! Ela diz que *não vai*! Ah, meu bom Deus...!"

"Estou descontente com a sua ama", disse a sra. Collins. "Uma pessoa de confiança é tudo."

A condessa benzeu-se, desanimada.

"Oh, quando penso nas enfermeiras dela!...", ela disse. "No começo eu tinha uma romana para a criança. Ela era uma camponesa — La Marietta! La Mariuccia! Mas era tão suja!... Era mesmo uma relaxada... nem sequer era limpa... E bastante *sans gêne*[17], ainda por cima. Bianca é muito impressionável. Nada escapa a seus olhinhos... Então eu a mandei embora e contratei uma irlandesa encalhada. Oh, ela era um terror. 'Eu sempre tento agradar a todos', ela dizia, 'e sinto não poder agradar você!'. Mas foi o tom de voz, querida, em que ela disse isso, mais do que as palavras em si... *Sapristi!* No entanto, de uma ou duas delas eu gostava. Houve uma suíça... Se ela não fosse tão sem graça... Uma noite, minha querida, ela derrubou o carrinho do bebê no meio do Corso! Isso poderia ter matado a criança..."

"Não há belos jardins por lá, onde ela pudesse passear?"

"Ah, sim. Mas há sempre ladeiras íngremes para chegar a eles!"

"Eu achava que Roma era plana..."

O sr. Collins, meditando, fumava seu charuto.

"E o que foi feito das sete colinas?"

"Ah, Charles!"

"Sete pequenas montanhas inclementes!"

"Suponho que as cercanias sejam."

"Você adoraria Frascati. A terra desce e sobe, desce e sobe. Oh, é sempre tão divertido."

"Eu tenho uma carta sua de lá."

"Você guardou as da Grécia?"

"Guardei todas elas."

"Eu gostaria que você me mostrasse a de Gerald."

A sra. Collins desviou o olhar.

---

17 Grosseira, malcriada.

"Se eu soubesse o tipo de mulher que ela era! Mas vivendo como nós vivemos, nunca se escuta muita coisa."

"Você tinha lido os livros dela."

"Ah, não comece, Mabel."

"Você gostava do estilo dela."

"Disseram-me que ela é um vampiro."

"Quem foi que disse isso?"

"Alguns amigos dela — em Chelsea."

"O que os vampiros fazem?"

"O que eles não fazem!"

"É claro que ela sempre foi estranha."

"Quem poderia prever seus estratagemas secretos?"

A condessa ficou lívida.

"Alguns de seus segredos literários", ela disse, "eram simplesmente nojentos".

"Dissolutos!"

"Ela pressionou para que fossem publicados — pessoa má."

"Mabel."

"O último foi digno de nota?"

"... Os maneirismos londrinos! O *cockney*! A gíria!"

"Ela era demasiadamente aficionada por suas liberdades..."

"Meninos com seus tutores. Meninas com suas mães."

"De acordo com você, Charles", disse a sra. Collins com ressentimento, "eu poderia escolher não cuidar das meninas, em vez de desperdiçar minha vida em um buraco como Bovon!".

O sr. Collins reprimiu uma explosão.

"Calma, Isabel", disse ele com um rápido olhar na direção da casa, "se eu achasse que passaríamos outro verão aqui, providenciaria novas persianas, querida... mas de que adiantaria? Basta deixá-las plantadas ali".

III

"Queen", disse Daisy a ele um dia. "Se um jovem e correto cavalheiro, com grandes olhos azuis, ligar e chamar pela sra. Collins, você deve dizer que ela saiu... Mas ele pode falar com as Irmãs. A tia e a sobrinha estarão passeando junto aos teixos. Com a mãe."

"Muito bem, senhorita."

"E, Queen..."

"O que mais, senhorita?"

"É uma pessoa reservada?"

"Estou surpreso."

A alameda dos teixos, causa de tanta melancolia, corria como um anel em torno da casa para alcançar as janelas da sala de estar de sobre o passeio principal, onde uma ninfa de mármore com uma expressão tranquila derramava água, não de forma abundante, de uma cornucópia direto em uma calha coberta por limo.

Em um balanço do jardim, a condessa oscilava para a frente e para trás.

"Unidades, dezenas, centenas, milhares... Dezenas de milhares... Centenas de milhares! *Unidades*", ela estava murmurando para si mesma enigmaticamente com um olhar um tanto extasiado.

"Quer que eu a empurre, Mabs?"

"Não. Obrigada."

"Para evitar a transpiração?..."

A condessa suspirou.

"Eu venderia minha alma por um sorvete."

"De morango..."

"Ou de baunilha."

"Eu disse a Queen que entraríamos."

"Onde está mamãe?"

"No andar de cima. Tentando arrumar as coisas. São as axilas novamente..."

"Meu bom Deus!"

"Você sabe do novo escândalo, Mab?"

"Há um?"

"Uma beleza."

"Não na frente de Bianca."

"É uma pena que a criança seja tão jovem..."

"Caríssima!"

"Seus pequenos *amours*. Conte-me sobre eles... Ela tem muitos?

"Ela faz novas conquistas a cada dia."

"Conte-me mais coisas, Mabel."

"Que coisas?"

"Todo o tipo de coisas."

"Sério!"

"Na Itália, eles têm couves-de-bruxelas — como as que temos aqui?"

"Na Itália, eles têm tudo", respondeu a condessa.

"Ele sabe falar inglês?"

"Fluentemente. Oh!..."

"Jura?"

"Certamente."

"Um marido estrangeiro não ia me servir — não se ele ficasse no exterior."

"Não?"

"Mabsey!"

"O que é?"

"Nada. Na parte da tarde, os teixos ficam completamente azuis."

"O silêncio... Você quase pode ouvir as nuvens passando."

"Vamos cair sobre a grama como se estivéssemos mortas."

"Está quente demais para jogos agitados."

"Eu não deveria me perguntar se choveu."

"Algumas gotas!"

"De vez em quando ela volta seus grandes olhos suplicantes para mim e sussurra: 'Tia'. Tia!, diz ela, volte comigo para Roma. Venha! E não me permita nenhuma tolice agora. Oh, Blanche, eu respondo... é minha pobreza, querida. Mas o que se pode fazer com 1 centavo por semana?"

"Papai estava dizendo, pobre velho cavalheiro, que você deveria estar frequentando a escola."

"A escola?"

"Isso foi o que ele disse."

"Ele não pode me obrigar, se eu optar por permanecer iletrada."

"É mais pela companhia que haveria por lá."

"Nunca."

"A escola não é tão terrível, Daisy."

"Nada me convencerá a ir."

A condessa balançou, sonolenta.

"Em York Hill", ela disse, "olhando para trás, acho que gostava de tudo. Mesmo dos passeios! Oh... Muitas vezes passeávamos junto das muralhas da cidade... ou ao longo do Ouse talvez até Bishopsthorpe, e lá apanhávamos a balsa. Todas as meninas dando gritinhos com suas governantas bem no meio do rio... Oh, meu Deus!".

"Lembro-me das cartas que você mandava de lá. E de cada uma de suas queixas!"

"E à noite, é claro, havia a preparação... Ah, era uma época de travessuras... Uma de nós, Annie Oldport, talvez, ('Any-Old-Port', como costumávamos chamá-la), dava um beliscão na menina ao seu lado com ordens para transmiti-lo à outra. E como ficamos agitadas quando a pequena

Evelyn Rise, uma das meninas novas, beliscou a diretora. 'O que você está fazendo, Evelyn?' 'Eu a estou beliscando, sra. Whewell.' 'Certamente você está! Bem, então...' E ela tratou de acertá-la nas orelhas na frente de todas nós... Oh, Evelyn Rise! Ela era um pouco boba... Não tinha cérebro algum."

"Sem cérebro, Mabsey?"

"Sem", cantarolou a condessa. "Ela não tinha mesmo."

"Olhe ali! Queen está acenando..."

"Imbecil."

"Pode ser ele."

"Ele quem?"

"Seu marido."

"Dificilmente."

"Vossa Excelência..."

"Aqui estou."

"Há alguém junto ao portão."

"Abra-o, então."

"Temo que seja um problema."

"Por quê? Quem é?"

"Um estranho."

"Talvez seja o conde."

"Parece mulher."

"As Irmãs foram embora, Queen..."

"Será que ela se recusa a dizer o nome dela?"

"Parece que sim."

"Uma estrangeira?"

"E *bastante* suspeita."

"A tia está longe de casa..."

"Tenho ouvido frequentemente comentários sobre a Black Hand, Sua Excelência, e ultimamente eu venho notando marcas de giz no portão."

"*Oh, Dio!*"

"Temos ali um cavalheiro, Queen?"

"Não, senhorita."

"Pode ser Jocaster Gisman."

"Qual Gisman?"

"O cúmplice de Bessie Bleek que sufocou sete meninos e meninas e foi julgado e executado por fazê-lo..."

"Oh, céus!"

"Jocasta livrou-se no último *Assizes*[18] — havia circunstâncias atenuantes... Bem, assim disse o juiz — e por isso ele a perdoou."

"*Bô!*"

"Misericórdia!

"Minha querida, sou eu", disse a srta. Dawkins, olhando através da cerca. "Mas, ora essa", acrescentou ela, com um salto impetuoso.

"Oh, a criança!"

"A aversão dela — eu poderia dizer que é uma pulga", comentou a srta. Dawkins, acomodando-se no balanço.

A condessa empurrou-o.

"De todas as surpresas!", ela disse.

"Recusei-me a dar meu nome porque dizê-lo me faz chorar. Eu tenho uma crise de nervos..."

"Você não os encontrou, então?"

"Não, meu bem."

"Eu a imaginei no I's."

"Eu embarco para a Índia dentro de uma semana."

"As cidades-catedral a trouxeram para o norte?"

"York e — ora, elas rimam... as primeiras letras. E eu me apego a cada palha."

"Coragem."

"Chame-me Ola."

"Ola."

18 Sessão ou audiência no tribunal.

"Eu a vi, um dia, na Cidade Santa."

"Quando foi isso?"

"Durante a Páscoa."

"Você estava com amigos?"

"Eu mal conhecia alguém. Poderia ter sido apresentada à condessa Roderigos Samurez Dalmatia, mas como não gostei da aparência dela, não fiz uso da indicação."

"Ouvi falar dela", disse a condessa, "pelos Grittis".

"Além de uma carta à princesa Anna di Portici..."

"Sua casa é ocupada atualmente pela marquesa Refoscosca!"

"E o cartão é do monsenhor Ferrol."

"Aquele velho *débauché*[19]."

"Bem... e como vai o agradável marido?"

"Oio? Ainda está em Orvieto. É o Vintage..."

A srta. Dawkins pareceu fervorosa.

"Na minha opinião", disse ela, "o vinho de Orvieto é superior ao melhor Castelli".

"Você poderia ter ao menos uma dúzia, querida, do nosso velho-velho-velho *Certosa*, se eu soubesse onde está."

"Estou hospedada no 'Wheat Sheaf'."

"O quê?"

"Sim. Eu pensei em repousar lá até que tenha de partir."

"Se você não tiver feito outros planos, fique conosco e descanse até que seu navio esteja para zarpar."

"É muito delicado da sua parte me convidar, mas o que seus parentes teriam a dizer sobre isso?"

"Minha querida, eles vão adorar se você ficar conosco. E mamãe lhe dirá isso ela mesma. Ela está com a costureira, agora, ajustando a cava de um vestido. Esta é a minha irmãzinha."

"E esse é o seu bebê?

"Ela é adorável!"

19 Depravado.

"Diga-me, condessa, eu mudei desde a Grécia?"

"Devo dizer que você está um pouco mais robusta."

"A Irlanda me tornou uma desleixada."

"E eu?..."

"Minha querida, você não parece ter 15 anos."

"Ela tem 17", disse Daisy, "ou mais ou menos isso. E a criança em breve fará 2".

"Se *eu* devesse ter um filho, eu me pareceria com uma lunática", a srta. Dawkins declarou.

"Com o seu coração cheio de ternura, pergunto-me como você não se casou."

"Os casamentos são feitos no céu, você sabe."

"Deixe-me encontrar alguém para você!"

"Você, meu bem... Tenho um broto da flor malaia encantada, a verdadeira Chinduai. Eu só tenho de usá-la!"

"Por que não o faz, então?"

"Viajantes perdem suas ilusões de alguma forma... Eles as perdem..."

"Tire o chapéu e realmente descanse!"

"Eu deveria?"

"Ah, sim."

"É muito calmo aqui de qualquer maneira", disse a srta. Dawkins com um suspiro, os olhos fixos na cornucópia da ninfa econômica.

"É de ferro?", ela perguntou.

"O que, a água? Sempre foi um pouco marrom..."

A srta. Dawkins apertou uma mão no quadril.

"Parece um fluxo de *brandy*", disse ela, dando uma risada.

IV

O jantar "íntimo" organizado pela sra. Collins em homenagem à filha mais velha prometia ser impressionante. Arrumada para vinte convidados, a mesa de dezoito lugares garantia um aconchegante toque de boas-vindas. Na crepuscular sala dupla de visitas, acima dos eternos urzais, a dominante e sempre sossegada sociedade do condado trocava saudações. Aquele era realmente território do encontro da cidade de Doncaster.

Afastando-se de tópicos caseiros, *sir* Harry Ortop, ao que tudo indicava, acabara de ver uma raposa, aparentemente cruzando os bosques públicos de Cockaway, ao passo que a srta. Rosalba Roggers passara um trator movido a motor de explosão na Rectory Lane. "Uma coisa horrível; mas a estrada de Scarboro é realmente uma vergonha", ela disse, voltando a atenção para uma beleza angular vestida de cor-de-rosa-claro, com um arranjo de penas na cabeça.

Usando um tom de voz interrogativo, rouco e doce, ela acusava o marido em espantoso crescendo: "Ele sempre entra no carro primeiro e depois fecha a porta em cima de você!".

Em um grande momento de sua vida de mordomo, Queen, auxiliado por um lacaio extra, anunciava cada recém-chegado com um ar de sereno desapego.

"Senhor Napier Fairmile, srta. Nespole..."

Flutuando nos calcanhares do antigo amado da condessa estava uma minúscula mulher envolvida de forma dramática em um xale de *cashmere* que parecia ter sido tecido por fadinhas. Castelã ciclópica do enorme castelo de Cupingforth e uma das mulheres mais ricas da região, ela era tida pelos locais como excêntrica por preferir viver sozinha, o que podia, eventualmente, ter seus perigos para uma pessoa de sua condição e sexo. No entanto, em certas ocasiões, para convencer um estranho intrusivo de que havia um homem na casa, ela descarregava um cartucho pela janela e amarrava o cabelo no queixo, formando uma cascata espessa para imitar uma *barba*.

"A honorável *lady* Watercarriage. Viola West-Wind, capitão Margaret-Baker..."

Revitalizada com suas muitas tarefas, a sra. Collins circulava sorridente aqui e ali. Envolvendo cada convidado com um véu de glamour, ela apresentara a srta. Dawkins duas vezes como "A Grande Viajante".

"Não vou voltar para a Austrália tão cedo. Que assim seja!", declarou a srta. Dawkins, reconhecendo por sobre o ombro do reitor, nas manchas úmidas do papel de parede, trechos de vias populares por onde havia passado — Trafalgar Square, Place de la Concorde, Piazza Colonna, Puerta del Sol. "Se eu apenas não cuspisse nelas!", ela comentou, lânguida, abrindo e fechando o leque.

O Farquhar de Farquhar, a sra. Lampsacus de Gisborough Park — já um quarto de hora atrasados, ainda não eram os últimos.

Ofegando, mastigando o ar, o sr. Collins parecia ter-se envolvido contra sua vontade nas confidências esotéricas de um par de matronas expansivas: "Em York vi alguns muito bonitos... Perguntei o preço... Você acreditaria... *Nem* preciso dizer que os comprei!".

Liberado de todo aquele entusiasmo pel'O Farquhar de Farquhar, o sr. Collins afastou-se.

Avançando como um maravilhoso autômato, O Farquhar, conhecido como "Lulu" por todos os frequentadores do Turf, trouxe com ele uma atmosfera de quem fornecera uma filha, ou ao menos uma potranca, a um *Prince du Sang.* Pedindo desculpas por sua mulher, Serafima (mulher por quem estudantes tinham se matado), ele perguntou, com um olhar malicioso, por "*la petite comtesse*".

Ela parecia um pedaço do verão, muito sulista em seu imaginativo vestido que apresentava todos os tons de branco.

"Querida e preciosa! Ela tem somente 8 meses; é uma idade crítica", disse ela — a propósito, sem dúvida, de seu bebê.

Conversando com uma viúva nariguda, arrepiada e usando granadas, ela parecia de fato ainda mais bonita do que era.

Gravitando em torno ela, O Farquhar era, por sua vez, cercado pela srta. Viola West-Wind, uma garota do condado com um rostinho de bibelô. Ela estava vendendo ingressos, ao que parecia, para o baile da *Liga dos Patriotas...* "*Será a fantasia! Todos devem ir vestidos como animais.*"

"Doutor Dee..."

Aquele foi um jantar e tanto, mas um aviso, sussurrado por Queen, encheu a sra. Collins de apreensão.

"Houve uma pequena catástrofe, senhora..."

"O que, não...?...!...??"

"A um borralho, senhora."

Na longa sala de jantar de pé-direito baixo, no robusto estilo vitoriano, o fracasso de uma *entrée* pareceria coisa mais ou menos trivial; em tal ambiente é o pernil que importa, é o lombo que conta...

"Ainda assim", murmurou a sra. Collins para si mesma (quase insensivelmente) enquanto se acomodava a uma cadeira próxima ao braço d'O Farquhar, "... ainda assim. As manhãs começam a ficar geladas".

Uma palavra aleatória flanou por entre os meandros da conversa, indicando que, naturalmente, o assunto voltava às raposas.

"O conde Pastorelli gosta de caçar?"

Mas a sra. Collins assumira um prudente estado de surdez.

Adornados com botões de flores estrangeiras, elegantes narcisos e tulipas precoces, os arranjos de mesa não deixavam nada a desejar.

"Eu nunca poderia ir para a Rússia; eu não me dou com neve", ia dizendo a srta. Dawkins a *sir* Harry Ortop sobre sua Odisseia.

"Creio que a senhorita já se aventurou pela clarividência, não?", ele perguntou.

"De fato. E quiromancia, frenologia, tarô, búzios..."

"E...?"

"Oh", ela respondeu, prestando atenção a uma cicatriz em seu terceiro queixo, "fui advertida de que me casaria com um septuagenário de classe proibida e que jamais saberia disso... Helios, Mene, Tetragrammaton!".

"Em minha experiência, é um erro conhecer pessoas. Eu jamais desejo conhecer alguém..."

A srta. Dawkins abanou o leque.

"Tive um pressentimento de que eles estão na Índia", disse ela. "De alguma forma eu ligo o cabelo louro de minha mãe a Bombaim..."

Devido à ausência de um convidado, era aceitável para a condessa que os lugares à mesa estivessem em justaposição. Com os membros de Bovon à sua direita, sua língua tropeçou de forma negligente de Mussolini à srta. Arne: "Pobre alma, foi enterrada em seu vestido de renda com uma moeda grega na boca, um frasco de vinho Chalkis e um tamborim".

Uma versão do caso Salamis, que era novidade para a srta. Dawkins.

"...!", ela balbuciou, erguendo os olhos em protesto a uma pintura de Mary Marchioness da Jamaica e da srta. Elizabeth Cockduck, da escola de *sir* Thomas Lawrence.

"... Assim como na Idade de Ouro; e a lua naquela noite estava absolutamente enorme", a condessa interrompeu seu conto, retida que foi por um gemido de angústia na direção da *nursery.*

A noção de que Daisy poderia distrair-se por causa de Bianca fez com que a condessa se levantasse.

"Querida preciosa! *C'est l'heure du berger*[20] para o bebê!", ela exclamou, dirigindo-se para a porta.

Atravessando o corredor, notou a presença de Daisy na sala de costura, examinando os casacos dos visitantes; enfiando o nariz em cada tecido (como o faria um selvagem), ela parecia estar deleitando-se voluptuosamente com os odores humanos que exalavam.

"Ora essa, menina! O que está aprontando aqui?", sua irmã perguntou.

"A echarpe d'O Farquhar de Farquhar, Mabel, tem um cheiro estranho, algo entre mel e flores e galochas novas."

"Oh!"

"E o xale de *lady* Watercarriage! Não sei bem que aroma é esse, mas é por certo estonteante."

"*Santo Dio*", a condessa ofegou, com as orelhas atentas ao que pareceu ser uma pequena confusão no outro cômodo.

Daisy pareceu indiferente.

"Ela deve ter derrubado sua pequena Tamara novamente, eu suponho, só isso!!!"

Na penumbra da *nursery*, envolto pela tênue luz das estrelas rodopiantes e com decoração um tanto romântica, algo parecia ter perturbado a criança.

Ao ver mãe e tia portando uma luz radiante, ela cantou, ela sorriu.

"Bianca... Mãe do céu." A condessa pairava sobre o bebê.

"Pelo olhar desses olhos infinitos, eu não me surpreenderia que ela tivesse visto a coruja que vivia em um carvalho."

20 Expressão, em francês, que significa "fim do dia".

Havia uma coruja que vivia em um carvalho –
Whiskey, waskey, weedle;
E cada palavra que ele já disse
Era *fiddle, faddle, feedle*.

"Não faça isso, Daisy!"

"Oh, ela ama seu pequeno *Buen Retiro* (quando está seco); seu próprio cantinho na Bedfordshire."

"Deixe-a em paz", respondeu a condessa, valendo-se da oportunidade para decorar o rosto, que sempre ardia, com branco e vermelho renovados.

"Alguém já colocou em dúvida a legalidade de sua união, Mab?", Daisy perguntou, examinando a irmã com olhos bovinos.

"Não faça perguntas tolas, Daisy, se você não quiser ouvir respostas tolas", a condessa retrucou, seguindo no espelho seu ansioso olhar infantil na direção de uma boneca negra muito adornada, Topolobampa, a Rainha das Ilhas do Sol.

"Eu falei porque você sabe que é isso que Spicer 'tava dizendo a George..."

"George?"

"O novo lacaio."

"Oh, meu bom Deus!"

"Naturalmente, ele vai repetir isso por aí. Parece que ele corre toda Yorkshire à espera, mas realmente pertence à capital. A cidade de Hull, diz ele, é um lugar terrível. Sem temporada especial e com a moral de Sodoma. E mais: Mabsey, o irmão dele é o garoto de recados de Willinghorse e Wheelits..."

"O quê!"

"Ele aspira à sala de concertos, diz ele, por conta de sua voz. Por isso, fizemos com que cantasse para nós, e devo dizer que a sua interpretação de *Uma manhã cedinho, antes de o sol nascer* ganhou o nosso coração."

A condessa deu de ombros.

"Ela quer, acredito, levar Topolobampa para a cama!", exclamou ela de forma irrelevante.

"Ela prefere levar a velha tia — não é, gordinha?"

"*Madonna*, o que virá depois!"

"Seu corpinho, Mab... é tão suave quanto cetim! Oh, isso é terrível!"

"...?"

"Como a gatinha parece confortável em sua roupinha de musselina!"

"Pare com isso e não a provoque, Daisy", exortou a condessa conforme ela se afastava alegremente.

Um sensual odor de carne, vinho e flores chegou até elas vindo da sala de jantar.

"Quero que a minha vida seja púrpura, nada menos", declarou a srta. Dawkins a um membro de Bovon.

Interrompendo a conversa, a condessa retomou seu lugar.

Em uma vantagem delicada com os lábios recém-tingidos da cor de gerânio, ela estava contente consigo mesma.

"Duas pessoas à sua direita; quem ela é, condessa?", perguntou a srta. Dawkins.

"Uma herdeira importante! A srta. Nespole de Cupingforth."

"Minha querida, ela é a mulher mais extraordinariamente bela que eu já vi!", afirmou a srta. Dawkins com serenidade.

Ressentida com a curiosidade que despertava, a srta. Nespole (com a excentricidade permitida aos muito ricos) mostrou a língua para ela e guardou-a lentamente de novo.

"Oh, meu Deus!", a condessa exclamou, lançando um olhar em direção ao pai.

Atento a uma descrição do Gleneagles feita por *lady* Watercarriage, ele parecia grudado à sua poltrona.

"E a partir daí, fomos para um hotel medonho onde *todas as roupas de cama são cinzentas*", cantarolou a distinta senhora, dedilhando as pérolas sobre os ombros fatigados.

A condessa levou uma taça discreta de Perrier aos lábios.

Mas, conforme os pratos do jantar se seguiam, O Farquhar resolveu pedir à sua anfitriã que permitisse que sua filha mais jovem se juntasse a eles para as rosquinhas açucaradas na sobremesa.

Amante de jovens e muito atencioso para com elas, acreditava-se que ele cultivasse inclinações satânicas pela Idade da Candura.

"Só por uma ameixa!", ele insidiosamente pressionou, varrendo os bigodes com o guardanapo.

A srta. Dawkins, por sua vez, estava se tornando decididamente báquica.

"Oh, obrigada, membro de Bovon, os mais doces homens para mim", ela exclamou, fazendo um gesto grandioso com sua taça na direção do amigo.

No fim do jantar, próximo à sobremesa, no momento em que as senhoras estavam prestes a retirar-se, Daisy, com Bianca nos braços, optou por se apresentar. "Trouxe minha sobrinha, também; pensei que era hora de ampliar seu pequeno círculo de conhecimentos", chilreou ela, fazendo uma alegre aparição.

Ela usava um broche em formato de coroa numa blusa treliçada, acinturada por uma faixa de veludo verde-escuro.

Advertida pela expressão que viu no rosto da irmã, ela virou-se para o reitor, que estava em meio às conversações para o empréstimo de um garanhão a um paroquiano. "Uma coisa que raramente faço", ele murmurou, dando um sorriso frio na direção da infante papista.

Recusando-se a molhar os lábios com uma dose de *curaçao*, Daisy aproximou-se d'O Farquhar. Apreciando o aviso prévio, seu alegre olhar de cobiça era um estímulo bem-vindo.

Uma laranja sanguínea? Uvas?... Cristais de gengibre? Ela respondeu-lhe caprichosamente estalando a língua.

"Ela é um divertimento, sra. Collins, essa sua menina travessa; uma doçura; ah, essas louras brilhantes!"

"Mas por que isso?", respondeu, distraída, a sra. Collins, observando a neta circular, talvez como uma fruta, de colo em colo, de convidado em convidado, ao longo da mesa.

Lisonjeada pelo interesse d'O Farquhar, Daisy já demonstrava perspicácia social.

"Tenho visto estátuas... muitas vezes. Oh, é terrível!", tagarelou ela, jogando o cabelo para trás.

"Sua diabinha! Onde?", perguntou O Farquhar disfarçadamente, permitindo que seu braço cruzasse a cintura dela.

"Muitas vezes em gramados e em jardins, também; oh, é terrível!"

"... É verdade", ele murmurou, alarmado por um grito estridente que provava a aversão de Bianca pelo reitor.

Era um aviso, ao que parecia, para que se encerrasse a noite. Rindo freneticamente enquanto se levantava, a srta. Dawkins havia perdido o fio da meada na conversação.

"Onde será que eu estava no último outubro?", perguntou ela, espanando com as longas penas líricas de seu leque o rosto de *sir* Harry Ortop. "Creio mesmo que me esqueci..."

V

"Sim, querida, estou realmente indo...! E havia tantas coisas que eu queria dizer para você. Mas de alguma forma não houve tempo."

"Fique mais uma semana", a condessa implorou.

"Chame-me de Ola."

"Ola."

"Seu pai é um malandro, querida."

"O que você está procurando?"

A srta. Dawkins olhou com letargia pelo quarto.

Acima da lareira estavam gravuras de *Salammbô*, da barraca de Matho e de Monna Vanna em Prinzivalle, conhecidos coletivamente como *The Fair Trespassers*, e publicadas pela Fine Art Society "como orienta o Ato".

"O Isol", disse ela.

"Eu adoro seu baú, Ola."

"É tão comum."

"As etiquetas coladas nele!"

"Dirigindo de e para algum lugar durante o carnaval, os estudantes as arrancaram."

"Invejo sua independência."

"Mal consigo fazer um ninho."

"A domesticidade prende demais a pessoa. Toda vez que entro na *nursery* agora, sinto-me tensa. Hoje foi o ápice. Tenho muitos anos de experiência como enfermeira, a sra. Occles me disse, e não aceitarei interferência alguma. Muito bem, então eu disse a ela, você pode ir embora! Oh, meu bom Deus! Então, já na porta, eu me virei e acrescentei — Quem é a mãe da criança, eu ou a senhora? Isso, disse ela, não é problema meu! Mas, geralmente, estou acostumada a ver o pai!!

O que você quer dizer com o pai?, eu perguntei. Mas ela não disse mais nada."

A srta. Dawkins escorregou a sombrinha para debaixo da cama.

"Minhas botas de botões...!"

"Uma criança tem tantas pequenas necessidades, enfermeira, eu disse... Que devem receber a devida atenção... *Eu* sei o que a criança quer, ela disse (de forma tão incrivelmente rude), e quando ela quer... E lá estava Bianca olhando para ela com seus olhinhos..."

"Ainda assim, eu espero que o conde venha!"

"Espero que ele não seja falso comigo", a condessa tremia.

"Os estrangeiros geralmente são, querida. Eles enganam as esposas..."

"Se eu pensasse que ele era indigno...?"

"Você tem certeza, é claro, de que está tudo regularizado?" "Regularizado?"

"Não há brechas?"

A condessa deu uma risadinha.

"Nenhuma", disse ela.

"Conhecendo o mundo como conheço...", a srta. Dawkins suspirou. "Ah, bem..."

"Não... o carro está esperando."

"Estou pronta."

"Você tem uma revista ou alguma coisa assim para o trem?"

"Tenho um romance. *Três lírios e um bigode*."

"Eu adoro uma história de amor", a condessa confessou, "contanto que não seja idiota".

"Aqui está Daisy para dizer adeus."

"Onde está sua sobrinha?"

"Na França!", a condessa cantarolou.

"A criança não está aqui?"

"Venha e me dê um beijo", chamou a srta. Dawkins.

"Ora, e essa novidade!"

"O que foi?"

"O Chase foi por fim alugado."

"Ora, meu bom Deus!"

"Madame La Chose está na biblioteca agora com uma testemunha profissional."

"Bem?"

"E eles estão ocupando a casa. Eu estava ouvindo... Madame La Chose disse que ela estava preparada para firmar um acordo para contrato de locação de 99 anos sem a fazenda. E seria assinado imediatamente... Oh, os ratos!"

"Quem é a testemunha?"

"General Lover."

"Meu querido pai uma vez me surpreendeu ouvindo através de uma porta", observou a srta. Dawkins.

"E como uma garantia, ela oferece La Belle Zula. Ela diz que *só* seus diamantes valem metade de Yorkshire."

"Mamãe deve estar muito feliz."

"Ela está."

"Um lugar ou outro!", disse a srta. Dawkins. "Uma vez que o glamour se foi."

"Oh, Ola!"

"Eu ainda mantenho um pouco."

"Anseio por isso!", Daisy murmurou, fazendo piruetas em vão diante do espelho.

"*Jesu!*"

"Que possibilidades tenho aqui?"

"Há bastante tempo ainda", assegurou a condessa.

"Uma irmã deve ajudar a outra."

"Quando você estiver à altura, vamos ver."

"Se não estou à altura agora, gostaria de saber quem está!"

Nervosa, a srta. Dawkins vestiu uma luva.

"Você tem o meu endereço na Austrália, viscondessa, certo?"

"Belleview, não é isso? No lago George?"

"É isso mesmo, sua sabichona."

"Eu não me esquecerei."

"Espero ver o mar logo, querida. Não posso aguentar por muito tempo."

"Escreva logo."

A srta. Dawkins assentiu.

"Depende do pequeno Potter agora. Mas, se eu por acaso encontrar aqueles que amo no Oriente, farei com que seja avisada."

"Que tal lhe parece a Phryne Street, Isabel?", perguntou o sr. Collins à esposa quando se acomodaram uma manhã para tomar o café.

"Ah... Charles!"

"Maxilla Gardens, então?

"Hum hum..."

"Ou Gardingore Gate?"

"Quero viver em Lisboa", disse a sra. Collins.

O sr. Collins deixou o jornal de lado.

"Para onde direcionar nossos passos é um problema e uma tragédia", ele murmurou.

"Vieto", sugeriu Daisy com voz insinuante.

"O que alguém faria ao ser jogado em Orvieto?", perguntou a sra. Collins. "Seria tão ruim quanto Bovon."

"Orvieto é toda feita de colunas e fica bem no topo de uma colina! Você toma um elevador para chegar lá. E há o funicular para tudo o que se quer fazer..."

"Se for para ser na Itália, prefiro ir logo para Roma."

Daisy mostrou fervor.

"Mab estava me contando de conservas que vendem lá. Em palitinhos. Nas esquinas, disse ela, as ameixas açucaradas brilham ao sol como se fossem joias... Gostaria de vê-las... E de prová-las também", acrescentou.

"Papai já escreveu à sra. Whewell, infelizmente", disse a sra. Collins, "para saber se ela tem uma vaga em York Hill".

"Se eu for estudar em qualquer lugar, terá de ser no exterior."

"Aprenda direito a sua língua nativa, de qualquer modo, para começar", aconselhou o sr. Collins.

"Eu não me importo com distinções!"

"Na sua idade", disse a sra. Collins, "eu tinha um diploma".

"Do quê?"

"De enfermagem."

"Enfermagem é diferente."

"Eu lhe asseguro que é muito desagradável. Muitas vezes, não é de forma alguma prazeroso."

"Por quê?"

"O que eu nunca pude suportar sobre a enfermagem", disse a sra. Collins, imersa em recordações, "era limpar a tinta do rosto de um cadáver".

"Eu deixaria ali."

"Mesmo uma enfermeira de hospital pode ir longe demais..."

"Onde está Mabel?"

"Eu a ouvi brincando com Bianca quando passei por sua porta."

"Ela não se preocupa muito com os horários pela manhã", resmungou o sr. Collins.

"É por causa das orações, Charles. Até terminá-las, ela naturalmente não se importa em aparecer."

Daisy tomou um gole de chá.

"Outro dia, ela fez o seu melhor para me converter", disse ela. "Com um de seus alfinetes de chapéu."

"O quê?"

"... E velhas contas. Elas nada têm de extraordinário. Não valem nem uns poucos tostões."

"Mab fez isso?"

"E ela está de olho em Queen!"

"Temo que o *pub* no Mitre seja o mais próximo a Roma que *ele* vai conseguir chegar", disse o sr. Collins

"S-s-s-h, Charles. Ele está aqui!"

"E a *signora*, Queen?", perguntou Daisy.

"Ela acabou de receber a correspondência."

"Há alguma coisa para mim?"

"Não, srta. Daisy. Não há."

"Eu só estava pensando..."

A sra. Collins levantou a mão.

"Ouçam!"

"O-o-o-o-o-o-h!"

"É um grito de sua senhoria."

"pode-se imaginar que o Grande Pã tenha sido morto novamente — no mínimo."

"Muito provavelmente foi a leitura de uma carta do marido.", disse Daisy. "Ou pode ser apenas uma encomenda! Ela está esperando para aprovar, até onde sei, alguns novos costumes."

"O-o-o-o-o-o-h!"

"Café da manhã!", chilreou a sra. Collins.

"Ele está vindo. Ele estará aqui ho-je", a condessa anunciou, eufórica. "Oio virá!"

"É mesmo?"

"Foi o que ele disse. Oh... E esta noite mesmo eu estava sonhando tão vividamente com um carro funerário em fuga... Conforme ele passava por mim, um dos enlutados me lançava um olhar *tão*... Agora consigo entender."

"E era alguém, Mabsey?"

"Como assim alguém?"

"Aqui certo para mim."

"Um marido!"

"Mabsey!"

"Era uma mulher jovem... Pobre alma!", a condessa respondeu.

"O que ele diz na carta?"

"Vou ler alguns trechos em voz alta. Mas nem tudo deve ser ouvido por você."

"Ele escreve em italiano, Mabel?"

"Bem... meio a meio."

"E então?"

"'Minha querida querida', ele começa — ele sempre me chama de *querida*! —, 'minha, minha pequena esposa. Minha Mabina...' E então ele simplesmente diz que está vindo. '*Spero di venire Sabato verso la sera...*' E manda seu amor filial com um beijo para a mãe inglesa: *à la mamma Inglese...*"

"Ah?"

"Sim... E ele tem a intenção de levá-la de volta com ele para a Itália, onde está preparando uma saleta de estar violeta e cor-de-rosa para ela..."

"Bendito seja esse menino!"

"E então vem um trecho escandaloso. Oh, meu bom Deus! ... Ele diz que a pobre Citta Zocchia não está mais esperando Queen! *Dessa* vez ela disse que acabou... E Dona Formosa de Bergère vai se casar em Nápoles — *Nápoles*! Oh! Misericórdia! — com um certo *signor* Popi! ..."

"A que horas ele deve chegar aqui?"

"*Verso la sera!*"

"E que horas seria isso?"

"À noitinha."

"Como são vagos esses maridos."

"Ele estará aqui para o jantar, ouso dizer", disse Daisy.

"Temos de tentar agradar-lhe em seus gostos."

"Ele gosta de alimentos simples e nutritivos", a condessa disse. "E tem paixão por *curry*."

A sra. Collins tentou dominar a ansiedade.

"Em Roma, por exemplo, Mab", ela perguntou, "o que eles comem nas refeições?".

"Depende."

"Além de *curry*..."

"Oh, bem, talvez batatas-doces, redondinhas e rosadas, e arroz simples. Ah, e, sim, carne de porco fria, com azeite e cebolas... Tudo o que for da estação... E às sextas-feiras, é claro, comem *peixe*."

"Você precisa dizer isso tudo à sra. Prixon", disse a sra. Collins. "E não se esqueça... Você precisa substituir a sra. Occles."

A condessa suspirou.

"Se eu não puder contratar uma menina de Bovon ou uma jovenzinha de York, devo então ter uma aia que faça a criança acostumar-se às coisas..."

Daisy levantou um dedo.

"Aí está o chorinho dela!"

"Pobre queridinha. Ela não pode suportar ser deixada sozinha com uma escocesa estranha. Quando Bianca não gosta de alguém!... Em muitos aspectos, é uma criança peculiar."

"Deixe-me vesti-la hoje, Mabsey, posso... só hoje?"

"Para que isso?"

"Deixe-a comigo hoje! Vou transformá-la!"

"Meu bom Deus!"

"Tenho meus segredos..."

"Imagino que sim."

"Posso lhe dar o que costumam chamar de uma presença..."

"Misericórdia!"

"Com um planejamento adequado de vestimenta, você não a reconheceria."

"Eu tenho de ir correndo vê-la."

"Vá, querida, termine de se arrumar", suplicou a sra. Collins.

"Eu confio que o marido dela vá confiscar todos os velhos *négligés* rotos dela", disse o sr. Collins. "Eles emprestam uma aparência desleixada, são coisas desagradáveis!"

Daisy fez um gesto vago.

"Eu não apostaria nisso", disse ela. "O marido dela tem o hábito de não se levantar pela manhã."

"Não?"

"Ele fica na cama até bem tarde. É um preguiçoso contumaz. O sol pode começar a cair, e a luz do dia estar quase no fim, e você ainda o encontrará entre os lençóis."

"Felizmente, madame La Chose ficará fora por bastante tempo."

"Eh, I-sa-bel!"

A sra. Collins estava exultante.

"Oh, que felicidade celestial", disse ela, "não ter de cuidar da casa — nunca mais!".

"Vamos todos dançar esta noite."

"Minha fada maluquinha!"

"Seu marido dança maravilhosamente", diz ela.

"Quem haveríamos de chamar?"

"Victoria é dona de uma concertina."

"Isso não adianta nada."

"E William tem um banjo... De acordo com ele, o banjo é o rei dos instrumentos."

"Bobagem. Eu jamais diria isso."

"Oh! Mumsey!..."

"Poderíamos talvez chamar o quarteto de cordas de Bovon", disse a sra. Collins. "Apenas para uma serenata."

"Oh! O que aconteceu com a sobrinha?"

"A pobre queridinha está irritadiça hoje", a condessa disse, retornando, "está com um pouco de dor de barriga".

"Você não pode esperar que uma criança da sua idade seja razoável", disse a sra. Collins. "Isso não seria natural."

"Deixe-me pegá-la", Daisy implorou.

"Não comece, Daisy!"

"Do que a criança mais gosta é de um rolo de algodão. Ela vai brincar com isso quando não puder brincar comigo."

"*Pucci! Pucci!*", arriscou-se a sra. Collins.

"*Ecco la nonna! La buona cara nonna... Ah, santo Dio!*"

"Quando eu digo *cui* para ela, de alguma forma ela não parece gostar disso!"

Daisy estalou a língua.

"Lat-lat!"

"Como você pode ser tão rude!"

"Deixe-me acalmá-la. Posso?"

"Ela nunca fica calma com você."

"Espere até que ela ouça a história de *Ventolina e a fada abelhinha*."

"Oh, não é apenas a criança... Ela não saberia... Buz-z-z!"

"Isabel!"

"Sim, meu bem?"

"A cozinheira precisa falar com você."

"Onde ela está?"

"No outro cômodo."

"Ajude-me, Mabel", disse a sra. Collins.

"*Gigi! Ribu!* Oh, a pequenininha!"

"Entregue-a para mim, Mabsey."

"Yum. Yum."

"Entregue-a para mim."

Ela coloca a mãozinha sobre o narizinho e, em seguida, pressiona-o.

"Espero que seja um de seus pequenos sarcasmos."

"Ela acha o mundo *tão* estranho."

"Ainda assim, é bom saber que ela tem uma tia como essa. Uma boa tia", ela diz, "é uma bênção inacreditável".

"Ajude-me!", implorou a sra. Collins.

"Como?"

"*Curry*... e o que mais?"

A condessa virou a cabeça.

"Ele não suporta carne de coelho", disse ela.

"Minha querida, ninguém propôs isso!"

"Uma vez, a criança e eu estávamos dirigindo na Via Appia Nuova quando vimos um coelho espiando de um túmulo. Oh, uma coisinha tão fofa! Então eu parei o carro e disse a Luigi, o lacaio, para correr e despachá-lo se pudesse. Ele trouxe-o de volta para mim... E, algumas horas depois, estava borbulhando em um caldo de galinha. Oio provou-o, mas mal o ensopado atravessou seus lábios ele foi acometido das mais violentas cólicas. Diante disso, ele virou-se para mim e acusou-me de tentar fazer o que certas esposas da Renascença devem ter feito algumas vezes. Oh! Ele estava tão nervoso. Tão, tão, tão irritado... Então, por favor, nada de coelho."

"Polpettino, talvez?"

"Em azeite; guarnecido. 'À Mussolini.'"

"E depois?"

"Oh, então, o que ele realmente adora, a que ele simplesmente não pode resistir, é uma fritada."

"De queijo?"

"De qualquer tipo. E ele ama uma saborosa *Zuccata*, adora. *Zuccata*, *Zuccatini*... E adora suflê também, contanto que não esteja *solado*."

"Não vamos nos antecipar, minha querida..."

"Então..."

"Azeite!"

"E depois..."

"Então", a sra. Collins ergueu a voz como se estivesse inspirada, "depois *Côtelettes* — à milanesa...".

ÍNDICE REMISSIVO

Relação de artistas, personalidades, instituições e obras de arte (livros, quadros, peças e músicas) não ficcionais citados por Firbank nas novelas.

NOMES PRÓPRIOS

Aristófanes (447-385 a.C.), dramaturgo grego, *181*, *361*, *370*.

Ateneu de Náucratis (fl.170 a.C.), erudito e gramático grego, *372*.

Beaumont, Francis (1584-1616), poeta e dramaturgo inglês, *201*.

Beethoven, Ludwig van (1770-1827), compositor alemão, *56*.

Behn, Aphra (1640-1689), escritora e dramaturga inglesa, *84*.

Bernini, Gian Lorenzo (1598-1680), pintor e escultor italiano, *122*.

Bion (fl.290 a.C.), poeta grego de Esmirna, *325*.

Blake, Catherine (1762-1831), esposa de William Blake, *121*.

Blake, William (1757-1827), poeta e pintor inglês, *282*.

Boccaccio, Giovanni (1313-1375), escritor italiano, *58*.

Booth, William (1827/29-1912), fundador do Exército da Salvação, entidade benemerente, *119*.

Bosch, Hieronymus (1450-1516), pintor e gravador holandês, *154*.

Botticelli, Sandro (1445-1510), pintor italiano, *340*, *424*.

Boucher, François (1703-1770), pintor francês, *224*.

Brahms, Johannes (1833-1897), compositor alemão, *40*.

Canaletto, ou Giovanni Antonio Canal (1697-1768), pintor italiano, *169*.

Carpaccio, Vittore (1465-1526), pintor italiano, *86*.

Cézanne, Paul (1839-1906), pintor francês, *52*.

Chaliapin, Feodor (1873-1938), cantor de ópera russo, *255*.

Cima, Giovanni Battista (c.1460-1517), pintor italiano, *19*.

Cimarosa, Domenico (1749-1801), compositor italiano, *54*.

Conder, Charles (1868-1909), pintor inglês, *34*.

Corot, Jean-Baptiste-Camille (1796-1875), pintor francês, *345*.

Crome, John (1768-1821), pintor inglês, *72*.

Cromwell, Oliver (1599-1658), político inglês, *67*, *108*.

Cuyp, Aelbert Jacobsz (1620-1691), pintor holandês, *329*.

D'Este, Isabella (1474-1539), marquesa de Mântua, política e patrona das artes, *12*, *17*.

De Hell, Anne Chrétien Louis (1783-1864), almirante francês, *153*.

Degas, Edgar (1834-1917), escultor francês, *178*.

Deslys, Gaby (1881-1920), atriz e corista francesa, *127*.

Dolfin-Tron, Catarina (1736-1793), poeta italiana, *315*, *325*.

Drecoll, casa de alta-costura que abriu suas portas em Viena em 1902, depois em Paris, de 1904 a 1930, *20*.

Dürer, Albrecht (1471-1528), artista e matemático alemão, *168*.

Eurípides (480-406 a.C.), poeta trágico grego, *91*.

Eysoldt, Gertrud (1870-1955), atriz alemã, *27*, *34*.

Fantin-Latour, Henri (1836-1904), pintor francês, *154*.

Fídias (c.480-430 a.C.), escultor grego, *125*.

Fletcher, John (1579-1625), dramaturgo inglês, *201*.

Forain, Jean-Louis (1852-1931), pintor e ilustrador francês, *55*.

Fourment, Hélène (1614-1673), segunda mulher de Peter Paul Rubens, *121*.

Fragonard, Jean-Honoré (1732-1806), pintor francês, *82*.

Gainsborough, Thomas (1727-1788), pintor inglês, *173*.

Giorgione, ou Giorgio Barbarelli da Castelfranco (1477-1510), pintor italiano, *220*.

Giotto di Bondone (1266-1337), pintor e arquiteto italiano, *55*.

Gluck, Christoph Willibald (1714-1787), compositor alemão, *206*.

Goldoni, Carlo (1707-1793), dramaturgo italiano, *95*.

Goya, Francisco (1746-1828), pintor espanhol, *256*.

Grannier, Jeanne (1852 -1939), soprano francesa, *206*.

Greuze, Jean-Baptiste (1725-1805), pintor francês, *103*.

Griego, ou El Grieco, pseudônimos de Domenikos Theotokopoulos (1541-1614), pintor e escultor grego, *103*.

Guardi, Francesco Lazzaro (1712-1793), pintor italiano, *103*, *177*, *351*.

Held, Anna (1872-1918), atriz e cantora polonesa naturalizada francesa, *255*.

Holbein, Hans (1497-1543), dito o Jovem, pintor alemão, *22*.

Ingres, Jean-Auguste Dominique (1780-1867), pintor francês, *17*.

Jammes, Francis (1868-1938), poeta francês, *118*.

Lippi, Filippo (1406-1469), pintor italiano, *193*.

Liszt, Franz (1811-1886), compositor e maestro húngaro, *40*.

Longhi, Pietro (1701-1785), pintor e desenhista italiano, *111*.

Lully, Jean-Baptiste de (1632-1687), compositor francês, *121*.

Maclise, Daniel (1806-1870), pintor irlandês, *154*.

Maeterlinck, Maurice (1862-1949), escritor belga, *27*.

Manet, Édouard (1832-1883), pintor francês, *173*.

Mantegna, Andrea (c.1431-1506), pintor e gravador italiano, *32*.

Midwinter, Ozias, pseudônimo de Lafcádio Hearn (1850-1904), escritor irlandês nascido na Grécia, *238*.

Monet, Claude (1840-1926), pintor francês, *173*.

Monticelli, Adolphe (1824-1886), pintor francês, *52*.

Moody-Manners, companhia de ópera fundada na Inglaterra em 1898, *94*.

Moschus (fl.150 a.C.), poeta grego de Siracusa, *325*.

Nicholson, William (1872-1949), pintor inglês, *45*, *52*.

Nijinsky, Vatslav (1889-1950), bailarino russo, *17*.

Ospovat, Henry (1877-1909), ilustrador, caricaturista e pintor russo estabelecido na Inglaterra, *351*.

Pajou, Augustin (1730-1809), escultor francês, *12*.

Palestrina, Giovanni Pierluigi da (1525-1594), compositor italiano, *90*.

Pascoli, Giovanni (1855-1912), poeta italiano, *195*.

Praxíteles (c.395-330 a.C.), escultor grego, *282*, *404*.

Puvis de Chavannes, Pierre (1824-1898), pintor francês, *69*.

Rabelais, François (1494-1553), escritor francês, *166*.

Rachmaninoff, Sergei (1873-1943), compositor russo, *38*.

Redfern, casa de alta-costura com lojas em Londres, Edimburgo, Paris e Nova York nos anos 1890, *272*.

Rembrandt, Harmenszoon van Rijn (1606-1669), pintor e gravador holandês, *110*, *145*.

Renoir, Pierre-Auguste (1841-1919), pintor francês, *12*.

Reynolds, Joshua (1723-1792), pintor inglês, *20*, *172*.

Richelieu, Louis François Armand de Vignerot du Plessis (1696-1788), duque de Richelieu, aristocrata e militar francês, conhecido pela libertinagem, *172*.

Rimsky-Korsakov, Nikolai (1844-1908), compositor russo, *38*.

Romney, George (1734-1802), pintor inglês, *20, 59*.

Rossetti, Dante Gabriel (1828-1882), poeta e pintor inglês, *94*.

Rubens, Peter Paul (1577-1640), pintor flamengo, *23, 72*.

Ruisdael, Jacob van (1628-1682), pintor holandês, *72*.

Rumpelmayer, Anton (1832-1914), confeiteiro austríaco, *46*.

Safo de Lesbos (c.620-570 a.C.), poeta grega da ilha de Lesbos, *17-20, 26, 33-7, 173, 229, 339, 381*.

Savonarola, Girolamo (1452-1498), frei dominicano e político, *80, 84*.

Shakespeare, William (1564-1616), poeta e dramaturgo inglês, *61-2, 67, 206, 241, 280, 282, 286, 293, 316, 322, 369-70, 390*.

Sheridan, Richard Brinsley (1751-1816), dramaturgo inglês, *241*.

Siddons, Sarah (1755-1831), atriz inglesa, *272*.

Signorelli, Luca (1445-1523), pintor italiano, *83*.

Sisley, Alfred (1839-1899), pintor inglês, *72*.

Stoffels, Hendrickje (1626-1663), amante de Rembrandt, *146*.

Swinburne, Algernon Charles (1837-1909), poeta e dramaturgo inglês, *298*.

Ticiano Vecellio (c.1490-1576), pintor italiano, *59*.

Tiepolo, Giandomenico (1727-1804), pintor italiano, *13*.

Tintoretto, pseudônimo de Jacopo Robusti (c.1518-1594), pintor italiano, *158*.

Uccello, Paolo (1397-1475), pintor italiano, *271*.

Van Gogh, Vincent (1853-1890), pintor holandês, *45*.

Van Uylenburgh, Saskia (1612-1642), esposa de Rembrandt, *121*.

Vanbrugh, John (1664-1726), arquiteto britânico, *64*.

Velázquez, Diego (1599-1660) pintor espanhol, *33, 52, 256*.

Verlaine, Paul (1844-1896), poeta francês, *83, 426*.

Veronese, Paolo Caliari (1528-1588), pintor italiano, *72*.

Vionnet, casa de alta-costura parisiense, *125-6*.

Waller, Edmund (1606-1687), poeta inglês, *86*.

Walpole, Horace (1717-1797), aristocrata e romancista inglês, *339*.

Warens, Françoise-Louise de (1699-1762), tutora e amante de Jean-Jacques Rousseau (1712-1778), *110*.

Watts, George Frederic (1817-1904), pintor e escultor inglês, *271*.

Whistler, James (1834-1903), pintor norte-americano, *33*.

Whittington, Richard (c.1354-1423), políticow e comerciante inglês, inspirou o conto popular infantil *Dick Whittington e seu gato*, *157*.

Wordsworth, William (1770-1850), poeta inglês, *399*.

Yeats, William Butler (1865-1939), poeta irlandês, *29*.

Zen Tron, Cecilia (fl.1797), nobre veneziana, patrona das artes, *21*.

OBRAS

A divina comédia, do autor italiano Dante Alighieri (1265-1321), *31*.

A flauta mágica, ópera do compositor austríaco Wolfgang Amadeus Mozart (1756-1791) apresentada pela primeira vez em Viena em 1791, *199*.

A morte de Aase, Op. 23, música de cena criada pelo compositor norueguês Edvard Grieg (1843-1907) em 1875 para a peça *Peer Gynt*, de Henrik Ibsen (1828-1906), apresentada pela primeira vez em Oslo em 1876, *88*.

A tempestade, peça de William Shakespeare (1564-1616), de 1610--1611, *67, 316*.

A Winnower of Corn to the Winds, tradução em inglês, por Thomas Sturge Moore (1870-1944), do poema *D'un vanneur de blé aux vents*, do poeta francês Joachim du Bellay (1522-1560), *57*.

Aglavaine e Sélysette, peça de Maurice Maeterlinck (1862-1949), de 1896, *27*.

Agripina com as cinzas de Germânico, quadro do pintor inglês Joseph Turner (1775-1851), *28*.

Alegoria da primavera, quadro de Sandro Botticelli (1445-1510), de 1482, *21*.

Après-midi sous les pins, do poema sinfônico Op. 61 *Jour d'été à la montagne* (1905), do compositor francês Vincent d'Indy (1851-1931), *37*.

As três irmãs, peça de Anton Tchekhov (1860-1904) escrita em 1900, *316*.

Bathyle, poema do escritor francês Jean Lorrain (1855-1906), *60*.

Blessed Damozel, ilustração que William Graham (1817-1885) fez, em 1877, de um poema de Dante Gabriel Rossetti (1828-1882), publicado em 1850, *220*.

Bournemouth, poema do francês Paul Verlaine (1844-1896), publicado em 1888, *83*.

Capriccio espagnol, Op. 34, suíte de cinco movimentos composta por Rimsky-Korsakov (1844-1908) em 1887, *38*.

Come away, Death, poema de William Shakespeare (1564-1616) musicado pelo compositor inglês Roger Quilter (1877-1953), *206*.

Conto de inverno, comédia de William Shakespeare (1564-1616), de 1611, *21, 61*.

Crucificação, tela de 1565, do pintor italiano Tintoretto (c.1518-1594) para a Scuola Grande de San Rocco, em Veneza, *158*.

Czarda, peças do compositor húngaro Franz Liszt (1811-1886), escritas entre 1881 e 1884, baseadas na dança de mesmo nome, *40*.

Danseuses [Bailarinas], do escultor francês Edgar Degas (1834-1917), *178*.

Decameron, coleção de cem novelas do italiano Giovanni Boccaccio (1313-1375), escrito entre 1349 e 1351 (ou 1353), *58*.

Der Wanderer [O viajante], canção composta pelo austríaco Franz Schubert (1797-1828) em 1816, *69*.

Divinités du Styx, obra do compositor alemão Christoph Willibald Gluck (1714-1787), *205*.

Epistle from Arthur Grey, the Footman, to Mrs. Murray, after his Condemnation for Attempting to Commit Violence [Epístola de Arthur Grey, o Lacaio], poema de Mary Wortley Montagu (1689-1762), escritora inglesa, *204*.

Georges Dandin, peça do dramaturgo francês Molière (1622-1673), *121*.

Hamlet, peça de William Shakespeare (1564-1616), de 1601, *28, 232*.

Hino a Afrodite, único poema da grega Safo de Lesbos (c.620-570 a.C.) conservado na íntegra, *36*.

Hound of Heaven [O cão de caça do céu], poema do inglês Francis Thompson (1859-1907), *91*.

Inspiração, autorretrato do pintor francês Jean-Honoré Fragonard (1732-1806), *82*.

Iphigénie, tragédia em cinco atos de Jean Moréas, pseudônimo de Ioánnis A. Papadiamantópoulos (1856-1910), poeta grego, publicada em 1904, *132*.

Joyzelle, peça de Maurice Maeterlinck (1862-1949), de 1903, *27*.

L'Âge d'airain, primeira estátua em bronze do escultor francês Auguste Rodin (1840-1917), de 1877, *126*.

La chaste Suzanne, ópera de Jean Gilbert (1879-1942), de 1910, *269*.

La maison serait pleine de roses, poema do francês Francis Jammes (1868-1938), *118*.

Lake Isle of Innisfree, poema de William Butler Yeats (1865-1939), de 1888, *29*.

Le charme d'Athènes, livro do filósofo francês Henri Bremond (1865-1933), de 1905, *399*.

Le spectre de la rose, balé de Jean-Louis Vaudoyer (1883- 1963) inspirado em poema de Théophile Gautier (1811-1872) e apresentado pela primeira vez em 1911 em Monte Carlo, *17*.

Lisístrata, peça do dramaturgo grego Aristófanes (447-385 a.C.), de 411 a.C., *181, 360, 370, 403*.

Madame Butterfly, ópera do compositor italiano Giacomo Puccini (1858-1924), *125, 428*.

Macbeth, peça de William Shakespeare (1564-1616), de 1603-1606, *241, 250, 266, 309*.

Madeleine lisant [Madalena lendo], fragmento de retábulo do pintor flamengo Rogier Van der Weyden (1400-1464), *13*.

Manon Lescaut, ópera em quatro atos do compositor italiano Giacomo Puccini (1858-1924), de 1893, *72*.

O quebra-nozes, balé do compositor russo Piotr Ilitch Tchaikovsky (1840-1893), de 1891, *39*.

Paralíticos, balada cuja melodia deriva de uma marcha inglesa do século XVIII, popular nos Estados Unidos da época colonial, *39*.

Parnaso, quadro de 1497 do pintor renascentista Andrea Mantegna (c.1431-1506), *32*.

Pauline, ópera do compositor e pianista britânico Frederic Cowen (1852-1935), apresentada pela primeira vez em Londres em 1876, *293*.

Pelléas et Mélisande, ópera de 1902 composta pelo francês Claude Debussy (1862-1918), *162*.

Pippa Passes, drama poético de poeta e dramaturgo inglês Robert Browning (1812-1889), publicado em 1841, *167*.

Poemetti, coleção com os primeiros poemas de Giovanni Pascoli (1855-1912), *195*.

Rizzio, peça sobre David Rizzio (1533-1566), cortesão italiano que durante anos foi secretário particular da rainha da Escócia, Mary Stuart, *251*.

Rosmersholm, peça do norueguês Henrik Ibsen (1828-1906), de 1886, *25*.

Salomé, Op. 54, ópera em um ato composta em 1905 pelo alemão Richard Strauss (1864-1949), baseada na peça escrita em 1891 por Oscar Wilde (1854-1900), *119*.

Santa Cecilia suona l'organo [Santa Cecília ao órgão], tela do pintor italiano Carlo Dolci (1616-1686), de 1671, *103*.

She Stoops to Conquer, comédia de 1771 do poeta e dramaturgo irlandês Oliver Goldsmith (1728-1744), *236*.

Spinario, escultura em bronze do século I a.C. que representa um garoto sentado, tirando um espinho do pé, *350*.

Tannhäuser, ópera em três atos do compositor alemão Richard Wagner (1813-1883), apresentada em Dresden em 1845, *46, 428*.

Thaïs, ópera em três atos do compositor francês Jules Massenet (1842-1912) para libreto de Louis Gallet (1835-1898), com base no romance homônimo de Anatole France (1844-1924), de 1894, *29, 41*.

The Elder Miss Blossom [A velha senhorita Blossom], peça teatral apresentada no St. James Theatre em 1898, *112*.

The Playboy of the Western World, peça do dramaturgo irlandês John Millington Synge (1871-1909), *223*.

The Revenge – A Ballad of the Fleet, poema de Alfred Tennyson (1809-1892), de 1880, *401*.

The School for Scandal, de Richard Brinsley Sheridan (1751-1816), de 1777, *241*.

Tosca, ópera em três atos de Giacomo Puccini (1858-1924), que estreou em Roma em 1900, *197*.

Tristão e Isolda, lenda medieval sobre o amor entre Tristão, cavaleiro da Cornualha, e Isolda, uma princesa irlandesa, *166*.

Via Crucis, série de quadros pintados por Giandomenico Tiepolo (1727-1804) entre 1747 e 1749 para a igreja de São Paulo, em Veneza, *13*.

Viagem de Siegfried pelo Reno, excerto da ópera *O crepúsculo dos deuses*, do compositor Wilhelm Richard Wagner (1813-1883), apresentada pela primeira vez em 1876, *201*.

Virgem das rochas, pintura de Leonardo da Vinci (1452-1519), *153*.

Whistler's Mother [Mãe de Whistler], pintura de 1871 de James Whistler (1834-1903), *97*.

TEXTOS COMPLEMENTARES

Firbank revisitado
por W. H. Auden

Os nove ou dez romances curtos de Ronald Firbank são, para mim, um teste absoluto. Uma pessoa que não goste deles, como alguém que não gosta da música de Bellini ou prefere seu filé bem passado, até pode, tanto quanto eu saiba, ser dotada de algumas qualidades admiráveis, mas eu não vou querer vê-la novamente.

Ronald Firbank, a quem geralmente se credita ser a inspiração de Lucius Orme de *Some People*, de Harold Nicolson, era filho de um baronete que construía "belas ferrovias". Educado em ambiente privado e em Cambridge, passou a maior parte de sua vida viajando pela Europa e pelo Oriente Médio e morreu em Roma aos 39 anos. Era delicado, patologicamente tímido e excêntrico. Sobre ele, muitas histórias são contadas.

"Romance" é um termo enganoso para que se aplique aos trabalhos desse extraordinário escritor, pois "romance" sugere um enredo — e qual é o enredo de qualquer romance de Firbank, digamos, de *A princesa artificial*? Uma princesa despacha, por meio de uma baronesa, um convite a um homem santo para que este vá a uma recepção naquela noite. O convite nunca chega ao homem, e a princesa confunde um penetra de cabelos ondulados e uma gardênia com seu leão sagrado.

O enredo de Firbank é, clara e simplesmente, um pretexto deliberadamente superficial para a existência de suas personagens, e o mesmo vale para a ambiência de Firbank — a Inglaterra, a Espanha ou os trópicos —, apenas um pano de fundo diante do qual suas personagens se expõem.

Mais uma vez, não passa de acidente que uma personagem apareça em um romance e não em outro; *lady* Parvula de Panzoust poderia ter aparecido igualmente nas salas de estar da duquesa e da sra. Hurstpierpoint, e, se o pequeno Charlie chegasse a se aborrecer do Café de Cuna, um emprego o esperaria no Haboubet do Egito.

Tudo o que realmente interessa, na verdade, é que o mundo de Firbank exista, um mundo em que uma igreja do interior pode ter "o olhar malicioso de uma ex-catedral", e um menino de coro que faz a voz principal numa missa de Palestrina, "o ar vagamente agitado de um gatinho que tivesse sido acometido de visões", no qual uma garota apaixonada pode "deixar o recinto cantarolando como um passarinho *Depuis le jour*", e uma rainha dirigir por horas com a coroa na cabeça ("era absolutamente impossível não notá-la"), no qual podemos ser apresentados a uma senhora de "vestido mármore-negro com pesadas rosas douradas e alguns de seus enormes diamantes de cerimônia".

A extraordinária realização de Firbank foi construir um retrato, o mais sofisticado, creio eu, já produzido por quem quer que seja, do Paraíso Terrestre — não, evidentemente, tal como é, mas, em nosso estado de Queda, como imaginamos que seja —, como o lugar onde, sem termos de mudar nossos desejos ou comportamento de qualquer forma, não padecemos de desilusão ou culpa.

O primeiro axioma de tal Éden é que se trata de um mundo de puro ser; o que as pessoas são e o que querem ou precisam ser é a mesma coisa. Daí segue que suas personagens são idênticas a seus nomes: madame Wetme, Eva Schmerb, dr. Cuncliff Babcook ou monsenhor Silex são, como animaizinhos de estimação, descritos por seus nomes.

O segundo axioma é que não há lei nem superego; poucas personagens de Firbank restringem seus afetos a um único objeto ou único sexo, e ainda menos são capazes de dizer não, mas ninguém se incomoda ou se machuca por isso. Exercícios religiosos são extensivamente praticados, mas, uma vez que Deus ama sem ser juiz, todas são, mesmo as mortificadas, pura diversão. Um cão policial é batizado como *crème-de-menthe* branco. Onde todos são inocentes, que diferença há entre um cão e um bebê?

Não só não existe lei moral que limite o comportamento como as personagens vagueiam à vontade de um crucifixo para as pernas de um jardineiro ou um pôr do sol, e seus diálogos saltam como *quanta* de energia de um assunto para outro.

Todos são bem-vindos, desde que não estejam a sério; assim, quando Laura de Nazianzi se apaixona verdadeiramente por Sua Aborrecência o Príncipe, ela deixa de fazer parte desse mundo e deixa a cena. O pobre papa Tércio II é, para sua infelicidade, proibido por sua posição de entrar.

Literatura de escape? Bobagem. Só existe literatura honesta e desonesta. Esta finge que um mundo impossível é o mundo real e, consequentemente, é sempre solene. O fato de os romances de Firbank serem tão engraçados é prova de que ele nunca nos deixa esquecer da contradição entre a vida como ela é e a vida como gostaríamos que ela fosse, pois é a impossibilidade daquela contradição que nos faz rir.

Empregar um tom sério e responsável ao falar de Firbank seria falseá-lo, mas estou preparado para ousá-lo e dizer que seus livros têm uma importância tão permanente quanto, digamos, *Alice no País das Maravilhas*. Um presente de Natal ideal, mas não um livro para salas de visita; ele "desapareceria" muito rapidamente.

W. H. Auden (1907-1973), poeta inglês naturalizado americano, publicou esse texto originalmente no jornal *The New York Times* em 20 de novembro de 1949.

Tradução de Bruno Gambarotto

Uma nova apresentação de Firbank
Edmund Wilson

É ótimo ver Firbank revalidado. Recentemente, eu vinha lendo os romances de Firbank que não tinha lido quando vieram a lume, e estes me levaram a reler aqueles que lera antes. Uma convicção crescera em mim gradualmente: Firbank foi um dos melhores escritores ingleses de seu tempo e um dos mais aptos a tornar-se um clássico. Na Inglaterra, foi muito mais apreciado do que em meu país. Nos Estados Unidos, ele foi apresentado nos anos 1920 pelo sr. Carl van Vechten, mas, enquanto seu autor vivera, apenas três de seus dez livros foram publicados e, embora tenham conhecido algum sucesso, figuraram sobretudo entre os partidários do que então se chamava "sofisticação" e eram, penso, mais ou menos confundidos, embora não por culpa do sr. Van Vechten, com os próprios romances deste, que podem ter sido influenciados por Firbank, mas que não estavam em seu plano de seriedade artística. Desde a morte de Firbank em 1926, ele quase não fora lido nos Estados Unidos. Na Inglaterra, ele sempre teve uma posição definida. Uma compilação de suas obras foi publicada em edição limitada em 1929, com um ensaio de Arthur Waley e um estudo biográfico de Osbert Sitwell; no ano seguinte deu-se ao conhecimento do público uma curta biografia de Ifan Kyrle Fletcher, com testemunhos de Sitwell e de outros. Ambos chegaram aos Estados Unidos pela Brentano's, mas despertaram pouco interesse. E. M. Forster, Cyril Connolly e Evelyn Waugh estão entre os que reconheceram o gênio de Firbank e escreveram a seu respeito.

A história de Firbank é, por si, tão estranha, divertida e cheia de surpreendentes anomalias quanto os estranhos casos apresentados em seus romances. O bisavô paterno de Ronald Firbank — confio no estudo biográfico de sr. Fletcher — fora um mineiro de carvão do norte da Inglaterra, incapaz de ler e escrever. O avô conseguiu adquirir um mínimo estudo, deixou as minas para trabalhar na implementação de ferrovias e tornou-se, por volta de 1866, um dos maiores empreendedores do setor na Inglaterra: um homem que se fez unicamente pelo próprio esforço e da linhagem mais rústica — que não aceitava contratos no exterior, pois os estrangeiros não pagavam em ouro inglês e que, quando se lhe ofereceu um empréstimo livre de juros, recusou-o com o seguinte comentário: "O que ganho por nada não tem valor pra mim". Ao descobrir, no estábulo do filho mais velho, um belo cavalo de exibição entre os animais de carga, ele o observou com desgosto e disse: "Ei, rapaz! — esse aí não é capaz de arrastar uma carroça de estrume!". Seu filho herdou o negócio, chegou ao Parlamento e tornou-se nobre. O sr. Fletcher dá a impressão de que *sir* Thomas era uma figura pomposa. Casou-se com a filha de um clérigo irlandês, e seu segundo filho foi Arthur Annesley Ronald Firbank.

Desde a mais tenra infância, o menino tinha tendência a infecções pulmonares, das quais sempre sofreria e que, por fim, o levariam à morte. Sua mãe, que obrigava *sir* Thomas a colecionar mobília e porcelana francesa, cultivou a sensibilidade do filho, mimou-o e por ele era idolatrada. (Há algumas semelhanças incríveis entre as personalidades de Firbank e Proust.) Ronald não permaneceu um ano na escola; porém, mais tarde foi enviado à França, onde viveu num castelo e estudou francês, com o objetivo de ingressar na carreira diplomática. Publicou em 1905 um pequeno livro contendo dois textos: um conto de fadas intitulado *Odette d'Antrevernes*, que exalava um perfume enjoativo da década de 1890, e *A Study in Temperament*, um diálogo satírico no qual já encontrara seu filão característico. No ano seguinte, ingressou em Cambridge, sem conseguir concluir seus estudos.

Nessa época — rico, tímido e altivo —, cuidara para tornar-se algo como uma nostálgica caricatura dos estetas dos idos de Wilde e Beardsley, cujas produções, juntamente com as dos poetas franceses do *fin de siècle*, lhe serviam de principal alimento literário. Cercou-se de flores decorativas, ofereceu a seus visitantes pêssegos de estufa, foi assíduo do balé russo, usou anéis chineses e egípcios. Quando as pessoas o visitavam, ele por vezes conduzia a conversação olhando pela janela, de costas ao convidado; e mesmo no caso de amigos próximos, não raro depois de um começo bem espirituoso ele acabara incorrendo em resmungos incoerentes ou acometido de um *fou rire* que tornava impossível para si concluir alguma anedota ou prosseguir na leitura em voz alta de uma de suas histórias. (Diz-se que Proust comportava-se da mesma forma.) Quando se conversava com ele, segundo escreve um de seus colegas de universidade, ele estava sempre "contorcendo-se e admirando as próprias mãos" como "os retratos de mulheres de sociedade pintados por Boldini". Em uma ocasião, prestes a ser apresentado ao amigo de um amigo, Firbank recusou-se — sem dúvida imitando Wilde, que às vezes fazia objeções similares — sob o argumento de que o homem era feio demais.

À primeira vista, pode-se ter a impressão de que Ronald Firbank estava muito distante de seu avô, o empreendedor ferroviário. No entanto, o papel interpretado por Ronald era dissimulado. Ele não havia deixado o velho homem totalmente de lado. Embora demonstrasse não raro os modos de uma menininha em idade escolar, com sua voz arrastada e aguda, sempre agitado, em meio a risinhos e abatimentos, ele era dotado de grande poder de observação e um forte sentido de valores. Ademais, era mais pragmático do que as pessoas pensavam. Seus amigos, que o imaginavam incapaz de viajar de Londres a Oxford, surpreenderam-se quando ele realizou viagens sem nenhum percalço a lugares distantes como o Haiti ou quando vieram a saber que, sozinho, ele controlara um motim a bordo de um barco no qual fazia uma viagem pelo Nilo; e eles não tardaram a ficar cientes, quando lhes foi pedido que testemunhassem acordos ou a assinatura de documentos legais, que ele era absolutamente capaz de cuidar de seus negócios. A questão é que Firbank não era um fraco; pelo contrário, mostrava-se em muitos aspectos um homem de força. Harold Nicolson, que sem dúvida tinha Firbank em mente no conto chamado "Lambert Orme", de *Some People* — embora tenha transposto os escritos e a parte final da carreira de Firbank em termos diversos —, dramatizou o contraste próprio a Firbank entre sua força e seriedade de propósito com sua aparente frivolidade e fraqueza; mas é característico da diferença entre Firbank e Nicolson que este último, sempre às voltas com valores aceitos e uma irreprimível perspectiva oficiosa, tenha feito Lambert Orme provar sua têmpera como oficial na Primeira Guerra Mundial, enquanto Firbank demonstrara sua dureza não por distinguir-se na guerra, mas por recusar-se, tanto quanto possível, a reconhecê-la. Era preciso muita autoconfiança para repudiar o código escolar e fazer o papel de esteta naquele período e àquele ponto. O preciosismo dos livros de Firbank parece tão pensado e calculado que se pode suspeitar, na verdade, que ele deliberadamente exagera em seu papel. V. B. Holland, que o conheceu em Cambridge, registra que, "vendo-o certa feita vestido com um suéter e shorts de futebol, perguntei-lhe que diabos ele estava fazendo: 'Oh, futebol', ele respondeu. '*Soccer* ou rúgbi?' 'Ah, não me lembro' — e uma risada. 'Ora, a bola era redonda ou oval?' 'Ah, eu não fiquei perto o bastante para saber!'". Quando veio a guerra, ele declarou franco repúdio a tudo o que se relacionasse a ela e dizia que sempre considerara os alemães "extremamente polidos". Ele foi convocado inúmeras vezes para exames médicos e entrevistas por autoridades militares e finalmente dispensado por ser fisicamente inapto ao serviço. Quando, por engano, foi convocado mais uma vez, ameaçou procesar o Departamento de Guerra por difamação e conseguiu um pedido formal de desculpas. Ele protestou contra a guerra encerrando-se em Oxford por um período de dois anos, durante os quais, reza a lenda, não conversou com ninguém, exceto sua faxineira e o inspetor do trem para Londres. E pela primeira vez aplicou-se com seriedade à escrita.

A diversão de ler sobre Firbank é a que derivamos do espetáculo — tornado pela primeira vez popular por lorde Dundreary naquela velha peça *Our American Cousin* — do aparente panaca bobo que é, na verdade, soberbamente inteligente, do fracote que acaba derrotando o mundo que fazia troça dele. As anedotas sobre Ronald Firbank são tão divertidas quanto o que se passa em seus romances — em especial, seus comentários ostensivamente irrelevantes que tantas vezes espantaram seus convivas ao mesmo tempo que os deixavam desconfortáveis pensando se não significavam mais do que pareciam significar. Quando um de seus amigos disse "Boa noite, Firbank", ao colocar Ronald em um táxi, "o táxi colocou-se em movimento, mas antes que eu tivesse tido tempo de me mover, ouvi um violento bater e sacolejar, e o táxi parou. 'Gostaria', disse ele, 'que você não me chamasse de Firbank; soa como se fossem galochas'". Quando Sacheverell Sitwell o cumprimentou por seu mais recente romance à época, *Capricho*, ele desviou o olhar e comentou, com voz embargada, "Não suporto sapatinhos-de-vênus. E você?". Sua técnica de escrita é similar. Poder-se-ia ter pensado, nos anos 1920, quando seus livros foram lançados, que se tratava de turvos improvisos que se podia atravessar em rápida leitura. No entanto, quando tentamos correr por eles, vemo-nos tocados por algo que estranhamente nos impressiona; e deles reconhecemos a seriedade artística, ainda que não tenhamos nos demorado a descobrir o que fazia o escritor. Quando se retorna a essas obras hoje em dia, percebe-se que Firbank era um dos escritores de seu tempo que mais se preocupou com seu trabalho e que de forma mais obsessiva se dedicou à literatura. Os estudos biográficos de sua figura o atestam. Seus livros não são ninharias inconsequentes rabiscadas para atravessar o tédio de uma vida indolente e suntuosa. Eles são extremamente intelectuais e compostos com absoluta atenção: densas texturas indiretas que sempre disfarçam o alvo. Elas precisam ser lidas com cuidado e podem ser lidas sempre novamente, pois Firbank carregou cada fissura de gemas preciosas. O efeito de sua escrita é leveza, mas ela difere de seu trabalho mais insubstancial dos anos 1890, ao qual pode à primeira vista assemelhar-se, na tensão que lhe subjaz, ao esforço de encontrar a frase feliz ou ao efeito que fornecerá à essência de algo. Os pequenos torneios de plumas tingidas e o frequente e fresco espargir de flores, a vibração de risadas meio contidas e os foguetes luminosos de uma incandescência preciosa foram temperados e fundidos em uma mente capaz de concentração. É uma mente oblíqua que raramente vacila. Apenas no equívoco dos sujeitos de suas orações reduzidas de particípio, com as quais por vezes começa suas sentenças, e em uma falta de continuidade de movimento da qual falarei mais tarde, ele trai certa fraqueza de sintaxe. Mas frase a frase, sentença a sentença, parágrafo a parágrafo, capítulo a capítulo, o trabalho não é somente exato, mas de uma qualidade à qual o artífice se obriga sem nenhuma esperança de recompensa. Soube-se recentemente que Beardsley era filho de duas gerações de joalheiros que também eram ourives; quando tomamos conhecimento disso, é bem fácil reconhecer a influência dos negócios da família em seus claros padrões de duas dimensões com suas ramificações em forma de gavinha e o delicado enrolar de suas linhas precisas em guirlandas e rosetas, grinaldas e coroas. Talvez, de forma menos óbvia, a herança de Firbank vinda do velho Joseph tenha aqui, também, alguma consequência. O sr. Fletcher afirma que o avô era uma espécie de gênio da engenharia e que seu trabalho mostra paixão pela perfeição. Certamente o trabalho de seu neto — por mais decadente que seja seu assunto — nunca deixa de fazer justiça ao dito: "O que ganho por nada não tem valor pra mim".

Esse trabalho do neto faz parte também de uma velha e forte tradição inglesa: ele pertence à escola de comédia que conheceu seu primeiro representante em Ben Jonson, que foi explorada em sua mais pura forma por Congreve e pelos demais dramaturgos da Restauração e que persiste, em grande variedade de modificações, em Peacock, Gilbert e Aldous Huxley. Os verdadeiros produtos dessa escola estão no polo oposto do hilário e vivo humor inglês (embora em alguns escritores os dois estejam combinados). Ela é construída com frieza e polidez e raramente aceita qualquer tipo de idealismo. Ocupa-se dos valores mundanos e, se chega a voltar sua atenção às ideias gerais, assim o faz para ridicularizá-las indiscriminadamente. Embora por vezes introduza um moralista que supostamente age como pedra de toque ao demonstrar as falhas das demais personagens, ela não raro se aproxima do cinismo e é sempre não romântica e não sentimental. Tanto quanto sei, nada existe como essa tradição cômica inglesa na literatura de qualquer outro país. Eminente, inescrupuloso, duro; entalhado, dourado e decorativo; planejado logicamente e deliberadamente executado; de boa qualidade, construído para ser duradouro; mental, sem ser intelectual — não se poderia desenvolver isso sem que fosse em língua inglesa. Talvez o leitor sinta, quando se aproxima de Firbank pela primeira vez, que seu talento é afeminado demais para reclamar ancestralidade dessa linhagem masculina; e é verdade que alguns de seus livros se ocupam quase exclusivamente de mulheres e que seus escritos estão cheios de gritinhos, itálicos pudicos e reticências decorativas. No entanto, estes últimos, sempre calculados, são realmente uma parte de seu assunto: os maneirismos que seguem os hábitos de seu tempo e de seu grupo específicos. Pode-se pensar que essa preciosidade afetada tem pouco em comum com a brutalidade e a elegância de *Love for Love* ou *The Way of the World*. Porém, o fato de Ronald Firbank estar lidando com uma fase posterior e menos vigorosa dessa mesma sociedade, diferentemente de Congreve, não deve nos cegar ao fato de que seu painéis formais não são menos belamente pintados.

Ronald Firbank escreveu uma peça, *The Princess Zoubaroff*, e ela oferece uma boa oportunidade de comparar seus métodos e ponto de vista com os da comédia da Restauração. Os homens e mulheres das peças de Wycherley e Congreve estão todos empenhados em caçar uns aos outros — eles não conhecem sentimento, mas têm vigorosos apetites. Os homens e mulheres em Firbank, em sua grande maioria, não têm sentimento, nem fortes desejos. Para eles o casamento significa tão pouco quanto para as personagens de Congreve; mas a alternativa não é uma sucessão de adultérios mais ou menos provocativos — é, em geral, um recuo infantilizado a relacionamentos com membros do próprio sexo. Eric e Enid, em *The Princess Zoubaroff*, estavam casados havia uma semana, e Enid ainda respondia cartas de cumprimentos quando eles visitam, em uma *villa* nas imediações de Florença, outro jovem casal. Ambos os maridos e mulheres tinham frequentado a escola juntos e imediatamente renovam seus antigos relacionamentos. Enid, que se casou para escapar da própria família e concluiu que o casamento era uma experiência decepcionante, está em perfeito acordo para que Eric parta com o marido de sua amiga em viagem para Engadina. No fim do primeiro ato, a jovem mulher que se casara havia mais tempo dá a saber à sua amiga com absoluto desgosto, "como se tivesse sido acometida da Peste", uma sugestão de que vai ter um bebê. No ato seguinte, as duas mulheres, com outras pessoas da colônia de ingleses, são recrutadas por uma princesa russa para uma espécie de convento lésbico, enquanto o bebê é deixado sob os cuidados de uma ama. Os maridos já estavam, então, distantes por um bom tempo, e as mulheres recebem com indiferença o relato de um acidente numa escalada no qual ambos poderiam ter morrido. Mas no terceiro ato os homens retornam. Eles são recebidos sem alegria e ficam, eles próprios, muito aliviados quando veem as mulheres deixando-os pelo convento da princesa. A ama escocesa, a essas alturas, pede demissão, e o pai é deixado com a criança, cujo nome ele nem sequer sabe. Sua única ideia a seu respeito é enviá-la logo para o tipo certo de escola.

Esse esqueleto traz à tona as diferenças entre os homens e mulheres de Congreve e os de Firbank. A diferença em seus métodos literários corresponde à diferença de assunto. Onde os discursos em Congreve são pano de fundo, onde as cenas conhecem as perdas e ganhos de um jogo enérgico e bem jogado, o diálogo em Firbank faz-se todo de vagas insinuações, murmúrios e palpitações, ligeiros mimos, pequenas estocadas. Como escrita, porém, não é menos rematado — e muito mais bem-acabado do que Wilde quando este trabalha na tradição de Congreve. Não que as erráticas absurdidades sejam mais habilidosas do que os sonoros epigramas de

Wilde; mas sempre há nas comédias de Wilde um elemento de teatro convencional — de melodrama ou simples farsa —, embora nisto ele esteja, evidentemente, sendo fiel ao tom de seu tempo, os fins da era vitoriana. A peça *Lady Windmere's Fan* tem passagens que quase poderiam ter sido escritas por Pinero; *The Importance of Being Earnest* ainda não está longe de *Charley's Aunt*. A comédia de Firbank pertence a uma sociedade tão amoral quanto a da Restauração e bastante afastada dos padrões de classe média que ainda se fazem sentir em Wilde.

Encontra-se também em Firbank, porém, além dessa velha e duradoura tradição inglesa, certa influência da moderna tradição inglesa — notavelmente, diria, da *Histoire Contemporaine*, a série de Anatole France dedicada à personagem *monsieur* Bergeret. É possível encontrar as fórmulas de Anatole France em Firbank, tanto nos truques de estilo deste último quanto em sua apresentação dos episódios. Na última relação, Firbank parece também reproduzir os problemas de France — pois a fraqueza de suas narrativas, como a fraqueza de France, está na ausência de um desenvolvimento contínuo. Um capítulo não leva ao outro; estes compõem pequenos quadros que, embora bem-acabados e plenos de sentido, não se encaixam sempre como parte de um todo coerente.

O ponto de vista nessas comédias de Firbank, embora derive de uma tradição antiga, é muito pessoal e nada convencional. Evelyn Waugh, em sua apreciação de Firbank, explica sua própria dívida para com ele, e uma comparação desses dois escritores é reveladora da particular força de Firbank. Pois Evelyn Waugh pertence à categoria de satiristas sociais que "punem os vícios" de seu tempo atribuindo-os a virtudes fora de moda que imaginam terem florescido em tempos outros. É possível para um escritor desse tipo descrever as mais fantásticas ocorrências e o comportamento mais degradante e, ainda assim, não hostilizar o público e mesmo desfrutar de uma ampla popularidade, pois ele renova a confiança do leitor ao subentender um irretocável padrão de estabilidade e respeitabilidade. É a técnica das odes augustanas de Horácio — uma técnica que Firbank não era capaz de explorar. Ele não tinha lugar de fato na vida inglesa. Ele não podia invocar o velho Joseph. Sua própria carreira e a de seu avô não conheceram um instante em comum. Em apenas um de seus romances — *Inclinações* — Firbank faz com que profundos valores ingleses se afirmem ante a confusão da decadência internacional. Aqui uma garota de boa família do campo viaja à Grécia com uma romancista lésbica, insiste em manter-se indiferente à natureza do interesse de sua companheira por ela, parte o coração da mulher mais velha ao fugir com um conde italiano, retorna ao seio da família na Inglaterra com um bebê, porém sem seu marido, que a princípio está cuidando de seus negócios, mas que, suspeita-se, a abandonou, e, finalmente, quando a família e os amigos estão completamente convencidos de que o estrangeiro canalha a deixara para trás, vence novamente quando responsavelmente reaparece e prova-se não um aventureiro, mas um excelente sujeito de inteligência limitada e gostos simples como ela própria.

Os romances *Imodéstia*, *Inclinações* e *Capricho* — são todos tentativas, em geral bem-sucedidas, a despeito de seu aparente excesso, de retratar o caráter e a vida inglesa. Ronald Firbank captou certos aspectos de ambos como talvez ninguém mais o fez — em particular o hábito inglês de fingir não dar atenção ao que é predominante nas mentes das pessoas e sempre falar sobre qualquer outra coisa. No romance seguinte de Firbank, *Valmouth*, ele ainda lida com o cenário inglês, mas encontrou seu próprio veio de fantasia e desenvolve em termos de alta caricatura o tema da capacidade inglesa de manter-se imperturbável na presença do escandaloso ou catastrófico.

Dali em diante, ele deixa a Inglaterra, e temos *The Princess Zoubaroff* (Florença), *Santal* (Argel), *The Flower Beneath the Foot* (um reino imaginário na Europa), *Prancing Nigger* (Índias Ocidentais) e *Concerning the Eccentricities of Cardinal Pirelli* (Espanha), nos quais, embora os ingleses ainda figurem, eles vão se tornar menos e menos visíveis. No entanto, livre para ir aonde quiser, com nenhuma convenção britânica para obstá-lo, Ronald Firbank não está, mesmo aqui, confortável com seu papel escolhido de próspero vagamundo internacional. Ele obviamente se diverte no humor de *The Princess Zoubaroff*, mas essa comédia bruxuleante e harmônica deixa uma impressão final inquietante. É realmente um abrandamento do mesmo tema que D. H. Lawrence tornou violento e pungente — o fenômeno biologicamente sinistro de um enfraquecimento do interesse na procriação em parte das classes privilegiadas da Europa.

O livro seguinte de Firbank, *Santal*, bem curto, atraiu menos atenção do que qualquer outro de seus escritos maduros, mas não concordo com a opinião de seus críticos, o sr. Waley e o sr. Forster, de que não tenha méritos. Essa é sua história mais próxima do realismo, e a única que não é uma comédia. É o mais direto contato de Firbank com a situação pessoal a que se reflete em toda a sua obra, pois é a história da vocação religiosa de um órfão árabe de nome Cherif que, descobrindo que não tem laços próximos com os parentes que o levam e é incapaz de compartilhar de seus interesses prosaicos, empreende uma peregrinação para encontrar um homem sagrado que supostamente vive nas montanhas. Ele nada encontra, sua água acaba, e ele vê-se abandonado à natureza selvagem lendo o Corão e morrendo de sede. Eram poucos os contemporâneos de Firbank que poderiam ter igualado a escrita de uma passagem como a que, num crescendo, chega à sentença: "Debaixo do sol inclemente todos os sinais de vida tinham se extinguido e nas profundezas do meio-dia a luz parecia fustigar as colinas em dor". Mas, aqui, Firbank estava sob a dificuldade de ter sido um pobre menininho rico, de modo que lhe era difícil trabalhar com um herói que era supostamente um pobre menininho pobre. Ele provavelmente sabia pouco de desconfortos externos e, embora se mostrasse admirável ao descrever a paisagem, não era capaz de evocar as sensações de um menino que cavalgasse por dias no deserto. Firbank disse que, quando estava escrevendo *Santal*, viu que o assunto o entediou e que, reagindo a ele, sua imaginação voou ao outro extremo e o apresentou aos luxuriosos aristocratas de *The Flower Beneath the Foot*, que ele mal podia esperar para iniciar. No entanto, o livro seguinte, tão divertido à sua bela maneira, tão incômodo com seu escândalo de corte, lida com um assunto similar: Laura de Nazianzi, sobrinha da *Mistress of the Robes* (a funcionária responsável pelo guarda-roupa e pelas joias da rainha britânica), "mais provocativa, talvez, do que bela", cujos grandes olhos cinza "vasculhavam o mundo com um olhar crítico e profundo", apaixona-se pelo jovem príncipe Yousef do Reino da Pisuerga, a cujo rosto, embora "belo a ponto de fazer chorar", mesmo quando criança "faltara inocência", e este aparentemente corresponde a seu amor; por razões de Estado, contudo, ele a deixa e casa-se com uma princesa inglesa. Laura enclausura-se em um convento, e a última volta do parafuso para si é que ela encontra as freiras muito distraídas pela excitação do casamento real para dar atenção a seus deveres religiosos. Laura assiste ao cortejo do casamento batendo as mãos no vidro quebrado que cobre os muros do convento.

No entanto, a seu tempo, somos informados de que Laura tornou-se santa. Essa virada à religião, deixando a vida do mundo, é o tema de todos os livros finais de Firbank. Se o leitor se deparar com *The Flower Beneath the Foot* sem conhecer bem a obra de Firbank, ele pode pensar que tudo se tratava de uma piada, que ele apenas se mostrava bobo e espirituoso, como em *The Princess Zoubaroff*, acerca dos aspectos elegantes da religião. Mas não era o caso. "Creio que em sua primeira juventude", escreve um de seus amigos, lorde Berners, "ele pensara ordenar-se padre. Mais de uma vez, porém, ele me dissera, 'A Igreja de Roma não me quereria, e então eu me rio dela'." (Ele tinha, contudo, se tornado católico em Cambridge em 1908.) Ele nos espanta por nada ter em que se amparar além de sua capacidade de autonomia e da disciplina que se impõe por sua escrita. A arte era sua única santidade. Ele era solitário e deve ter-se sentido sozinho, embora quando alguém o sugeria, ele respondia: "Posso comprar companhia". Embora ame toda a fofoca do mundo que frequenta, é principalmente por aquilo que pode fazer dela; e, embora seu trabalho esteja repleto de piadas indecentes que combinam de forma espantosa uma ironia afeminada com uma brutal vulgaridade, sente-se que seu interesse em sexo é sobretudo estético. De todas as discrepâncias que ele encontra em si mesmo — funções pateticamente reprimidas misturadas com talentos admiravelmente desenvolvidos, inadequações infantis em relacionamentos pessoais ao lado de um entendimento maduro de valores morais —, ele nunca parece ter tido nenhum alívio exceto através da comédia desmoralizante e do *pathos* grotesco de seus romances. Esses romances, de um modo ou de outro, como os *limericks* de Edward Lear, quase sempre apresentam o excêntrico às voltas com a sociedade estabelecida — embora a sociedade estabelecia em Firbank possa ser, por si, não convencional, e o excêntrico, como Laura de Nazianzi, uma pessoa honesta e natural. As heroínas dos primeiros romances — a tocante sra. Shamefoot de *Imodéstia*, que, casada com uma importante figura pública e nem um pouco entretida com seu meio social, concentra toda a sua energia e seu desejo em ter sua existência comemorada num vitral da catedral local; a srta. Sinclair, de *Capricho*, filha de um deão rural, que rouba a prataria da família, vende-a e queima todo o dinheiro em Londres — com a ajuda de companheiros encontrados no Café Royal — com a produção de um *Romeu e Julieta* com ela própria no papel de protagonista, apenas para morrer depois da noite de estreia como resultado de ter seu pé preso numa ratoeira e cair em um poço embaixo do palco — essas são figuras de uma incrível e caprichosa comicidade; mas há algo por trás delas que não é exatamente engraçado. Mesmo a senhora lésbica de *Inclinações*, cuja frustração é representada por um capítulo que se resume apenas à exclamação "Mabel!" impressa oito vezes, enseja alguma compaixão. Mais tarde, mais e mais, os excêntricos tornam-se santos. Mesmo a Miami de *Prancing Nigger*, que leva sua família do campo para a cidade e assiste aos demais despedaçarem-se lá e que perde seu amado do campo no mar, é por fim vista como uma piedosa peregrina em seu caminho para um milagroso relicário. E na figura do Cardeal Pirelli, Firbank aplica todos os seus recursos para a criação do mais nobre excêntrico que ao mesmo tempo é o mais estranho dos santos. O cardeal, que, com sua já dupla reputação, por causa da pena que sente por uma mulher sem filhos, batiza um dos filhotes de sua cadela favorita, vem apresentar um problema eclesiástico e logo se vê à sombra de um espião do Vaticano que tenta conseguir algo dele. O cardeal planeja uma fuga para a Espanha, mas, na véspera da partida, sofre um derrame fatal nas circunstâncias do mais abominável escândalo. "Agora", escreve Firbank, "que a dor da vida, com suas febres, paixões, dúvidas, sua rotina, vulgaridade e tédio, se acabou, seu rosto sereno e desanuviado era uma maravilha de se observar. Uma enorme excelência e uma doçura ali se viam, juntamente com muita nobreza e amor, todos magnificados e imiscuidos". (Note-se aqui a dor da vida, que lembra a dor das colinas na passagem citada de *Santal.*)

Lorde Berners, em relato sobre a morte de Firbank, diz que lhe foi informado por um homem que vivia no lado oposto de um gramado do apartamento de Firbank em Roma, que ele fora por vezes acordado à noite pelo som das risadas imoderadas de seu vizinho. Assim como sua conversação e sua leitura para amigos às vezes se interrompiam por paroxismos de alegria que em geral terminavam com acessos de tosse, quando ele escrevia solitariamente essa risada incontrolável às vezes colocava um fim em seu trabalho. Assim ele fora desviado da pequena e triste história que escrevia sobre Cherif para a hilária, mas ainda mais atormentada comédia de *The Flower Beneath the Foot*. Ronald Firband era o poeta do *fou rire*. Essa é a chave de todo o seu trabalho. Há angústia por todas as suas páginas — e, quanto mais ridículas elas são, melhor ele expressa essa angústia. *The Eccentricities of Cardinal Pirelli* é a um só tempo o mais absurdo dos livros e o de maior significado moral; ele combina a mais perversa história com a mais pura e bela escrita. Aqui ele dá expressão à sua concepção ideal, bastante herética, porém não irresponsável, jamais perdendo a seriedade intencional, do que um padre católico poderia ser, e isso lhe possibilita, pela primeira vez, através da arte, acomodar totalmente suas imperfeições para triunfar sobre suas inaptidões. Pode ser que a serenidade do cardeal morto fora por ele também conquistada por um instante nas poucas semanas de vida que lhe restavam.

Pois o próprio Firbank morreria logo depois de ele ter terminado o romance. Em sua última visita à Inglaterra, ele disse a seus amigos que quisera escrever certo número de livros, que então já os tinha escrito e que provavelmente não o faria mais. Ele estava prestes a completar 40 anos e estava preocupado com rugas. Seus pulmões e coração estavam em péssimo estado, e ele fora virtualmente condenado pelo médico. Em Roma ele acamou-se com uma espécie de "calafrio". Ele estava sozinho no apartamento alugado, onde não permitia que seus amigos o vissem, pois, dizia ele, o papel de parede estava em petição de miséria. Ele tinha até mesmo dispensado a enfermeira, acreditando que estava melhorando. Quando Ronald Firbank morreu, lorde Berners era seu único amigo em Roma. Ele nada sabia da família de Firbank — sua mãe morrera pouco tempo antes, mas ele ainda tinha uma irmã viva — e viu o nome de seu advogado por acaso em um pedaço de papel em frangalhos. Sem saber que Firbank era católico, ele o enterrou no cemitério protestante, curiosamente, mas não incongruentemente, perto de Shelley e Keats. Quando Osbert Sitwell visitou o túmulo, qualquer vestígio deste desaparecera. O zelador explicou que o corpo fora removido a um cemitério católico. Assim, como Sitwell comenta, mesmo no tocante ao enterro de Firbank houve um "ilógico, bem como trágico, elemento".

Edmund Wilson (1895-1972), escritor e um dos principais críticos literários norte-americanos, escreveu esse texto originalmente para a revista *New Yorker*. Foi publicado na edição de 10 de dezembro de 1949.

Tradução de Bruno Gambarotto

Anjos sobre as nuvens da guerra
Bruno Gambarotto

Não são poucas as dificuldades de se lidar com a literatura de Ronald Firbank (1886-1926). Trata-se de um autor personalíssimo, a cuja obra madura, composta de nove romances curtos escritos no intervalo de pouco mais de uma década (1915-1926), confluem as referências artísticas de um mundo em colapso. Como compreender-lhe a prosa? É o capricho de um excêntrico *bon vivant* intocado pela catástrofe do tempo, para quem a vida fazia-se da exclusividade e do requinte que o distinguissem da turba? Ou, sob os modos do *decadente*, revela-se eivada das incertezas sociais e das possibilidades estéticas do momento histórico, no qual a grandeza cultural e o progresso já não escondiam seu convívio com a barbárie? Mistura de aristocrata *fin-de-siècle* e escritor de vanguarda, Ronald Firbank fala à contiguidade desses mundos, à qual seus romances dão forma.

Do aristocrata desajustado, "exageradamente feminino, sofisticado, cosmopolita e 'elegante'", segundo testemunho de A. C. Landsberg, colega daquele que, então, mais lhes parecia um clube de remo, caça e corrida para rapazes pouco interessados em estudos — o Trinity College, de Cambridge —, recobramos o fio de uma boa educação. Arthur Annesley Ronald Firbank nasceu em Londres a 17 de janeiro de 1886. Era o segundo filho de *sir* Thomas Firbank, membro do Parlamento, e *lady* Firbank, filha de um clérigo irlandês. A fortuna familiar, no entanto, era recente e remontava ao pai de *sir* Thomas, Joseph, que, iniciando a vida de trabalho aos 7 anos em uma mina de carvão, se tornou um dos principais construtores de ferrovias da Inglaterra. Ao morrer, em junho do mesmo ano em que nascera seu mais célebre neto, legou grande fortuna e negócios prósperos a *sir* Thomas, então em seu primeiro ano na Casa dos Comuns. Entre Joseph e *sir* Thomas, é claro o projeto de refinamento da fortuna acumulada pelo trabalho duro.

A saúde frágil do futuro escritor o mantém próximo do universo da mãe, cujo amor às artes plásticas lhe será transmitido. Depois de educar-se com tutores em ambiente doméstico, é enviado à França, no verão de 1904, e à Espanha, na primavera de 1905, para iniciar estudos de língua com vistas à carreira diplomática. Na França, em especial, trava contato com as obras do panteão do simbolismo e do parnasianismo local (Baudelaire, Mallarmé, Verlaine, Flaubert, Gautier, Henri de Régnier, Maeterlinck e Huysmans), com o qual constitui seu primeiro horizonte de referências literárias. Maeterlinck e a paisagem da região de Touraine, onde se instalara em um castelo, estão no cerne de seu *Odette: a Fairy Tale for Weary People* (1905), conto de juventude estilisticamente bastante influenciado pelo romantismo *fin-de-siècle* do escritor belga; de volta à Inglaterra, já frequentando o *college*, será lembrado pela leitura de tais autores, sobretudo Huysmans, dos quais admirava, diz-nos seu primeiro biógrafo, Ifan Fletcher, "o deliberado afastamento das formas do realismo, sua reação às tendências proletárias da literatura vitoriana tardia e a celebração do solene mistério da beleza". Estas permanecerão, senão como marca estilística de sua prosa, ao menos como base para experiências de maior rigor literário, que já então o aproximavam da prosa do primeiro romance maduro, *Vainglory* — principalmente no sentido de produzir mosaicos literários a partir da coleção de trechos de conversação captadas ao acaso ou do registro de curiosos detalhes da vida ao redor.

O abandono do Trinity College, em 1909, seguido da morte do pai, em 1910, marca o momento em que o artista, ainda um amador, ganha o mundo. Inicia-se a primeira rodada de viagens pela Europa e o Oriente Médio, bem como um aprofundamento dos estudos da literatura francesa, sobretudo do século XVIII, e do decadentismo inglês (Oscar Wilde, Aubrey Beardsley e Ernest Dowson). Não chega a ser um período prolífico em termos de produção literária; em geral, encontraremos Firbank empenhado na vida boêmia que o levaria ao contato com o vanguardismo britânico (o Le Tour Eiffel, um de seus restaurantes favoritos em Londres, era também ponto de encontro dos vorticistas) e, a partir deste, com os debates teóricos em circulação no momento. Apesar do interesse literário e dos espaços e debates que frequentava, são anos em que o autor será lembrado mais pelos trajes extravagantes e bem cortados e os modos marcados, quando não por uma uma instável excentricidade pontuada por comentários invariavelmente oblíquos. "*So decadent!*", diria uma de suas personagens.

A eclosão da Primeira Guerra Mundial, em agosto de 1914, é um divisor de águas na vida e na obra de Firbank. Antes de tudo, a guerra faz com que o "experimento em vida", como chamava publicamente seu modo de viver, se torne verdadeiramente um "experimento em literatura", com o peso que a experiência de repúdio e isolamento imposta pelo conflito traz à sua perspectiva de mundo. Em primeiro lugar, a guerra limita-lhe o prazer das viagens: cruzar os mares e as estradas continentais em meio ao ambiente de incerteza e tensão tornara-se uma temeridade. Constantinopla, Cairo, Viena, Paris, Roma — suas paisagens urbanas favoritas, bem como a conversação agradável que buscava por onde passasse, tudo dá lugar à interdição e à violência, concreta ou verbal. A guerra ensejava também a ascensão de tipos pouco afeitos ao convívio de homens como o escritor — o "*mob*" que Firbank tanto abominava ganha o reforço de uma ideologia militar-nacionalista que disseminava falsos conflitos em ambientes antes feitos de cosmopolitismo artístico e cultural. É diante do horror à sociedade que cerca e fomenta a guerra que Firbank, interditado em seu trânsito pelo mundo e em seu contato com a cultura, decide recolher-se integralmente ao cultivo de sua literatura. Data do mesmo período a troca da assinatura: de "Arthur Firbank, *Esq.*" para apenas "Ronald Firbank".

As três novelas escritas e publicadas por Ronald Firbank durante a guerra — *Imodéstia*, em 1915; *Inclinações*, em 1916; e *Capricho*, em 1917 — configuram claramente um núcleo específico no conjunto de sua obra. No horizonte de criações às quais o autor aplica a rubrica "romance" (*novel*), estas serão as únicas estruturadas em torno de uma representação de paisagem e de grupos sociais não dominada pelo puramente pitoresco, fantástico ou caricatural. Centrada em temas que, à época, exigiam o mergulho do romance às sombras da consciência — religiosidade e sexualidade, além da mais tradicional ascensão social —, a prosa de Firbank surpreende pela liberdade desimpedida, moral e formal, com que os aborda. No que toca ao enredo, a piedade religiosa desemboca em pactos diabólicos e suscita divertidos debates sobre vestimenta, o prestígio social revela-se não mais do que trampolim para acanhadas conquistas sexuais, e uma encenação de Shakespeare pode não ter outra razão senão a realização de um beijo; porém, nenhum acontecimento — mesmo os *fatais* —, mobiliza e transforma suas personagens. A leveza inconsequente de tais deslocamentos, com o evidente e irônico rebaixamento de propósito dos protagonistas, não deixa dúvidas quanto a estarmos no âmbito da comédia; a esta, porém, é acrescido um desinteresse pela estruturação mais ampla do universo narrativo, a tal ponto que conflito e desentendimento pouco ou nada interferem no curso instaurado pelas personagens. À medida que explora formalmente (e às últimas consequências) o que Edmund Wilson chama de "tentativas, em geral bem-sucedidas, a despeito de seu aparente excesso, de retratar o caráter e a vida inglesa", em especial "o hábito inglês de fingir não dar atenção ao que é predominante nas mentes das pessoas e sempre falar sobre qualquer outra coisa", Firbank nunca o faz sob o viés do aprofundamento psicológico e da interiorização da personagem que, mediada pelo narrador ou em forma monológica, marcam o desenvolvimento da prosa de romance à época. As tensões entre interioridade e exterioridade que configuram o vasto campo da arte narrativa do período (na Inglaterra, encabeçada por figuras como Henry James e Thomas Hardy e já conhecendo a ascensão de nomes como D. H. Lawrence e James Joyce) convertem-se, aqui, em um livre jogo de comicidade conduzido não por um narrador de domínios cada vez mais consolidado, mas à superfície formal — dinâmica e polissêmica, sintética e dramática — do diálogo.

O diálogo em Firbank aproxima-se não do consagrado pela densidade analítica da prosa realista, mas dos movimentos e estocadas ligeiras da comédia. Sua construção e função nos romances são particulares: ele não serve à exposição e ao confronto de consciências, tampouco é construídos em auxílio dramático à ação narrada. Posto em primeiro plano em relação aos demais fundamentos da ficção, faz com que ação, tempo e espaço se apresentem quase que unicamente por seu desenvolvimento — o que nos coloca, não raro, em situações de altíssima carga verbal, em que a estruturação da representação depende não da visada objetiva e distanciada do narrador, mas das sutis ou despretensiosas colocações das personagens em relação. Porém, o primado do diálogo tem consequências mais fortes do que o simples arranjo de convenções narrativas com vistas a um efeito de real. À medida que se concentra no diálogo, Firbank não apenas sugere a ideia de que a consciência isolada, esse substituto laico da antiga alma, não carrega mais sentido em si do que a arena do contato e da troca linguística — permeada da sugestão do desejo que circula entre os corpos e forja a sociabilidade —, como aponta a um universo no qual a produção de sentido verbal é o único solo no qual podemos nos tornar palpáveis. Como *seres de linguagem* (idênticos a seus próprios e estranhos nomes, para lembrar Auden), cuja complexidade se traduz pelos excessos de letra e sentido que as cercam, as personagens de Firbank, em seu infindável diálogo umas com as outras, antecipam importantes elementos da prosa do século XX.

No diálogo verifica-se, portanto, a dupla face de Jano da realização estética de Firbank. Ao mesmo tempo que os temas (a religiosidade problemática de Imodéstia, o lesbianismo em *Inclinações*, o falso brilho da fama em *Capricho*) sugerem vínculos com o romance decadentista enquanto ponto de oposição moral ao *milieu* — mantendo-se dentro das balizas da literatura burguesa pela negativa —, sua realização mira o porvir da crítica radical à prosa realista e às exigências vanguardistas de uma arte construtiva que reflitisse, enquanto forma, a condição social e humana. Ao instaurar as trocas verbais entre personagens e a produção de sentido que delas deriva como espaço por excelência dessa construção (e não a *descrição*, que tradicionalmente a teoria do romance colocará como pedra de toque de uma estética da prosa narrativa que perde seu vínculo forte com os conflitos e contradições da sociedade que representa), Firbank sugere o início do caminho que o romance trilhará ao longo do século XX, no qual a objetividade da forma e a substância moral de seus temas — decisivos para a consolidação da narrativa burguesa nos séculos XVIII e XX — cedem a suas próprias contradições e, desgastadas, liberam a linguagem para a fidelidade a si mesma. É neste ponto que a prosa de Firbank se faz mais brilhante.

A guerra é, para Firbank, o gatilho de tal ruptura. No período, o autor assiste ao fim da civilização à qual sentia pertencer e reconhece a necessidade de confrontar a barbárie com a experiência artística, embora não seja estranho pensar que reconhecesse, a ver pelas providências formais que toma em relação ao gênero literário que adota, o quanto essa mesma arte por vezes se manifestava como parte da violência que o cercava. Ao buscar um mundo de veleidades, quase que em sua inteireza frequentado por mulheres, clérigos e artistas — figuras que, dados os costumes, os negócios e a estrutura familiar, permaneciam à margem das ações e decisões fortes —, Firbank parece também evitar o tipo social responsável pelo horror do tempo. Estas são páginas de uma literatura que, em sua cômica e absurda leveza, em seu trânsito entre os *limericks* da poesia inglesa e a comédia de costumes, se fez da recusa da civilização burguesa, erguendo-se acima de seu esgotamento. Dirá Auden, com o humor similar ao que atravessa as páginas desses romances, que "a extraordinária realização de Firbank foi construir um retrato [...] do Paraíso Terrestre — não, evidentemente, tal como é, mas, em nosso estado de Queda, como imaginamos que seja, como o lugar onde, sem termos de mudar nossos desejos ou comportamento de qualquer forma, não padecemos de desilusão ou culpa". De desilusão e culpa faz-se o ressentido retrato moral daqueles que levavam o continente à ruína. É a essa sociedade que a feliz amoralidade da invenção literária de Firbank responde.

Bruno Gambarotto é doutor em Teoria Literária e Literatura Comparada pela Universidade de São Paulo (FFLCH-USP) e tradutor.

© Editora Carambaia, 2017

Título original: *Vainglory* [1915], *Caprice* [1917], *Inclinations* [1916]
Esta tradução baseou-se nas edições americanas de *Vainglory* [1925] e de *Inclinations* [1929], que contêm revisões feitas pelo próprio autor.

© 1949 by Edmund Wilson
© 1949 by W. H. Auden. Publicado com a permissão de Curtis Brown, Ltd. associado a Tassy Barham Associates

Direção editorial: Fabiano Curi
Edição: Graziella Beting
Assistente: Ana Lígia Martins
Tradução: Fal Azevedo e Bruno Gambarotto
Preparação: Bruno Gambarotto
Revisão: Vanessa Gonçalves e Ricardo Jensen de Oliveira
Índice remissivo: Rogério Cantelli
Projeto gráfico: Joana Figueiredo
Imagem da capa: *Apotheosis of the Rose* (óleo sobre tela), Stella, Joseph (1877-1946) / Coleção particular / Foto © Christie's Images / Bridgeman Images
Produção gráfica: Lilia Góes

Editora Carambaia
Rua Américo Brasiliense, 1923, cj. 1502
04715-005 São Paulo SP
contato@carambaia.com.br
www.carambaia.com.br

CIP-BRASIL. CATALOGAÇÃO NA PUBLICAÇÃO
SINDICATO NACIONAL DOS EDITORES DE LIVROS, RJ

F554i

Firbank, Ronald, 1886-1926
  Imodéstia Capricho Inclinações / Ronald Firbank ; Com textos de Edmund Wilson e W. H. Auden ; Posfácio de Bruno Gambarotto ; Tradução de Fal Azevedo. - 1ª ed. -
São Paulo : Carambaia, 2017.
520 p. ; 18 cm.
Tradução de: *Vainglory Caprice Inclinations*

ISBN: 978-85-69002-23-9

  1. Novela inglesa. I. Wilson, Edmund. II. Auden, W. H. III. Azevedo, Fal. IV.
Gambarotto, Bruno. V. Título.

17-41987 CDD: 823   CDU: 821.111-3

978-85-69002-23-9

O projeto gráfico deste livro inspirou-se no estilo de Ronald Firbank, com suas inúmeras referências a obras de arte, pintores, escritores e poetas, para apresentar, na imagem da sobrecapa, a obra *Apoteose da rosa*, do pintor ítalo-americano Joseph Stella (1877-1946). Ela foi feita em 1926, por encomenda do mecenas Carl Weeks (1876-1962), para decorar um dos cômodos da mansão que estava construindo em Des Moines, Iowa, baseada em um palacete inglês do século xv. Weeks pediu a Stella que fizesse um painel inspirado em um poema do inglês William Morris (1834-1896).

A opção foi, portanto, a de selecionar uma obra que representasse o universo rico, exagerado e fantasioso das novelas de Firbank, mas que não fosse uma das inúmeras referências artísticas citadas nos textos. O tom violeta das páginas de guarda do livro remete à cor que aparece de forma recorrente nos textos de Firbank.

O miolo foi composto com a fonte Leitura, criada pelo tipógrafo português Dino dos Santos em 2007, e os títulos, com a Avenir, desenhada pelo suíço Adrian Frutiger (1928-2015) em 1988. O livro foi impresso nos papéis Pólen Soft 70 g/m² e Markatto Concetto Arvorio (capas), na gráfica Ipsis, em junho de 2017.

Este exemplar é o de número

0696

de uma tiragem de 1.000 cópias

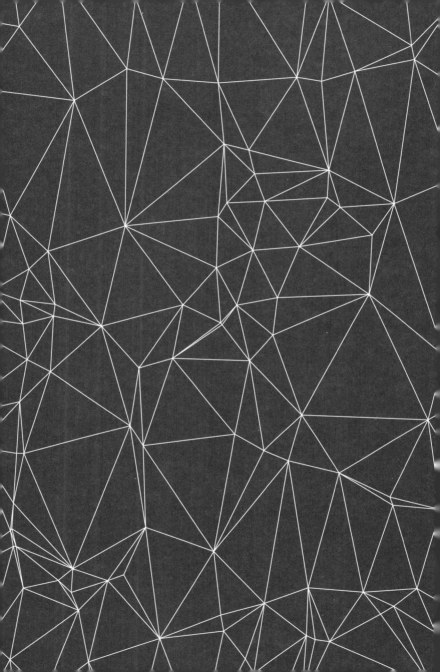